T0243681

LA ARQUITECTURA DEL MAL

JOSÉ MANUEL VEGA

LA ARQUITECTURA DEL MAL

PLAZA JANÉS

Penguin
Random House
Grupo Editorial

Primera edición: febrero de 2023

© 2023, José Manuel Vega Lorenzo
© 2023, Penguin Random House Grupo Editorial, S. A. U.
Travessera de Gràcia, 47-49. 08021 Barcelona

Printed in Spain – Impreso en España

ISBN: 978-84-01-03061-1
Depósito legal: B-21596-2022

Compuesto en Mirakel Studio, S. L. U.

Impreso en Black Print CPI Ibérica
Sant Andreu de la Barca (Barcelona)

L030611

PARTE I

1

El premio y la mujer atada

—Y el Premio a Mejor Ejecutivo del Año es para...

El presentador hizo una mínima pausa para añadir dramatismo al momento, consciente de que varios miles de ojos estaban clavados en su persona. Miró a la bella mujer que lo acompañaba en el escenario enfundada en un impresionante traje de noche y sonrió. Con aire altivo, como si el premio fuese para él, bajó la mirada hacia la tarjeta y resolvió el misterio con una parsimoniosa inclinación hacia el micrófono:

—... Carlos Mir, director financiero de TelCom.

El auditorio estalló en aplausos y el aludido se llevó las manos a la cabeza para expresar su sorpresa. Aquella noche se habían entregado los premios más relevantes del ámbito empresarial y el evento culminaba con su galardón, el máximo reconocimiento posible para un directivo. Se volvió hacia su derecha y dio un abrazo efusivo a Fausto Corrales, presidente y principal responsable ejecutivo de TelCom, que había tenido a bien acompañarlo en un día tan importante, y hacia su izquierda para abrazar y besar a Cristina Miller, su asistente personal. Se puso en pie y saludó con la mano a la audiencia mientras se dirigía con paso ligero al escenario con el sabor del éxito en los labios.

Cristina lo miraba embobada mientras aplaudía. Llevaba trabajando como secretaria y asistente personal de Carlos desde hacía cuatro años. En todo este tiempo había aprendido mucho de él. Tenía una capacidad de trabajo asombrosa. En lo profesional lo admiraba profundamente, y en lo personal, a pesar de la gran diferencia de edad, no podía disimular una atracción que rozaba lo animal. Su educación conservadora y su timidez le impedían hacer cualquier tipo de insinuación. De hecho, Carlos nunca había notado nada que lo hiciera sospechar de la íntima admiración que su asistente le profesaba.

Fausto aplaudía satisfecho. Carlos era uno de sus directivos más resueltos, un ganador. Siempre lo sorprendía con soluciones ingeniosas a los problemas más enrevesados. Su habilidad para los negocios era excepcional, al igual que su ambición.

Carlos subió al escenario y el presentador le entregó el premio, una especie de torre alta coronada por una rueda dentada. Como objeto era muy pesado y de diseño cuestionable, pero como galardón lo colocaba entre la élite de los ejecutivos españoles. Se abrazaron e intercambiaron unas palabras fuera de micro que nadie pudo oír. Se dirigió al atril con el envidiado premio y se dispuso a pronunciar su discurso.

—Hoy es un día muy especial. Este premio que me concedéis es la recompensa a muchos años de trabajo. Pero los éxitos que he conseguido no son solo mérito mío, sino que han sido posibles gracias al esfuerzo de los excelentes profesionales que me han acompañado.

Hizo una pequeña pausa. Su cara mostraba emoción contenida. Continuó:

—Así que le estoy muy agradecido al jurado por considerar que soy merecedor de este premio, pero sobre todo quiero dar las gracias a mis compañeros de TelCom, y en especial al presidente Fausto Corrales. —Carlos alzó la mirada y señaló a su jefe—. Siempre ha confiado en mí y su apoyo ha sido incondicional. Presidente, gracias de corazón. Este éxito es nuestro.

El auditorio se puso en pie y aplaudió al triunfador de la noche. Carlos volvió a abrazar a los presentadores y salió del escenario por una puerta lateral que comunicaba, a través de un largo pasillo, con una de las salas VIP habilitadas para los galardonados. Recorrió el pasillo orgulloso y satisfecho mientras sujetaba el premio con firmeza, el premio que lo colocaba en una situación inmejorable para las decisiones que se debían tomar en los próximos días.

Cristina y Fausto se levantaron con discreción mientras el público aplaudía. Por el pasillo central llegaron a la zona más cercana al escenario y, tras pedir indicaciones a una de las personas de la organización, se dirigieron a la sala VIP, donde Carlos saludaba a otros ejecutivos premiados esa noche. De fondo se oía la megafonía, el presentador daba paso a un número musical. Carlos los vio entrar y se dirigió hacia ellos.

—Carlos, estoy muy orgulloso de lo que has conseguido —le dijo Fausto—. Este premio también será muy bueno para la imagen de TelCom. ¡Enhorabuena!

Mientras Fausto y Carlos desviaban la conversación hacia anécdotas de tiempos pasados, Cristina les sonreía, apuntaba algunos comentarios y poco a poco se sumergía en sus pensamientos, en los que fantaseaba con la posibilidad de que pudieran quedarse solos, cenar juntos y celebrar aquel éxito bailando o tomando algo en esos pubes de moda llenos de *celebrities* y gente guapa.

Carlos era muy celoso de su intimidad. Después de tantos años trabajando juntos, Cristina apenas conocía detalles sobre lo que hacía fuera de la oficina. Sabía que estaba soltero. Si tuviera alguna novia, la habría detectado en algún momento al recibir sus llamadas. Pero nunca había tenido mensajes de mujeres que no fueran ejecutivas de alguna empresa colaboradora. Tampoco sabía nada sobre sus aficiones, aunque resultaba obvio que Carlos hacía deporte. Su pecho y sus brazos eran fornidos y, a sus cuarenta y cinco años, era un hombre con un gran atractivo para una mujer como ella, diez años más joven. Sabía que jugaba al pádel con algunos clientes porque ella misma reservaba la pista, pero cuando le preguntaba al día siguiente si había ganado, él contestaba con evasivas y la misma discreción de la que siempre hacía gala. Con ella, Carlos se mostraba educado y comedido, pero con los directores y el resto de su equipo era duro e intenso. A veces, incluso despiadado y cruel.

Después de saludar a otros ejecutivos, Fausto volvió para despedirse de Carlos y Cristina. En ese instante, la fantasía de esta alcanzó el clímax. ¿Sería el momento de quedarse solos?

—Yo también me marcho. Es tarde y quiero descansar. Cris, ¿quieres que te acompañe a coger un taxi? —preguntó Carlos.

Cristina mantuvo una prudente sonrisa.

—No te preocupes. El evento aún no ha acabado y habrá un montón de taxis en la puerta. No quiero hacerte perder tiempo —zanjó ella, sin poder evitar cierta desilusión en su voz.

Carlos y Fausto se dirigieron hacia el aparcamiento a recoger sus coches. Cristina, a la entrada del auditorio a buscar un taxi.

Fausto arrancó su Mercedes pensativo. Estaba hecho un lío. Tras casi veinte años al frente, había conseguido convertir TelCom en una de las empresas de telecomunicaciones más importantes de Europa y una de las principales del IBEX. Pero a sus setenta y un años, creía que había llegado el momento de pasar el testigo. El negocio de TelCom debía transformarse para abordar los retos de los próximos quince o veinte años, y él no se consideraba la persona adecuada para dirigir este cambio. Debía tomar una decisión.

Tenía claro que Carlos era un serio candidato a sucederlo. El galardón de aquella noche inclinaba la balanza a su favor. De hecho, parecía la antesala del nombramiento. Estaba seguro de que llevaría a TelCom a cotas de éxito mucho más altas que las que él había conseguido, pero Carlos escondía algo oscuro y siniestro que le desagradaba. Mientras los aplausos todavía resonaban en su cabeza, lo invadía la extraña sensación de que aquel premio no había sido más que un teatro cuya única misión consistía en distraerlo para nublar su criterio.

Fausto contaba con otros dos excelentes candidatos. Américo García, director de operaciones y máximo responsable de gestionar el equipo técnico de TelCom. Era un directivo motivado y responsable, con muchísimo talento y de su más absoluta confianza. Era astuto, pero a veces pecaba de confiado. No tenía la excepcional habilidad para los negocios de Carlos, pero había algo que le daba ventaja: era una buena persona. Le recordaba a él mismo veinte años atrás. También había pensado en Jacobo Valadares, director comercial, un hombre muy habilidoso para vender casi cualquier cosa. Estaba a las órdenes de Carlos y era evidente que le había facilitado mucho el trabajo. Además, había formado un equipo de ventas excelente y gran parte del crecimiento de TelCom había sido mérito suyo. Pero a Jacobo le faltaba coraje y quizá algunos años más de experiencia. Era el más joven de los tres y podría tener otras opciones en el futuro para alcanzar la presidencia. Fausto sentía que no podía retrasar mucho más la decisión. Tenía que resolverlo de forma inminente y pensó que quizá debía dejar que lo emocional estuviese por encima de lo estrictamente racional.

Cristina no tuvo problemas para encontrar un taxi. Había una fila de varias docenas en la puerta principal del hotel esperando con paciencia a que los invitados abandonasen el auditorio. Mientras el taxista le comentaba que la llevaría por la M-30 porque a esas horas era la vía más rápida, se imaginó cómo acabaría la noche de Carlos. Seguro que no se iba directo a la cama. Seguro que pasaba por el gimnasio a hacer un poco de deporte para descargar la tensión acumulada, se daría una ducha y se iría a casa. Seguro que tomaría una copa de vino y consultaría en internet los primeros artículos sobre la entrega de premios. Los medios afines, en los que invertían varios millones anuales en publicidad, hablarían de los grandes logros profesionales de Carlos y de lo merecido del premio. Los medios en los que no invertían aprovecharían la ocasión para dar caña a TelCom y desprestigiar a Carlos. Tenía que ser duro leer artículos sobre ti en términos tan peyorativos. Pero como repetía Carlos a menudo: «Que haya gente que te insulte es parte del sueldo». Como buen soltero, seguro que cenaría algún plato precocinado, se metería en la cama y repasaría mentalmente los momentos emocionantes e intensos que había vivido ese día.

A ella la esperaban su marido y sus dos hijos, de tres y cinco años. Los niños estarían ya acostados cuando llegara porque al día siguiente madrugaban para ir al colegio. Lo primero que haría sería pasar por sus camas para darles un beso. Lo normal era que ella los acostara, pero aquella noche, con la entrega de los premios, las rutinas habían saltado por los aires. Ramiro, su marido, era un buen hombre. Sabía que la adoraba. Sus amigas decían que era el marido ideal. Se conocieron diez años antes en un grupo de oración. Fue su primer y único novio y desde entonces se hicieron inseparables. Se casaron y sin pensarlo mucho llegaron los niños. Su vida había sido como tenía que ser o, más bien, como se suponía que tenía que ser. Eran la familia perfecta, aunque ella tenía un sentimiento complejo e íntimo que la atormentaba. Cristina quería a su marido, pero cuanto más tiempo pasaba más patente se hacía ese sentimiento de que le faltaba algo, de que se había perdido algo. Quería dejar de ser la chica perfecta en la familia perfecta. Quería abandonar la rigidez que ella misma se autoimponía. Quería saltarse sus propias normas, con las que se castigaba, aunque solo fuese por unas horas. Los últimos años de trabajo con Carlos habían alimentado ese sentimiento, aunque nunca se atrevió a experimentar ningún avance. Una vida entera dedicada a lo que se suponía que tenía que hacer la condenaba a ser quien era.

El taxi llegó a casa.

—Hogar, dulce hogar —murmuró en voz baja—, dulce y aburrido hogar.

Carlos salió del garaje en su Porsche biplaza. No necesitaba más asientos porque el 99 por ciento del tiempo viajaba solo. Condujo con calma y procuró olvidar la mentira que había vivido ese día. Se dirigió al barrio de El Viso. Tenía cita en X-Room para liberar toda la tensión acumulada de los últimos días.

Le había costado mucho conseguir aquel premio. Durante varias semanas tuvo que negociar la cantidad camuflada en patrocinio y fondos de marketing que TelCom aportaría a la empresa organizadora del evento a través de un intermediario. Tras múltiples gestiones y algunas presiones adicionales, consiguió su objetivo. Con el dinero fresco de TelCom encima de la mesa, negoció que los tradicionales diez miembros del jurado se redujesen a siete. Con menos miembros, tenía más capacidad para influir. Finalmente, retorció las influencias para que algunos de los integrantes históricos del jurado no fuesen convocados y se pusiese en su lugar a personas de su confianza. Así fue como cuatro de los siete miembros votaron a su favor, porque habían sido colocados en el jurado gracias a sus maniobras. La entrega de premios de esa noche fue el último trámite de algo que llevaba tiempo preparando. Lo más difícil fue ensayar la expresión de sorpresa para el momento en el que oyera su nombre. Por la tarde había practicado ante un espejo, porque todo tenía que ser perfecto. Esperaba haber deslumbrado a Fausto.

X-Room ocupaba un palacete dentro de una parcela de cinco mil metros cuadrados en el que era uno de los barrios más exclusivos de Madrid. La clave de X-Room era la discreción, porque entre sus clientes se encontraban algunas de las personas más influyentes del país: políticos, empresarios, aristócratas, altos funcionarios, diplomáticos... La calle no tenía salida, así que no era un lugar de paso para curiosos. Ningún membrete anunciaba lo que allí sucedía y lo normal era que los socios de X-Room entraran con sus coches por la puerta automática hasta el garaje subterráneo que ocupaba una vasta superficie bajo los jardines que rodeaban el edificio.

Carlos aparcó en el garaje y salió del coche. Cogió el maletín en el que llevaba todo lo que necesitaría, aunque las botas y las cuerdas eran lo más voluminoso y lo que más pesaba.

Desde el garaje subió directamente por las escaleras hasta la amplia recepción del palacete. Estaba decorada con un estilo recargado y barroco. Había una leve iluminación artificial, pero la mayor parte de la luz provenía de varios candelabros con velas que acentuaban aún más el aspecto siniestro del lugar. La teatralización del espacio constituía uno de los puntos fuertes de X-Room. Al fondo, tras el mostrador, se encontraba una de las mujeres que gestionaban los accesos. Tenía un aspecto amenazante, pero no por su fortaleza física. Era muy alta, mediría alrededor de metro ochenta, y su figura se estilizaba por su extrema delgadez, que le daba un extraño atractivo. A pesar de su altura, no debía de pesar mucho más de cuarenta kilos. Su cara era huesuda y su piel, blanquecina. Su palidez se acentuaba con un intenso maquillaje oscuro y una larga melena azabache que le caía sobre la cara. Vestía de riguroso negro. Llevaba los hombros y parte de los brazos desnudos, y su piel lucía multitud de tatuajes. Su aspecto gótico era el complemento ideal para aquel lugar. Se llamaba Mala Mosh, o al menos así se hacía llamar.

Cuando lo vio entrar, lo reconoció de inmediato y agachó la cabeza hacia la pantalla que había a un lado del mostrador. Luego lo miró con aquellos ojos penetrantes rodeados de maquillaje.

—Aisha te está esperando en la sala de suspensión. Pasa a la cabina tres para cambiarte. Puedes tomarte algo en el bar si quieres.

—Gracias —fue la única respuesta de Carlos.

Desde la recepción se accedía a media docena de cabinas. Una luz sobre cada puerta indicaba si estaban libres o no. Pasó a la número tres y abrió el maletín sobre un pequeño banco de madera. Poco a poco se quitó el traje y colgó su ropa perfectamente doblada en una taquilla. Del maletín sacó un pantalón negro de goma con peto y tirantes y dos pesadas botas. También se colocó dos muñequeras anchas para proteger sus muñecas. Cerró la taquilla y cogió el maletín. Salió de la cabina por una puerta trasera que daba acceso a una serie de largos pasillos poco iluminados que comunicaban con las diferentes estancias de X-Room. Llegó a la sala de suspensión e hizo una pequeña pausa antes de entrar para introducir su clave en el cajetín numérico junto a la cerradura. Un sonoro bip y una lucecita verde le indicaron que ya podía acceder.

La sala medía unos veinticinco metros cuadrados y tenía un techo anormalmente alto. En el centro de este había una argolla de gran tamaño y de ella colgaba a unos dos metros del suelo una cadena con otro grillete del tamaño de una manzana. Aisha estaba sentada de rodillas sobre un pequeño tatami al fondo de la sala; vestía un largo batín negro con bordados florales.

—Hola, Aisha, ¿estás lista? —preguntó Carlos.

—Estoy lista —asintió ella.

Carlos abrió su maletín. De forma lenta y pausada, casi ceremonial, extrajo seis cuerdas de unos ocho metros y las colocó perfectamente ordenadas en el suelo, como si fueran los rayos de un sol imaginario dibujado en el centro de la sala. Aisha se puso de pie, se desabrochó el batín y dejó que se deslizara desde sus hombros. Las luces tenues de la sala iluminaron su cuerpo. Carlos la miró con deseo, como haría un halcón al divisar a su presa desde las alturas. Adoraba cada curva delicada de su cuerpo menudo, sus piernas delgadas, sus pechos pequeños, su belleza y su porte. Se dirigió hacia ella despacio, la cogió de la mano y la invitó a situarse en el centro, como si su esbelta figura emergiese del sol imaginario que dibujaban las cuerdas. Cogió la primera por uno de sus cabos y comenzó el proceso de encordamiento.

El disfrute erótico que le proporcionaba el arte de la inmovilización era su particular forma de evadirse de la realidad y eliminar tensiones. Experimentaba una concentración que lo aislaba de todo. Adoraba aquella sensación de control y la belleza del proceso.

El *bondage* que Carlos practicaba de forma habitual y consensuada con Aisha tenía tanto de tortura como de estética. Más allá del sadomasoquismo, aquel juego era una ceremonia íntima, casi religiosa. Partiendo de algunos patrones clásicos, Carlos diseñaba nuevos movimientos con las cuerdas. Después de la inmovilización completa, el culmen se alcanzaba cuando Aisha quedaba suspendida de la argolla central del techo a un metro del suelo y flotaba en el aire sujeta en ese único punto. Su cuerpo brillaba abrazado por las cuerdas. La sumisa tenía así la capacidad de provocar un deleite infinito en su maestro, al revertir los papeles y conseguir que se confundiera quién era el que realmente controlaba la situación.

Carlos alteraba los nudos y los lugares de presión para modificar las posturas en las que Aisha quedaba suspendida como un globo que ha escapado de la mano dictadora de un niño. Cuando completaba una de las figuras, empujaba con suavidad el cuerpo de Aisha, que comenzaba a girar lentamente sobre sí misma. La iluminación tenue de la sala proyectaba bellas sombras sobre las paredes desnudas.

Antes de modificar cada encordamiento para formar una nueva figura, Carlos acariciaba la piel desnuda de Aisha. Besaba sus muslos, su vientre, sus pechos o cualquier hueco de su cuerpo que quedara libre del abrazo de las cuerdas. La caricia daba paso a una nueva alteración en las fijaciones, los nudos, las tensiones, los equilibrios. Una nueva figura se dibujaba en las sombras chinescas que inundaban todo el espacio y que Carlos no podía dejar de admirar.

Dos horas después, en la cabina tres, Carlos vestía de nuevo su traje oscuro. Había quedado con Aisha en citarse unas semanas más tarde a través de la red social privada que X-Room ponía a disposición de sus clientes, un espacio virtual donde por medio de perfiles y foros se conocían entre ellos y buscaban compañeros para llevar a cabo sus fantasías. Así fue como Carlos conoció a Aisha. Nunca se habían visto fuera de X-Room y nunca se contarían nada de sus vidas personales que pudiera romper el erotismo de su juego de atador y atada.

Carlos se puso la americana y guardó la corbata doblada en uno de los bolsillos. Después encendió su teléfono móvil. En cuanto pilló cobertura, la pantalla empezó a llenarse con decenas de notificaciones de llamadas perdidas y mensajes. La noticia del premio ya había salido en la prensa y se acumulaban las felicitaciones. Pero hubo un mensaje que atrapó su atención entre tantos buenos deseos.

«Carlos. Malas noticias. Llámame».

2

El ojo que todo lo ve

Sofía Labiaga no se inició en política por su vocación pública, sino por su ansia de poder.

Para Sofía, el poder lo era todo. Con poder tenía control, dinero, sexo y cualquier cosa que pudiera desear, por retorcida, oscura y extravagante que fuese. El poder le facilitaba conexiones inverosímiles y hacía posible que el mundo girase en la dirección que deseaba. Amaba la sensación de poder y no dudaba en ponerlo en práctica. Disfrutaba de su poder cuando aparecía la última en cualquier evento y todos los asistentes se levantaban a su llegada. Disfrutaba de su poder cuando acudía a un restaurante de moda sin avisar y un simple gesto la colocaba en la mejor mesa. Disfrutaba de su poder cuando asistía como VIP a un concierto y se pasaba por el camerino a saludar al artista. Pero sobre todo, disfrutaba de su poder cuando se quitaba de en medio a cualquiera que se planteara cuestionarla. Poder significaba no tener ni que pronunciar las mágicas palabras: «¿No sabes con quién estás hablando?», porque todo el mundo la conocía.

Como oportunista profesional, Sofía se afilió al Partido cuando el declive de los Socialistas era evidente. Se podría haber afiliado a cualquier otro siempre y cuando hubiera tenido opciones serias de llegar al poder, pero en aquellos años el Partido era una apuesta segura para conquistar la Moncloa.

Desde entonces, sus estudios de Derecho, sus dotes para la persuasión y su encanto personal la habían catapultado a varios puestos de la máxima responsabilidad. Pero tras la última victoria del Partido en las elecciones autonómicas, había alcanzado el puesto soñado: la Consejería de Infraestructuras de la Comunidad de Madrid. Desde su atalaya de la Consejería, acaparaba poder e influencias y ponía en práctica su máxima personal: «Primero para mí, después para el Partido y, si sobra, para los ciudadanos».

Así es que cuando se puso en contacto con Jacobo Valadares, director comercial de TelCom, este pudo imaginarse a qué venía aquel repentino interés. Cuando un político da el primer paso es porque quiere algo. Lo habitual es que ese algo sea dinero.

Sofía era muy consciente de su condición de persona expuesta públicamente, por lo que sus movimientos fuera de guion debían ser muy discretos. Varias personas le habían hablado del interés de TelCom por afianzar sus posiciones en la Administración madrileña y de que Valadares era la persona indicada: serio, muy discreto, alejado de afiliaciones políticas y con galones suficientes como para tomar decisiones. Por eso, apenas unas horas antes de que Carlos obtuviera el Premio a Mejor Ejecutivo del Año, Sofía había citado por medio de uno de sus asesores a Jacobo Valadares y concretaron el cuándo, pero no el dónde. Solo le dijeron que fuera a la plaza de Callao unos quince minutos antes de la cita y allí le dirían el lugar exacto por teléfono.

Jacobo Valadares no podía negarse. Era consciente de que Sofía Labiaga le pediría algún favor, pero podría ser una buena oportunidad para negociar algo a cambio y mejorar su posición ante Fausto y todo el equipo directivo. Tanto secretismo le reafirmaba en la idea de que podía estar ante un asunto muy gordo. Además, sus objetivos de ventas no iban bien y estaba muy necesitado de buenas noticias. Su equipo de comerciales no estaba teniendo el éxito esperado y cada informe quincenal al comité financiero de TelCom, encabezado por Carlos Mir, se convertía en un infierno de argumentos cruzados para justificar por qué los resultados no coincidían con las previsiones. Así fue como Jacobo conoció a Sofía Labiaga, con un café en una discreta sala de reuniones de un hotel de segunda en las calles aledañas a Callao.

—Jacobo, ¿cómo va todo por TelCom? —preguntó Sofía rompiendo el hielo—. Estáis teniendo un éxito impresionante. En la prensa no salen más que buenas noticias sobre vosotros.

Sofía era alta y delgada, iba elegantemente vestida con un traje de chaqueta y falda en tonos blancos. El pelo rubio y largo le caía suelto por la espalda. Sus manos eran huesudas y lucía varias pulseras doradas en cada muñeca que tintineaban al gesticular. Jacobo no podía decir con seguridad qué edad tenía. Quizá cuarenta y pocos. Cuando sonreía, Sofía mostraba esa cara amable que a los políticos les encanta explotar. Pero también era capaz de mutar hacia una sobriedad antinatural, un gesto que denotaba un inquietante lado oscuro.

—Estamos muy contentos, la verdad, los últimos meses han sido muy intensos y estamos consiguiendo grandes contratos también fuera de España. Está siendo un año excepcional.

De dos frases dichas, ninguna era verdad.

—Los dueños de este hotel son amigos de mi familia y me dejan esta sala cuando se la pido. Hay veces que mis contactos necesitan de cierta discreción porque la prensa siempre está al acecho. Ya me entiendes —expuso Sofía para justificar aquella extraña cita.

Jacobo asintió, cada vez más intrigado por el motivo que lo había llevado hasta allí.

—Desde aquí todo está cerca —continuó Sofía haciendo énfasis con el movimiento de sus brazos—. Puedes disfrutar de todo lo que ofrece esta ciudad. Fíjate que una de las peculiaridades de Madrid es lo concentrada que tiene toda su actividad en la zona centro. Los barrios están muertos, todo ocurre aquí.

—Sí, es verdad —respondió Jacobo—. Los mejores restaurantes, los teatros, los estrenos de cine. Todo a tiro de piedra.

—Y a solo cincuenta metros de Gran Vía puedes comprar cocaína o contratar los servicios de unos moldavos que le rompan las piernas a tu competencia —añadió sonriendo—. Todo en pleno centro. Esto no ocurre en ninguna otra capital de Europa. ¡Adoro Madrid!

Jacobo suspiró y decidió cortar aquella conversación que parecía no llevar a ninguna parte.

—Sofía, ¿qué puedo hacer por ti? Supongo que no habremos quedado aquí con tanto secretismo para hablar de drogas y moldavos.

Sofía lo miró fijamente y continuó, recuperando sus maneras más sosegadas.

—¿Cuál crees que es la mayor satisfacción para un gestor público?

—¿Ganar las elecciones? —ironizó Jacobo, que empezaba a mostrar signos evidentes de que aquello no le gustaba.

—Hacer más con menos —le respondió, ignorando sus palabras—. Conseguir que los ciudadanos tengan más servicios sin que les cueste más dinero, una suerte de milagro de la multiplicación de los panes y los peces. Y yo tengo una buena oportunidad para hacer uno de esos milagros.

Sofía hizo una nueva pausa para dar un sorbo a su café antes de continuar, mientras Jacobo la observaba con curiosidad.

—Voy a unificar todos los contratos del servicio de telefonía móvil de la Comunidad que actualmente se reparten entre varios operadores. De hecho, uno de ellos es vuestro. Unificar contratos es una de las mejores formas de conseguir rebajas importantes en el coste del servicio. Hacer más con menos. —Sofía hizo otra pequeña pausa—. En total serán diez millones de euros. Yo creo que un contrato de diez millones podría ser muy interesante para TelCom, ¿no te parece?

—Muy interesante, sin duda —repitió Jacobo—. Pero la pregunta clave es cuánto me va a costar.

Sofía lo miró fijamente a los ojos y le contestó con total tranquilidad, normalizando una situación completamente anormal como aquella.

—Medio millón de euros.

Gonzalo Salazar, o Gonzo, como le gustaba hacerse llamar inspirado por el periodista gallego Fernando González, era el jefe de seguridad de TelCom. Tenía treinta y tres años y trabajaba para Carlos desde los veinte. El padre de Gonzalo era conocido de la familia Mir y quiso que Carlos hablara con su hijo para ver si podía encarrilar su falta de interés por los estudios. Sin su intervención temprana, Gonzo se hubiese convertido en un nini. Carlos lo entrevistó hacía más de una década cuando solo era un director de unidad cualquiera dentro de TelCom, pero vio un gran potencial en el muchacho. Hablaron largo y tendido, y Carlos no pasó por alto la ambición que se escondía en sus ojos. Le recordaba a sí mismo. Si estaba fracasando en sus estudios era porque nadie le había proporcionado ni la más mínima ilusión de futuro y, por supuesto, no le habían preguntado qué quería hacer con su vida. Carlos le ofreció la posibilidad de aprender mucho y de trabajar duro, y solo le pidió una cosa a cambio: lealtad. No se había equivocado. Gonzalo había cumplido las expectativas. Trece años después era el responsable de la seguridad de TelCom, en especial de su sede central en Madrid, el hombre de total confianza de Carlos y el brazo ejecutor de muchos de sus planes *off the record*.

La noche de la entrega de premios Gonzo estaba tomando unas cervezas con unos amigos en uno de los bares de la plaza del Dos de Mayo, en el corazón de Malasaña. A la sombra de la gran estatua blanca de Daoiz y Velarde que preside el centro de la plaza, junto a un gran arco de ladrillo, convive con sorprendente naturalidad una extraña fauna: la tradición de izquierdas más arraigada de Madrid, la modernidad pasajera de turno, los vecinos que pasean al perro y los niños que juegan a la pelota entre camellos e indigentes.

Entre trago y trago, y de la forma más discreta posible, Gonzo echaba un vistazo a su móvil cada vez que le notificaba algún mensaje con una sutil vibración. El equipo de guardia en la sede central de TelCom le solía tener al tanto de cualquier novedad. Sobre las diez le avisaron de que le habían dado el premio a Carlos, así que decidió compartirlo con un brindis.

—A mi jefe le acaban de nombrar Mejor Ejecutivo del Año. Tíos, ¡creo que tengo jefe para rato! —bromeó.

La noche transcurrió tranquila, hasta que sobre las once, una nueva vibración del móvil le avisaba de que Fausto Corrales había entrado en la sede. No era algo extraño que el máximo responsable de TelCom fuera a su despacho cerca de la medianoche. Diez minutos después un segundo mensaje le avisaba de que también había entrado Américo García.

Gonzo se hallaba perfectamente al tanto de las puñaladas que se estaban intercambiando Américo, Carlos, Jacobo y el resto de los ejecutivos que luchaban para quedarse con la presidencia de TelCom ante la inminente jubilación del viejo. Que Américo y Fausto se reuniesen a esas horas, justo después de que Carlos recibiese el premio, era algo bastante llamativo. Quizá Fausto quisiese avisar a Américo de que elegiría a Carlos, o quizá le estaba comunicando que le elegiría a él. Lo que resultaba claro es que aquella reunión nocturna requería su atención.

—Tíos, lo siento, tengo que irme. Tengo trabajo. Os dejo pagada una ronda a mi salud, ¿va? —dijo a sus compañeros de barra.

Cogió el coche, condujo con soltura por el barrio de Malasaña y desembocó en el paseo de la Castellana para dirigirse al norte. La sede central de TelCom ocupaba una de las cuatro torres del distrito financiero que protagonizaban el *skyline* de Madrid. Aquellos inconfundibles rascacielos fueron inaugurados en 2009 sobre los terrenos de la antigua Ciudad Deportiva del Real Madrid, en el barrio de La Paz. Cincuenta pisos de hierro y cristal que albergaban los despachos de los principales ejecutivos de TelCom en los que eran oficialmente los edificios más altos de España. En el espacio entre ellos había jardines, fuentes y modernos restaurantes que ofrecían la cara más futurista de Madrid. Durante el día, los reflejos de los cristales que envolvían las torres se fundían con las nubes y daba la sensación de que el sol resplandecía más allí que en el resto de la ciudad. Por la noche, centenares de luces brillaban sin orden aparente dentro de ellos, como indicadores del acelerado ritmo de vida de sus inquilinos. Para algunos de los transeúntes que levantaban la mirada hacia ellas, las torres no eran más que moles brillantes con poco gusto, una suerte de tornillos gigantescos que se elevaban hacia el cielo y cuyo interés arquitectónico no entendían. Para otros, cada torre era un gran falo envuelto en cristal, el enésimo símbolo de dominio y poder, una especie de corte de mangas que llegaba desde las alturas.

Subió directo desde el garaje hasta la sala de control y comenzó a revisar las cámaras de seguridad. Una docena de monitores mostraban los puntos principales de las instalaciones. A esas horas todo permanecía desierto. Uno de los vigilantes le confirmó que Américo y Fausto seguían reunidos en el despacho, donde no había cámaras, así que no podía hacer nada para saber qué estaba pasando dentro.

Solo podía esperar.

Gonzo se puso cómodo porque intuía que la noche iba a ser larga. Se sirvió un café y comenzó a dar pequeños sorbos con la mirada perdida en los monitores. La quietud monótona de las imágenes lo dejaba en estado de trance, como si siguiese el movimiento hipnótico de un péndulo. La calma solo se veía alterada por el personal de limpieza que aparecía en alguna de las salas. Salvo su pausado movimiento, el resto de los monitores semejaban imágenes fijas.

Casi una hora después sucedió algo en el monitor que cubría el acceso al despacho de Fausto. La puerta se abrió y apareció junto a Américo. Ambos hablaban y gesticulaban en tono distendido. Parecía que se despedían. La mirada de Gonzo se clavó en la pantalla para intentar captar cualquier gesto que le diera una pista. Los miró fijamente a los labios, pero era incapaz de distinguir lo que podían estar hablando. La conversación se acabó y se dieron un abrazo. Fausto se dio la vuelta y se metió de nuevo en su despacho. Américo avanzó hacia el pasillo.

¿Qué podía significar aquel abrazo? ¿Una felicitación o un consuelo?

Américo caminó hacia la salida y desapareció del plano, pero un segundo monitor lo captó cuando llegaba al ascensor y pulsaba el botón. Gonzo seguía sentado en el borde de la silla de la sala de control, con todo el cuerpo echado hacia delante y la mirada clavada en la pantalla.

En la imagen, Gonzo vio que Américo miraba el reloj, se volvió como para comprobar que estaba solo y, cuando se encaró de nuevo con el ascensor, hizo el gesto que Gonzo buscaba: subió el brazo a media altura, cerró el puño derecho y lo movió arriba y abajo en un claro signo de victoria. Las puertas del ascensor se abrieron y desapareció tras ellas. Gonzo cerró los ojos y se llevó las manos a la cabeza. Lo que había visto era definitivo. Miró al compañero que tenía en la sala y le dijo:

—Copia en un pendrive el vídeo de la salida del despacho de Américo y la entrada en el ascensor.

—Enseguida —contestó.

Luego cogió su teléfono y tecleó un mensaje rápido. «Carlos. Malas noticias. Llámame».

A las nueve en punto de la mañana del viernes, Cristina ya estaba sentada en su mesa de la oficina y había presenciado cómo Carlos entraba en su despacho con paso firme y rostro serio. No tenía ni idea de qué había ocurrido durante la noche, pero era obvio que algún plan se había torcido. La satisfacción de su jefe de la noche anterior se había transformado en cara larga y actitud hostil. Le ocurría siempre que se enfrentaba a algún imprevisto.

Gonzalo Salazar llegó poco después. Preguntó por Carlos y entró en su despacho con un pendrive en la mano. No hablaron mucho. Lo pincharon en un portátil sobre la mesa de reuniones y contemplaron con suma atención el fragmento de vídeo de las cámaras de seguridad

—Para mí está muy claro, pero tú dirás —dijo Gonzo.

Carlos analizó las imágenes: la salida del despacho de Fausto y Américo a altas horas de la noche, cómo Américo se dirigía a la salida y el gesto que hizo con el puño junto a la puerta del ascensor. Repitieron el vídeo varias veces. La cara de Carlos le delataba: estaba furioso. Era obvio que Fausto no se había tragado la pantomima del premio y, tan solo una hora después, había decidido que fuera Américo quien lo sustituyese. Sabía que entre ellos había más química, pero no estaba dispuesto a dar su brazo a torcer. Carlos no era un hombre de derrota fácil, aunque le frustraba que se le hubiera escapado el detalle que había inclinado la balanza de la decisión en su contra. La situación era desesperada, porque si se confirmaba su sospecha, no tardarían en comunicarlo oficialmente. Tenía que hacer algo y tenía que hacerlo ya.

—Parece que tienes razón. Bórralo y formatea el pendrive —ordenó—. Y llama al contacto del que me hablaste. El policía.

—¿El comisario? —preguntó Gonzo.

—Sí, el comisario. Organiza una cita en un sitio discreto.

—Entendido. Te tengo al tanto —respondió Gonzo mientras salía—. Intentaré que sea el lunes.

En la puerta se cruzó con Jacobo Valadares, que llevaba unos minutos esperando para ver a Carlos.

—Buenos días, ¿llego en buen momento? —preguntó Jacobo mientras entraba en el despacho.

—No —contestó sin levantar la vista del monitor y las manos del teclado—, pero pasa de todas formas.

Siguió tecleando unos segundos más, hizo un par de clics y se levantó para sentarse con el director comercial en la mesa de reuniones auxiliar de su despacho. Era una mesa redonda de gran tamaño rodeada de cinco sillas. Sobre ella había un taco de folios blancos y un par de vasos con bolígrafos y lapiceros. Carlos no había personalizado mucho su despacho. Apenas unas cuantas fotos enmarcadas en las que aparecía con personalidades y ejecutivos de TelCom. No tenía niños ni mascotas, así que no había ninguna manualidad del día del Padre, ni fotos con perros o gatos. Procuraba no dar ninguna pista a sus visitas sobre gustos y aficiones, por lo que evitaba cualquier objeto que pudiera clasificarle o hacerle más vulnerable. Le gustaba mostrarse como alguien neutral en todos los aspectos.

Carlos tenía sentimientos encontrados respecto a Valadares. Fue él quien lo puso al mando del equipo comercial y había quedado demostrado que su decisión fue acertada. Era metódico y obstinado, y después de encadenar varios ejercicios de crecimiento por encima de la media del mercado, sus resultados solo podían calificarse de impecables. Pero en los últimos meses Jacobo había hecho movimientos para posicionarse como candidato a la presidencia. Había pasado así de eficiente colaborador a imprevisible competencia. Carlos sabía que no podía fiarse de él. Un paso en falso y quizá Jacobo también lo adelantase, como parecía que Américo había hecho la noche anterior. Si llegara ese momento, Carlos no dudaría en actuar contra Jacobo igual que actuaría contra Américo, aunque fuese uno de los mejores profesionales que tenía en su equipo. En aquellas circunstancias, Carlos prefería la lealtad por encima de la capacidad.

—Ayer tuve una cita bastante extraña con Sofía Labiaga, la consejera de Infraestructuras de la Comunidad de Madrid —comenzó Jacobo—. Además de divagar en exceso para mi gusto, me contó que tiene intención de unificar varios contratos de telefonía. La mala noticia es que podemos quedarnos sin el que ya tenemos para la zona norte.

Carlos le escuchaba con semblante serio.

—La buena noticia es que tenemos la oportunidad de ir a por todas y llevarnos el lote completo. Toda la telefonía de la Comunidad. Diez millones. —La cara de Jacobo se iluminó mientras pronunciaba la mágica cifra de siete ceros—. La mala es que me ha pedido una comisión.

Carlos no mostró ninguna reacción evidente. Permanecía serio, escuchando. Llevaba años gestionando negocios con políticos y la historia acababa siempre igual: si quieres trabajar, tienes que pagar.

—¿Cuánta tajada quiere? —preguntó Carlos sin más rodeos.

—Medio millón —contestó Jacobo.

—¡Un cinco por ciento! Está claro que esta mujer es la listilla de la clase. ¿Te ha hablado de cómo hacerlo? ¿Patrocinios a fundaciones? ¿Contratación de servicios de consultoría?

—Solo me ha dicho que quiere dinero en efectivo. Y no ha mencionado al Partido.

—¡Qué raro! ¿De dónde ha salido esta tía? —preguntó Carlos pensativo—. ¿Sofía es del equipo de confianza de Presidencia?

—No exactamente. No tiene excesivo *feeling* con Presidencia. Es del sector progre del Partido y tiene mucha influencia en los pueblos grandes de la zona norte. He preguntado por ella a personas de mi confianza que la conocen bien y todos coinciden: es una verdadera hija de puta disfrazada de política campechana que encandila a la prensa con sus maneras educadas y su sonrisa de niña pija. Solo le interesan el dinero y el poder.

—¡Putos avariciosos! No se cansan de pedir.

Carlos dudó por un instante. Las palabras que iba a pronunciar le podían comprometer si Jacobo decidía usarlas en su contra. Lo miró a los ojos. Su expresión y su lenguaje corporal lo mostraban relajado. Si llevase una grabadora en el bolsillo, no tendría esa misma actitud, así que decidió continuar.

—No podemos decir que no, así que llámala y acepta. Al menos ganamos tiempo. Mientras tanto, no le ofrecerá el contrato a otro. Le adelantaremos cinco mil euros en efectivo como muestra de nuestra buena voluntad. Cógelos del fondo de marketing y que se vaya de compras a nuestra salud. Pero hay una condición innegociable: queremos participar en el proceso de elaboración de los pliegos de condiciones del concurso. Tenemos que introducir un par de requerimientos que nos sitúen en cabeza y, de paso, que barran a la mayor cantidad posible de competidores. Que no puedan ni presentarse al concurso. Facilitará bastante las cosas. Búscate la vida para ver qué puede ser. Eso es cosa tuya.

—¿Y le vamos a pagar el medio millón? —preguntó ingenuo Jacobo.

Carlos no tenía intención de pagar una comisión tan alta a una política corrupta, pero además quería cubrirse por si había juzgado mal a Jacobo y en su bolsillo había una grabadora con la luz roja encendida desde que entró en su despacho. Así que su voz sonó convincente cuando dijo:

—Ni de coña.

Ese viernes tocaba noche de chicas.

Desde hacía algún tiempo, Cristina Miller quedaba con dos amigas para salir a cenar y charlar. No era algo habitual. Sus amigas quedaban mucho, estaban solteras y sin mayores compromisos, pero ella no quería ni podía hacerlo con más frecuencia. Aquella cita era especial porque la noche anterior había llegado tarde por la entrega de premios. Ni se acordaba de cuándo había sido la última vez que dejaba solo a su marido dos noches seguidas y se sentía culpable. Trató de cancelar la noche de chicas cuando Carlos le pidió que lo acompañara al evento, pero sus amigas insistieron. Ramiro, su marido, también le repitió que había sido una casualidad y que no lo aplazara, porque podía ocuparse de los niños.

Sus amigas no tenían nada que ver con ella. Representaban lo que le habría gustado ser: decididas, atrevidas y, sobre todo, libres. Mireia tenía cuatro o cinco años menos. Era alta y atractiva. Trabajó como secretaria de dirección en TelCom y rompió un montón de corazones en la oficina. Finalmente dejó la empresa para incorporarse a un bufete de abogados de la calle Serrano. Zoe era íntima de Mireia desde la adolescencia. Compartieron sus primeros cigarrillos e intercambiaron novios en el instituto. Cristina conoció a Zoe en la primera cena en la que quedó con Mireia justo después de que dejara TelCom. Le pareció una loca descarada y divertidísima, y desde entonces procuraba verse con ellas cuando necesitaba olvidarse de que era doña perfecta. Envidiaba su forma de disfrutar la vida y su despreocupación, pero sobre todo su libertad para hacer lo que les venía en gana, sin complejos ni dramas, como si la adolescencia fuese un estado que se pudiera alargar sin fecha de caducidad.

Quedaron en un restaurante asiático del centro, en una bocacalle de Gran Vía. Cristina se encontró con Mireia en la puerta del establecimiento, tan guapa como siempre, con una minifalda que convertía sus piernas delgadas en inacabables. Entraron juntas. Zoe ya las estaba esperando en una mesa.

—Chicas, ¡qué ganas tenía de veros! —saludó Zoe, moviendo la mano aparatosamente desde la mesa y sonriendo mucho.

—Lo mismo digo —contestó Cristina.

—Te vimos en YouTube en el vídeo de la entrega de premios. ¡Qué guapa estabas! —le dijo Mireia a Cristina—. ¡Estabas total! ¡Y qué potra tiene tu jefe, le cayó el premio!

—Por no decir lo sexy que estaba en el escenario, con ese porte: «Quiero agradecer a todo el mundo este premio». —Zoe trató de imitarlo poniendo voz ronca y cara larga—. ¿Sigues sin tirarle los tejos? ¿Cuándo vas a saltar por encima de su mesa? —insistió.

—¡Cómo eres! —replicó Cristina con un ligero rubor en las mejillas—. Ya sabes que...

—¡Bobadas! —interrumpió Mireia—. Seguro que ya le has tirado los tejos y no nos lo cuentas. Te conozco, Cristi, ¡sé que te pone a mil! Pero tú siempre quieres aparentar ser la niña buena de colegio de monjas. ¡Que a mí no me engañas!

—Por eso quedo con vosotras. Mi vida es demasiado aburrida. En TelCom nunca pasa nada. Son todos una panda de cincuentones pasmados. Solo les interesa el dinero, y facturar y facturar —dijo Cristina haciendo el gesto de poner sellos en papeles imaginarios.

—¿Y no hay cotilleos? —preguntó Mireia—. Se jubila ya el viejo, ¿no? Seguro que hay empujones para quedarse con la corona del reino. ¡Ten cuidado!, no te vayan a apuñalar por la espalda.

—Tranquilas, que conmigo no va la historia.

—Pero siempre que salta la sangre hay riesgo de que te salpique —bromeó Zoe.

—¿Y hombres nuevos? ¿Algún fichaje interesante o solo tienes ojos para tu Carlos? —inquirió Mireia con cierto tono burlón en la voz.

—Ningún fichaje, creedme. Solo becarios imberbes o rubias de marketing con ganas de llegar lejos. Un rollo, la verdad.

El camarero apareció a tomar nota de las bebidas e interrumpió la conversación durante un minuto.

—Tienes que expandir horizontes, guapa. Necesitas salir de ahí. Van a acabar contigo, ¡de puro aburrimiento! —razonó Zoe.

—Ojalá, pero yo no soy como vosotras. Estoy fuera del mercado —dijo sonriendo.

—No seas tonta, siempre se está en el mercado. Hoy en día no necesitas ni salir de casa. Te instalas una app en el móvil, subes unas fotos y la tecnología lo hace todo por ti. ¡Te lloverán los hombres! —contestó Zoe.

—Yo me refería a que estoy fuera del mercado laboral —dijo Cristina simulando una gran indignación.

—Yo he tenido citas memorables gracias a Match, pero ponte el Tinder, que últimamente tiene más tirón.

—Tinder, ¡por supuesto! —apuntó Zoe—. Mi hermana encontró un cachitas que la tiene loca.

—Vas a flipar. Hay veces que estamos dos semanas sin vernos porque no damos abasto con tanta cita.

Mireia veía cómo escandalizaba a su amiga y seguía insistiendo con el tema. Sabía que nunca haría algo así porque era una de las personas más rectas que conocía, pero disfrutaba tentándola.

—¡Cómo sois! ¡Cómo sois! —repetía Cristina.

El camarero llegó con tres botellas de cerveza Asahi y unos vasos.

—Tienes que cambiar —le decía Zoe—. Cuando acabemos de cenar, te vienes a la discoteca.

—Imposible, chicas. Ayer llegué tarde y no puedo retrasarme mucho otra vez.

—Solo será un ratito. Conocemos un sitio aquí cerca, en Mostenses. Es infalible —dijo Zoe mirando a Mireia con complicidad—. Y si no te gusta, te marchas a casa.

Dos horas después Cristina atravesaba la puerta de entrada de aquel antro con sus dos amigas. En el baño del restaurante la habían maquillado, alborotado el pelo y obligado a desabrocharse un par de botones de la blusa. Zoe y Mireia habían tardado en convencerla para que las acompañase, pero en realidad Cristina se moría por ir, por verlas en acción y vivir algo que, aunque fuese rutina para sus amigas, para ella sería una gran aventura. Simplemente dejó que le insistieran durante la cena para sentirse menos culpable al aceptar.

La discoteca era enorme. La música electrónica atronaba los oídos desde la puerta de acceso. Las luces estroboscópicas multiplicaban el efecto lisérgico sobre la oscuridad del local. Cristina llevaba los ojos bien abiertos para no perderse nada. Varios centenares de jóvenes bailaban y bebían. Aquel ambiente hacía que todos le parecieran atractivos y no sabía adónde dirigir la mirada. Allí donde se fijasen sus ojos había escotes, transparencias, licras. Cristina nunca había estado en un sitio así.

Dieron una pequeña vuelta alrededor y se dirigieron a una de las barras. Sin preguntar, Mireia pidió tres gin-tonics.

Cristina intentó decir a gritos por encima de la música que no quería, pero fue inútil y no tardó en encontrarse a sí misma saboreando con intensidad los primeros sorbos. En el lateral de la barra, las tres amigas bailaban despacio al ritmo de la música y observaban la pista. La música, las luces y toda aquella gente lanzándose miradas atrevidas, junto al efecto de los primeros tragos del gin-tonic, hicieron que Cristina empezara a sentirse embriagada. Notaba los síntomas de desinhibición y euforia. Le costaba mantener la cabeza fría, aunque se resistía a abandonarse ante aquella sensación tan placentera.

Mireia echó el ojo a un hombre de unos treinta y tantos años. Parecía que él se fijaba también en ella. Era alto, muy moreno, con la cabeza rapada. Llevaba una camisa negra entallada y vaqueros. Bailaba apoyado en una barra lateral mientras apuraba una copa y miraba con poco disimulo a Mireia, que no paraba de bromear con Zoe. Ambas le dirigían miradas felinas. Mireia se acercó a Cristina y le dijo:

—Cristi, este truco es infalible para volver loco a un tío.

Mireia miró una vez más al hombre moreno y luego se acercó a Zoe. Le dijo algo al oído, la cogió por la cintura y, mientras bailaban, comenzó a besarla en la boca. Fue un beso largo y sensual. Cristina se quedó bloqueada. No supo cómo reaccionar mientras sus amigas se besaban. Observó al hombre rapado y, a pesar de la distancia, pudo leer el morbo que habían despertado en su mirada. Mireia hizo una pequeña caricia en la cara a Zoe y se volvió para dar otro trago largo a su copa.

—Menuda pareja de... —dijo Cristina sin dirigirse a nadie en particular y sin terminar la frase. Le daba vergüenza hasta pronunciar aquellas palabras. Pero no podía negar que aquel beso le había resultado excitante.

Siguieron bailando y charlando mientras terminaban sus gin-tonics. Zoe volvió a la barra a pedir otra ronda y Cristina apuró su copa. Con el último trago empezó a ser consciente de lo borracha que estaba. Mireia echó a andar hacia el baño mientras decía adiós con la mano. Cristina vio cómo antes de que llegara a la puerta de los aseos, el hombre moreno la interceptaba y comenzaban a charlar entre sonrisas y confidencias al oído.

—Zoe, creo que hoy nos vamos solas a casa —bromeó Cristina, señalando a Mireia y su conquista.

—Ni lo sueñes, yo no pienso irme contigo —contestó Zoe sonriendo.

Según avanzaba la noche, llegaba más gente al local y la música se hacía más intensa. Los camareros no paraban de servir copas como si aquella fuese la última noche en la que estaba permitido divertirse. En medio de aquella algarabía, Cristina perdió finalmente de vista a sus dos amigas. Estaba mareada y sentía el alcohol en su cuerpo, la euforia luchando contra la sensatez. Paseó sola por la discoteca y decidió que había llegado el momento de marcharse a casa. Antes de salir, pensó que debía pasar por el baño. Necesitaba lavarse la cara, relajarse e intentar asimilar todo lo que había visto, normalizar la situación, volver a su realidad y su rutina. Pensó en Ramiro y en los niños. El recuerdo de su familia le provocó los primeros sentimientos profundos de culpa, pero aquel lugar y el alcohol la embriagaban y la atraían como un imán de gran potencia. Tenía que hacer algo, porque no se veía capaz de entrar en su casa en semejante estado.

A pesar de lo grande que era el aseo, costaba moverse en él. Varios grupos de chicas se retocaban el maquillaje en el espejo o entraban y salían de alguna de las cabinas. Abrió el grifo y se echó agua en la cara. Había ido demasiado lejos. Tenía que volver a casa sin demora. Se echó más agua en la nuca y se lavó las manos. Bebió agua del grifo y se apartó hacia atrás mientras dos chicas se abalanzaban sobre el espejo. En ese instante, la música que entraba en el baño como un torbellino bajó ligeramente de intensidad y a Cristina le pareció distinguir algunos gemidos ahogados. Entró en una de las cabinas y, mientras orinaba, los oyó con mayor claridad. Al acabar, bajó la tapa del inodoro y se subió encima. La curiosidad que sentía y la euforia del alcohol la empujaron a convertirse en voyeur involuntaria. Con mucho cuidado, midiendo sus movimientos para pasar desapercibida, se agarró a la pared de madera abierta por la parte superior que separaba las cabinas entre sí y se asomó.

La escena la dejó paralizada. A duras penas pudo agachar la cabeza por miedo a que la descubrieran, pero la excitación la llevó a volver a mirar una y otra vez. En la cabina de al lado estaba Mireia, de espaldas y con los brazos apoyados contra la puerta de la cabina. Su falda estaba arrugada en la cintura. Gemía excitada mientras el hombre moreno, con la camisa abierta y los pantalones caídos sobre los tobillos, la penetraba desde atrás. Asistir a aquella escena de sexo en un lugar así le pareció tan impactante que no podía dejar de mirar. Aquello era animal y sucio, pero al mismo tiempo la excitaba de una manera irracional que no había sentido nunca. Notó un calor indescriptible que subía por sus piernas. Se sentía fuera de control. Bajaba la mirada para recuperar el aliento y volvía a asomarse, para observar desde su escondite cómo el hombre moreno, con su pecho musculoso y fuerte, envuelto en sudor, agarraba a Mireia por la cintura.

La frente y los ojos de Cristina apenas asomaban por encima de la pared de madera. Tenía miedo de que en algún momento pudieran verla, pero seguía allí, sin poder dejar de mirar. Mireia se movió de repente. Se separó del hombre moreno, le empujó hacia atrás y se dio la vuelta. Llevaba la blusa desabrochada y abierta. Subió los brazos y se tocó los pechos sudorosos mientras elevaba la vista y descubría que su amiga Cristina, escondida en la cabina de al lado, la espiaba desde arriba.

Pero no hizo nada, como si la confirmación de tener una invitada la excitase aún más. Le lanzó una mirada que era puro fuego y sonrió. Subió la pierna derecha hacia la pared y mostró su sexo húmedo y caliente. Luego volvió a bajar la mirada hacia el hombre que la acompañaba y le susurró entornando los ojos:

—Sigue, ¡vamos! Sigue, ¡hazlo!

3

La caja y la jaula

Mala Mosh compartía un ático en Malasaña con Ninfa Klein. También eran compañeras de trabajo en X-Room. El nombre real de Mala era María Artaza; el de Ninfa, Ava Fernández. Pero hacía mucho que decidieron rebautizarse. María eligió Mala en honor a su abuela, porque cuando era niña le repetía lo «mala mala mala» que era si se desviaba del buen camino. Ava eligió Ninfa porque empezó muy joven en X-Room y algunos clientes se dirigían a ella con ese apelativo. Los apellidos de sus nombres artísticos surgieron sin más y les parecía que el conjunto era muy sonoro. Así nacieron los alias de las chicas que organizaban y mantenían X-Room bajo control.

Vivían juntas desde hacía varios años. La terraza con vistas a los tejados del Madrid más castizo había sido testigo de cenas al anochecer, fiestas nocturnas y algún que otro amanecer romántico. Su aspecto gótico y agresivo no invitaba a que entablaran amistad con los vecinos, que las consideraban dos bichos raros.

La tarde de los sábados salían por la puerta en dirección a X-Room, donde estarían trabajando hasta bien entrada la madrugada. Ambas vestían de negro riguroso, con un abrigo largo que disimulaba el resto de su atuendo, de inspiración industrial y cierto aire cibernético, que difícilmente pasaría desapercibido en la calle.

Poco después de las doce, uno de los vigilantes que hacía su ronda por la parte exterior del palacete avisó por radio a las chicas de la presencia en la puerta principal de un hombre, vestido de paisano, que se identificó como policía. No venía con ningún tipo de documento judicial. Simplemente quería hablar con el gerente. Después de dudar, Ninfa decidió dejarlo pasar y esperó en la recepción a que llegara para acompañarlo a la sala anexa, donde podrían hablar con comodidad e impediría que viera a ninguno de los miembros del club entrando o saliendo de las cabinas.

—Y bien, ¿qué puedo hacer por usted? —preguntó Ninfa sin ningún preámbulo.

—Buenas noches —saludó muy educadamente—. Soy el subinspector Ortiz. ¿Y tú eres...?

El policía miraba a Ninfa con interés. Era joven y muy atractiva. No transmitía la sensación de poder regentar aquel lugar. Más bien parecía una modelo que había huido de una pasarela.

—Soy la que manda aquí. ¿Qué puedo hacer por usted? —repitió con brusquedad.

Ninfa lo miró con curiosidad. Ortiz era alto y corpulento. Tenía el pelo rubio y ralo, barba de varios días, unas manos enormes y unas maneras bastante toscas. Una visita como aquella era algo que entraba dentro de los riesgos previsibles en un lugar como X-Room. Ninfa sabía lo que tenía que hacer porque así la habían adiestrado: escuchar, aportar la mínima información posible y, ante cualquier duda, llamar al abogado.

—Estoy intrigado con este lugar —comentó Ortiz con un tono de falsa amabilidad mientras movía la cabeza hacia los lados—. ¡No os va nada mal! Mucha gente habla de vosotros. Pero luego preguntas a cualquiera «¿Qué coño es X-Room?» y todo son evasivas. Así que por eso estoy aquí. Me gustaría saber qué es esto que tenéis montado.

—Es un bar —contestó Ninfa.

No había mentido. Así aparecía inscrita la actividad económica de X-Room.

—No me ha parecido ver un cartel de bar en la puerta. A lo mejor es que tenéis estropeado el neón.

Ninfa no contestó a la provocación.

—Pero si esto es un bar, ¡de puta madre! —dijo el policía mientras se daba una palmada en la pierna—. Porque tengo un montón de bares que ya son clientes.

—Me pareció entender que eras policía —puntualizó Ninfa.

—Para vosotros, soy especialista en gestión de activos y servicios para la hostelería. La limpieza, por ejemplo. Con lo grande que es esto, necesitaréis un buen servicio de limpieza, porque no te veo a ti y a tu amiga pasando el mocho.

Ortiz esbozó una media sonrisa socarrona y grosera.

—También soy proveedor de las mejores marcas de bebidas alcohólicas. Con la ayuda de varios socios, importo algunas de las ginebras más exclusivas —continuó Ortiz—. Hasta puedo ayudar con la vigilancia o los controles de acceso.

—Unos servicios muy completos para la policía —interrumpió Ninfa.

—Pues sí, muy completos. Además, la buena noticia es que estoy de promoción. Si contratáis mis servicios de hostelería, os llevaréis sin coste el kit de pasividad policial. Nadie vendrá a preguntar a qué coño os dedicáis. Y os puedo asegurar que la próxima vez no me valdrá como respuesta la gilipollez del bar.

En ese instante, la sonrisa se borró de la cara de Ortiz y se mostró amenazador.

—Si lo he entendido bien, tenemos que contratar a la empresa de tu cuñado para que nos limpie los baños y nos traiga la ginebra. A cambio, no habrá ningún policía haciendo preguntas.

—Todo correcto menos una cosa: no es mi cuñado —contestó Ortiz.

—¿Y si no me interesa? —preguntó Ninfa haciéndose la ingenua.

—Aparecéis en varias escuchas. Parece ser que algunos nombres célebres vienen aquí a hacer cosas sucias mientras esnifan cocaína. Siempre presuntamente, claro. —Ortiz volvió a recuperar el tono burlón e hizo especial énfasis en la palabra «presuntamente»—. Hay un fiscal de la vieja escuela, de esos que van a misa todos los domingos, al que no le gusta nada todo esto y está dispuesto a investigar en profundidad qué es lo que ocurre aquí. Así que es solo cuestión de unas semanas que me llame para venir a dar una vuelta. Eso sí, con coche patrulla.

—Creo que lo tengo claro —dijo Ninfa—. Pero como comprenderás, debo consultarlo.

Ortiz metió la mano en un bolsillo interior de su americana y sacó una tarjeta. Estaba en blanco salvo una de sus caras, donde había un número de móvil escrito a mano. Nada más. Se la dio a Ninfa antes de despedirse.

—Dime algo, guapa. Espero tener noticias tuyas pronto. Llama a este número y pregunta por Cristóbal.

El policía se dirigió hacia la puerta y, justo cuando cruzaba el umbral, se volvió de nuevo hacia Ninfa.

—Y si queréis cocaína, también tengo la mejor oferta. No dejéis sin suministro a vuestros pervertidos.

Mientras uno de los vigilantes lo acompañaba hasta la puerta de la calle, Ninfa le resumió a Mala la conversación que acababa de tener. No sabía qué hacer, así que, sin dilatarlo más, cogió el móvil y marcó uno de los números marcado en su agenda como favorito.

—Hola, cielo.

—Mamá —dijo Ninfa—, tenemos que hablar.

Además de varios documentos, una pluma estilográfica Montblanc, un blíster de paracetamol genérico y tres condones, el maletín contenía dos sobres.

En el primero había trescientos sesenta billetes de quinientos euros.

En el segundo había doscientos cuarenta billetes de quinientos euros, pero este segundo sobre estaba oculto en un bolsillo interior.

Un Citroën C5 azul marino con las lunas tintadas hizo los últimos giros hacia la plaza de Pontejos, a escasos cien metros de la Puerta del Sol. Sofía Labiaga adoraba la sensación de desplazarse en coche oficial. Era parte del protocolo del poder.

Aquella mañana de domingo, las calles del centro estaban vacías, sin apenas actividad. Las tradicionales mercerías y tiendas de tejidos que se concentraban en la plaza permanecían cerradas y el único ser vivo que la habitaba era un mendigo vestido con un viejo chándal sucio. Estaba tirado en el suelo junto a la gran estatua situada en la parte central, de cuyos laterales nacían dos surtidores de agua.

El chófer no se esforzó en aparcar en la zona reservada a vehículos oficiales que en ese momento se hallaba vacía. Apagó el motor e hizo el amago de salir para abrir la puerta trasera, pero Sofía no esperó y, dejando atrás el vehículo, se dirigió a buen paso hacia la puerta lateral de la Consejería de Presidencia y Justicia con el maletín en la mano. Estaba situada en un edificio histórico de tres plantas con techos altos y dos siglos de antigüedad, diseñado en un estilo clásico sobrio que lo hacía pasar desapercibido frente a su popular vecino, la Real Casa de Correos, que presidía la Puerta del Sol con su célebre reloj.

La esperaba el adjunto a Presidencia. La cita no iba a ser amable. Odiaba a aquel hombre con todas sus fuerzas. Había sido elegido para despachar las gestiones internas, así que no tenía más remedio que tragar. Era impertinente en el trato y correoso en la negociación. Gracias a sus conexiones al más alto nivel dentro del Partido, su poder era casi absoluto y no dudaba en utilizarlo en contra de cualquiera que se interpusiera en su camino.

Antes de entrar en su despacho, Sofía pasó por el baño. Se miró al espejo para observar su cara, blanca e inexpresiva. Intentaría que durante los minutos que estuviese con el adjunto, su expresión se mantuviese así, inexpresiva. No quería darle el gusto de obtener ninguna información más allá de sus palabras.

Se dirigió al retrete y, cuando estaba a punto de acabar, orinó sobre sus dedos. Después cogió dos toallitas de papel y secó lo que goteaba. Las dejó lo bastante húmedas como para que la orina siguiera presente en la piel y salió rauda en dirección al despacho.

—Sofía, ¡adelante! —dijo el adjunto a modo de saludo.

—Gracias —respondió con un firme apretón de manos.

Sofía se sintió complacida. Había traspasado su orina a las manos del adjunto con el saludo inicial. Era su pequeña venganza personal, su manera de gritarle un «¡Jódete!» a la cara, y compensaba en cierta medida lo desagradables que pudieran ser los minutos siguientes.

El despacho del adjunto era desproporcionadamente grande. No había duda de que quería dejar claro su estatus a cualquiera que lo visitara. Detrás de una enorme mesa de escritorio repleta de papeles, había tres grandes ventanales que se abrían hacia la plaza de Pontejos, aunque las vistas eran más bien decepcionantes. No estaba lo bastante alto como para que pudiera verse por encima del edificio de enfrente. Junto a la pared de la izquierda, en la que lo más destacable era un cuadro con una foto del rey, había una mesa de madera maciza para ocho personas. El despacho también tenía espacio para varios sofás situados alrededor de una mesa baja. Sofía se acomodó en uno de ellos.

—¿Cómo fue todo?

Sofía comenzó hablando despacio, midiendo sus palabras como si estuviese siendo juzgada.

—No ha sido fácil. He tenido que luchar bastante esta vez. No querían entender.

—El entendimiento es fácil. O estás comprometido con nosotros o no lo estás.

—Lo sé —respondió Sofía—. Tuve que insistir e insistir. Siempre es lo mismo. Cuando les haces la propuesta antes de lanzar el concurso, a todos les parece bien. Pero cuando tienen el contrato en el bolsillo, se olvidan de lo pactado.

—¿Cuál fue el precio final de la adjudicación?

—Seis millones cuatrocientos cuarenta mil euros —respondió pausadamente Sofía.

—No quiero sacar la calculadora. ¿Cuánto es nuestra partida?

—Ciento ochenta mil euros —dijo ella, dirigiendo una mano hacia el maletín.

—Soy de letras —interrumpió el adjunto—, pero diría que falta pasta.

—Sí, falta un poco. Es un 2,8 por ciento. Ya te he dicho que ha sido bastante difícil esta vez —respondió Sofía tratando de justificarse.

—Creo que habíamos dejado claro que no había rebajas para nadie —contestó el adjunto mientras se tocaba la barbilla.

Sofía imaginó satisfecha los restos de su orina en la cara del adjunto, en la comisura de sus labios y en el pelo, según se tocaba con la mano meada antes de centrarse de nuevo en la conversación para contestar.

—La teoría es una cosa y la práctica, otra bien distinta. No es fácil plantarse en el despacho de estos gerifaltes y pedir ciento ochenta mil euros en un sobre. Llevo semanas negociando con ellos hasta que hemos podido resolverlo. Sé que el Partido necesita dinero. Sé que todos estáis presionados, pero no me des más caña. Creo que he cumplido. He hecho un buen trabajo. Podrías reconocérmelo.

—Ya... —respondió el adjunto con expresión reflexiva.

—Además, estoy en fase de definición de un nuevo concurso para la telefonía. Serán unos diez millones. Y ya he tenido algunas aproximaciones muy interesantes. La gente de TelCom está interesada en el contrato. Les he hablado del tres por ciento y, aunque han puesto ciertas condiciones, parece que todo va para delante. Son gente seria.

Mientras hablaba, Sofía abrió el maletín y sacó el primer sobre con ciento ochenta mil euros en efectivo, trescientos sesenta billetes de quinientos euros. Cuando terminó de hablar, alargó el brazo y le dio el sobre al adjunto.

—Suena bien. Pero insisto, no quiero rebajas —dijo el adjunto recalcando las palabras—. Quiero los trescientos mil euros de TelCom. Ni un céntimo menos. Se aproximan curvas y necesito pagar un montón de facturas.

Sofía cerró el maletín y trató de incorporarse. Daba por finalizada aquella cita dominical.

—Y una última cosa, Sofía —la interrumpió—. Sé que no os lleváis bien, pero no quiero más peleas entre tu gente y el equipo de Antonio Mellado. La gente habla, me cuentan cosas, la prensa pregunta.

—Solo son diferencias políticas...

—¡No me jodas, Sofía! ¡A mí no me cuentes gilipolleces! Estas mierdas te las reservas para los periodistas. Sois dos buitres carroñeros. ¡Los dos! No estoy dispuesto a tolerar peleas entre compañeros. Todos estamos en el mismo barco y el que no quiera salir en la foto se va a tomar por culo ya mismo.

Sofía aguantó el chaparrón. Intentó mantener una expresión completamente neutra, como si aquellas palabras no fuesen con ella. El adjunto se levantó, fue a su mesa y cogió dos carpetas de cartulina. Ambas tenían cuarenta o cincuenta páginas en su interior. La primera, de color rojo, tenía escrito a mano sobre la portada LABIAGA. La segunda, de color azul, tenía escrito MELLADO. Se las mostró a Sofía sin abrirlas.

—He encargado a mis hombres en el CNI un par de informes sobre vosotros. Me ha resultado muy interesante enterarme de alguno de tus hábitos. Y también de los de tu marido. Lo mismo me ha pasado con el informe de Antonio. Pero no hay más que hablar. Vosotros os portáis como debéis y estas carpetas se quedan aquí conmigo. El primero que me toque los huevos me lo despacho filtrando la carpetita a la prensa. ¿He sido claro?

—Cristalino —respondió Sofía de camino a la puerta, evitando el saludo de despedida. No quería que ningún resto de sus fluidos íntimos volviera a sus manos.

—En el nombre del Padre, del Hijo y del Espíritu Santo —recitó el sacerdote con ojos entornados y voz solemne, mientras hacía la señal de la cruz en el aire.

—Amén —respondieron las docenas de almas allí presentes.

Cristina Miller había acudido a la iglesia con su marido y los niños, como cada domingo. Habían desayunado juntos, se habían arreglado un poco más de lo normal y caminaron los diez minutos que su casa distaba de la parroquia.

—La gracia del Señor Jesucristo, el amor del Padre y la comunión del Espíritu Santo estén con vosotros —continuó el sacerdote.

—Y con tu espíritu —respondieron todos.

Cristina no conseguía apartar de su mente lo que había vivido el viernes por la noche y se sentía muy mal por ello. Las imágenes se le presentaban como fogonazos sin poder hacer nada por evitarlo y le provocaban una sensación especialmente angustiosa e incómoda. Se movió un poco en el asiento y Ramiro la miró con curiosidad. Se sonrieron y siguieron escuchando.

—Para celebrar dignamente estos sagrados misterios, reconozcamos nuestros pecados —proclamó el sacerdote.

Le costaba reconocerse en su pecado: mirar a hurtadillas, convertirse en cómplice, observar lo más íntimo de una persona y, lo más perturbador de todo, excitarse hasta perder el sentido. La imagen de Mireia acariciándose los pechos mientras la descubría espiándola, y en especial su mirada sexual y lasciva, la llevaba persiguiendo todo el fin de semana, pero allí, en la iglesia, le parecía muchísimo más pecaminosa y perversa.

—Dios todopoderoso tenga misericordia de nosotros, perdone nuestros pecados y nos lleve a la vida eterna.

No tenía ni idea de qué hacer para olvidar aquello, para perdonarse a sí misma. El sentimiento de culpa se extendía hasta el último rincón de su cuerpo, interrumpía sus pensamientos, impedía que la serenidad volviera a su vida para recuperar la rutina.

—Gloria a Dios en el cielo, y en la tierra paz a los hombres que ama el Señor —prosiguió el sacerdote.

Definitivamente, aquella cita no había sido una buena idea. Había salido a cenar con sus amigas y desconectar. El resto sobraba: la discoteca, el alcohol, las miradas furtivas, aquel aseo, los gemidos de Mireia y, sobre todo, aquella visión privilegiada de lo prohibido. El hombre moreno no llegó a verla, pero ella no olvidaba su pecho sudado, su expresión embrutecida y su imponente erección. Aquellas imágenes volvían una y otra vez a su cabeza ¿Qué podía hacer para recuperar el sosiego? Ojalá nunca hubiera accedido a acompañarlas.

—Orad, hermanos, para que este sacrificio, mío y vuestro, sea agradable a Dios, Padre todopoderoso. —El sacerdote comenzaba así la presentación de las ofrendas.

La ceremonia fue un martirio para Cristina. No se sentía con fuerzas para comulgar, así que se quedó en el banco cuando su marido le cedió el paso para ponerse a la cola de la sagrada comunión. Sentía que no podía hacerlo con su cabeza llena de sexo.

—El Señor esté con vosotros —recitó el sacerdote con firmeza.

—Y con tu espíritu —respondieron.

—La bendición de Dios todopoderoso descienda sobre nosotros. Podéis ir en paz —dijo el sacerdote finalizando así la santa misa.

—¡Demos gracias a Dios!

Cristina salió de la iglesia con su familia y respiró aliviada. El aire hacía volar las hojas de los árboles y los sentimientos de culpa. En la calle, su pecado le parecía menos grave.

Conspirar es un ejercicio de creatividad. Amenazar también.

Sofía se asomaba por la ventanilla con la mirada perdida repasando mentalmente la conversación que había tenido. Su coche oficial se alejó despacio de la Puerta del Sol e inició el camino hacia su casa en Aravaca. Madrid estaba muy tranquilo aquel domingo por la mañana. No había carreras populares, manifestaciones o eventos relevantes, así que las calles estaban sorprendentemente vacías.

La conversación con el adjunto había sido bastante más desagradable de lo esperado. Sus citas siempre eran un fastidio, pero en esta ocasión, el adjunto se había excedido.

Con lo de la carpeta había ido demasiado lejos. El simple hecho de utilizar una amenaza así la inclinaba a pensar que era un farol y que en aquellos folios no había nada. Solo páginas vacías en una carpeta con su nombre. El que tiene información realmente sensible la guarda para utilizarla en el momento adecuado, pero no amenaza con filtrarla sin más.

O quizá estuviera equivocada y aquellas páginas contenían conversaciones, seguimientos, citas. Seguro que podrían encontrarle algo susceptible de convertirse en carroña para el periodista adecuado. Todo el mundo tiene un cadáver en el armario. Si te buscan, te encuentran, y ella no era menos en ese sentido, por muchas precauciones que tomara. La política se había convertido en una prueba de transparencia, tan exigente en lo profesional y despiadada en lo personal que nadie podría salir bien parado de una amenaza como la que había recibido.

Una de sus últimas decisiones era arriesgada, pero se trataba de algo que le había prometido a su marido desde hacía mucho tiempo y no quería echarse atrás.

Tampoco entendía muy bien el porqué de la amenaza en ese momento. Sus peleas con Antonio Mellado, el consejero de Sanidad, arrancaron bastante más allá del inicio de la legislatura y se resumían en algo muy sencillo: acumular cuota de poder. Los dos lucharon a muerte para convencer al equipo de Presidencia de que eran los candidatos ideales para las carteras más importantes. Consiguieron su objetivo. Sanidad e Infraestructuras eran las consejerías que más envidias desataban porque gestionaban los mayores presupuestos. Pero no había sido fácil. Por el camino hubo infinidad de puñaladas entre compañeros que, ajenos al votante y siempre con una sonrisa en la boca, no dudaron en sacar lo peor de sí mismos para convencer a Presidencia sobre las fortalezas de su candidatura y las debilidades de la del contrario. La política es así. La empresa, también. Pero en las últimas semanas no había tenido ningún enfrentamiento ni discusión destacable con Mellado, así que no había motivos para recibir un ultimátum tan severo. ¿Quizá algún compañero que se quedó en la cuneta había insistido en sus rencillas para perjudicarlos? ¿El propio Mellado se había quejado? Esto último era improbable, porque sabía que Sofía también podría sacar trapos sucios y entrar así en una guerra que no favorecería a ninguno.

Quizá el origen de la amenaza no tenía nada que ver con todo aquello. ¿Sería un simple toque de atención por si en algún momento se replanteaba su papel como recaudadora del Partido? O todavía peor: ¿habría dado algún empresario el chivatazo de que, además de recaudar para el Partido, se quedaba una parte? En ese caso, ¿qué pintaba Mellado en el asunto? Se estaba obsesionando en exceso. Era mejor olvidarlo.

En medio de aquellas reflexiones, el coche oficial llegó a su destino. Sofía entró en el chalet de dos plantas más garaje y sótano en el que vivía. Era una casa que trataba de ser discreta a pesar de estar en uno de los mejores barrios de Madrid. Pero en su interior ya no había espacio para la moderación: mármoles, muebles de diseño, obras de arte. El dinero que Sofía conseguía en comisiones tenía allí una buena salida.

Abrió su maletín y sacó algunos documentos que dejó sobre la mesa que presidía el vestíbulo. Del bolsillo interior cogió el sobre con ciento veinte mil euros que llevaba escondido.

Con el sobre en la mano bajó al sótano. En una sala anexa al garaje se encontraban las instalaciones técnicas de la casa y numerosos estantes con herramientas de todo tipo. Ocupando un lugar principal estaba la caldera de la calefacción, una gran mole metálica asentada sobre el suelo. Sofía pulsó el botón de arranque y, a través del menú, inició la programación para que la caldera arrancase en una fecha muy concreta: 21/12/2112. Después sacó un destornillador de estrella de una caja de herramientas que guardaba en uno de los estantes y soltó una tapa que se encontraba en la parte inferior de la caldera. Esa tapa le dio acceso a un cajetín que de nuevo tuvo que desatornillar. Dentro había un resorte bastante discreto que agarró con la mano. Aquel resorte solo se podía mover si previamente se había programado la fecha en el menú. Tiró de él con firmeza y la caldera hizo un sonido quebradizo y metálico mientras se elevaba sobre unas pequeñas ruedas que permanecían ocultas. Así fue como pudo mover aquella enorme caldera unos veinte centímetros hacia delante.

Aparentemente no había nada en el lugar que liberó la caldera, solo polvo y suciedad. Sofía cogió una ventosa industrial que también guardaba entre sus herramientas. La pegó en una baldosa que había asomado bajo la caldera, tiró con fuerza y abrió un hueco rectangular de veinte por cuarenta centímetros. Metió la mano a oscuras hasta encontrar un asa, de la que tiró para elevar una caja metálica hecha a medida para aquel agujero. La caja estaba precintada y para abrirla disponía de una cerradura electrónica. Tecleó la combinación y la tapa se abrió con un ligero chasquido.

A pesar del buen tamaño de la caja metálica, no cabía mucho más. Se acumulaban cerca de tres millones de euros en billetes de cien, doscientos y quinientos, algunos documentos confidenciales, varios pendrives con fotografías y memorias micro-SD con grabaciones. Colocó cuidadosamente los ciento veinte mil euros junto con el resto de los billetes.

El espacio reservado para el dinero estaba prácticamente lleno. Sofía pensó una vez más que tenía que hacer algo para sacarlo de aquella caja. El riesgo potencial de un registro o un robo en su domicilio empezaba a ser demasiado alto. La posibilidad de perderlo todo le hacía sentir especialmente incómoda, incluso paranoica. Le habían hablado de Suiza, de Panamá, de Gibraltar. Pero, de momento, su tesoro se encontraba allí, bajo la gran caldera de la calefacción.

Finalmente, del bolsillo de su americana sacó una grabadora. Abrió una tapa lateral y extrajo la memoria micro-SD. En la caja había una pequeña funda archivadora con docenas de memorias. Buscó un hueco libre y la colocó. En la etiqueta escribió la fecha y debajo: «Conversación con adjunto. Amenazas».

Todos la esperaban en silencio. Madame Carmen entró con paso firme y semblante serio en X-Room. En la sala adjunta al vestíbulo de acceso aguardaban su hija Ninfa, el jefe de seguridad Niko Dan y el abogado de la familia. Aquella reunión tenía una apariencia realmente extravagante por lo variopinto de sus asistentes. Niko vestía un traje de riguroso negro. Medía casi dos metros y tenía una amenazante corpulencia. El abogado llevaba traje, corbata azul marino, gemelos de oro y una camisa blanca con sus iniciales bordadas. La nota excéntrica la aportaba Ninfa, con un mono de látex de cuerpo entero y el pelo suelto. Carmen vestía un elegante traje de chaqueta rojo y tacones.

Madame Carmen fundó X-Room dos décadas atrás. Durante ese tiempo lo había convertido en la referencia del fetichismo en toda Europa. El impresionante espacio que ocupaba, la teatralidad de los escenarios que ponía a disposición de los socios y la adopción de nuevas tecnologías hacían de él un lugar único. Entre sus miembros se encontraba lo más selecto de la sociedad europea, por lo que era obligatoria una discreción absoluta. Recibir la visita de un policía con intenciones oscuras era contrario a todo lo que significaba ser socio del club.

Tras los saludos, Niko les confirmó lo que ya se temían. Expuso rápidamente la información que había conseguido con su voz ronca y su marcado acento de Europa Oriental.

—He estado haciendo averiguaciones en la policía. Hay varios Ortiz en Madrid, pero ningún Cristóbal Ortiz. No me han sabido dar la descripción física del sujeto, ni son conscientes de que haya sucedido antes en otros lugares.

—¡No es verdad! —se quejó Madame Carmen visiblemente molesta—. Toda la vida ha habido amenazas por parte de la policía en bares, discotecas y puticlubs. Todo a cambio de copas y un polvo gratis. Pero claro, no van a reconocer que su maldito cuerpo de policía está podrido.

—Tienes razón, no lo van a reconocer. Pero los contactos que yo he tocado no son los oficiales —contestó el jefe de seguridad—. Puedo seguir preguntando en otros lugares y a algunos expolicías que quizá tengan menos inconvenientes en hablar.

—Ninfa, ¿estás segura de que era una placa de policía auténtica? —preguntó Madame Carmen mirando a su hija.

—Sí, en eso no tengo ninguna duda —respondió ella.

—¿Alguna pista con el número de teléfono que nos dejó?

—Imposible de rastrear. Es un número que corresponde a una SIM desechable —contestó el abogado—. Podría utilizar algunos contactos para intentar localizar un nombre, pero ya te adelanto que los datos no serán relevantes. Nos llevarán a un nombre falso que no tendrá nada que ver.

—¡Señores! —dijo Madame Carmen con voz firme—. Necesito algo concreto. Tirad de contactos, llamad a quien haga falta, pero quiero saber quién es este individuo y por qué ha venido a mi casa. ¡A trabajar!

Ninfa se levantó y, según pasaba junto a su madre, le comentó:

—Te dejo, tengo que dar la bienvenida a dos nuevos socios.

Entró en la sala anexa, donde un hombre y una mujer la esperaban sentados al otro lado de una mesa de oficina. Ninfa se acomodó frente a ellos y, tras disculparse por la espera, comenzó a explicarles el funcionamiento de X-Room, las instalaciones de las que podían hacer uso, la red social en la que conocer a nuevos socios y las condiciones económicas. Finalmente, Ninfa les entregó un documento que recogía en detalle todo lo que habían hablado y los invitó a que pasaran a una de las cabinas para cambiarse y empezar a hacer uso de sus servicios. Mientras la pareja entraba en la cabina, Ninfa se dirigió hacia el ordenador para dar de alta su ficha.

—Creo que la parejita se va a estrenar en la jaula —le confesó Ninfa a Mala—. Por cierto, la mujer me sonaba mucho...

—Te sonará de las noticias —comentó Mala en tono jovial—. ¡No te enteras de nada! Ella es consejera de no sé qué en la Comunidad de Madrid. Creo que se llama Sofía Labiaga. Supongo que él será su marido.

—Por favor, levante los brazos.

Al comisario Manuel Villacampa no le hizo mucha gracia, aunque todo aquello le resultara familiar. El cacheo no era por armas, sabían perfectamente que llevaba una. Le registraban en busca de micrófonos o grabadoras que pudieran ser testigos de lo que iban a hablar en aquella cafetería. Gonzo intentó ser discreto mientras cacheaba al comisario, porque aunque en ese momento no había más clientes, no quería incomodarlo en exceso. Una vez comprobado que no llevaba ningún dispositivo, el comisario se sentó en la mesa con Gonzo y Carlos.

Aquel era un lugar discreto y neutral. No podían quedar en la sede de TelCom porque generaría un registro de acceso que quizá en el futuro les costase justificar. La sala interior de la cafetería solo tenía una puerta que comunicaba con el salón principal. Las ventanas daban a un patio y desde el escaparate no se los veía, por lo que estaban a salvo de cualquier ojo indiscreto.

—Manuel, quiero agradecerte enormemente la rapidez con que has accedido a verme —comenzó diciendo Carlos—, y siento el numerito del cachco. Como comprenderás, toda precaución es poca en esta situación.

—Entendido —respondió el comisario en un tono un tanto cortante. Quería dejar claro que no le había gustado.

—He recurrido a ti porque varios contactos me han hablado de tus excelentes servicios. Según dicen, puedes solucionar situaciones complejas.

El comisario se limitó a asentir despacio con la cabeza.

—En este momento tengo una persona a la que me gustaría... cómo te diría...

—Perjudicar —atajó Villacampa.

—Podríamos llamarlo así.

—Supongo que me estás hablando de Américo García —le soltó el comisario a bocajarro.

Carlos se quedó en silencio.

—No tienes por qué andarte con rodeos conmigo. Yo también he hecho mi trabajo y esta parte no te la voy a cobrar —comentó Manuel esbozando una ligera sonrisa—. Es *vox populi* que vuestro presidente se jubila y que los altos directivos de TelCom estáis como lobos hambrientos esperando una presa fácil. Todos queréis la presidencia y Américo es uno de los ejecutivos más cercanos a Fausto, así que no necesito saber mucho más para sacar mis conclusiones. Tu expresión me confirma que estoy en lo cierto.

—Hay más candidatos en juego, pero ahora mismo necesito quitar de en medio a Américo —terminó reconociendo Carlos—. Las últimas noticias sugieren que es el favorito, así que necesito algo que pueda desestabilizar su elección. Creo que no puedo ser más claro.

—Yo tampoco voy a andarme con rodeos. Una acción como esta es compleja, pero factible. Necesitaré bastantes recursos, pero eso no es un problema. Lo normal es dividir la operación en cuatro fases para ir paso a paso y no dedicar más esfuerzos de los estrictamente necesarios. Menos recursos significan menos pasta y menos riesgos. Esto es especialmente importante porque en este trabajo no todo se mide en términos económicos. El factor riesgo es vital. En el fondo soy como un bróker: gestiono riesgos.

El comisario hizo una pequeña pausa para dar más énfasis a lo que iba a contar.

—La primera fase es la negociada. Hablamos con el sujeto y le convencemos de que quizá sus decisiones no lo lleven al mejor destino, o dicho de otra manera, puede haber consecuencias que no ha tenido en cuenta. Algunos lo llaman amenazar. Yo prefiero llamarlo persuadir. En según qué circunstancias puedo resultar muy convincente.

El camarero llegó en ese momento con cafés, zumos de naranja, una tetera con agua caliente y una caja con un surtido de tés. También una pequeña cesta con cruasanes.

—Discúlpame, Manuel. Como no conocía tus gustos, he pedido un poco de todo —dijo Carlos con una amabilidad un tanto forzada—. Continúa, por favor.

—Pues bien, la segunda fase es la de atacar su reputación. Buscamos algo en su pasado, algún hecho desconocido que no tenga buena prensa y que podamos utilizar: viejas amistades peligrosas, alguna afición no muy confesable, una amante, varias amantes, o quizá un amante. Fiestas, alcohol, putas, lo que sea que rompa su imagen de don perfecto. Cuando lo encontremos, le damos salida con la prensa amiga. Y si no encontramos nada, nos lo inventamos.

—*Fake news…* —murmuró Carlos.

—¡Exacto! Lo bueno de las *fake news* es que se expanden mucho más rápido que las noticias reales porque están diseñadas para causar un fuerte impacto. La verdad suele ser mucho más aburrida. Así que en algunos casos no necesitamos buscar demasiado. Nos basta con cualquier detalle real sobre el que construir una noticia falsa.

Hizo una breve pausa para dar un pequeño sorbo al zumo de naranja mientras observaba la cara de sorpresa de Carlos ante sus comentarios. Su lengua resbaló lentamente por la comisura de los labios, tratando de recoger cualquier atisbo de zumo que pudiera haberse escapado antes de continuar con el relato.

—Si todo lo anterior no es suficiente, pasaríamos a la fase tres. Si la reputación sigue como una roca, le asociamos con un delito. El más habitual es el de los estupefacientes. Le colocamos unos gramos de cocaína y provocamos un registro. No hace falta que sea gran cosa. Nos vale con un par de papelinas, lo suficiente como para que salga en las noticias. Otra posibilidad que siempre funciona es el terreno sexual. Mira lo que hicieron con Assange y la acusación de violación en Suecia. O con Strauss-Kahn y la limpiadora del hotel. El tipo era un puto depredador, pero cayó en la trampa como un ratón buscando queso.

El comisario hizo una nueva pausa y cogió un cruasán antes de continuar.

—Esta fase es más compleja de llevar a cabo, porque no se pueden cometer errores o todo se volvería en nuestra contra.

—Interesante —apuntó Carlos—. ¿Y en qué consiste la fase cuatro?

—Pegarle dos tiros —respondió Villacampa mientras masticaba el cruasán sin inmutarse, sin que su cara mostrara ningún gesto de humanidad a pesar de la gravedad de lo que acababa de decir—. Puede ser literal o utilizando algún método indirecto: suicidio simulado, accidente de coche, ajuste de cuentas… Simular un ajuste de cuentas puede ser muy efectivo si en la fase tres lo hemos asociado a algún tejemaneje con drogas. La policía suele cerrar el caso relativamente rápido. No se hacen muchas preguntas porque todas las piezas del puzle encajan. Pero intentemos no tener que llegar a la fase cuatro.

Carlos se quedó pensativo durante unos segundos, asimilando todo lo que le había contado el comisario. Le impresionó la posibilidad de que Américo acabara tirado en un callejón con un disparo en la cabeza. Había compartido con él muchas horas de trabajo. Habían crecido juntos en TelCom. Fausto sabía que se complementaban y les había encargado algunas operaciones realmente complejas de las que habían salido airosos. Pero Carlos siempre fue consciente de que no debía construir una relación de amistad con Américo. Antes o después chocarían. Ese momento había llegado y Carlos confirmó que había hecho lo correcto manteniendo en mínimos su relación con Américo. Todo sería más fácil.

—Américo es un cabronazo muy listo —reflexionó—. No hay nada que negociar con él. Yo tampoco me dejaría impresionar con una conversación amenazante. Así que creo que lo tengo claro.

Carlos hizo otra pausa mientras sorbía su café.

—Empezamos con la fase dos, y empezamos ya.

La jaula, de unos dos metros de lado, se hallaba en el centro de la habitación. Las esquinas estaban levemente iluminadas por unos grandes candelabros. Las paredes estaban pintadas de negro y el suelo era de cemento pulido. Desnudo, con un pie encadenado a uno de los barrotes, el hombre esperaba viendo imágenes masoquistas en dos monitores que colgaban de las paredes. Tenía unos cuarenta años. Su pecho y sus piernas eran fuertes. Su pelo castaño, ligeramente largo, estaba revuelto y mojado.

En la antesala había una mujer. Vestía botas y medias sujetas en un liguero, un corpiño de cuero y una máscara que le cubría toda la cabeza. Tenía dos agujeros para los ojos, orificios para respirar y una cremallera en la boca. El resto de su cuerpo se mostraba obscenamente desnudo. Era una mujer de extrema belleza. Sus piernas eran delgadas y sus pechos firmes. En el cuello llevaba un collar de látex de gran tamaño con una argolla en su parte frontal. Estaba nerviosa y excitada.

Cuando la mujer abrió la puerta y entró en la sala, el hombre encerrado se puso rápidamente en pie y se agarró a los barrotes. Ella lo miró con altivez y, tras un prolongado silencio, le susurró:

—Date la vuelta. Quiero ver tu culo.

El hombre asintió, sin disimular una mirada llena de lujuria. La mujer se acercó a una mesa auxiliar situada en un lateral de la sala donde había numerosos objetos de inspiración médica. Pasó sus dedos por todos ellos y finalmente se inclinó por uno metálico de forma fálica. Se aproximó de nuevo a la jaula y se lo acercó a la boca. Sacó la lengua a través de la cremallera de la máscara y lo chupó. Luego lo pasó por la espalda del hombre a través de los barrotes. Vio cómo sudaba. Le ordenó agacharse y le acarició con el falo la parte interior de los muslos y las nalgas mientras el hombre gemía.

Volvió a la mesa y cogió algunos objetos más: unas pinzas enganchadas a un cable eléctrico, unas gomas de látex, una cadena con grilletes y un aro metálico. Enseñó todo aquello al hombre.

—Voy a entrar en la jaula con todo esto. ¿Quieres que juguemos?

Sofía comprobó con satisfacción que su marido asentía.

4

Conversaciones para la metamorfosis

Ochenta empleados de TelCom esperaban la llegada de Carlos Mir el miércoles por la mañana. Estaban deseosos de escucharlo y debatir con él. Llevaban varios días en un hotel rural de la provincia de Segovia. Todos ellos habían sido cuidadosamente señalados por el departamento de Recursos Humanos como los mejores profesionales jóvenes de sus respectivas áreas. Ninguno tenía más de treinta años. Formaban un grupo denominado Force30 o simplemente F30. Todos eran abogados, ingenieros o economistas, hablaban varios idiomas y completaban sus currículums con especializaciones y cursos en reconocidas universidades internacionales. Eran el futuro de TelCom y la empresa quería recompensarlos con un programa específico de formación que culminaba con las actividades de aquellos días, donde directivos de alto nivel y profesores de una de las escuelas de negocios más prestigiosas de Madrid les hablarían de las últimas tendencias en liderazgo, innovación y tecnología. Una de las sesiones finales y el plato fuerte de aquellas jornadas era el encuentro informal con Carlos Mir en un debate abierto de dos horas.

Pero Carlos no tenía las mismas ganas. Lo consideraba una pérdida de tiempo, un trámite del que no había podido zafarse. Salió de casa pronto y se detuvo en una gasolinera, donde aprovechó para tomar un café doble con la esperanza de que lo despejara un poco. No había preparado nada especial para aquella presentación a los chicos del F30, a pesar de que sabía que lo esperaban con entusiasmo. Él también había estado en ese tipo de reuniones veinte años atrás, cuando no era más que un joven que apuntaba maneras en el sector. Escuchaba a los directivos con avidez, esperando desentrañar en sus palabras el secreto que los había convertido en triunfadores. El tiempo le demostró que las palabras de aquellos directivos no servían para nada. La gloria se alcanzaba con una extraña combinación de resistencia, agresividad, falta de escrúpulos y suerte. Pero no podía exponérselo así. No podía contarles la realidad sobre su potencial ascenso a la presidencia de TelCom. Si finalmente lo conseguía, no se debería a su desempeño profesional, sino a que había contratado a un comisario de policía corrupto para eliminar a sus competidores con maniobras de difícil justificación. Así que tendría que remitirse a los tópicos del esfuerzo y el orgullo por el trabajo bien hecho. Después de pagar el café, mientras caminaba hacia su coche con pasos decididos, Carlos pensó que hacía décadas que se contaban las mismas mentiras.

Le costó encontrar el hotel rural a pesar de que llevaba la dirección en el navegador. Se trataba de un edificio de piedra con tejado de pizarra a las afueras de un pequeño pueblo cercano a Segovia. Había visto las imágenes en Google. Las calles no estaban bien identificadas. En algunos tramos ni siquiera estaban asfaltadas. Avanzó despacio tratando de que el polvo no ensuciara su Porsche. Lo había lavado dos días antes y tenía más interés por mantener el coche limpio que por el encuentro que iba a tener en unos minutos.

—Buenos días a todos y muchas gracias por vuestro recibimiento —dijo Carlos a la audiencia nada más llegar.

Las chicas y chicos del F30 se habían levantado aplaudiendo la entrada de Carlos, que saludó con la mano mientras le colocaban un micrófono inalámbrico en la americana.

—Tenía una breve exposición sobre los retos estratégicos de TelCom —mintió Carlos, decidido a seguir haciéndolo—, los retos que vais a tener que resolver vosotros en los próximos años. Pero Recursos Humanos me ha contado que ya habéis recibido algo de información al respecto. Si os parece bien, me gustaría convertir esta sesión en un debate. Así que no perdamos más tiempo. ¡Preguntadme lo que queráis! Estaré encantado de que charlemos sobre los temas que más os interesan.

Hubo un pequeño murmullo en la sala y enseguida surgieron algunas manos levantadas. Carlos señaló hacia una de ellas y se dispuso a escuchar, mientras un ayudante le acercaba un micrófono al asistente para que toda la sala pudiera oír correctamente.

—Carlos, muchas gracias por darnos esta oportunidad de charlar contigo. Para nosotros es muy importante —dijo una chica morena con marcado acento andaluz—. Mi consulta es sobre la presencia cada vez más habitual de empresas chinas en nuestro sector. Empezaron siendo una anécdota y hoy en día compiten con nosotros en nuestros principales clientes. ¿Existe algún plan de acción específico ante este tipo de competencia?

Carlos agradeció aquella primera pregunta y contestó con calma. Conocía el tema. Surgía a menudo en las reuniones comerciales en las que tenía que aguantar las quejas de Jacobo Valadares por la falta de productos económicos con los que competir. Hubo un pequeño debate entre la chica que formuló la pregunta y otro par de compañeros que aportaron su punto de vista. Finalmente, Carlos señaló a la audiencia para atender más preguntas.

Las consultas se fueron sucediendo y Carlos intentó mostrar una imagen sólida mientras apuntaba las principales líneas estratégicas de la empresa. Muchas de aquellas preguntas eran generalidades. Otras arrancaban con breves monólogos que desembocaban en una pregunta poco clara que no tenía otro sentido que aportar un minuto de gloria al individuo que la formulaba. Carlos sabía que aquello era habitual y pensó que quizá aquel día sería lo más cerca que estaría de muchos de aquellos chavales. Debía ser generoso con ellos.

«La mayoría no alcanzarán la carrera profesional que les hemos prometido. Lo más probable es que terminen aburriéndose de estar siempre en la misma silla y abandonen TelCom para buscar el éxito en otra empresa, que les dará lo mismo que nosotros: nada», reflexionó mientras señalaba otra mano levantada en medio de la sala.

Y llegó la sorpresa.

—Buenos días, Carlos —saludó un chico alto y rubio que vestía un polo de rayas de llamativos colores y que no hizo ningún esfuerzo por ocultar su ademán amanerado—. Me gustaría saber si en el programa de responsabilidad social corporativa se incluye algún capítulo para la normalización del colectivo homosexual dentro de TelCom.

En la sala se desataron rumores e incluso alguna risita pícara por el atrevimiento de aquel joven. Hubo miradas cómplices, alguna tos seca y movimientos en las sillas. Aquello no estaba previsto. Carlos tuvo que meditar su respuesta porque quería seguir dentro de los límites de la corrección a pesar de que no le había gustado que aquel chico se saltase el guion, ese guion del que nadie habla pero que se sobreentiende. Carlos consideró que no era el momento de entrar en un debate sobre la homosexualidad en el que tenía poco que ganar y mucho que perder. Así que mintió una vez más y dijo que el tema había surgido en alguna reunión del consejo de dirección y confirmó que se estaba evaluando. No era un problema engañar a aquellos chicos, que, con total seguridad, nunca tendrían la posibilidad de saber lo que se hablaba en los consejos. Al acabar no hubo ninguna réplica por parte del chico rubio, por lo que no tuvo que insistir más en el tema y Carlos pensó que su respuesta había sido razonablemente satisfactoria y bien enfocada, a pesar de que no eran más que mentiras, las mentiras que aquel chico quería oír.

Señaló otra mano levantada en la audiencia.

—Hola, Carlos. Ante la próxima jubilación del presidente Fausto, ¿qué opciones se barajan para su sustitución? —preguntó un chico con poco pelo y barba espesa de la segunda fila.

Aquella era otra pregunta que no esperaba, a pesar de ser el tema que lo obsesionaba desde hacía meses. Pero no quería hablar de ello y menos con aquellos jóvenes. Lo incomodaba.

—¿Quieres presentarte como candidato? —bromeó Carlos para intentar desviar la atención.

—¡Ojalá pudiera! —contestó el chico de barba provocando risas cada vez más notorias y comentarios entre la audiencia—. Me refería más bien a si se baraja la posibilidad de que sea alguien externo a TelCom, algún directivo de prestigio internacional.

—Creo que TelCom tiene muy buenos profesionales capaces de continuar el trabajo de Fausto, ¿no te parece?

—Por supuesto, pero quizá la empresa necesite nuevos enfoques para adaptarse a los retos que vienen, como la competencia china que comentaba antes la compañera.

—Insisto, TelCom no necesita esos nuevos enfoques que comentas —añadió Carlos con un tono de voz más grave para que quedara claro que su respuesta era la única posible—. Tiene los mejores profesionales de este país. Estoy seguro de que el sustituto de Fausto será alguien de la casa.

—Quizá tengas algo de información que nosotros no tenemos y nos puedas adelantar algo —continuó el chico de barba con una entonación pedante, incluso impertinente.

—Os aseguro que no hay ninguna decisión tomada. Siguiente pregunta —respondió Carlos mostrándose notablemente cortante mientras miraba desafiante a la audiencia.

Quería dejar claro que aquello de saltarse el guion se había acabado.

—No hay tiempo para más —interrumpió la presentadora del coloquio al ser consciente de que la situación se le iba de las manos—. Creo que Carlos se merece un gran aplauso para agradecerle su tiempo y el compromiso que ha demostrado con el F30.

Todos se pusieron en pie y lo aplaudieron. No esperó a que los aplausos se acabaran. Se dirigió hacia la puerta. Aquellas últimas preguntas lo habían puesto de mal humor. ¿Desde cuándo era normal que los jóvenes considerasen que tenían libertad suficiente para importunarlo? No solo tenía que ocuparse de la candidatura de Américo, sino que debía aguantar que un niñato le propusiera buscar nuevos candidatos fuera de la empresa.

Carlos estaba a punto de cruzar la puerta del hotel cuando la encargada del acto, cuyo nombre no recordaba, le alcanzó. Pero no llegó a hablar.

—Despide al gilipollas inoportuno. Lo quiero fuera mañana por la mañana —le lanzó Carlos sin dejarle pronunciar ni una palabra.

—Pero Carlos… —fue lo único que acertó a contestar la chica con una cara que no podía ocultar la conmoción.

—Y al maricón también.

Hizo clic en el perfil de Lady Cunt y leyó despacio su descripción: «Nadie me hace más daño que yo misma. Aislamiento. Humillación. Cuero. Sudor. Bisex».

Pasó a la pestaña de fotos. Su cuerpo era menudo y pálido, sus pechos pequeños y su sexo estaba completamente afeitado. Su cabeza siempre aparecía cubierta por una máscara de cuero. En algunas fotos no se veían ni sus ojos. En otras llevaba abierta la cremallera de la boca y sacaba la lengua. A veces aparecía con pinzas de la ropa enganchadas en la lengua o en los pezones. En su vientre llevaba un gran tatuaje en letras barrocas con la palabra SERVANT y en la espalda lucía un hombre enmascarado junto a la palabra HURT. En algunas imágenes estaba encadenada o con guantes de cuero que inmovilizaban sus brazos. En otras imágenes aparecía atada o colgada boca abajo.

Finalmente, visitó la pestaña de contacto: «Disponible para sesiones con hombres, mujeres o parejas».

Sofía Labiaga añadió a Lady Cunt a sus contactos favoritos. Llevaba casi una hora navegando por X-Room Online. Le había costado dar el paso, pero tenía que reconocer que hacerse miembro era una de las mejores decisiones que había tomado últimamente. Le hacía sentir exultante.

El teléfono sobre su mesa rompió el silencio en el que llevaba largo rato ensimismada. Contestó con el manos libres. La voz de su asistente a través del altavoz sonó metálica y artificial.

—Sofía, ha llegado Lázaro Izquierdo, el técnico.

—OK. Que pase —respondió Sofía mientras cerraba la pantalla de su navegador.

Cogió su móvil y mandó un breve mensaje a su marido: «¿Lady Cunt?».

Lázaro Izquierdo era el ingeniero que estaba redactando el pliego de características técnicas que regiría el futuro contrato para la adquisición del servicio unificado de telefonía de la Comunidad de Madrid. Sofía le había pasado un documento sin membrete con algunas cláusulas que debía incluir. El documento se lo había entregado Jacobo Valadares, tal y como habían pactado. Sofía no entendía aquellos condicionantes técnicos, pero sabía perfectamente lo que eran: restricciones para la libre competencia y facilidades para la futura adjudicación a TelCom.

Antes de que entrase en su despacho, Sofía ya sabía lo que le iba a decir el técnico: que aquellas condiciones eran inaceptables, así que tendría que utilizar sus mejores dotes de persuasión. Izquierdo era funcionario de carrera y un ingeniero excelente. Quizá haciendo honor a su apellido, tenía un fuerte sesgo social y un gran sentido de la responsabilidad, lo que lo convertía en un auténtico grano en el culo para alguien como Sofía.

—Lázaro, pasa, por favor, siéntate. —Sofía lo recibió con una amabilidad exquisita y le invitó a acomodarse en la mesa de reuniones de su despacho—. ¿Quieres un café?

Izquierdo agradeció el gesto amable y rechazó el café. También sabía a lo que venía y tenía claro que no se iba a dejar convencer con facilidad. Abrió la carpeta y sacó el documento que le habían entregado el día anterior. Se notaba que lo había revisado concienzudamente porque estaba lleno de párrafos subrayados y anotaciones al margen.

—Sofía, quería verte porque no entiendo este documento. Algunos de los detalles que quieres que incluya en el pliego son erróneos o técnicamente absurdos. No nos aportan nada y es probable que eliminen la concurrencia de algunas empresas interesantes.

«Eso es exactamente lo que estoy buscando. Está claro que Jacobo ha hecho un buen trabajo», pensó Sofía mientras lo escuchaba.

—No tenemos necesidad de incluir este tipo de cuestiones —continuó—. Dejemos que se peleen entre ellos para que nos hagan la mejor oferta. No estoy diciendo que no hagamos un pliego bien ajustado a nuestras necesidades, pero incluir estos requerimientos sería inadecuado. No puedo estar de acuerdo con esto ni firmar este pliego.

—Lázaro, te agradezco muchísimo la revisión tan detallada que has hecho y te felicito por el buen trabajo que estás realizando, pero tienes que entender que mi misión es pensar al más alto nivel —trató de argumentar Sofía—. Tu parcela de responsabilidad se limita a la telefonía. Yo tengo que velar por todas las infraestructuras.

—Estoy de acuerdo contigo, pero es que aquí hay cosas que no tienen sentido desde ningún punto de vista —contestó Lázaro señalando con el dedo índice el documento de requerimientos.

—Como te decía antes, no tienen sentido desde tu punto de vista, que es mucho más estrecho que el mío. Mi misión es…

—¡Sofía! —la interrumpió—. Es que no hay forma de justificarlo. Yo no puedo aceptar técnicamente un pliego limitado de esta manera. Es mi responsabilidad. Puede haber una inspección de los interventores. ¿Cómo lo justificaría?

—Tenemos que incluirlo. Confía en mí —insistió Sofía sonriendo—. Tengo compromisos que cumplir. No te puedo contar más ni tengo por qué contártelo. Solo necesito saber que puedo contar contigo.

—¡No puedo firmar esto! —respondió Izquierdo elevando el tono de voz y mostrando abiertamente su malestar.

Sofía fue plenamente consciente de que no podría convencerle por las buenas y pasó al ataque.

—Bien. Te agradezco tu sinceridad y el trabajo que has hecho hasta aquí. En cualquier caso, no va a hacer falta que continúes. Puedes estar tranquilo. Hace unos días me llamaron del Gobierno de Castilla-La Mancha. Se van a remodelar varias carreteras comarcales de la zona este. Necesitan un técnico que colabore con ellos. Quiero que vayas a Estremera como enlace.

—Será una broma —respondió Lázaro.

—No, no es ninguna broma. Sé que eres un técnico muy competente que hará un gran trabajo con los compañeros de La Mancha.

—¿A Estremera? ¿No había algo más lejos? —Lázaro estalló—. ¡Me mandas al culo del mundo para que no ponga pegas!

—Eso lo has dicho tú —replicó Sofía muy seria—. Empiezas el lunes. No hay más que hablar.

Sofía se levantó de la mesa de reuniones y se dirigió hacia la puerta del despacho. La abrió y, mirando a Izquierdo, lo invitó a marcharse mientras lo apuñalaba con palabras:

—Gracias, Lázaro. Cuéntame novedades desde Estremera.

—Ninguno de mis compañeros va a firmar ese pliego. ¡Te lo aseguro! —respondió muy cabreado al salir del despacho.

«Ya veremos», pensó Sofía mientras cerraba la puerta.

Cristina Miller estaba rabiosa. Acababa de colgar el teléfono con lágrimas en los ojos. Carlos había llamado para pedirle que hablara con Recursos Humanos y confirmara que habían despedido a dos chicos. No sabía quiénes eran, pero le disgustaba que una empresa como TelCom despidiera a dos compañeros. ¿Tan grave era lo que habían hecho? Y cuando le preguntó a Carlos por el motivo, le contestó con un agresivo: «¿En algún momento he dicho que sea asunto tuyo?».

Cristina no entendía qué pasaba por la cabeza de Carlos y eso la entristecía. Sabía que podía ser un hombre atractivo, educado y encantador, pero cuando algo se torcía, se convertía en un auténtico canalla rastrero que escupía bilis contra el primero que se cruzase en su camino. Muchos compañeros la habían advertido de esa faceta de su jefe, pero ella no quería verlo. Se negaba a aceptar que un hombre elegante y exitoso como Carlos tuviese un lado oscuro, hasta que empezó a sufrirlo. Nadie estaba libre de la ira de Carlos.

Cristina quiso olvidar el incidente y se acercó a la ventana. El gris plomizo de las nubes se empeñaba en oscurecer las calles y parecía que había conquistado el estado de ánimo de los empleados, empezando por ella misma. Vio algunos hombres y mujeres que entraban y salían del edificio, y otros cuantos fumando en grupos junto a la puerta. Mientras miraba embobada hacia la calle, intentó pensar en otra cosa. Habían pasado cinco días desde la cita de chicas y sentía que iba recuperando su rutinaria normalidad, aunque en su interior seguía desatada una gran lucha entre el deber y el querer. Lo peor era que se movía de un extremo al otro con excesiva facilidad. Pensar en Zoe y Mireia le hizo olvidar el percance con Carlos. Un incidente para ignorar otro.

Se había arrepentido mil veces de lo que había sucedido en el baño de la discoteca, pero también le había abierto los ojos para vislumbrar todo lo que se estaba perdiendo. La vida era demasiado corta como para abandonarse a la rutina. Los años pasaban y nada cambiaba, excepto el arrepentimiento por seguir con la misma actitud, un sentimiento que, para bien o para mal, era cada vez más intenso.

A pesar de ese lado oscuro que tanto le disgustaba, Carlos seguía siendo su referencia. No lo podía evitar. Intentó no pensar en ello, como si la llamada de hacía unos minutos no hubiese existido, y pensó en el jefe atractivo que también podía ser. El hombre de sus fantasías. La noche del lunes soñó que era ella la que estaba en la cabina del baño con Carlos, mientras Mireia los espiaba. Se despertó en plena noche envuelta en sudor, con una excitación explosiva y con un rubor en las mejillas difícil de disimular. Se levantó rápidamente al baño y se refrescó la cara con agua por si Ramiro se despertaba y la veía en aquel estado. Lo que empezó como una broma, como una pequeña fantasía con su jefe, estaba invadiendo su subconsciente y la tranquilidad de sus sueños nocturnos. Aquello se estaba convirtiendo en una tortura. O no.

Así que volvió a sentarse en su mesa e hizo algo prohibido, o al menos prohibido para su estricta y autoimpuesta rigidez interior. Abrió el navegador y tecleó «Tinder» en el buscador. Visitó la página y el resultado fue más bien decepcionante. Apenas un logotipo y una invitación para instalar la app. Hizo varios clics y terminó leyendo las normas de la comunidad: nada de violencia, nada de contenido sexual, nada de menores, nada de mensajes que incitaran al odio. No sonaba mal. Zoe y Mireia habían insistido en que era la app de moda. Que todo el mundo la usaba. «¿Qué fue de la gente que sale y se conoce en persona, sin tecnología? Aquello de chico conoce chica…», pensó Cristina.

Cerró la pestaña de Tinder y buscó «redes sociales para hacer amigos», porque se resistía a escribir «redes sociales para ligar». Ella no quería ligar. La aventura que buscaba era tan sencilla como conocer gente nueva, romper la rutina. Badoo, Meetup, Skout, Fever, Match. La lista era interminable. De unas pantallas pasaba a otras. Había de todo y para todos los gustos: Pure, 3der, Localsin, Metalhead Date, Star Trek Dating, Fetlife. Aquello parecía no tener fin.

Decidió que tenía suficiente y volvió a concentrarse en el tedioso documento en el que había estado trabajando hasta que la desagradable llamada de Carlos la interrumpió.

«Definitivamente esto no es para mí. Yo no soy así», pensó.

No era consciente de que se equivocaba.

A primera hora de la mañana varios medios digitales adelantaron la noticia: «Américo García será el nuevo asesor económico de Unión de Izquierdas».

Fue como un ciclón.

A media mañana, varios diarios de tirada nacional se hacían eco de la noticia. En los informativos del mediodía, ya había numerosas valoraciones del fichaje estrella del partido heredero de la izquierda comunista y anticapitalista. Unión de Izquierdas no era un partido bien visto por el IBEX y de ahí lo sorprendente del anuncio: que un alto ejecutivo de Tel-Com, una de las cotizadas más importantes de España, se aventurara a asesorar a un partido que muchos tachaban de radical y populista no dejaba indiferente a nadie.

Los analistas políticos estaban divididos. Algunos lo veían como una aberración, como un lobo al cuidado de las ovejas.

Otros veían un gesto de aperturismo de la élite empresarial, que por fin accedía a compartir las llaves de su paraíso particular.

Un portavoz de Unión de Izquierdas desmintió la noticia, pero como ninguno de los mandatarios del partido hizo comentario alguno, se interpretó como un movimiento de tanteo y no hizo más que multiplicar la supuesta veracidad de la noticia.

Cuando el titular llegó a los principales sillones de los consejos de administración de las empresas del IBEX, se desataron los nervios, porque nadie entendía aquel juego extraño, hasta el punto de que varios presidentes llamaron a Fausto para pedirle explicaciones. ¿Qué pintaba TelCom asesorando a Unión de Izquierdas? Fausto, cansado y molesto, tiró de manual de buenas prácticas para salir del paso. No conseguía localizar a Américo para conocer su versión en primera persona y confirmar que no tenía nada que ver con aquella insensatez, así que lo único que podía hacer era esperar.

Por su parte, Américo estaba voluntariamente desaparecido. Se había levantado a las siete de la mañana como todos los días. Bajó al gimnasio de la urbanización de Montecarmelo donde vivía para hacer un poco de bici estática, y sobre las ocho ya estaba preparando el primer café de la jornada. La cafetera expulsaba un hilo denso y turbio sobre la taza cuando su móvil empezó a sonar. Y ya no paró. La primera llamada fue de un periodista con el que había tenido contactos unos meses atrás. Él fue quien lo puso en antecedentes. Le colgó sin apenas dar explicaciones y conectó el portátil sobre la encimera de la cocina. No le resultó difícil encontrar su nombre en los titulares. El asombro dio paso a la perplejidad, y esta a un violento enfado que le costaba mantener bajo control. No soportaba la sensación de ser engañado, de que alguien pudiera estar jugando con algo tan serio como su prestigio profesional. Así que, sin esperar ni un minuto más, decidió apagar su teléfono. La prioridad era entender qué estaba sucediendo antes de meter la pata con alguna respuesta inoportuna.

Encerrado en su casa, pero permanentemente conectado a medios y redes sociales, Américo no salía de su asombro. ¿Quién podía haber lanzado semejante bulo? ¿Qué fin tenía aquello? Lo que estaba claro es que las cosas no suceden sin más. Debía haber un motivo.

Su desconfianza natural apuntaba a que el origen de todo aquel lío no se hallaba muy lejos. TelCom era una guarida de hienas hambrientas dispuestas a despedazar al más débil. Quizá el origen estuviera en su secreto más codiciado: la conversación nocturna que había tenido con Fausto, cuando le había adelantado que sería su sucesor al frente de TelCom. La decisión se había filtrado y por eso aquella noticia surgía en el preciso momento en el que su reputación debía mantenerse sin mácula.

Si su sospecha era cierta, no podía entender cómo se había filtrado la conversación con Fausto. Él no lo había hablado con nadie, ni siquiera con su mujer, a la que seguía diciendo que había muchas posibilidades pero nada concreto. Y no podía creer que Fausto, un hombre que destacaba por su discreción y responsabilidad, lo hubiese compartido con terceras personas. El despacho de Fausto era un pequeño búnker, así que nadie pudo escucharlos. Entonces ¿cómo se pudo filtrar?

Américo sabía que obsesionarse con buscar al culpable conllevaba perder un tiempo muy valioso, porque lo más probable es que no lo encontrara jamás. La filtración era un hecho. En lo que tenía que concentrarse a partir de ese instante era en abortar el intento de golpe de Estado contra su prestigio.

El problema radicaba en que, si negaba la noticia sin más, podía generar el efecto contrario, como había sucedido con la comparecencia del portavoz de Unión de Izquierdas. Parecería que se echaba atrás por la presión de los medios, confirmando de forma indirecta la noticia. Si no hacía nada, el tiempo demostraría que no iba a colaborar con el partido, pero siempre quedaría en el imaginario colectivo como el asesor frustrado de un partido de herencia comunista e inspiración antisistema. Tenía que pensar en algún otro movimiento que desconcertara a los que estaban detrás de aquel golpe bajo.

Américo se asomó discretamente a la ventana. Dos reporteros acompañados de un par de auxiliares que portaban cámaras y micrófonos seguían apostados en la puerta de su casa.

No podía salir hasta que no tuviera cerrado un plan de acción.

El timbre sonó con insistencia y rompió el silencio que reinaba en la casa. Debía de ser el técnico de mantenimiento.

Sofía Labiaga había llamado unos días antes para cerrar la cita anual de revisión de la caldera de calefacción de su casa y cualquier cosa que tuviera que ver con la caldera le generaba un agudo desasosiego. No era por la máquina en sí, sino por todo lo que escondía debajo. Sentía los nervios en su estómago como si tuviera dos zarpas que lo estrujaban sin compasión, como si se estuviera convirtiendo en un caparazón antes de recibir una puñalada.

Su desconfianza paranoide la obligaba a vigilar obsesivamente la antesala de su tesoro más preciado. Así que un tema tan sensible solo podía delegarlo en la única persona en la que confiaba: Ernest Newman, su marido.

Ernest era un empresario inmobiliario con intereses en negocios de lo más variopinto: generación eléctrica en Argentina, subastas y obras de arte en Madrid, una start-up con sede en Berlín, un hotel de cinco estrellas en Kuala Lumpur. Se implicaba en cualquier asunto siempre y cuando le reportase un abultado beneficio. Además, estar casado con la consejera de Infraestructuras le abría muchas puertas y no dudaba en utilizarlo a su favor. A cambio, trataba de compensarlo ayudando a Sofía o al Partido siempre que lo necesitaban. Ernest era hijo de padre británico y madre mallorquina. Dominaba varios idiomas. Era licenciado en Derecho, como Sofía, aunque ninguno de los dos ejercía. Se conocieron en la universidad y desde entonces fueron inseparables. Además del Derecho, les unía un extraordinario don de gentes que los convertía en la pareja perfecta.

Aquella mañana, Sofía le pidió que vigilase los trabajos del técnico de mantenimiento. Ernest sabía lo que escondía debajo de la caldera. En numerosas ocasiones había hablado con ella del riesgo creciente de tener acumulado tanto dinero y toda aquella documentación en el sótano de su casa. Pero Sofía no se fiaba de nadie.

Ernest acompañó al técnico a la sala de la caldera. En todo momento intentó disimular su desazón, hablando poco y controlando cada uno de los movimientos del técnico. Era un chico joven, de unos veintitantos, con el pelo cortado a cepillo y una gran sonrisa. Llevaba un pantalón de trabajo y una camiseta negra de manga corta con el logotipo de la empresa que dejaba ver unos brazos fuertes.

El técnico se puso manos a la obra. Comenzó desmontando dos grandes planchas metálicas de los laterales y limpió los recovecos del interior con un cepillo. Un polvo fino y negruzco empezó a acumularse en el suelo y a flotar en suspensión por toda la sala. Ernest se quedó apoyado en el marco de la puerta de acceso para observar cada paso mientras aparentaba distraerse con el móvil en la mano. El técnico notaba su presencia. El simple hecho de saber que tenía los ojos de Ernest clavados en la espalda lo incomodaba y lo irritaba a partes iguales. A nadie le gustaba trabajar así y, aunque le hizo un par de comentarios acerca de la desagradable nebulosa de partículas que estaba generando, Ernest insistió en que le parecía interesantísimo verlo manos a la obra.

El muchacho estaba entregado a eliminar suciedad con su cepillo. Desmontó un par de filtros y amagó con revisar el cajetín en el que se hallaba la palanca que elevaba la caldera sobre las ruedas ocultas. En ese instante, el corazón de Ernest se aceleró. Levantó la vista de su teléfono y comprobó que el técnico miraba el cajetín con curiosidad, pero se desentendió y fue a su gran caja de herramientas a buscar un par de filtros nuevos para sustituir los que había desmontado. Las pulsaciones de Ernest fueron recuperando su intensidad normal. En aquel momento sintió como una losa sobre sus hombros tener concentrados tantos secretos en un único lugar. No era una buena idea.

Sofía llevaba años grabando conversaciones y llamadas de teléfono, especialmente de sus compañeros de partido, pero también de empresarios, oponentes políticos y miembros de la judicatura. Encargaba decenas de informes a policías y guardia civiles de su confianza y contrataba multitud de horas de seguimiento a un equipo de detectives que pagaba religiosamente de su bolsillo. Tenía inmortalizadas infidelidades de todo tipo, trapicheos con drogas y celebraciones que acababan envueltas en alcohol y prostitutas.

El técnico terminó de apretar los nuevos filtros y recogió el polvo que había esparcido por el suelo. Se puso de pie y comenzó a manipular el panel de control. Ernest levantó la vista y su corazón volvió a acelerarse por el gesto contrariado del joven mientras revisaba el panel, como si hubiese encontrado algo que no debería estar en los menús. Lo miró fijamente esperando el momento en el que le hiciese una pregunta comprometida, pero su semblante volvió a normalizarse cuando el técnico acabó e hizo clic sobre el panel hasta terminar. Ernest recuperó la serenidad por segunda vez.

Tenía que acabar con aquella pesadilla. Un asesor financiero de su máxima confianza le había propuesto un plan para reintroducir el dinero en el circuito bancario y hacerlo desaparecer a través de sociedades pantalla y testaferros, pero era demasiado enrevesado. No quería complicarse la vida de esa manera, así que el asesor le comentó que quizá podía tener una buena solución alternativa. Solo tenía que ponerse de acuerdo con un extraño personaje, el marqués de Villa Rosa, historiador, aristócrata y, sobre todo, vividor profesional necesitado de efectivo.

El técnico estaba acabando su trabajo. Encajó las tapas laterales que cerraban de nuevo la caldera y las atornilló. Recogió todas sus herramientas y respiró aliviado por no tener que seguir aguantando la insistente mirada curiosa de su cliente. Ernest lo escoltó hasta la salida. En el vestíbulo lo despidió y liberó de manera definitiva toda la angustia que le había acompañado durante la mañana.

En la soledad de su despacho y con el sosiego que sobreviene tras el estímulo, decidió que había llegado el momento de dividir la caja del tesoro. No podía esperar a que Sofía se decidiera a dar el paso. Tenía que minimizar riesgos. Así que antes de que pudiera arrepentirse, buscó en su tarjetero el trozo de papel manuscrito en el que el asesor le había apuntado «León Marco-Treviño, marqués de Villa Rosa». No sabía muy bien qué esperar de aquel tipo, pero quizá pudiera ser la solución que buscaba.

Cogió el teléfono y marcó su número. Una voz seca y áspera le contestó al otro lado:

—Buenos días, señor Newman. Esperaba su llamada desde hace tiempo.

Aquel no era un lugar en el que aparcar un deportivo de cien mil euros.

La explanada de tierra se extendía como un pequeño desierto al oeste de la estación de Chamartín. Estaba rodeada de vallas en pésimo estado, llenas de agujeros y pintadas. Varios puentes la sobrevolaban, como si el tráfico quisiera pasar de largo y no mezclarse con aquel territorio inhóspito de firme irregular, poblado de vehículos polvorientos distribuidos de forma anárquica.

La noche del jueves, tras acabar la jornada laboral y dejar las luminosas oficinas de TelCom, Carlos Mir condujo muy despacio su Porsche por el descampado hasta situarlo en paralelo a un discreto Opel Insignia azul marino. Apagó el motor y salió del vehículo para acomodarse en el asiento del copiloto del Insignia.

—¿No había otro sitio más siniestro para quedar? —preguntó Carlos nada más cerrar la puerta.

—¿No podías venir con un coche que pasase desapercibido? —le contestó el comisario Manuel Villacampa—. Este lugar es perfecto porque está fuera del alcance de cámaras de videovigilancia, pero ese cochazo no facilita las cosas. Para la próxima cita, por favor, no lo traigas.

Manuel hizo una pequeña pausa.

—¿Cómo has visto el asunto?

Carlos no contuvo su entusiasmo, acompañándolo de una sonrisa de satisfacción difícil de disimular, como si llevara mucho tiempo esperando buenas noticias.

—Ha sido espectacular. ¡Me encantó cómo lo habéis planteado! Américo con Unión de Izquierdas. Es genial. ¿A quién se le ocurrió?

—Difundimos la noticia y la verdad es que toda la prensa ha respondido como esperábamos. El torpe del portavoz terminó de encarrilar las cosas. Se nota que en Unión de Izquierdas siguen muy verdes. Mucha red social, mucho Twitter, pero fallan estrepitosamente en las cosas básicas. Por eso los elegimos.

—Desde luego mereces el dinero que te pago.

—Gracias, Carlos —respondió complacido el comisario—. Hemos tanteado otros terrenos, pero no hemos tenido resultados. Uno de mis hombres asaltó hace un par de noches la clínica privada a la que asiste la familia de Américo. Revisamos todos sus expedientes y siento decirte que este tipo es trigo limpio, muy limpio.

Carlos escuchaba atónito.

—¿Y qué pensabais encontrar en una clínica? —preguntó Carlos con estupor.

—Las clínicas siempre nos dan mucho juego —respondió el comisario, como si aclarar aquellas dudas sobre su negocio fuese parte de la consultoría que contrataban sus clientes—. A veces encontramos embarazos no deseados, especialmente de las hijas, un tema muy espinoso que nos puede ayudar sobre todo con políticos de derechas, que nos venden rectitud y responsabilidad, mientras sus hijos se empecinan en destrozarles el discurso. También encontramos abortos, comas etílicos de los chavales, enfermedades venéreas, sida, alguna vieja adicción..., pero no es el caso. Américo y su familia están en su peso, hacen deporte, comen ecológico y la señora García solo ha tenido una dermatitis de la que ya se ha recuperado. Todo es light en esta familia. Así que esa línea de trabajo está muerta.

—De todas formas, la noticia de Unión de Izquierdas ha tenido un gran efecto.

—No te confíes, Carlos. Tú mismo me dijiste que Américo era un tipo con muchos recursos, así que no podemos bajar la guardia hasta que le hayamos enterrado y tú hayas conseguido tu objetivo. Tenemos que permanecer atentos y preparar un plan B por si lo necesitamos. Aún no ha hecho declaraciones, o no me constan. Puede estar tramando algo. Veremos lo que ocurre este fin de semana.

La visión analítica de Manuel se dio de bruces contra el entusiasmo de Carlos. Pero tenía razón, no podía desestimar la reacción de Américo.

—Manuel, una última pregunta: ¿conoces a Sofía Labiaga?

—No la conozco en persona, pero sé lo que se habla por los pasillos.

—¿Y qué se habla? ¿Puedo fiarme de ella?

—Es la mayor recaudadora de fondos para el Partido en Madrid. Todos la protegen porque consigue mucho dinero. Varios periodistas insensatos han intentado destapar algunas corruptelas, pero ha sido en vano. Está bien conectada, tiene mucha mano en el gobierno autonómico y en la policía. Mueve suficiente dinero como para buscarte un buen lío. Así que, sea lo que sea lo que vas a hacer con ella, hazlo con precaución.

Carlos se quedó pensativo en el asiento, escuchaba con atención lo que le estaba contando. Por lo que decía Manuel, engañarla con las comisiones no era una opción. Tenía que pensar en algo más sofisticado, y para eso lo primero era tener la mejor información.

—Manuel, buen trabajo —le dijo Carlos mientras le ofrecía su mano a modo de despedida.

Carlos salió del coche y arrancó su Porsche. Condujo hacia la salida de aquel descampado muy despacio, evitando los socavones del suelo y pensando que tenía que comprar otro coche.

En el momento en que descubrió el resquicio legal para que fuese viable, Candela van Roij tuvo muy claro cómo quería que fuese. Tenía que ser algo exclusivo, un lugar en el que se pudiese conversar y debatir, un espacio para la camaradería y la lealtad inspirado en los antiguos clubs de caballeros ingleses, con el humo como el hilo conductor. Así nació La Venerada, el club de consumo de cannabis más exclusivo de Madrid.

Tenía formato de asociación sin ánimo de lucro, porque la legislación española no permitía el beneficio económico sobre esta actividad. También obligaba a mantener un reducido número de socios para justificar la ausencia de lucro. Pero lo que empezó siendo un problema, terminó convirtiéndose en un factor diferencial: la exclusividad. Cada vez que uno de los ciento cincuenta socios se daba de baja, se recurría a la interminable lista de espera. Se pedían credenciales de los potenciales nuevos socios y sus candidaturas eran votadas por los miembros ya existentes. No era fácil ser parte de La Venerada, que tenía más de sociedad secreta que de salón de fumadores.

El funcionamiento general era como el de cualquier otro club de cannabis. Cada socio pagaba una cuota que le daba acceso al local y a una cantidad de producto con todas las garantías, ya que antes de ser dispensado se realizaban controles de calidad de todas las remesas. Los socios sabían que consumían el mejor producto y se ahorraban el mal trago de tener que adquirirlo en ambientes marginales o en el mercado negro.

Tras dos años en funcionamiento, algunos cierres cautelares y la presión de los jueces más retrógrados, que no veían con buenos ojos la existencia de aquellas asociaciones, Candela hizo algunos cambios en los estatutos. El más importante tuvo que ver con la edad. Había tenido un par de malas experiencias con socios muy jóvenes. Después del consumo de cannabis, alcohol, y con las hormonas disparadas, protagonizaron desagradables episodios de insultos y violencia con otros socios. Además eran muy poco discretos, lo cual iba en contra de la idea original del negocio: prudencia para que los socios pudiesen disfrutar de un espacio privado sin exposición mediática. Candela era una mujer de carácter y no vaciló. Prohibió el acceso a los menores de treinta años. El tiempo demostró que fue una decisión acertada, porque La Venerada evolucionó hacia un club más intelectual en el que se debatía de política, de filosofía, de cultura o de espiritualidad, y donde fumar se elevó a la categoría de arte.

Una vez que se atravesaba la recepción, La Venerada tenía tres salas. El espacio central incluía una barra dividida en dos. En la parte derecha se dispensaba el cannabis y en la izquierda se servían bebidas. En ambos lados de la sala, dos puertas de gran tamaño daban acceso a las salas de debate. En el techo de la estancia central había una reproducción de *La creación de Adán* que se hacía evidente cuando los socios se recostaban en los sofás y levantaban la mirada para ver que Dios, rodeado de querubines, daba vida a Adán con su dedo glorioso.

En el rincón más oscuro de La Venerada había una puerta disimulada por varios frisos y una reproducción de *Escena de taberna*, de Steen, que daba acceso al despacho de Candela. Allí se encontraba cuando sonó el teléfono. Al descolgar, escuchó la voz familiar de una amiga a la que hacía demasiado tiempo que no veía.

—¿Cómo estás, mi reina? ¡Cuantísimo tiempo sin saber de ti! —le dijo Candela nada más descolgar, encantada de poder hablar con Madame Carmen.

Se conocían de toda la vida, pero desde que regentaban sus propios negocios, los contactos eran cada vez más esporádicos. Emprender exigía una dedicación que en muchos casos era incompatible con la vida social. Aun así, ambas se echaban de menos más de lo que se atrevían a reconocer.

Fueron íntimas en la adolescencia a pesar de las diferencias y brechas de clase. Candela provenía de una familia humilde y trabajadora, de la que renegaba. Carmen era hija de un empresario inmobiliario y de una modelo cuya carrera se fue al traste cuando se quedó embarazada. Quizá esa fuera la causa del aire melancólico que siempre la envolvía. Entre la ambición de uno y el desapego de la otra, Carmen repudió sus orígenes al llegar a la adolescencia y rechazó la exquisita educación privada que tenían prevista para ella. Conoció a Candela en el instituto público al que fue tras abandonar el Colegio Británico, y se hicieron inseparables. Compartieron citas y escarceos con drogas blandas, animadas por algunas malas compañías. Carmen supo en todo momento dónde estaban los límites, pero Candela se dejó llevar en exceso. Carmen cortó por lo sano y volvió cual hija pródiga al plan que su padre tenía preparado para ella: fue a la universidad y acabó sus estudios en Estados Unidos. Allí fue donde conoció de primera mano la fantasía erótica, el fetichismo y las prácticas BDSM, y regresó a España decidida a experimentar con esas tendencias en un país virgen que no hacía mucho que había estrenado democracia y estaba ávido de sensaciones fuertes.

Tras una década de mala vida, Candela ahorró lo suficiente para montar un fumadero que muchos consideraban una locura. Su metamorfosis personal culminó con un cambio de apellido para que el punto y aparte con los excesos de su vida anterior fuese real. Y así Candela Gómez, la chica descarriada de una familia humilde, pasó a ser Candela van Roij, orgullosa socia fundadora de La Venerada.

Carmen, por su parte, perteneció a varias organizaciones BDSM que organizaban fiestas en la movida madrileña de los ochenta. Tras la muerte de su padre, dedicó parte de la herencia familiar a montar X-Room.

—Candy, ¿cómo va todo por ahí? —preguntó Carmen.

—No me quejo. Las cosas funcionan. El sexo y las drogas siguen siendo el principal motor económico de nuestro país. El rock and roll es lo único que no da dinero —respondió Candela sonriendo—. Y ya sé que a ti te va como un tiro. ¡Siempre tuviste olfato para esto! Impresiona lo que has conseguido.

—No es para tanto —comentó Carmen con cierta modestia—. Pero sí es verdad que lo que hacemos en X-Room no lo está haciendo nadie. Es una idea que me costó hacer entender, pero mereció la pena apostar por ella.

—¡Qué me vas a contar! —contestó Candela riendo sonoramente—. ¿Y qué tal está Ninfa? ¿Sigue contigo?

—Sí, no consigo despegarla de aquí por más que insisto. Ella lo ve como un juego, como un carnaval.

—Bueno, en el fondo es lo que es —la interrumpió Candela sonriendo—. X-Room es un gran carnaval.

—Por supuesto, pero yo preferiría que para carnaval se fuera a Venecia.

A Madame Carmen no le gustaba que su hija trabajase en X-Room y que hubiese decidido por iniciativa propia que aquello sería su futuro. Había insistido en numerosas ocasiones en que pensara en otra cosa, en otra forma de ganarse la vida, pero sin éxito. No sabía cómo explicarle que un negocio como X-Room era complejo de gestionar y que a veces surgían problemas serios, como el que estaba a punto de compartir con su amiga Candela.

—Tengo un problema y ojalá me puedas ayudar —confesó Carmen—. Hace unos días se presentó aquí un policía, o al menos se identificó como tal. Les dio un buen susto a mis chicos y nos plantó un órdago encima de la mesa. Bueno, es un poco lo que ha pasado siempre: hago la vista gorda y a cambio bebo gratis en tu local. Pero esta vez parece más sofisticado. Quiere que contratemos con ellos las bebidas, la limpieza, la seguridad, lo que sea, a cambio de enfriar ciertos expedientes que circulan en la Fiscalía. Lo peor de todo es que no he conseguido ninguna información sobre él para saber a qué me enfrento, por más que he removido mis contactos. Dudo incluso de que sea policía de verdad.

Carmen hizo una pequeña pausa para suspirar apesadumbrada. Quería dejar claro que el tema la preocupaba.

—Así que por eso decidí tirar de teléfono y empezar a llamar a las amigas. Quería saber si también había pasado por tu club y si tenías alguna información para saber cómo reaccionar. Es un tipo grande, de cuarenta y pico, con pinta de matón. Dijo que se llamaba…

—Ortiz —la interrumpió Candela.

—¿Lo conoces?

—Desgraciadamente sí. Ha pasado por varios locales y ya sabes que al final todo se comenta. Aquí no se ha presentado aún, pero espero su visita cualquier día de estos. ¿Te acuerdas de aquel nuevo club en Alcobendas? La mujer que lo regenta es amiga y me puso al tanto. Terminó contratando algo con él, pero es insaciable y cada vez quiere más. Lo de siempre. ¡No se cansa de pedir! A cambio, no ha vuelto a aparecer un policía por allí. Al menos es serio con los negocios.

—Candy, te agradezco mucho la información. Voy a hablar con ella para ver si me puede dar alguna pista más sobre la identidad de este tipo. No quiero tomar decisiones hasta tenerlo todo bien atado.

—Querida, no hace falta que la llames. Yo te puedo dar la pista que necesitas. No habéis sido capaces de encontrar nada sobre Cristóbal Ortiz porque es un nombre falso. Se llama Cristóbal Ortega. Qué original, ¿verdad? ¡Y sí!, es un policía de verdad: subinspector Ortega, de la Comisaría Norte. Un buen hijo de puta con uniforme.

5

Confianza mutua

Aquello solo podía tener éxito si ambas partes confiaban plenamente la una en la otra. La confianza lo es todo en los negocios, los tradicionales y los fraudulentos. Especialmente en estos últimos. Cuando la confianza desaparece, o cuando la confianza se traiciona, se entra en un territorio oscuro donde las cosas dejan de suceder.

Ernest Newman, de naturaleza recelosa y desconfiada, necesitaba comprobar en directo las sensaciones que le transmitía aquel viejo aristócrata. Le habían adelantado que era un personaje peculiar: descendiente de varios apellidos ilustres, grande de España, muy cercano a la Corona y a varias familias reales europeas, de estricta educación en colegios religiosos y de mentalidad rígida e intolerante, pero al mismo tiempo un vividor, una persona que vivía por y para sus pasiones, que no se mezclaba con el vulgo más allá de lo necesario, que no había necesitado dar un palo al agua en su vida y que, cuando quería algo, simplemente lo conseguía.

Hacía tres generaciones que los Marco-Treviño, marqueses de Villa Rosa, habían huido de España y puesto su fortuna a buen recaudo en la entonces hermética y arraigada banca suiza. Allí permanecieron durante décadas y desde allí financiaron proyectos empresariales e influencias políticas. Cuando Gabino Marco-Treviño, el padre de León, volvió a España, su fortuna se quedó en Suiza porque no había necesidad de moverla y mucho menos de regularizarla con la Hacienda española. León se convirtió en marqués tras la muerte de su padre y continuó con la tradición helvética. Pero hubo algo que cambió. Sus antecesores eran personas de mentalidad empresarial y de familia. Tenían la obligación moral de mantener e incrementar el patrimonio familiar. Sin embargo, León no tenía descendencia y no había sentido ni el más mínimo interés por los negocios de la familia. La banca suiza era su hucha particular, a la que podía acudir para sacar dinero y subvencionar su única dedicación: vivir la vida. El patrimonio había descendido mucho en las últimas dos décadas. No era algo que preocupara a León, que no necesitaba ahorrar porque era consciente de que la saga de su apellido terminaría con él.

Pero en los últimos años las cosas se habían complicado. El cruce de datos y los sistemas de información de la Agencia Tributaria no tenían nada que ver con los que había en vida de su padre y su abuelo. Tampoco la transparencia que poco a poco experimentaba la banca helvética, no por voluntad, sino presionada por múltiples flancos internacionales. Así que cada vez era más complicado repatriar dinero de la cuenta suiza para pagar su estilo de vida desordenado y excesivo. Durante mucho tiempo, León había viajado a Zúrich para volver a España con los bolsillos llenos de efectivo. Pero esta operación era cada vez más arriesgada, ya que las aduanas eran muy restrictivas con los límites en el traspaso de divisas.

Rendido ante la evidencia y sofocado por las deudas, León consultó con su asesor financiero en España para que le ayudara a encontrar fórmulas que le facilitasen traer dinero de Suiza sin pasar por el desagradable proceso de la regularización con Hacienda, y este le habló de una notable pareja: una conocida política y un empresario inmobiliario interesados en deshacerse de efectivo de procedencia dudosa. La situación de ambas partes encajaba como dos piezas de un puzle. Cada uno de ellos era la solución que el otro buscaba. En el argot de los asesores se conocía bajo el apelativo de «compensación». Si se ponían de acuerdo, la operación sería un éxito. Pero era necesario algo sin lo cual todo aquello podía acabar en desastre: confianza mutua.

—No me gustan los políticos ni me gustan los catalanes —le espetó el marqués a modo de saludo.

—No soy catalán y a mí tampoco me gustan los aristócratas venidos a menos —le contestó Ernest sin rodeos.

—Entonces creo que nos vamos a entender —le dijo León con una gran sonrisa.

Habían quedado la mañana del lunes, cinco días después de hablar por teléfono tras la revisión de la caldera que tanto había estresado a Ernest. La cita tenía lugar en un viejo café, el Mirador del Arco de Cuchilleros. Ernest cruzó andando la plaza Mayor y salió por la puerta situada en la esquina sudoeste, quizá la más pintoresca por su sobriedad y por la larga escalinata de piedra que salvaba el desnivel hasta la calle Cuchilleros. Vista desde abajo, la escalera tenía cierto aire señorial. Vista desde la plaza, la entrada era angosta y un tanto lúgubre.

Nada más entrar en el local, Ernest lo reconoció de inmediato. Debía de tener alrededor de sesenta años. Vestía una americana negra y una camisa de un intenso carmín. Alrededor de su cuello lucía un abultado pañuelo de seda brillante. Llevaba gafas de montura metálica circular y un fino bigote gris. Una poblada perilla canosa resaltaba la expresión de su cara. Su actitud altiva y engreída y su postura envarada completaban una apariencia que no pasaba desapercibida. Estaba sentado en el fondo, junto a una gran mesa de piedra que, a modo de altar de acabado románico, ejercía de muestrario de las mejores viandas del lugar. La decoración era recargada, desde las lámparas del techo, todas diferentes entre sí, hasta las columnatas que delimitaban la barra o el mobiliario de madera en el que reposaban cientos de botellas de licor. La luz entraba por la larga fila de ventanas que daban a la calle del Maestro Villa tamizada por delicados visillos blancos.

León estaba apurando un café con leche. A su lado había un plato blanco en el que solo quedaban algunas migas. Estaba ojeando el *ABC* y, por la familiaridad con la que se desenvolvía, se podía deducir que era un habitual en aquel lugar. Ernest le había investigado y sabía que vivía muy cerca de allí, en una imponente casa que había heredado de su familia, cuatrocientos metros cuadrados y ocho balcones con hermosas vistas a la plaza Mayor.

—Tenemos en común un gran asesor financiero —dijo Ernest con la intención de romper el hielo—. Considera que podemos alcanzar un acuerdo muy beneficioso para ambos.

—Newman, ¿eres católico? —preguntó León de repente, provocando en Ernest una expresión de desconcierto que difícilmente pudo disimular.

—¿Cómo dices?

—Solo quería saber si tu mujer y tú, como afiliados al Partido, sois católicos además de fachas. Nunca he entendido muy bien esa combinación. Los cristianos deberían ser comunistas y los fachas, ateos.

—Bueno…, podría decir que soy creyente pero no practicante.

—Me decepcionas, Ernest —le replicó León mientras daba un ligero sorbo a su taza—. ¡Qué respuesta más asquerosamente típica! Los católicos sois así de hipócritas, solo queréis vuestra religión para los momentos en los que os va bien. Cualquier musulmán tiene más entereza moral que todos los cristianos juntos. Llevan su religión con orgullo, estén donde estén, y muchos, incluso dispuestos a morir por ella. Dime de un solo católico que lo sea a tiempo completo.

León volvió a dar otro pequeño sorbo antes de continuar con la charla. Se limpió las comisuras de los labios con una servilleta de tela. Era el único cliente al que le habían servido el desayuno con una que no fuese de papel.

—En una ocasión conocí a un practicante que no era creyente. ¡Eso sí es una respuesta original! Resulta que el tipo nunca creyó en nada, pero, por amor, acompañaba a oír misa todos los domingos a su mujer. Cuando ella murió, continuó yendo como íntimo homenaje a su esposa fallecida. ¡Una preciosa historia de amor!

—León, y tú ¿en qué crees? —preguntó Ernest intrigado.

—Creo en la libertad del individuo, en todo lo que eleva los sentidos del hombre y aumenta su fortaleza y su poder. Por eso me repugna el cristianismo, que es la religión de la compasión y la debilidad. Vuestro juicio está invertido. Vuestra verdad es siempre contraria a la vida, y vuestro mal, cualquier cosa que la eleva.

—No estoy de acuerdo contigo. El cristianismo siempre ha defendido la vida.

—¡No, amigo! Ser cristiano implica odiar la vida y odiar la inteligencia. Os venden mentiras sobre el más allá y olvidáis lo que hay en el «más acá». Por eso los hombres libres como yo somos una inversión de vuestros valores cristianos, y defendemos la supremacía de los sentimientos naturales de placer frente al dolor y el pecado.

León levantó la mano hacia uno de los camareros que, sin necesidad de palabras, interpretó su gesto y le llevó un coñac en copa de balón.

—En fin, amigo Ernest, no creo que nos pongamos de acuerdo, así que ¡hablemos de dinero! Yo tengo lo que tú necesitas: una cuenta en Suiza repleta de dinero que no puedo traer a España. Y tú tienes lo que yo necesito: un montón de efectivo debajo del colchón. Así que hagamos un intercambio. Tú me das tu efectivo y yo hablo con mi agente en Suiza para que abra una cuenta a tu nombre y te traspase el dinero. Elegante, limpio y, sobre todo, confidencial.

—León, dame una buena razón para confiar en ti —sentenció Ernest—. Por qué tengo que creer que no vas a desaparecer en el momento en el que te dé una bolsa llena de billetes.

Ernest dudaba. Realmente no conocía de nada a aquel personaje con fama de vividor. Solo les unía un asesor financiero que no dudaría en ignorarlos si la cosa se ponía fea. Uno de los mayores problemas que tienen los movimientos de dinero negro es que todo queda fuera del circuito legal y no hay reclamación posible. Por tanto, no estaba dispuesto a dar el primer paso en cuanto a confianza se refería. Necesitaba un gesto por parte del viejo.

—Puedes desconfiar de mí y lo entiendo —contestó León—, pero no seré yo el que mueva el dinero sino mi agente en Suiza. Es una persona profesional y seria que siempre…

—¡Venga! —lo interrumpió Ernest—. No me hables de seriedad. Tu agente es un pirata, como todos los que se mueven como pez en el agua en las cloacas del sistema bancario suizo. Así que nunca podría fiarme de alguien como él. Su profesionalidad no vale nada para mí. Solo se mueven al olor del dinero.

—Entonces ¿qué propones? —preguntó el marqués.

—Primero, quiero que se cree nuestra cuenta y transfieras el dinero. Cuando haya comprobado que todo es correcto, quedamos y te paso el efectivo.

—¿Y si el que desapareces eres tú? —insistió León.

—¡Yo no puedo desaparecer! Mi mujer es una política muy conocida, tenemos familia, somos personas públicas. No podemos desaparecer de un día para otro solo para robarte una cuenta en Suiza con un asesor que es de tu confianza.

—Ya… —respondió León con semblante circunspecto.

—Además, no necesitamos robarte a ti en particular —añadió Ernest con cierto sarcasmo—. Ya tenemos nuestras vías para financiarnos.

León también dudaba. Tenía mucho más en común con Ernest de lo que creía. No le resultaba fácil confiar en el marido de una política corrupta que podía jugársela en cualquier momento. Y en cuanto al agente en Suiza, él tenía razón: todos eran aves de rapiña. Sabía que Ernest era un tipo bien posicionado y quizá pudiera hacer algún movimiento para dejarlo fuera. Una vez creada la cuenta en Suiza y transferidos los fondos, podía esquivarlo e incluso echarle a la policía encima gracias a los contactos de su mujer. Pero no tenía muchas más opciones. Necesitaba efectivo de forma inmediata y no podía seguir haciendo viajes a Suiza para llenar los bolsillos sin que saltaran las alarmas de la sospecha. Así que, tras meditarlo un instante más, decidió aceptar.

—Lo haremos como dices. Hablaré con mi agente, creará la cuenta y te transferirá el dinero. Deberíamos empezar con medio millón. ¿Te parece bien?

—Me parece bien —confirmó Ernest—. Viajaré a Suiza cuando me digas que está todo solucionado. No es que no me fíe de ti, pero quiero ver con mis propios ojos que la cuenta está en orden. En cuanto aterrice en Madrid, cerramos cita para pasarte el efectivo. ¿Billetes de quinientos?

—Si no te importa, dame billetes pequeños. En la frutería prefieren los de cincuenta —contestó León con una forzada sonrisa.

—De acuerdo.

—Una cosa más, Ernest. He decidido confiar en ti porque creo que ambos nos necesitamos y no tenemos más remedio. Estamos cogidos por los huevos.

León hizo una pausa y se mostró reflexivo mientras su expresión mutaba y su sonrisa desaparecía.

—Cuando yo era un niño, mi abuelo invirtió en una pequeña industria ganadera. Hubo un año especialmente caluroso en el que tuvieron una gran plaga de ratones. Nadie sabía qué hacer para acabar con ellos, y mi abuelo tuvo una idea.

Empezó a alimentarlos con unos platitos llenos de azúcar. Durante varios días los ratones salían al patio trasero, donde mi abuelo dejaba su ración de azúcar. Los ratones la devoraban como si fuese lo más maravilloso que habían comido nunca y se confiaron. A los cinco días, mi abuelo mezcló los platitos de azúcar con cemento en polvo y los ratones comieron inocentes y confiados, aunque aquel día su dulce manjar tenía un paladar ligeramente diferente. Los jugos gástricos no tardaron en unirse al cemento y, en pocas horas, los estómagos de aquellos estúpidos bichos quedaron solidificados, duros como piedras. Los ratones aparecieron muertos esparcidos por toda la hacienda.

León miró a los ojos a Ernest y continuó.

—Quizá sea una de las muertes más terribles que pueda sufrir un ser vivo. Imagina lo que podría suponer en una persona, cómo se retorcería de dolor ante la evidencia de que su sistema digestivo comienza a solidificarse, a ponerse duro como los cimientos de un rascacielos. Ernest, espero que nunca traiciones la confianza que te estoy dando o buscaré la manera de poner cemento en tu comida y en la de tu querida familia.

Tras la amenaza, León volvió a sonreír, se puso de pie y alargó su mano hacia Ernest, que le correspondió con un fuerte apretón.

El pacto no escrito había quedado cerrado, sin rúbricas ni refrendos, sin cláusulas ni visados, sin papeles, con la única garantía de la sutil, abstracta y volátil confianza mutua.

El despacho era espacioso, aunque estaba mal iluminado. Dos amplios ventanales lo separaban del resto de la comisaría y solo una diminuta ventana se abría hacia la calle. En los cristales había pegados algunos carteles con esquemas y fotografías de redes y grupos criminales en investigación. Había informes, libros y papeles por todas partes, que colonizaban la mesa auxiliar y hasta el pequeño sillón situado a la entrada, junto a un par de abrigos y un maletín. La mesa principal también estaba repleta de informes en carpetas multicolores que daban el único punto de alegría al despacho. Todo lo demás era marrón y gris, incluido el estado de ánimo de los que solían frecuentarlo. El ordenador portátil ocupaba un lugar distinguido en la mesa, pero estaba invadido por pósits y anotaciones rápidas con nombres, números de teléfono y direcciones. La limpieza tampoco era muy intensiva. No era un problema de falta de profesionalidad, sino del exceso de documentos y papeles, de tal magnitud que no facilitaba la higiene.

El comisario Manuel Villacampa levantó la mirada cuando se abrió la puerta y entró el subinspector Cristóbal Ortega con paso decidido.

—Hemos identificado a uno de los polacos de la banda que está dando palos en chalets —le dijo Ortega sin saludo previo.

—¡Bien! Por fin buenas noticias con ese tema.

—No creo que tarden en meter la pata. Los trincaremos.

—Necesito que sea pronto. Se han metido en la casa de un VIP y me están dando caña para que demos con ellos. Aunque no se han llevado nada de valor, no están dispuestos a perdonar. Los quieren entre rejas. Se llevaron un susto de muerte. Así que ponte las pilas.

Mientras hablaba, Manuel notó la vibración de un móvil en el costado. Siempre llevaba tres encima: el oficial de la comisaría, el personal y un móvil encriptado. El primero estaba encima de la mesa. Los otros dos en la americana. Así que decidió despachar a Ortega para poder echar un vistazo con intimidad.

—Es todo. Monta el seguimiento. Esto es importante, así que no quiero descuidos.

No había terminado la frase y Ortega ya estaba saliendo del despacho. Manuel echó mano del móvil encriptado y leyó el mensaje que acababa de recibir de uno de sus contactos fuera de la comisaría: «El Mundo. Nota de prensa. Echa un vistazo». No necesitó mucho más para que su olfato averiguara de qué iba el tema. Abrió en su navegador la página del periódico *El Mundo* y no tardó en encontrar la noticia: «Américo García, director de Operaciones en TelÇom, anuncia su plan de colaboración con partidos políticos».

Leyó la noticia con calma. Américo acababa de neutralizar el primer intentó de desvirtuarlo con mucha elegancia. Pero no lo sorprendía. Carlos le había avisado de que era un tipo listo que se manejaba bien en los lodazales de la política y las influencias. Por eso no pudo evitar cierta admiración ante el arrojo y la inteligente reacción de Américo para contrarrestar el ataque.

Ante las informaciones que lo situaban como fichaje estrella de Unión de Izquierdas, García ha querido matizar que su colaboración no se va a limitar a dicho grupo, sino que su intención es ofrecer asesoramiento a todos los grupos en el Congreso con el objetivo de encontrar soluciones a los grandes problemas de la economía española, como el alto índice de paro, la falta de igualdad de oportunidades, la precariedad salarial o las ayudas para la incorporación de los jóvenes al mercado laboral. Los Socialistas y el Centro Socialdemócrata ya han valorado muy positivamente que un directivo del IBEX aporte su experiencia para acercar el mundo de la empresa al legislativo.

Manuel cerró el navegador. No necesitaba leer más. Se echó hacia atrás en la silla mientras subía los brazos hasta tocarse la nuca con las manos. No podía confiarse. Con Américo no valían las soluciones rápidas, así que tenía que pensar en algo impactante, algo que anulara de forma definitiva su capacidad de reacción.

El teléfono volvió a vibrar mientras se encendía la pantalla y mostraba un nuevo mensaje. Se incorporó sobre la mesa y, por su brevedad, llegó a tiempo de ver el recado que Carlos le enviaba antes de que se apagara la pantalla: «Fase 3».

Jacobo Valadares se enfrentaba a la jornada de los lunes con una mezcla de prudencia y preocupación. No le resultaba fácil gestionar un equipo de doscientas personas, su gran equipo comercial repartido por las seis oficinas de TelCom en toda España. Los lunes era el día de pasar revista: un par de bajas por resfriado, un tobillo roto jugando al fútbol, algunas ausencias para llevar niños al médico y, lo que más le disgustaba, la inevitable charla sobre la falta de motivación tras dos días de asueto.

Como directivo, Jacobo había crecido muy rápido en TelCom. La clave había sido que los resultados siempre lo habían acompañado. Además de ser muy hábil en la gestión de clientes y en el desarrollo de nuevos negocios para TelCom, tenía una inigualable habilidad para la gestión de personas. Por eso era un jefe querido por su equipo. Tenía la sensibilidad suficiente para escuchar sus demandas y el carácter necesario para defender su trabajo. Pero los lunes se complicaban por las bajas y tenía que hacer malabares con las sustituciones para que todos los compromisos con los clientes fuesen atendidos de la mejor manera posible.

—Hola, Jacobo, ¿tienes un minuto para hablar conmigo?

En la puerta de su despacho estaba una de sus mejores ingenieras informáticas. Llevaba cinco años trabajando en TelCom y en aquel momento era la responsable de desarrollo de negocio en el sector salud. Tenía el pelo largo castaño y unos grandes ojos verdes que eran lo que más destacaba en su cara. Aquella visita inesperada interrumpió la concentración de Jacobo, agazapado tras la pantalla de su ordenador portátil.

«Espero que no venga a decirme que se va de la empresa», pensó Jacobo con cierto temor mientras levantaba la mirada e intentaba sonreír. Era una buena profesional y estaba seguro de que le costaría sustituirla.

—Por supuesto, pasa y siéntate.

—No te preocupes, no vengo a decirte que dejo TelCom —le dijo ella sonriendo.

—No sé por qué lo dices.

—Por tu cara de susto —sonrió.

—¿En qué te puedo ayudar? —preguntó Jacobo para cambiar de tema y no reconocer que tenía razón.

—Me gustaría pedirte ayuda porque quiero solicitar un permiso de paternidad.

—¡Anda! ¿Estás embarazada? ¡Enhorabuena!

—No, no estoy embarazada —respondió con solemnidad.

—¿Cómo?

Jacobo estaba confundido. No entendía nada. Frunció el ceño y dejó claro que no acababa de comprender a dónde quería llegar con todo aquello.

—Mi pareja está embarazada —aclaró ella—. He estado buscando información en internet y he confirmado que tengo derecho a solicitar un permiso de paternidad cuando nazca el niño.

—Bien…, pues entonces… no sé… —Jacobo tartamudeó desconcertado mientras visualizaba lo que trataba de decirle—. Hablaré con Recursos Humanos para que te autoricen el permiso. Por mi parte no hay mayor problema.

—Hay algo más. Me gustaría pedirte también que trataras el tema con cierta discreción. Ya sabes…

—¡Por supuesto! Tienes mi palabra —contestó Jacobo con tono grave para conceder más credulidad a su respuesta—. ¡Y enhorabuena! Discúlpame, es lo primero que tenía que haber dicho, pero es que todo esto me ha pillado por sorpresa.

Jacobo se levantó, rodeó la mesa y le dio dos besos a su compañera, que agradeció el gesto amable y la cercanía de su jefe. No sabía muy bien por qué, pero sentía que podía confiar en él. «Es un tío de puta madre», pensó, aunque nunca se atrevería a decirlo en voz alta.

Cuando se quedó solo, sonó el teléfono, y Jacobo escuchó la voz enérgica de su hermana Teresa.

—Ya sé que me has dicho que te escriba un mensaje y no te llame a la oficina, pero ¡chico!, así tengo la excusa para hablar contigo un momento. ¿Te pilló bien?

Teresa tenía una personalidad muy distinta a la de Jacobo. Era una mujer sencilla, amante de su familia y las pequeñas cosas, excesivamente realista, con los pies en el suelo y, por supuesto, no entendía que su hermano pequeño se entregase en cuerpo y alma a su trabajo por mucho dinero que ganase.

—Tú siempre me pillas bien —mintió Jacobo.

—Recuerdas que el cumpleaños de tu sobrino está al caer, ¿verdad?

—Sí, por supuesto.

—Bueno, pues no te compliques la vida buscando un regalo. Quiere una camiseta y un pantalón del Real Madrid. ¡Y no hace falta que me lo digas! Ya sé que odias el fútbol y que es lo último que le comprarías. A mí tampoco es que me guste, pero ¿qué voy a hacer? Prefiero que el chico esté jugando al fútbol con sus amigos que saliendo por ahí y acabe fumando, bebiendo, drogándose o yo qué sé. ¿Te conté que el otro día pillaron a unos niños del cole fumando porros? ¡Qué escándalo! Es increíble las cosas que pasan. La culpa es de…

—¡Teresa, por favor! No hay problema. Yo le compro el traje del Real Madrid.

—¿Seguro que no te importa? —preguntó Teresa con un tímido hilo de voz, consciente de que a veces hablaba más de lo debido.

—No me importa —mintió, dispuesto a hacer cualquier cosa por su hermana y su sobrino.

Salvo porque no creía en Dios, Carlos Mir llevaba vida de monje.

Trabajaba todo el día, vivía solo y su vida social era muy reducida más allá del entorno laboral. Las oficinas de TelCom constituían su particular monasterio, su casa era la celda en la que se retiraba a descansar y las sesiones con Aisha en X-Room, su ceremonia sagrada. *Ora et labora.* Su dios era el poder y el ejercicio de la autoridad, su religión. Ganar lo representaba todo. Una forma de vida. Una obsesión. Y no sabía hacer nada más. Su necesidad de triunfar era superior a cualquier otra cosa. El éxito se erigía en su primer mandamiento.

Carlos estaba a punto de conseguir el objetivo por el que llevaba luchando toda su vida, sentarse en la cúspide de la pirámide, desde la que podría ejercer su poder y divisar el mar de víctimas que había dejado por el camino. Aunque volvían a surgir complicaciones que le obligaban a retroceder unos pasos. Américo había resultado ser una incómoda molestia, mucho mayor de lo que había previsto. El resto de los rivales parecían superados. Jacobo Valadares podría darle alguna sorpresa, pero era parte de su equipo y le tenía muy controlado. Carlos sabía que, en caso de duda, podría maniobrar para defenestrarle.

En ningún momento hubo lugar en su cabeza para la derrota. Estaba dispuesto a hacer lo que hubiera que hacer. El mal podía ser una parte inherente del ser humano, que se apaciguaba por factores educacionales y de madurez. Pero Carlos prefería aparcar la ética en determinados casos para convertir en un medio el mal genuino y auténtico, el impulso destructivo, el ímpetu devastador. Y el medio estaba abiertamente justificado por el fin, incluidas la conspiración, la ofensa, la crueldad, la agresión, la violencia. Todo era lícito en aquella pugna feroz por dominar el pináculo y perpetuarse en él.

Sentado en una silla alta de la cocina abrió una botella de vino. Llenó una copa y salió a la terraza. Un mar de luces fracturaba la ciudad por la noche, como si quisiera evitar que reinase la oscuridad. Mirase donde mirase, había cientos de pequeños destellos que deseaban transformar la negrura en alba. A cien metros de altura, las imponentes vistas intimidaban. Para Carlos vivir tan alto era una metáfora. Él no era como los demás, por eso no podía vivir como ellos. Desde su privilegiado mirador observaba la civilización a sus pies como un vigía que no quiere abandonar su puesto por honor. Su lugar estaba arriba, muy arriba, en el trabajo y fuera de él.

Su lujoso apartamento ocupaba una de las plantas más altas de la Torre de Madrid, el rascacielos que presidía la fusión de la calle Princesa y la plaza de España. Durante los primeros años tras su inauguración en 1960, fue el edificio de hormigón más alto del mundo. Sus imponentes 142 metros de altura y sus tonos blancos lo convirtieron en un icono del centro de Madrid. En los años setenta albergaba las empresas más exitosas de la década: las compañías aéreas. Tras su renovación, bien entrado el nuevo siglo, el edificio alojó un pomposo hotel y apartamentos para deportistas de éxito, presentadores de televisión y anónimos ejecutivos como Carlos. No llevaba mucho tiempo allí. Hacía escasamente dos años que se había mudado. Era una casa moderna, amueblada por un conocido diseñador de interiores, en la que Carlos apenas había dejado su impronta. Solo había trasladado unos pocos enseres personales. Ningún recuerdo. Convertido ya en un directivo de prestigio, quería un nuevo karma para la etapa que iniciaba en aquella casa.

Mientras su paladar se llenaba de los aromas de aquel vino untuoso y suave, pensó en la nota de prensa que Américo había publicado esa mañana y el mensaje que él había enviado al comisario Villacampa. No tenía ni idea de qué iba a hacer ahora, pero quería creer que el siguiente intento sería el definitivo. Como le había contado el comisario en su primera cita, entrarían en una nueva fase que implicaba mayores riesgos. La solución para eliminar a Américo ya no podía ser tan simple como asociarle con amistades incómodas o airear algún trapo sucio. Era el momento de jugar fuerte, el momento de destruirle como un granizo devastador sobre frágiles cosechas, y esperaba que el comisario no dudara a la hora de aplicar medidas contundentes. Para eso lo había contratado.

Entre sorbo y sorbo, mientras observaba la ciudad desde las alturas, pensó en la constante soledad que siempre lo había rodeado, otra singularidad más de su vida monacal. Era hijo único y desde el primer día, su padre, un abogado de éxito internacional, tuvo grandes planes para él. Estudió en las mejores universidades y se especializó en administración de empresas en Reino Unido y Japón. Así que sus comienzos en el mercado laboral fueron entre la élite.

Pero su niñez no fue tan afortunada. En el colegio era un niño solitario y retraído. Carlos pensaba que un hermano podía ser la solución a su soledad, pero este nunca llegó. Destacaba en los estudios, aunque tuvo serias dificultades en los deportes, la puerta de entrada a las relaciones sociales. Tenía algunos kilos de más y era el último en formar parte de los equipos de fútbol y baloncesto. Los capitanes elegían a los más hábiles con el balón y Carlos siempre se quedaba fuera.

El niño que ejercía el indiscutido liderazgo en el patio de su colegio se llamaba Daniel. Era alto y fuerte. Tenía el pelo rubio y sus brazos empezaban a mostrar una musculatura que presagiaba la potente fortaleza física que tendría unos años después. Carlos recordaba que Daniel siempre lo rechazaba en su equipo. Lo detestaba y admiraba a partes iguales. Quería ser como él, pero al mismo tiempo odiaba cómo lo trataba.

La fortuna quiso que sus apellidos fuesen similares y tuvieran que sentarse juntos en clase. Si Daniel era el líder del patio, Carlos lo era del aula. Destacaba en la mayoría de las asignaturas. Así que decidió ayudarlo. Esperaba que así Daniel fuera más amable en los juegos del patio. Incluso pensó que lo ayudaría a mejorar, pero se equivocaba.

—Dani, estoy aquí. ¡Elígeme a mí! —gritó el joven Carlos desde un lado del patio.

—¡No! —le respondió cortante.

—¿Por qué? —insistió Carlos desesperado.

—¡Porque no me da la gana!

Carlos no esperaba aquella respuesta tan dura. Se marchó corriendo entre las risas del resto de sus compañeros y se refugió en el vestuario. Olía a humedad y sudor. Los bancos estaban repletos de mochilas y de ropa tirada por todas partes. Carlos nunca olvidaría aquel olor penetrante de los zapatos sudados y la ropa maloliente de los chicos, las duchas resbaladizas, las gotas de agua escurriendo por los azulejos y el chirrido de las puertas metálicas llenas de óxido.

Cuando calmó sus lágrimas, volvió al patio dejando atrás el hedor pesado del vestuario. Sus compañeros ya estaban corriendo tras el balón. Sentado en un lateral del campo, los observó con desprecio mientras pensaba que algún día sería él quien elegiría a las personas que formaban los equipos.

Treinta años después, el deporte había transformado su cuerpo. Ya no había vestigios del niño gordito que había sido. Y su posición también había cambiado drásticamente. El niño tímido que jugaba solo, al que nadie quería en su equipo de fútbol, era el que elegía a cientos de profesionales que enviaban sus candidaturas y que soñaban con trabajar en una de las empresas más importantes de España. Carlos deseó que alguno de los antiguos capitanes de los equipos del colegio se presentase en TelCom. Ansiaba tener la oportunidad de despreciarlos como habían hecho con él. Nunca había olvidado sus caras porque deseaba encontrárselas en una sala de Tel-Com. Pero el destino no había querido regalarle semejante placer.

Por elección de su padre, el colegio de Carlos fue exclusivamente masculino, así que hasta los catorce años no tuvo ninguna relación con chicas. Cuando llegó al instituto, se sentía extraño. Observaba con curiosidad el pelo largo de sus compañeras, la manera de expresarse, el tirante del sujetador que asomaba por el cuello de sus camisetas, las formas curvas de sus piernas. No sabía cómo comportarse con sus nuevas compañeras. Daniel, convertido en un atractivo adolescente, volvía a dominar el espacio fuera de las aulas. El odio que sentía Carlos no hacía más que agudizarse. Soñó decenas de veces que Daniel moría. Hasta imaginaba con placer las palabras del profesor anunciando la muerte de su compañero. Saboreó aquella venganza imaginaria en infinidad de ocasiones, pero lo único que obtuvo fueron más humillaciones en forma de pequeños desprecios.

Carlos escuchaba frustrado cómo Daniel presumía de sus primeros encuentros sexuales con las compañeras de clase. Trataba de imaginarlos. No entendía por qué las chicas elegían a un tipo como Daniel. Era un chico grande y agresivo, tosco en sus movimientos. No era especialmente guapo o al menos así lo creía Carlos. Vestía de manera descuidada para dejar claro que era el más rebelde. Intelectualmente estaba a años luz. ¿Qué veían las chicas en él? Le resultaba inexplicable.

Carlos terminó entablando cierta amistad con Katerina, una chica de estatura media y algún kilo de más, como él, que escondía su timidez tras unas gafas de pasta. A él le parecía que tenía el nombre más bonito del mundo. Según le contó, sus padres provenían de la República Checa y le pusieron el nombre en honor a su bisabuela. La amistad con Katerina fue en aumento. Era una buena estudiante y compartieron muchas horas haciendo trabajos de clase y estudiando en la biblioteca. Entre ambos se disputaban las mejores notas de los exámenes y se convirtieron en el objetivo común de las envidias.

Carlos y Katerina salieron en varias ocasiones. Tuvieron que pedir permiso a sus padres con lo que consideraban una pequeña mentira: se suponía que los acompañarían varios amigos. Pero no era así. La realidad era que el resto de sus compañeros no querían tratos con los dos empollones de la clase. Con el tiempo, Carlos empezó a sentirse muy cómodo con Katerina. Hablaban de lo que estudiaban en clase y, cuando se daban cuenta de que aquello era demasiado hasta para dos buenos estudiantes como ellos, cambiaban de tema. Su favorito era criticar al resto de los compañeros. Escupían sus frustraciones contra todos los que les maltrataban. Carlos disfrutaba compartiendo con Katerina su disgusto hacia algunos chicos, en especial hacia Daniel. Katerina lo escuchaba embobada y en algunas ocasiones le daba la razón. En otras, se reía y le decía que no fuese tan duro con ellos.

Un lunes cualquiera, Daniel se acercó y pasó el brazo por encima de los hombros de Carlos. Aquello no era normal. Daniel nunca hablaba con él, así que aquel gesto de falsa camaradería lo puso en alerta.

—¡Ven aquí, pequeñín! —le dijo Daniel mientras lo sacudía con fuerza.

—¿Qué pasa, Dani? ¿Has dormido mal el fin de semana? —le respondió Carlos con cierto disgusto.

—La verdad es que he dormido poco —añadió Daniel jocoso—. Tu amiga Katerina no me ha dejado.

Aquellas palabras llegaron a los oídos de Carlos como un afilado estilete contra su vientre.

—¿De qué coño estás hablando? —preguntó Carlos cabreado, mientras le quitaba el brazo de sus hombros con toda la agresividad de la que era capaz.

—Estoy hablando de tu amiga Katerina. ¡Que con tanto estudiar no te enteras de nada, chaval! Cuando le quitas esas gafas de rata de laboratorio se convierte en una pantera. Le arranqué la ropa y se volvió loca conmigo —le detalló Daniel con una sonrisa socarrona.

Carlos no podía creer lo que estaba escuchando. Le dolían las palabras. Notó un zumbido en algún lugar remoto de la cabeza. Recordó todo el odio que acumulaba hacia Daniel desde aquellos días en los que le gritaba desde un lateral del patio del colegio, cuando no lo quería en su equipo. Pensó en todas las veces que había deseado su muerte. Levantó la vista y encontró a Katerina al fondo del aula. A pesar de la distancia, pudo captar la tristeza de su mirada.

—¡Eso es mentira! —fue lo único que Carlos acertó a contestar mientras empujaba a Daniel con torpeza.

—Pregúntale a ella…

No era mentira.

Cuando Katerina le confesó que había acabado en la cama de Daniel, Carlos quiso morirse. No sabía qué le hacía más daño: el escarnio y las burlas de Daniel o la traición de Katerina. Los odió a los dos y continuó sus estudios como los había empezado: solo.

Años más tarde, cuando terminó la universidad y comenzó a trabajar, continuó sacrificando vida personal y amistades para avanzar veloz, sin lastres del pasado. No se fiaba de nadie. Katerina le enseñó a hacerlo.

Terminó cortando con todo y con todos: no se fiaba de los nuevos contactos que hacía en el ámbito laboral porque siempre surgían intereses cruzados. Sus viejos conocidos de la universidad llevaban vidas anónimas y sencillas, así que sentía que no tenía nada en común con ellos. Poco a poco dejó de asistir a eventos, incluida la tradicional cita anual de su promoción. Mientras ascendía hacia el cielo empresarial, fue acabando con cualquier atisbo de humanidad a su alrededor y terminó condenado a una soledad intensa que aceptó como parte del precio que tenía que pagar, como una cláusula más en el pacto de vida eterna con el demonio. Pero no le importaba, porque siempre fue de carácter introvertido. Las personas solo eran medios para un fin, simples herramientas.

Estaba plenamente convencido de que el éxito profesional compensaría todos aquellos sacrificios, pero en aquel muro de frialdad comenzaban a aparecer algunas pequeñas grietas por las que se escabullía la sombra de las primeras dudas. ¿Qué pasaría cuando todo aquello acabara? ¿Sería compatible la soledad con el siguiente capítulo de su vida? Cuando el éxito se esfumara o faltase un objetivo por el que luchar, ¿se convertiría su vida en algo absurdo, un sinsentido que le autodestruiría?

De momento, no tenía respuestas.

Al final lo hizo. La llama que se encendió en la noche de chicas se había avivado en los últimos días y acabó convirtiéndose en un incendio colosal que arrasaba cualquier vestigio de su pasado. Más allá del debate interno una cosa estaba clara: era mejor arrepentirse por hacer algo que lamentarse de lo contrario. Se negaba a seguir el resto de su vida así: aburrida, estática, dominada por la inacción, la duda y el deseo. Ya sabía lo que era una vida discreta, que seguía sin desviarse el camino que debía seguir alguien como ella. Ahora quería experimentar qué se sentía si abandonaba ese camino, si dejaba la carretera para adentrarse en el bosque. Y su bosque se llamaba Tinder.

Cristina instaló la app en su móvil. El proceso de alta le pedía algunos datos personales. Lo primero que tenía que elegir era un nombre. En ningún caso estaba dispuesta a usar información veraz o que la expusiera más de lo necesario. Le aterraba la idea de que alguien pudiera reconocerla. En ese momento le vino a la cabeza una frase que había leído en un libro: «No publiques en internet aquello que no quieras que sea usado en una futura entrevista de trabajo, sacado a la luz en un juicio o publicado por un periódico». Así que descartó utilizar «Cristina» o «Cris». Nunca había tenido un apodo y no estaba muy acostumbrada a los seudónimos de las redes sociales, así que en un primer momento pensó en un simple «Kris», porque consideraba que no podía elegir un nombre con el que no se sintiera mínimamente identificada. La «k» le daba personalidad y la alejaba lo suficiente de su verdadero nombre, pero también pensó que podía sonar excesivamente ambiguo. Hizo algunas búsquedas en Google y encontró otras opciones que le gustaban, como «Kristina», «Kristie» o «Kristin» y, después de meditarlo, se decidió por «Krissie». Le parecía que no perdía la esencia de su nombre, tenía frescura y un punto sexy, ese algo divertido y atrevido que Cristina nunca había tenido y que buscaba para su *alter ego*.

El tema de la edad fue más sencillo. En este apartado decidió no ocultar la verdad porque no había ninguna necesidad, así que la app registró sus treinta y cinco años. Continuó con algunos ajustes más y Krissie se definió como «mujer» que busca relación con «hombres» en la franja de «treinta a cuarenta años» y limitó la búsqueda a «cincuenta kilómetros».

Otro asunto eran las fotos, pero Cristina ya había pensado en ello. Su afición a la fotografía facilitaba las cosas. Un par de días antes se había hecho algunos selfis que le gustaban y que cumplían con una condición imperativa: no era reconocible. Tras experimentar un poco con la cámara y con la luz, obtuvo resultados interesantes.

La primera imagen la tomó moviendo la cabeza en zigzag, por lo que la parte superior de su cara y el pelo aparecían lo bastante movidos como para que fuese difícil de identificar. La boca y la nariz se mostraban mejor definidas. Su cuerpo estaba ladeado y se intuía uno de sus hombros. El fondo era una pared blanca sobre la que se proyectaba su propia sombra. La fotografía en su conjunto transmitía un atractivo misterioso. Siguiendo la misma técnica, la segunda imagen tenía un encuadre más amplio, en la que se veía su cuerpo hasta la cintura. En este caso, la mitad izquierda de su cara aparecía difuminada por el movimiento y también irreconocible. En la mitad derecha destacaba un ojo, vivo y cordial, y la mitad de sus labios, que perfilaban una ligera sonrisa. De nuevo era una imagen con un enigmático encanto. Las tonalidades azuladas, la falta de más objetos que su cuerpo en movimiento y las sombras que proyectaba sobre la pared desnuda destilaban una belleza cautivadora.

Tenía que acompañar el perfil con un pequeño párrafo que reflejara la personalidad y los gustos, pero le parecía algo realmente abrumador. ¿Cómo podía describirse una persona, con sus logros, con sus intereses y también con sus manías y sus aversiones, en tan solo cuarenta o cincuenta palabras? Así que comenzó el ejercicio de condensación, el resumen de su vida contenido en unos cientos de caracteres.

«Chica soñadora en busca de amistad e ilusión».

«Yo nunca quedaría con alguien con una descripción tan vulgar», pensó Cristina. Así que dedicó unos minutos a reescribir la frase.

«Chica buena de Madrid busca aventuras y gente divertida».

«No está mal, pero quizá sea un poco atrevido. Y también un poco aburrido», concluyó.

No podía ser. Aquello no valía para nada. No se correspondía con la idea que tenía de la mujer virtual que estaba diseñando. Debía pensar de otra manera. Tenía que mostrar su corazón, pero también sus tripas. Así que se olvidó de lo que se suponía que tenía que hacer y, una vez más, se salió del camino. Las palabras comenzaron a surgir a borbotones. Primero sin sentido, luego tomaron forma en algunas frases con las que empezó a identificarse. Cuando leyó el párrafo completo, no pudo evitar verse reflejada en ese otro yo:

«Me gusta viajar y quizá me iría bien un billete solo de ida. Busco tener un secreto, busco un cambio, busco que las cosas sucedan, busco conversación, busco reír por fin, busco sentir sin fin. Imaginar puede ser la excusa. Vivir puede ser la razón».

Con unos pocos clics más, publicó el perfil y Krissie se convirtió en realidad.

6

Sol en Zúrich, nubes en Madrid

Iba a ser una mañana productiva. En un par de días debía enviar el anuncio del concurso de la telefonía al BOE y todavía le faltaba la firma de Lázaro Izquierdo como aval técnico. Pero Sofía lo tenía todo listo para conseguir la firma aquella misma mañana.

Odiaba a aquellos funcionarios que iban de héroes y no dudaría en acabar con su entereza moral y su honestidad como una apisonadora en un jardín botánico. Ya no solo quería que aceptase sus condiciones, quería humillarlo y destrozarlo, quería que se arrodillase ante ella y le jurase lealtad, quería que sirviese de ejemplo para cualquier otro idiota que pusiese en duda sus decisiones.

Sofía se sentía presionada. Jacobo Valadares la había llamado dos días antes para meterle prisa con el contrato. Quería confirmar que su acuerdo iba en serio y que los condicionantes técnicos le darían la ventaja competitiva que necesitaba. También estaba presionada por el adjunto a Presidencia, que quería conseguir más fondos para la caja B del Partido. Además, aquella operación le dejaría un buen pellizco para el que Ernest había encontrado un discreto escondite en la banca suiza tras su acuerdo con León, el aristócrata arrogante. El único escollo que faltaba para que todas las piezas encajasen era la aceptación de Lázaro, que inquieto y con actitud visiblemente molesta, la esperaba sentado en la mesa auxiliar de su despacho en la que una semana antes habían acabado discutiendo.

—Bien, Lázaro, ¿qué tal por Estremera? —le preguntó con cierto sarcasmo mientras este le respondía con absoluto mutismo y una mirada llena de desprecio—. No me gustó nada cómo nos despedimos la semana pasada. Quizá fue culpa mía por no abordarlo de la manera correcta. Te pedí amablemente que me acompañases con tu aval técnico en el concurso de la telefonía, pero rehusaste colaborar. Así que admito mi error y he decidido reenfocarlo.

La expresión de Lázaro no pudo ocultar cierta sorpresa, luego un atisbo de desconfianza y finalmente satisfacción.

—Me alegra que hayas pensado en ello y que tuvieras en cuenta mis comentarios.

—¿Sabes por qué te he citado a estas horas?

—No, no tengo ni idea —respondió Lázaro dubitativo mientras negaba con la cabeza.

—Porque están a punto de despedir a tu mujer. Quería que lo supieras por mí.

Lázaro no supo cómo reaccionar. Su cara intentaba disimular una sonrisa agitada y nerviosa, mientras pensaba que aquello era algún tipo de broma o una simple fanfarronada de Sofía para llevarlo a su terreno.

—Anda, coge el móvil y llama a tu mujer —le propuso Sofía—. ¡Venga, llámala!

Lázaro sacó el teléfono a regañadientes y marcó el número. Esperó dos tonos y acto seguido escuchó el característico sonido intermitente que señalaba que el interlocutor había cortado la llamada sin contestar.

—Me ha colgado.

Solo pasaron un par de segundos y recibió un mensaje de su mujer: «Ahora no puedo. Me han llamado de Dirección. Estoy entrando en el despacho».

—¿Qué coño significa esto, Sofía? —rugió Lázaro.

—Hay algo más que quiero que sepas. Nos hemos enterado de que tu hijo Alejandro estuvo implicado en un lío en el colegio hace unas semanas. Acosaron a un chaval más pequeño, de segundo de Primaria. Un asunto muy feo. Es increíble que chavales tan pequeños ya tengan esa mala leche.

—No fue... mi hijo —balbuceó Lázaro, confundido.

—Tienes razón, el acosador no fue tu hijo, pero permaneció en el grupo que animó y rio los insultos y las vejaciones. El niño sufrió mucho y tuvo que ser atendido por el psicólogo del centro.

—¡Mi hijo no hizo nada! Además, el tema está cerrado. El niño que montó la trifulca ha pedido perdón y el director del colegio está muy...

—¡Sí! —lo interrumpió Sofía señalándolo con el dedo—. El director del colegio está muy concienciado con el *bullying* y ha decidido abrir expediente. Todo el grupo de chavales acosadores va a ser expulsado. ¿No te lo han comunicado aún? Deben de ser las cosas de la Administración. A veces es tan lenta, pero no te preocupes, ya me he ocupado yo de que tu hijo sea readmitido en un nuevo centro en Villaverde. No es la mejor escuela. Sé que no te pilla bien desde tu casa y te reconozco que hay chavales un tanto conflictivos en ese colegio, pero estoy segura de que el pequeño Álex sabrá apañárselas. Tiene el mismo carácter inquieto que su padre. Piensa en el lado bueno. No perderá clases y no romperá su ritmo escolar.

La rabia fue dejando paso a la desolación. Lázaro se notó débil y pisoteado, su pulso se aceleró y sintió una terrible pesadez que caía desde su cabeza, como si un fluido plomizo fuera expandiéndose por todo su cuerpo. Comprendió que su defensa de lo que creía justo y su cerrazón inicial solo podían ocasionarle problemas, que iniciar una guerra imposible no tenía sentido cuando te enfrentas a una persona sin escrúpulos como Sofía. Estaba dispuesto a soportar su destierro en Estremera o a ser degradado en el trabajo, pero nunca se le ocurrió que sus decisiones podrían afectar a su familia. Pensó que solo una hija de puta sin conciencia como Sofía se atrevería a condenar a un niño de diez años a abandonar su entorno para doblegar a su padre, o a pegar donde más podía doler: en la profesionalidad de su mujer y su sustento económico. Solo tuvo fuerzas para preguntar con un hilo de voz:

—¿No decías que querías reenfocarlo?

—Lo estoy reenfocando, créeme. Ya no quiero tu colaboración.

Sofía hizo una pausa mientras eliminaba cualquier signo de humanidad en su expresión.

—Ahora quiero que ejecutes mis órdenes con total obediencia. Y si algún día vuelves a cuestionarme o crees que puedes tomar tus propias decisiones, solo piensa en cómo tu reacción puede afectar a los tuyos. Piensa en lo lejos que llegan mis contactos. Lo que has visto hoy no es nada. Puedo hacer que la solicitud de residencia de tu madre se extravíe de forma definitiva, que tu hijo nunca sea admitido en una universidad pública o que tu mujer sufra un desgraciado error médico. Y no queremos eso, ¿verdad?

Mientras Sofía se acercaba a buscar varios documentos a su mesa, Lázaro había agachado la cabeza apoyándola sobre los brazos y comenzado a llorar.

Sofía volvió a la mesa de reuniones y situó los documentos a su lado, junto con un bolígrafo metálico.

—¡Firma el puto aval técnico! Y recuerda que no te estoy preguntando, ¡te lo estoy ordenando!

Lázaro comenzó a firmar uno a uno todos los documentos. Sus ojos estaban enrojecidos y húmedos y sus manos temblaban de pura rabia contenida. Al acabar soltó el bolígrafo sobre la mesa y observó que en su parte central estaba serigrafiado el logotipo de TelCom. Repentinamente todo tuvo sentido. Sofía nunca hacía nada de forma casual. Los condicionantes técnicos que él estaba aceptando regalarían el contrato a TelCom.

Lázaro tenía entre sus dedos la humillación final.

Ernest Newman estaba disfrutando aquel viaje exprés. A primera hora de la mañana había cogido un vuelo desde Madrid y aterrizó en Zúrich poco antes de las once. A pesar de que algunas nubes blancas flotaban inertes en aquel cielo azulado infinito, la capital financiera lo recibió con un sol que brillaba orgulloso sobre los márgenes del río Limago. La ciudad le daba la bienvenida con un precioso día. Mientras se desplazaba en taxi hasta el centro, se mantuvo pensativo y ausente, disfrutando de las vistas. La belleza barroca de los edificios y las avenidas amplias y señoriales eran una muestra más de que Zúrich era la sede de los mayores bancos del mundo y de las empresas más pujantes de la economía global.

El taxi se detuvo y despidió al conductor con algunas palabras en alemán que le sonaron extrañas después de casi dos décadas en las que apenas lo había usado.

—*Danke schön. Auf wiedersehen.*

Caminó tranquilo por las majestuosas calles del Altstadt. Le encantaba su elegancia y esplendor. Por las avenidas circulaban coches de alta gama y las personas que se cruzaba vestían con un aire clásico pero distinguido. Paseó por Paradeplatz sin rumbo fijo y se detuvo unos minutos a observar algunos escaparates y el ajetreo de personas cruzando la plaza. No se veían muchos turistas a pesar de que aquel día sorprendentemente soleado invitaba a pasear.

Abandonó la plaza por Poststrasse y no tardó en encontrar la dirección que llevaba memorizada. El edificio tendría ocho o nueve plantas, con una fachada clásica repleta de recargados motivos decorativos. La piedra estaba ligeramente oscurecida, al igual que los edificios adyacentes, y le daba al conjunto cierto aspecto gótico. Entró en el portal y había avanzado algo más de un metro cuando el conserje de la finca lo saludó con un severo «Guten Tag» y una mirada totalmente indiscreta, dispuesto a escrutar con firmeza su comportamiento y su contestación. Ernest se dirigió a él en inglés para decirle a quién iba a visitar. El portero le indicó con una cortesía un tanto artificial cómo llegar hasta el despacho profesional del señor Steiner.

Ernest tomó el ascensor histórico de madera y subió a la séptima planta. Cuando cerró las puertas de cristal y madera tallada a su espalda, una mujer mayor elegantemente vestida con las gafas en la punta de la nariz lo aguardaba en el vestíbulo y lo acompañó hasta una sala en la que le indicó que esperara unos instantes. Enseguida se abrió la puerta y un hombre maduro pero atractivo, de unos cincuenta y tantos años, de maneras afables y cordiales, vestido con un refinado traje de chaqueta, se acercó y lo saludó estrechándole la mano en perfecto español, aunque con un acento marcadamente germánico.

—Señor Newman, soy Frank Steiner. Encantado de conocerlo. Por favor, acompáñeme a mi despacho.

—Habla muy bien español —contestó Ernest—. Ya me lo habían comentado, pero no me dijeron que fuese tan correcto y fluido.

—Muchas gracias, señor Newman. Tengo muchos clientes españoles y latinoamericanos y, como la mayoría de mis colegas alemanes, veraneo en Mallorca desde hace años. Nada original.

El despacho de Steiner ocupaba más de cien metros cuadrados en una estancia con amplios ventanales que ofrecían unas excelentes vistas del centro de Zúrich. El espacio principal, entre dos de los grandes ventanales, lo llenaba la robusta mesa de trabajo de Steiner, donde reposaba su ordenador, dos teléfonos de escritorio y numerosa documentación. Con un gesto indicó a Ernest que se sentara en los sillones de piel situados en la zona izquierda del despacho, junto a una enorme librería de madera maciza repleta de libros de todos los estilos y algunos archivadores. Los sillones rodeaban una mesa baja sobre la que había un portafolios de cuero junto a un cenicero con caramelos.

—Es una pena que su esposa no haya podido venir, aunque soy consciente de que su exposición pública no se lo pone fácil.

—Le hubiese encantado acompañarme, pero como dice, no habría sido prudente.

Steiner se inclinó sobre la mesa, cogió el portafolios para entregárselo a Ernest y comenzó su exposición.

—He abierto su depósito con el alias «Magaluf». Espero que le guste el nombre. A todos mis clientes españoles les asigno nombres de lugares de Mallorca. Es lo que más conozco de España —dijo Steiner abandonando su expresión seria y profesional para sonreír de un modo que a Ernest le pareció cómico—. Mi sobrino adolescente quiere ir este año con unos amigos a Magaluf. Mi hermana está muy preocupada. Supongo que ya sabe lo que hacen allí los jóvenes.

—Yo también me preocuparía —confirmó Ernest sonriendo—. No me gusta mucho el nombre, pero bueno, entiendo que es lo de menos.

—Magaluf está depositada en Credit Suisse con la garantía que eso supone. El titular será Downward Spiral Global Investments Inc, una sociedad panameña que acabo de comprar para ustedes. Este nombre no es mío, es la sociedad que me han asignado desde el bufete de mi socio en Miami. Los detalles de la estructura societaria están en esa documentación —le dijo señalando el portafolios que le había entregado—, y como podrá ver en el extracto de movimientos, su saldo actual es de medio millón de euros. Creo que ese es el acuerdo que habían alcanzado con otro de mis clientes, el señor Marco-Treviño.

Ernest ojeó por encima los documentos de la carpeta y se aseguró de ver el saldo. Los siguientes minutos transcurrieron revisando los detalles relativos al acceso y disponibilidad del dinero, los riesgos a los que se enfrentaban con una cuenta de esas características, los procedimientos a seguir en el futuro para continuar operando y las comisiones de gestión correspondientes.

Steiner contestó pormenorizadamente a todas las dudas de Ernest y dieron por terminada la cita.

—¿Va a quedarse mucho tiempo en Zúrich, señor Newman? —preguntó Steiner.

—Voy a hacer noche en el Sheraton y volveré a Madrid mañana por la mañana.

—El hotel está cerca de aquí, pero si quiere le pido un taxi.

—No, por favor, prefiero dar un paseo tranquilo, comer algo y disfrutar de este día tan bonito.

—Señor Newman, ha sido un placer conocerlo y, por favor, salude a la señora Labiaga de mi parte —se despidió Steiner mientras le daba la mano—. Estoy a su entera disposición para cualquier servicio que necesiten de la banca suiza a partir de este momento.

—Creo que hablaremos mucho. Tenemos grandes planes —contestó Ernest.

—No me sorprende, señor Newman. Así es con todos mis clientes españoles.

Estaba tan nerviosa que le costaba pulsar las teclas del teléfono para formar aquellas malditas palabras. El corrector ortográfico tampoco la ayudaba al reinterpretar algunas de las combinaciones de letras con palabras que le eran ajenas. Se sentía impotente y rabiosa, pero al mismo tiempo tenía mucho miedo. Se enfrentaba a aquella situación sin haber tenido ninguna señal previa, sin que nadie la hubiese avisado, sin que ella lo hubiera intuido. Había sido un golpe bajo para el que no estaba preparada. ¿Cómo había podido ocurrir? Seguía atónita, sin poder creer lo que estaba pasando.

Tecleó las últimas letras e hizo clic en «enviar».

«Lázaro llámame pf. Estoy acojonada. Me han despedido».

Era su último cartucho. Ya no le quedaban muchas más opciones. Veía cómo su sueño de llegar a la presidencia de Tel-Com se alejaba sin remedio, como el sol que se esconde tras las montañas al atardecer. Había luchado por ello: sabía que le acompañaban los resultados y tenía a muchas personas de su lado, pero aun así no era suficiente. Los movimientos que había observado en algunos de sus compañeros le demostraban que se estaba quedando fuera. Tenía que actuar.

Jacobo Valadares no había perdido la esperanza durante los últimos meses, aunque la sombra de la decepción empezaba a ganar lugar en su estado de ánimo. Sabía que tanto Carlos como Américo se hallaban mejor situados. Tenían más experiencia en cargos de mayor relevancia y una cercanía con el presidente que él nunca había conseguido. Sin duda, eran los favoritos de Fausto. Habría un nombramiento de forma inminente, así que aquella llamada era lo último que podía intentar.

—No deberías llamar a este número —contestó una voz grave al otro lado.

—Es urgente —respondió Jacobo.

Hubo un breve silencio que les resultó incómodo a ambos, unos segundos en los que lo único audible era el chasquido lejano de la línea telefónica.

—Necesito vuestra ayuda. Quiero que recordéis lo que os pedí. Sé que podéis hacer algunas llamadas y que todo se resolvería. —Jacobo hablaba pero parecía que nadie lo escuchaba.

—No es fácil —fue lo único que dijo la voz.

—Ya lo sé. Pero pensad en una cosa: podría ser de más ayuda en la presidencia de TelCom que en el lugar en el que estoy. No ganamos nada si todo sigue como hasta ahora.

Jacobo escuchó la respiración de su interlocutor. Estaba meditando la respuesta. Podía imaginar su mirada ausente mientras reflexionaba sobre lo que le estaba pidiendo.

—Habla con los hermanos. Estoy seguro de que alguno podrá hacer algo, dar algún paso —continuó Jacobo—. Pero necesito que sea rápido. Habrá un comunicado oficial en los próximos días. No tengo mucho tiempo.

—Hablaré con ellos, pero no te prometo nada.

—Gracias. Sabía que lo entenderías —dijo Jacobo.

—¡No te prometo nada! —insistió aquella voz grave y severa.

Ernest introdujo la tarjeta en el cajetín que había junto a la puerta de la habitación del Sheraton y todas las luces se encendieron a la vez. Cerró la puerta tras de sí y un pequeño pasillo le dio acceso al baño a su izquierda y a un gran armario ropero a la derecha. Al final se abría la habitación, espaciosa y diseñada con mimo. Dejó la americana sobre la descalzadora a los pies de la cama, corrió los pesados cortinajes que tapaban los ventanales y la luz entró a raudales llenando hasta el último rincón. Apagó las luces y durante un segundo se quedó absorto observando la belleza barroca del edificio de enfrente, que combinaba ladrillos rojos con múltiples adornos y detalles constructivos. Zúrich le estaba causando una magnífica impresión y pensó que tenía que volver con más tiempo en otra ocasión.

Cogió el teléfono y llamó a Sofía.

—¿Todo ha ido bien? —fue lo primero que dijo ella nada más contestar.

—¡Sí, tranquila! Todo ha ido según hablamos. La cuenta está activa, tengo generados los accesos y todo está listo para que empecemos la operativa.

Sofía suspiró aliviada.

—No sabes lo que me alegra oírlo. No dejaba de pensar que el viejo nos la había jugado. Me parecía muy raro que estuviese dispuesto a dar el primer paso, pero está claro que me pasé de desconfiada.

—Lo que está claro es que nos necesita más que nosotros a él. Está hasta el cuello de deudas. Oye, ¿y el aval? ¿Qué tal te fue con el «rebelde sin causa»?

—No aguantó la presión y acabó llorando como un niño pequeño. Se desmoronó y terminó firmando.

—Me hubiese encantado verlo.

—La gente honesta está dispuesta a asumir las consecuencias de sus actos, pero no soportan la presión por lo que le pueda pasar a su entorno. Ese es su verdadero punto débil.

—Algunos clientes dicen que soy un cabrón sin conciencia, pero lo que no saben es que tú eres mi fuente de inspiración —respondió Ernest.

—¿Y Zúrich? ¿Te ha gustado la ciudad?

—Me está encantando. Todo es tan señorial y estiloso. Steiner me ha parecido un tipo profesional… y muy atractivo. —Ernest dejó caer el último comentario con una clara intención de provocar.

—¿Quieres ponerme celosa?

—¡Por supuesto! —confirmó Ernest.

—¿Dónde estás ahora?

—En el hotel.

—¿Me echas de menos?

—Ya sabes lo caliente que me ponen los hoteles. —Ernest la volvió a provocar mientras se quitaba los zapatos y se desabrochaba el pantalón.

—Me encantaría estar ahí contigo. No sé si podré aguantar hasta mañana.

—Me estoy desnudando… —le confesó Ernest.

—No, no me digas eso…

Ernest se tocó la entrepierna a través de la ropa. Estaba excitado. Aquel día había salido redondo. No podía evitar que le estimulara aquella conversación, conocer a su testaferro, el dinero, el viaje. Se sentía como un espía británico en plena Guerra Fría, como un James Bond a punto de sacar su arma secreta.

—¿Te acuerdas de Lady Cunt? —preguntó Sofía de repente.

—Me encantará conocerla.

—He quedado con ella, así que reserva algo para nosotras —sugirió Sofía.

—Será una gran noche. Me pone mucho su actitud de perra servil.

Poco más de media hora después, Ernest salía de nuevo por la puerta del Sheraton decidido a dar un largo paseo, comer algo y comprar algún complemento: unos zapatos, un vestido para Sofía, quizá un collar, con la tranquilidad de tener medio millón de euros para gastar.

7

Cuando fallan las máquinas

—¿Política? Pero ¿cómo se te ha ocurrido semejante desfachatez?

Américo García no llevaba ni dos minutos en su despacho cuando sonó el teléfono. Al otro lado del hilo, una voz que le resultaba familiar y reconfortante después de aquellos días tan complicados: un buen amigo, un alto directivo como él al que conocía desde hacía un par de décadas, un hombre honesto y trabajador con el que compartía la afición por el tenis y al que llamaba si necesitaba un consejo sincero y sin contaminar.

—Es una larga historia, pero te diré que no me quedó más remedio —contestó Américo.

—¡Venga, hombre!

—Te lo prometo, esta aventura es el resultado de una jugada bastante sucia que me han hecho. Sospecho que alguien de aquí, de la casa, y he tenido que improvisar para minimizar los daños.

—¿En serio? Cuando leí en prensa lo de tu colaboración con Unión de Izquierdas me quedé muerto. Me resultaba tan extraño. Intenté llamarte, pero no pude dar contigo.

—Sí. Estuve *off*. Fue un puto infierno. No hacían más que llamarme de todas partes, incluido Fausto, que estaba muy nervioso. Unos días antes habíamos tenido una charla y..., bueno…, en fin, tuve que desaparecer mientras pensaba cómo salir del asunto con los mínimos daños posibles —razonó Américo mientras pulsaba la tecla de arranque de su ordenador portátil.

—¿Y ya lo tienes controlado? Si necesitas algo…

—¡Muchas gracias! Sí, creo que lo tengo bajo control. Hemos recuperado la normalidad, salvo que vuelva a aparecer otro tiburón a joderme. ¡Ya no me fío de nadie!

—Espero que no vuelva a pasar.

—Yo también lo espero, porque estamos en un momento muy delicado. Va a haber movimientos importantes en la cúpula de TelCom y habrá nombramientos públicos muy pronto. No te puedo adelantar nada, pero estoy muy satisfecho.

—Me alegro mucho por ti. ¡Te lo mereces, hombre! Lo celebraremos, ¿no?

—¡Por supuesto! Y de verdad, no te preocupes, que lo de la política no ha sido una enajenación mía. Sé dónde está mi sitio y no es precisamente en el Congreso —rio sonoramente.

—Oye, que yo te llamaba para jugar al tenis. ¿Reservo pista? ¿O prefieres jugar con un expresidente?

—Anda, no seas… —respondió Américo entre risas—. Reserva y quedamos.

Américo colgó el teléfono y observó que su ordenador no terminaba de arrancar. Mantuvo pulsada la tecla de inicio durante unos segundos y el portátil se apagó. Volvió a pulsarla y se fijó mejor: parecía que el procedimiento de arranque avanzaba con normalidad pero, de nuevo, el ordenador acababa en el limbo por mucho que esperara. Repitió el proceso varias veces sin suerte, así que fue consciente de que algo raro pasaba.

«¡Mierda! Con el día tan liado que tengo», pensó Américo.

Mientras hacía memoria para recordar cuándo había hecho la última copia de seguridad y pensaba en la charla que el informático de turno le echaría por ello, buscó el teléfono del servicio de informática de TelCom. Llamó y les contó lo que sucedía. En poco más de diez minutos se presentaba en su despacho un joven informático cuya cara le resultaba familiar, pero que no era capaz de ubicar. Se trataba de un chaval muy joven, de unos veinte años, un tanto imberbe, con gafas de pasta negra y perilla, vestido con una camiseta en la que ponía «Behemoth» rodeado de una calavera con cuernos, vaqueros desgastados y zapatillas deportivas. Pensó que tenía que darle un toque al responsable para que sus chicos cuidasen las apariencias, pero lo dejó pasar con la esperanza de que aquel chaval que podría ser su hijo tuviese más experiencia de la que aparentaba.

—Hola, soy Diego, el informático, ¿puedo pasar?

—Adelante, a ver si consigues resucitarlo…

Lo primero que sorprendió a Américo fue que el informático llegara con las manos en los bolsillos. Solo traía un pendrive.

«¿Tan pocas cosas hacen falta para arreglar un ordenador hoy en día?», pensó Américo.

El teléfono volvió a sonar y, en los diez minutos que se mantuvo ocupado con la conversación, el informático ya tenía un veredicto.

—El disco duro se ha roto. Así que si te parece bien, me voy a llevar el ordenador para cambiártelo. ¿Tienes un *back-up* reciente?

—Hace tres o cuatro semanas de la última vez. Quizá más —contestó Américo tímidamente, sabiendo que la respuesta iba a generar una reprimenda.

El informático puso la cara severa de un padre echando la bronca a su hijo por pasarse con las gominolas y le dio una pequeña charla sobre la importancia de las copias de seguridad, de lo comprometido que es transportar un ordenador portátil fuera de la oficina y de los peligros a los que estaba sometiendo a sus datos. A pesar de que era uno de los directivos más destacados de TelCom, Américo tuvo que aceptar el merecido reproche de aquel chaval lampiño de veinte años y prometerle que a partir de ese momento sería más riguroso con la seguridad de la información.

—Me llevo el portátil —le dijo el chico mientras se dirigía hacia la puerta—. Le haremos un chequeo urgente para confirmar que es el disco duro y te llamaremos con el resultado en un par de horas. Si la cosa se alargase, te traeremos otro de sustitución para que puedas trabajar hoy.

Américo agradeció su diligencia y se quedó solo en el despacho, consciente de que poco podría hacer esa mañana sin ordenador. Comenzó a realizar un repaso mental de todos los documentos en los que había trabajado en las últimas semanas y que, al parecer, había perdido definitivamente.

Cristina abrió la app y enseguida se puso a valorar candidatos en forma de nombres y fotografías.

Si desplazaba los perfiles de los candidatos propuestos por la aplicación a la izquierda, los rechazaba; si los desplazaba a la derecha, significaba que le gustaban. Si surgía un *match* recíproco, entonces podrían chatear.

Y la tecnología hizo su magia.

«Hola, Krissie. Me llamo Max».

Es muy fácil transportar medio millón de euros en efectivo.

Cuando Ernest juntó el dinero, después de sacarlo del agujero bajo la caldera de la calefacción, en billetes de diferente valor como había quedado con León, calculó que con una bolsa pequeña era más que suficiente para guardarlo. En el garaje de su casa encontró una vieja mochila de la que se había olvidado hacía mucho tiempo. Tenía el color azul original un poco desgastado. Recordó que la había comprado en Decathlon varios años atrás y la había usado principalmente para ir al gimnasio en verano, cuando solo tenía que llevar un neceser, una toalla pequeña y poco más. Metió el dinero dentro y le sobró espacio.

Nadie podría imaginar que aquella mochila barata y gastada alojaba un tesoro de tanto valor.

Con la mochila al hombro entró en el Mirador del Arco de Cuchilleros, el viejo café donde había conocido a León. Lo esperaba sentado en el mismo lugar junto a la gran mesa de piedra, con su habitual actitud altiva y aspecto excéntrico. Ernest le tendió la mochila y León la miró sin disimular su disgusto.

—Querido, qué poca sensibilidad has tenido eligiendo el continente.

—¿No te gusta?

—Me horroriza la idea de tener que irme con esto al hombro hasta mi casa. Si no fuera por lo que hay en el interior.

—¿Vas a contarlo?

—Voy a fiarme de ti una vez más, como he hecho hasta ahora. No me has dado ningún motivo para lo contrario. ¿Billetes pequeños?

—Hay un poco de todo.

—¡Bien! Creo que esto va a ser el principio de una gran amistad —le dijo León levantándose para ofrecerle un amistoso apretón de manos—. Ha sido un placer hacer negocios contigo. Por cierto, ¿te gustan las cacerías?

—Bueno…, me han invitado a algunas en una finca en Albacete. No soy muy fan de las armas, pero tengo que reconocerte que lo disfruté.

—Pues si me lo permites, para celebrar el éxito de nuestro recién estrenado y muy satisfactorio acuerdo comercial, me encantaría invitarte a la cacería que estoy organizando. Nada que ver con las aburridas monterías a las que has asistido. Esto es otra cosa. ¿Tienes algo que hacer mañana sábado?

¡Ah! Y trae a tu encantadora esposa. Tengo muchas ganas de conocerla. Si ella es como la imagino, estoy seguro de que disfrutará.

—No estás dispuesto a contarme mucho más, ¿no?

León sonrió.

—¡Por supuesto que no! Seréis mis invitados de honor.

Ernest no pudo rechazar la propuesta y se levantó para salir del local.

—León, encárgate de la cuenta —le dijo Ernest mientras se despedían—. Creo que tienes bastante suelto para pagar.

Ernest salió caminando tranquilamente del café. El acuerdo con León había sido un pacto en el que había primado la profesionalidad y la confianza. Sus recelos iniciales eran infundados. Empezaba a caerle bien aquel tipo extravagante.

—¿Américo García?

—Sí, dime.

—Soy Diego, del servicio de informática.

—¿Qué pasó finalmente con mi portátil?

—El disco duro se ha roto, así que estamos montando uno nuevo e instalando el software.

—Vaya… Así que no se ha podido hacer nada.

—Por el disco duro no, lo siento. Te ayudaremos a recuperar la copia de seguridad, pero lo que hubieras hecho desde la última copia se habrá perdido definitivamente.

—He estado haciendo memoria y hay un par de documentos muy importantes para mí.

En la última semana, Américo había dedicado muchas horas a preparar un plan estratégico para los primeros cien días, una vez que hubiera alcanzado la presidencia de TelCom. Se lo había encargado Fausto la noche en la que le anunció que sería su sustituto y lo quería validar antes de hacer público el nombramiento. La simple idea de tener que empezar de cero lo ponía de muy mal humor.

—Nosotros no tenemos capacidad para recuperar archivos de un disco dañado.

—¿Y no se podría hacer nada?

—Tendríamos que enviar el disco a una empresa externa especializada.

—¿Y qué tendríamos que hacer para contratarlos?

—Eres el director de Operaciones. Basta con que nos lo pidas —le contestó el técnico sin ocultar cierta ironía en su respuesta.

—Pues enviadlo cuanto antes, por favor.

Max
Tu perfil da la impresión d q estás muy triste.

Krissie
Tú crees? Solo es q estoy cansada.
Necesitaría hacer algunos cambios en mi vida.

Max
Pues hazlos!! :-D

Krissie
No me atrevo :-(

Max
Hace 5 años viví algo parecido. Cambié de trabajo y dejé a la chica con la q salía… y me costó muchísimo dar el paso… así q creo q entiendo lo q dices.

Krissie
D verdad? Cómo lo hiciste?

Max
Sabes el refrán ese de más vale lo malo conocido…

Krissie
Sí, claro!

133

Max
Lo escribí en un papel. Luego lo quemé y empecé
a hacer cambios. Fue una gran liberación :-)
Krissie
Yo debería hacer lo mismo.
Max
Pues déjame que te ayude.

Sofía y Ernest no tenían muy claro dónde se encontraban exactamente. Un coche con conductor y las lunas tintadas los había recogido varias horas antes en su casa y habían recorrido muchos kilómetros. No llevaban ningún equipaje. León había insistido en que no lo necesitarían.

Llegaron a la finca a media tarde, cuando al sol le quedaba poco tiempo sobre el horizonte. Cruzaron el muro perimetral que rodeaba la finca por una gran puerta bajo un arco de piedra, custodiada por un vigilante que saludó tímidamente al conductor. Después de sobrepasar la entrada, la carretera se convertía en un camino de tierra zigzagueante que atravesaba zonas arboladas. En algunos trechos discurría junto a un arroyo de agua cristalina, repleto de vegetación. A lo lejos, Ernest creyó distinguir algunos ciervos. En otras zonas divisaron ganado. Unos minutos después, el camino se ensanchó hasta acceder a una gran plaza y ante ellos apareció el castillo, una enorme construcción fortificada de planta en forma de cruz, con cuatro torres cilíndricas que culminaban en almenas presididas por banderas negras con símbolos que ni Sofía ni Ernest sabían identificar.

El vehículo se detuvo en la gran plaza frente al castillo y pudieron salir para disfrutar de la suntuosidad de aquella fortaleza. Tras contemplarla en detalle y superar la atracción que ejercía su belleza multiplicada por la luz del atardecer, fueron conscientes de la actividad alrededor del pabellón anexo, en el lateral derecho de la plaza. Tres Land Rover Defender descapotables pintados con colores de camuflaje estaban aparcados en línea. Junto a ellos, varios hombres y mujeres vestidos con ropa militar hablaban mientras gesticulaban y señalaban en diferentes direcciones. A unos cien metros tras el pabellón, se podían ver parcialmente las aspas y la cola de un gran helicóptero de carga amarillo.

Sin apenas mediar palabras, el conductor cerró las puertas del coche en el que habían llegado e inició la marcha dejándolos en el centro de la plaza. No había pasado ni un minuto cuando León apareció en la puerta principal del castillo, situada bajo un gran pórtico sujeto con cuatro columnas ornamentadas. Acostumbrado a la apariencia aristocrática de las citas anteriores, a Ernest le costó reconocerlo con la ropa militar que vestía.

León los vio a lo lejos y, haciendo gestos con los brazos, se dirigió hacia ellos sonriendo.

—¡Ernest! ¡Sofía! Por favor, un abrazo —les dijo el viejo aristócrata mientras miraba con ojos apasionados e intensos a Sofía—. Querida, tenía muchas ganas de conocerla. He oído bellas palabras sobre usted, pero se quedan cortas…

—Por favor, León, no me trates de usted —respondió Sofía con una sonrisa.

—Como gustes. La mujer bella e inteligente, además de una debilidad personal, es el mejor indicio de que la humanidad avanza. Si existiese el dios bondadoso de los cristianos, deberían buscarlo en criaturas como tú, así que no sé qué pintan estudiando sus absurdas escrituras —recitó León con aire poético, mientras tomaba su mano y la besaba con un gesto teatral.

—Creo que tienes mucho que contarnos. ¿Qué es todo esto? —preguntó Ernest señalando alrededor.

León soltó la mano de Sofía y les sonrió.

—¿Habéis oído hablar del *airsoft*?

Sofía y Ernest se miraron entre sí para encogerse de hombros y negar con la cabeza.

—Llevo toda la vida viendo como los ricachones y los fachas se gastan el dinero en cacerías para maricas. Primero en los montes de Toledo, disparando a codornices entre encinas y jaras, y si pagan más, un corzo preparado para la ocasión o algún jabalí drogado para que no se menee más de lo necesario. Luego se enganchan al juego de la muerte y quieren ir más allá, así que viajan a África a matar bichos de los que poder presumir en sus comilonas. Y como África es un putiferio, matar un bicho grande es directamente proporcional al grosor de la billetera. Pero el juego de caza definitivo está en el animal de la cúspide de la cadena alimenticia. Hace siglos se aplacaban las ansias de matar en la guerra. Hoy en día podemos convertirnos en asesinos en serie o jugar al *airsoft*. Lo primero tiene un riesgo demasiado elevado en el caso de que te pillen, así que no merece la pena. Lo segundo se resuelve con dinero, como las cacerías para niñatos de Toledo. El *airsoft* lo inventaron los japoneses, que son unos genios haciendo copias de armamento real. Hace unas décadas empezaron a fabricar réplicas de pistolas y fusiles emblemáticos y los adaptaron para disparar bolas de PVC de seis milímetros.

León llevó la mano a su cinturón y desenfundó una pistola. Su apariencia era decididamente real y amenazadora, fabricada en acero y con la empuñadura en una mezcla de fibra de plástico y nailon. Si alguien hubiese encañonado a Ernest con ella por la calle, habría estado completamente seguro de que había llegado el final de sus días. León quitó el seguro, apuntó hacia su derecha, en dirección a los árboles que delimitaban la plaza, y disparó dos veces. Ernest y Sofía se llevaron instintivamente las manos hacia los oídos mientras encogían bruscamente los hombros, pero los sorprendió que la detonación fuera mucho más liviana que la de un arma de fuego real. León enfundó de nuevo la pistola y sonrió.

—¿Os gusta? Son inofensivas a no ser que te disparen a muy corta distancia o te acierten en un ojo. Como os decía, con este tipo de armamento se empezaron a representar batallas y simulaciones de guerra. Lo que comenzó como un juego terminó siendo extremadamente adictivo. A medida que los japoneses fueron haciendo armamento más y más realista, los jugadores nos hemos sofisticado añadiendo elementos para que el juego sea más refinado y fastuoso: decenas de jugadores simultáneos, vehículos o lugares representativos como este castillo. Normalmente nos dividimos en dos equipos y nos damos caza. Esta noche haremos un *rol airsoft*, una versión especial en la que todo el equipamiento será futurista. Dentro del castillo hemos preparado algunas sorpresas muy excitantes, y para que la fiesta sea completa, hoy contamos hasta con un helicóptero. ¡Es mi nuevo juguete! Me lo ha dejado un tipejo con el que hice negocios en el pasado. —León señaló hacia la parte trasera del pabellón, donde estaba situada la aeronave—. Así que tenemos todos los elementos para pasar una inolvidable jornada de caza. ¿Te das cuenta, querido Ernest? No te lo podías perder.

Sofía y Ernest estaban estupefactos. Todo aquello les parecía fascinante y excesivo.

—Ya estamos divididos en dos equipos y no puedo dejar que os alistéis juntos —continuó León con su ya tradicional sonrisa—. Lo siento, pero os voy a separar.

León habló por un walkie que colgaba de su cinturón y enseguida llegaron un hombre y una mujer que se llevaron a Ernest. Mientras, el marqués invitó a Sofía a dirigirse hacia el pabellón.

—Las reglas del *rol airsoft* son sencillas. Perteneces a mi grupo, el que tiene que reconquistar el castillo. Mi amigo Ernest estará en el equipo que lo defiende. Es obligatorio vestir traje mimético con un emblema que diferencia a cada uno de los equipos. Llevaremos gafas y máscara de protección que no te puedes quitar para evitar lesiones en la cara. Aun así, está prohibido disparar del cuello para arriba. También está prohibido disparar a menos de cinco metros o provocarás unos moratones difíciles de justificar. Si recibes tres o más impactos tienes que gritar «Muerto» y abandonar el lugar con los brazos en alto. No seas tramposa y mientas en esto —le indicó con tono severo—. Hemos establecido la parte de atrás del pabellón como punto de encuentro para los jugadores eliminados, justo allí —le dijo León mientras apuntaba con su mano el lugar exacto—. Y si te pillan viva, ¡estás bajo sus órdenes! Sometida a la disciplina del enemigo. Tendrás que hacer lo que te pidan.

—Creo que lo voy teniendo claro —contestó Sofía, que solo podía pensar en la adrenalina que empezaba a correr por sus venas.

—Pues vamos dentro. Tienes que cambiarte y elegir tu armamento.

La batalla empezó cuando una bengala lanzada al cielo tiñó de rojo la noche. El equipo Alfa, al que pertenecían León y Sofía, se había repartido entre los Land Rover y se alejó hasta el punto de partida a unos tres kilómetros del castillo. León y otro hombre subieron junto con un piloto al gran helicóptero amarillo y sobrevolaron la zona a baja altura para observar las primeras actividades del equipo Beta, los defensores de la fortaleza, e informar por radio. El gran foco de luz lanzado desde el helicóptero a baja altura permitía observar parte de los movimientos que se realizaban en tierra. Los defensores habían establecido varios perímetros de seguridad a su alrededor y se ocultaban vigilantes a la espera de acontecimientos, aunque desde el helicóptero era difícil apreciar el detalle.

—Pájaro Alfa a Equipo Tierra —gritó León a través de la vieja radio de onda corta del helicóptero.

—Aquí Equipo Tierra, ¿novedades?

—Dos líneas establecidas en la plaza con al menos seis tiradores. La parte trasera parece más segura. Ojo con los árboles al oeste. Hay dos tiradores más. Será difícil que no os detecten al avanzar.

—Recibido, Pájaro Alfa.

—Nos retiramos de objetivo.

Sofía avanzaba por el bosque junto con cuatro soldados más, tratando de adaptarse a aquella oscuridad que se lo tragaba todo. Las sombras se proyectaban más allá de los árboles, y provocaban la sensación de que había enemigos por todas partes. Notaba su pulso disparado. Las cintas del casco le apretaban más de la cuenta y la máscara protectora que le tapaba toda la cara le impedía respirar con normalidad. El visor nocturno le facilitaba avanzar en medio de la negrura, pero le costaba acostumbrarse a ver el mundo a través de aquellos colores grises y verdes. Mientras trataba de distinguir cualquier señal de actividad sospechosa entre los árboles, avanzaba en la dirección que le habían indicado, manteniendo el contacto visual con sus compañeros, con los que se intercambiaba gestos con las manos para confirmar que todo iba bien. Distinguió a lo lejos el helicóptero de León. Vio cómo se posaba en tierra unos segundos antes de volverse a elevar, quizá para desalojar algún pasajero. Por un segundo pensó en Ernest, al que no había vuelto a ver desde que se lo llevaron para cambiarse. Se lo imaginaba agazapado en algún rincón junto al castillo, esperando a que alguno de sus compañeros, o ella misma, cometiera una imprudencia para plantarle un tiro certero. Esperaba que estuviera disfrutando tanto como ella. Dos horas antes, cuando se vio enfundada en aquel traje militar de aspecto futurista, mientras sujetaba un fusil de asalto, no pudo menos que reconocer que aquella aventura le empezaba a resultar arrebatadoramente emocionante.

El hombre a su derecha hizo un gesto con las manos para que se detuviesen y Sofía se mantuvo agachada, en posición de ataque, tras un árbol de tronco tan ancho que la protegía por completo. Escudriñaba la oscuridad en busca de lo que se suponía que había visto su compañero, pero no conseguía distinguir nada sospechoso. Paralizada tras el tronco, con el arma en sus brazos, pasó miedo. Su cerebro racional le recordaba que aquello era solo un juego, pero se negaba a ser la primera en caer en aquella simulación de batalla.

De pronto observó un ligero movimiento. Aguzó la vista y vio algo. No sabía el qué. ¿Estaba ante algún soldado enemigo o no eran más que sombras? Sofía no parpadeaba, atenta a cualquier detalle que pudiese delatar la posición del oponente. De repente, un silbido rompió la noche. Fue aquella primera detonación la que desató la batalla. Las bolas de PVC volaban en medio de la oscuridad. Distinguió los resplandores de los visores nocturnos desde algunas posiciones que no reconocía, quitó el seguro de su fusil y comenzó a disparar. La noche se llenó de decenas de detonaciones secas y silbidos. Sus disparos delataban su posición, así que Sofía decidió moverse rápido.

«Uno, dos, tres… ¡corre!». Sofía cambió de posición y trató de no perder de vista a sus compañeros mientras el corazón le explotaba en la caja torácica. Le pesaba el fusil y, con todo el equipamiento que llevaba encima, se notaba torpe en sus movimientos. Un par de minutos después pudo ver el resultado de aquella escaramuza. Dos soldados del equipo Beta salían con los brazos en alto gritando «¡Muertos!». También el compañero que avanzaba a su derecha. Juntos se dirigieron al punto de encuentro y Sofía esperó agazapada en su posición hasta que la oscuridad volvió a engullirlo todo y el silencio recuperó el protagonismo. Solo entonces decidió que era el momento de seguir avanzando. Ya no divisaba a sus compañeros. Uno estaba muerto y había abandonado el juego. El resto se habían dispersado.

Un instante después volvió a oír disparos delante de ella, pero a gran distancia. Se quedó inmóvil, intentando distinguir si tenía compañía a su alrededor. Todo parecía sosegado. A lo lejos divisó el foco del helicóptero y se dio cuenta de que iluminaba la zona donde se efectuaba un nuevo choque, así que echó a correr para avanzar más rápido. Cuando alcanzó la zona, varios participantes salían con los brazos en alto al grito de «¡Muertos!». Dos de ellos eran los compañeros con los que inició la aproximación al castillo.

Se agachó entre los arbustos para observar la salida de los nuevos eliminados hacia el punto de encuentro. Entonces una mano la tocó por la espalda. Casi se le cayó el fusil del susto, porque no esperaba que alguien pudiera avanzar de forma tan sigilosa como para no notar su presencia. Se giró por acto reflejo y apareció la última superviviente del equipo Alfa. Se situó a su lado para intentar analizar la situación.

—Por aquí no —le susurró a Sofía—. Recuerda lo que dijo León por radio. En esa dirección vamos directos a la plaza y no podremos continuar. Rodeemos hacia el norte e intentemos buscar un acceso por la parte de atrás del castillo.

Sofía asintió. No tenía ningún plan mejor. Estaban muy cerca del castillo. Divisaban las banderas sobre las cuatro torres a través de las copas de los árboles. El helicóptero volvió a sobrevolar la zona y alumbró la gran plaza en la que de nuevo se oía un intercambio de disparos.

—Debemos darnos prisa. Están distraídos en la plaza —gritó Sofía a su compañera.

Echaron a correr por una pequeña senda entre matorrales y árboles, descuidando la vigilancia. Pero Sofía tenía razón: la mayoría de los soldados del equipo Beta habían acudido a repeler el ataque en la plaza principal del castillo. Finalmente alcanzaron la parte trasera. Divisaron una de las puertas laterales protegida por dos soldados que en ese momento aparentaban estar distraídos, tratando de averiguar lo que estaba ocurriendo al otro lado, en la plaza. Se tiraron al suelo y reptaron entre la vegetación hasta el punto más cercano que pudieron alcanzar sin delatar su posición. Apoyaron sus fusiles en el suelo para mejorar la estabilidad y apuntaron a los dos hombres. Eran poco más de cincuenta metros de distancia, así que hicieron fuego hasta impactar sobre los defensores del castillo, que, sorprendidos por aquel movimiento que no esperaban, levantaron los brazos y abandonaron la posición. Sofía y su compañera corrieron entonces hacia la puerta para entrar en el castillo antes de que apareciera otro soldado.

La sala estaba muy oscura. Las gafas de visión nocturna mostraban una estancia barroca con una gran mesa de madera en el centro. A ambos lados había sendas puertas que tomaban direcciones opuestas, por lo que decidieron dividirse. Sofía optó por la derecha. Abrió la puerta con cuidado y avanzó por un pasillo extenso y espacioso, y perdió el contacto con su compañera. No podía creer que se le diera tan bien la guerra. La emoción la embargaba, pero la oscuridad y el hecho de seguir avanzando le generaban un enorme desasosiego, como si supiese que en cualquier momento podía aparecer un soldado enemigo que la dejase fuera de juego. No quería que aquello acabase. Deseaba seguir avanzando.

En el exterior se oían disparos y el zumbido de las aspas del helicóptero. El pasillo desembocaba en una sala de la que partían las escaleras hacia el piso superior. Se armó de valor y, con el fusil en posición de ataque, fue subiendo muy poco a poco las escaleras, intentando no hacer ni el más leve ruido. Un nuevo distribuidor daba acceso a un ancho corredor con varias puertas medio abiertas. Continuó andando con suma cautela por el pasillo. Le parecía inconcebible que hubiese podido avanzar dentro del castillo sin encontrar ningún oponente. Justo en ese momento notó que algo se movía a su espalda. No tuvo tiempo de reaccionar.

—¡No muevas ni un músculo! —le gritó una voz grave, un par de metros por detrás de ella. No tenía ni idea de dónde había salido, pero estaba claro que la habían cazado—. Continúa andando y entra en la puerta de tu derecha. ¡Apaga el visor nocturno y tira el arma!

Sofía obedeció las órdenes, satisfecha por poder alargar unos minutos más el juego. Dejó caer el arma y entró en la estancia. Estaba muy oscura. Sin el visor, solo acertaba a distinguir una nueva figura que le apuntaba con una pistola. Sin mediar palabra le gritaron:

—¡Desnúdate!

—¿Cómo? —Sofía no se lo podía creer.

—He dicho que te desnudes, ¡ya!

Entonces recordó las instrucciones de León: «Si te pillan viva, estarás sometida a la disciplina del enemigo». A medida que sus ojos se habituaban a la oscuridad, fue capaz de distinguir algo al fondo de la sala: un hombre desnudo con los brazos en alto estaba esposado con una gran cadena a la pared. Aquella situación disparó su fantasía. León, con su habitual perorata barroca, había dejado entrever que el juego era algo más que una batalla, pero aquello superaba lo imaginable.

—¡No me has oído! ¡Desnúdate!

Se quitó el casco. Comenzó a desabrochar las cintas y correas de las protecciones y luego desabotonó la chaqueta. Finalmente se quitó la camiseta.

—¡Date la vuelta y pon las manos sobre la pared!

Notó algo frío y metálico en la espalda. Quizá el cañón de una pistola, pero aquello era un juego y no podían dispararle tan cerca. Aunque fueran bolas de PVC podían hacerle mucho daño sobre su piel desnuda. Tras el tacto gélido del metal, notó una mano acalorada, después el pecho de un hombre mientras la abrazaba. Finalmente sintió los labios sensuales de Ernest, que se acercaban a su cuello para susurrarle:

—Estás muerta, cariño…

8

Visitas incandescentes

Después de identificarse, las puertas metálicas se abrieron y el comisario Villacampa accedió con su coche al extenso garaje de X-Room. Al fondo, vio aparecer la enorme figura de Niko Dan, el jefe de seguridad, que se dirigió hacia él con paso firme y le indicó con gestos en qué plaza tenía que estacionar.

Manuel estaba inquieto. No le gustaba aquel lugar. Le hacía sentir incómodo. Se arrepentía de haber aceptado aquella visita, pero ya no podía echarse atrás. Tenía una ligera idea de lo que ocurría en las habitaciones del palacete situado justo encima y le ruborizaba la sensación de tener que explicarle a su familia por qué estaba aparcando su coche en un antro para adinerados pervertidos y sadomasoquistas. Desconfiaba de lo que iba a suceder allí, así que procuró tener muy despierto su instinto de viejo policía.

Había oído historias extravagantes sobre X-Room desde hacía años. El nombre de su fundadora, Madame Carmen, aparecía en multitud de expedientes. Ningún negocio millonario se cerraba en Madrid sin pasar por aquellas salas. Si algún funcionario listillo hacía más preguntas de las necesarias tendría problemas serios. Hasta se llegó a comentar que algún ministro de Interior juró su cargo en X-Room unas horas antes que en Zarzuela. Cuando uno de sus contactos de confianza lo llamó para comentarle que Madame Carmen buscaba a una persona de su perfil, dudó de aquella operación, que podía llegar a ocasionarle más inconvenientes que ventajas, pero, al mismo tiempo, la idea de conocer a Madame Carmen suponía un sugerente incentivo.

Antes de abrir la puerta de su Opel pudo ver por el retrovisor que aquel tipo con pinta de portero de discoteca lo esperaba muy cerca.

—¿Comisario Villacampa? Soy el jefe de seguridad. Lo están esperando. Si hace el favor de acompañarme...

Manuel asintió y comenzó a caminar, dejando una prudencial distancia de separación. En el fondo del garaje, una gran puerta de cristal automática bajo un cartel luminoso con el indicativo de ENTRADA daba acceso a una pequeña estancia desde la que se podía coger un ascensor. También había unas escaleras. Manuel dio un bufido ante las puertas plateadas del ascensor y, haciendo caso omiso a la intención de Niko, se lanzó a los escalones. No le agradaba la idea de quedarse encerrado con aquel tipo en un espacio cerrado.

Llegaron a la recepción de X-Room. Pese a la poca iluminación, Manuel distinguió al fondo, junto a un mostrador, a una mujer joven de aspecto cadavérico y pelo largo y lacio. Niko cruzó la recepción y se situó junto a una puerta lateral que abrió para que pasase el comisario después de dar un par de toques con los nudillos. Luego cerró la puerta y se quedó fuera.

Dentro de aquella sala lo esperaba Madame Carmen. Estaba sola, sentada en el extremo de una larga mesa de reuniones con capacidad para diez personas sin estrecheces. Ojeaba varios documentos que metió en una carpeta cuando escuchó que se abría la puerta. Tenía una atractiva madurez, una mirada que desprendía autoestima y una elegancia innata en sus movimientos. Levantó los ojos mientras se quitaba las gafas para colocarlas sobre la carpeta.

—Estimado Manuel, sea bienvenido a mi casa. Por favor, pase y siéntese.

El comisario estrechó la mano de Madame Carmen con firmeza y le agradeció la bienvenida mientras se sentaba a su derecha.

—Si no me equivoco, es la primera vez que viene a X-Room.

—Así es.

—¿Y sabe lo que hacemos aquí?

—Si le digo la verdad, me cuesta imaginarlo.

—En X-Room damos forma al juego de poder, el mismo juego que usted practica todos los días en las normas que obedece o con la gente a la que persigue. El acto sexual es una representación más o menos sofisticada de ese juego de poder, pero con la ventaja de que nuestros invitados pueden elegir el rol y las reglas. Puede ser teatral, violento, visceral, sucio o escrupulosamente pulcro e higiénico. El cliente elige.

—El cliente elige, pero supongo que se moverá entre ciertos límites. Elegir las reglas del juego puede hacer que el juego se le vaya de las manos.

—Es una buena observación. Históricamente, la sociedad marca qué es lo que nos puede excitar y qué está específicamente prohibido. En X-Room no lo cuestionamos. Solo facilitamos que la fantasía ocurra. Pero entiendo su duda. Para su tranquilidad le diré que aconsejamos a nuestros clientes que pacten una vía de escape, especialmente cuando se van a acercar a determinados límites.

—Me tranquiliza saber que es así.

—Tenemos muchos años de experiencia y de momento no ha habido ninguna situación incómoda o desagradable. Aunque si la hubiera habido, no se lo diría.

Carmen sonrió mientras le dirigía su mirada aguda y penetrante. Por su parte, Manuel corroboró que todo lo que se decía de Madame Carmen era cierto: una personalidad cautivadora, con carácter, intelectualmente fascinante y, al mismo tiempo, una mujer capaz de liderar con mano firme un negocio como X-Room. Manuel estaba deslumbrado y consideró que había sido un acierto acudir a aquella cita de la que tanto había dudado.

—Nuestro modelo de negocio se sustenta en un pilar que no puede fallar: la más absoluta discreción. Por eso somos un club privado. No hay libre acceso, e investigamos a los nuevos candidatos para garantizar la buena convivencia con los miembros actuales. El espacio que ocupamos, los accesos, la vigilancia, todo está preparado para que nuestros clientes sientan que pueden confiarnos su intimidad más secreta y personal. ¿Entiende lo importante que es para nosotros la confianza?

Carmen hizo una nueva pausa antes de continuar. Su semblante mutó y abandonó la sonrisa que había exhibido hasta el momento.

—Llevamos muchos años en esto y siempre hemos sabido ocuparnos de oportunistas que han intentado amenazar nuestra manera de entender el negocio. Pero recientemente ha ocurrido un incidente para el que necesitamos su ayuda, principalmente porque queremos que nuestra respuesta sea mesurada, proporcional y, sobre todo, discreta. He recibido las mejores referencias sobre su capacidad para resolver asuntos complejos, que pueden acercarse al borde de lo que podríamos denominar legalidad. Creemos que puede ser la persona idónea para ayudarnos con este desagradable imprevisto.

—Si me da los detalles, quizá pueda orientarlos. Espero cumplir con sus expectativas.

—¿Conoce a Cristóbal Ortiz?

El comisario negó con la cabeza.

—Quizá su nombre real le suene más: subinspector Cristóbal Ortega.

Aquella mañana de domingo se presentó húmeda y fría en Madrid. El cielo gris y encapotado se empecinaba en no dar tregua a un sol debilitado. Jacobo Valadares conducía su BMW hacia el barrio del Pilar, donde había quedado en casa de su madre Ángela para celebrar el séptimo cumpleaños de su sobrino. Aunque su estado de ánimo no era el más propicio para una comida familiar y una fiesta infantil, no encontró una excusa convincente para rechazar la invitación.

En el asiento del copiloto estaba su regalo: una equipación del Real Madrid con el nombre de su sobrino. Jacobo detestaba el fútbol. Le había comprado ese regalo porque su hermana Teresa así se lo había pedido. No conseguía entender cómo el fútbol enganchaba tanto a sus compañeros en TelCom. Maldecía las comidas de los lunes en las que la conversación giraba alrededor del partido del domingo como una rueda de cuya fuerza centrípeta no podías escapar.

Jacobo se mentalizó de camino al portal. Su madre llevaba años rogándole que sentara cabeza, que se casara, que aprovechara todo el dinero que había ganado y el esfuerzo que había invertido trabajando tantos años para formar una familia y distanciarse de los negocios. Ella no entendía que Tel-Com era su vida. No quería una familia.

—¡Hijo mío! —dijo Ángela nada más abrir la puerta, echándose a los brazos de Jacobo.

—¡Ya está aquí! —gritaron sus sobrinos, que salieron en horda del salón y lo rodearon en la entrada, buscando a todas luces el regalo que iba en la bolsa.

—Venga, dejad a vuestro tío —dijo Teresa, que iba tras ellos, antes de abrazar a su hermano e invitarlo a pasar.

La velada transcurrió sin sorpresas. Su madre recordó un par de veces que Jacobo estaba demasiado ocupado y que así no se podía vivir, su hermana discutió con su marido, los niños rompieron una figura de porcelana barata que había en un aparador, cantaron juntos el *Cumpleaños feliz*, comieron tarta y repartieron los regalos.

Cuando los niños se marcharon a jugar a la sala de estar, los adultos se sirvieron un café y brindaron con un orujo casero.

—Al final hiciste caso a Teresa con el regalo. Pensé que a última hora te ibas a presentar con algo distinto —comentó Ángela.

—No me dio opción —protestó Jacobo sonriendo—. Me encanta ver su cara de ilusión, así que agradezco que me pusiera sobre la pista. Es muy difícil saber qué es lo que les gusta en cada momento.

—La verdad es que sí. Ahora, con esto del fútbol, le ha dado muy fuerte. Su madre le compra ropa preciosa pero él siempre quiere ir vestido de blanco. Encima lleva propaganda en el pecho. ¡Parece un anuncio andante! —gruñó Ángela.

—¡Tranquila, mujer! Ya se le pasará. Son etapas.

—A ti nunca te gustó el fútbol...

—Lo detesto, de hecho —contestó Jacobo.

—Oye, y tú ¿qué tal estás? Te noto más delgado —indagó Ángela.

—¡Bien, como siempre! Mucho trabajo, ya sabes...

—Te notamos un poco tristón —insistió Ángela cambiando a la primera persona del plural para mostrar que la apreciación no era una iniciativa individual.

Jacobo no contestó.

—¿Por qué no bajas el ritmo? Ese trabajo te va a matar. ¿No has pensado en buscar otra cosa? Algo más tranquilo. Tendrías más tiempo para ti, para salir, conocer gente.

—¡Anda, anda! ¡No te preocupes tanto por mí! —respondió Jacobo, fingiendo una normalidad que no sentía. Ya sabía dónde quería llegar su madre y no estaba dispuesto a entrar en territorios más íntimos. Así que repitió su respuesta habitual—. No insistas, estoy bien.

—Jacobo, el trabajo no lo es todo. ¡La vida es mucho más que un buen sueldo! ¿No lo entiendes?

—¡Ya está bien! —respondió él empezando a perder la paciencia.

—¿Por qué esta obsesión? No es trabajo, ¡es obstinación! Jacobo, créeme, te estás perdiendo cosas interesantes en la vida. Algún día decidirán que ya no eres importante y lo perderás todo. Tu vida es trabajar y sin trabajo ¡no tendrás vida! Estoy preocupada por...

—¡Joder, deja de atosigarme! —la interrumpió con brusquedad—. ¿Queréis dejar de decirme lo que tengo que hacer? Llevo toda la puta vida igual.

De repente se hizo el silencio en el salón. No esperaban semejante reacción con un tono tan agresivo, a la que nadie en aquella casa estaba acostumbrado. El propio Jacobo sintió que algo dentro de él había cambiado. Dejó de contener aquel torrente de furia. Lo llevaba haciendo demasiado tiempo como para que el dique que lo sostenía pudiese soportar tanta presión. Así que lo dejó fluir y le supuso un alivio inmenso.

—He dedicado mi vida a salir de este pozo de mediocridad. Me educasteis para ser un currito, tener un trabajo estable, casarme y volver a esta casa a celebrar absurdos cumpleaños. Esto es lo que siempre he visto en vosotros: vulgaridad. Así queréis que sea mi vida, pero ¡yo no soy así!

—Yo nunca quise...

—Estoy harto de que todos traten de decirme cuál es mi camino. ¡Eso se ha acabado! Por una vez quiero ser yo el que dé ordenes, el que diga a los demás lo que tienen que hacer. Y si no lo consigo, tendré que pegarme un tiro, porque lo último que quiero ser es mediocre... —bajó el tono para rematar su discurso— como vosotros.

Un silencio terriblemente incómodo se adueñó del salón. Ni Ángela ni Teresa ni el resto de los invitados que se habían callado ante el carácter cada vez más virulento de la conversación se atrevieron a decir nada. No podían creer lo que estaban oyendo. Sus caras estaban pálidas. Nunca antes habían visto así a Jacobo.

Él se levantó decidido, cogió la chaqueta del respaldo de la silla y salió de la casa dando un sonoro portazo sin decir una palabra más. Pensó entonces que había llegado el momento perfecto para mandarlo todo a la mierda.

Max
Has pensado en lo q t dije?

Krissie
Sí, pero no sé q contestar.

Max
Quiero verte…

Krissie
Ummm…

Max
Quiero verte… Quiero verte… Quiero verte… Quiero verte… Quiero verte… Quiero verte… Quiero verte… Quiero verte… Quiero verte… Quiero verte…

Krissie
Jajaja. Con tres veces es suficiente.

Max
Quiero verte… Quiero verte… Quiero verte…

Krissie
T voy a hacer tres preguntas y si aciertas quedamos.

Max
OK. Dispara :-)

Krissie
D q color son mis ojos?

Max
Verdes.

Krissie
A dónde me llevarías?

Max
A un café tranquilo donde podamos hablar.

Krissie
Q harás si no soy como imaginas?

Max
Besarte.
Sigues ahí?

Krissie
Sí.

Max
Acerté?

Krissie
Cuándo quedamos? :-)

No podía quitarse la idea de la cabeza. Nada más abandonar X-Room, el comisario condujo el Opel hacia su casa mientras se castigaba recordando una y otra vez que uno de sus hombres dedicaba parte de su jornada laboral a extorsionar discotecas, bares y clubs. Durante el inicio de la confesión de Madame Carmen dudó de la veracidad de la historia, pero le mostraron las imágenes de las cámaras de videovigilancia en las que se veía sin ningún género de dudas cómo Ortega entraba en X-Room. No tuvo que reconocer que pertenecía a su comisaría. Madame Carmen ya lo sabía. Por eso lo había llamado. Creía que le resultaría más fácil mantenerlo bajo control. Carmen había jugado bien sus cartas contratando al jefe del chantajista.

Golpeó el volante con fuerza, mostrando una furia que a duras penas conseguía reprimir. No podía echar en cara a Ortega que dedicara recursos, tiempo y esfuerzo a negocios personales. Al fin y al cabo, él hacía lo mismo. De hecho, podría considerarlo su competencia. Aunque aquellas extorsiones propias de matón de la mafia le daban a entender que trabajaba de una forma tosca, impropia de un policía con su experiencia. Suponía cruzar una línea roja que no estaba dispuesto a tolerar.

Volvió a golpear el volante. Dos veces. Tres. Estaba rabioso. ¿Cómo había podido ser tan torpe, o tan osado, como para chantajear a Madame Carmen? ¿No era consciente del tipo de personas que frecuentaban X-Room?

«Cómo puede ser tan imbécil», pensó.

Aceptó el encargo, aunque no pudo prometer a Madame Carmen una solución rápida. Tenía que encontrar la manera correcta de abordarlo. Ortega podía haber descubierto que él también hacía negocios fuera de la comisaría y podía reaccionar chantajeándolo. Así que lo primero era investigar qué sabía.

Manuel sintió que le faltaba el aire. Bajó la ventanilla pero no era suficiente, así que aparcó y salió con brusquedad. Dejó la puerta abierta y apoyó las manos sobre el techo mientras el ritmo de su respiración aumentaba. Un coche gris lo rebasó y le pitó porque consideró que el Opel estorbaba más de la cuenta. El conductor gesticuló llevándose el dedo índice a la sien, como si Manuel fuera un demente por aparcar de aquella manera. El comisario explotó.

—¡Maldito hijo de puta! ¡Vete a la mierda! Soy policía, no me toques los huevos…

Tenía que tranquilizarse o nunca conseguiría resolverlo.

—Antes de que la pornografía lo inundase todo, el acceso al sexo llegaba poco a poco, como si se tratase de un rito iniciático.

Madame Carmen escuchaba a un hombre maduro que acababa de llegar a X-Room recomendado por otro socio. Era una visita espontánea. Se presentó como Julio César Matamala. Tenía unos setenta años, maneras educadas, vestía con elegancia y hablaba con acento mexicano. Su tez era morena y tenía una mirada profunda que brillaba mientras hablaba. Defendía su discurso con pasión, algo que Madame Carmen consideraba muy estimulante. Por eso le estaba dedicando más tiempo del que había previsto.

—Recuerdo la primera vez que cayó en mis manos un número de la revista *London Life* —apuntó Matamala con cierto aire melancólico en sus palabras—. Yo apenas era adolescente. Nunca olvidaré aquellas fotografías de mujeres con tacones altos y bañador. Así que convencí a mi padre para que me dejara estudiar fotografía mientras me formaba como economista en la universidad.

—¿Es usted fotógrafo? —preguntó Madame Carmen con curiosidad, dejando claro que los estudios de economía no habían tenido ningún impacto en su apreciación.

—La fotografía ha sido mi pasión. No me puedo considerar un profesional, pero conocí a algunos fotógrafos históricos como Irving Klaw o Helmut Newton.

—¿Conoció a Klaw? Sus fotografías son la antesala del sadomasoquismo moderno y, según tengo entendido, fue el descubridor de Bettie Page —respondió Madame Carmen con interés.

—También trabajé con Bettie —confirmó Matamala—. Era una muchacha formidable, con mucho carácter. Se convirtió en un icono a la altura de Marilyn Monroe. Tuve la oportunidad de hacerle algunas fotografías en una sesión privada que guardo como mi más preciado tesoro. Una lástima que acabara consumida por la esquizofrenia.

—No lo sabía. Lo siento.

—Echo de menos aquellas revistas de los años setenta y ochenta en las que primaba el buen gusto. Esas mujeres maravillosas con tacones y medias de nailon con costuras. Esos pequeños agujeros de la parte de atrás que me embelesan. Y los uniformes: las azafatas, las enfermeras, las mujeres policía. En los ochenta llegó la goma, el látex y todo se volvió mucho más sofisticado. Quizá perdió un poco de espontaneidad, el encanto de lo banal, pero no puedo por menos que admirar el trabajo de los diseñadores actuales. ¡Son tan barrocos! Las revistas de los setenta eran la mejor vía para que los fotógrafos amateurs y las modelos se diesen a conocer. Tuve la oportunidad y la fortuna de publicar algunas fotografías en *Skin Two* y *Marquis*. En aquellos años, el fetichismo BDSM seguía siendo algo muy minoritario y no era fácil abrirse camino. ¿Sabe usted qué fue lo que cambió la percepción del gran público?

—Tengo la sensación de que está deseando contármelo —respondió Madame Carmen.

—Se va a sorprender, estimada Madame Carmen —apuntó Matamala con galantería, intentando mantener el interés en su interlocutora—. ¡Fue el movimiento punk! Los punks de Londres en los setenta utilizaban los signos de identidad propios del sadomasoquismo como un alarde antisistema. La estética punk se expandió por todo Estados Unidos, por Europa y finalmente por el mundo entero. Así fue como evolucionó la percepción de mucha gente corriente que no se había interesado nunca por el tema.

—Y cuando entendimos que el sexo no era algo funcional, sino una inacabable fuente de satisfacción, dimos un paso de gigante como humanidad —recitó Madame Carmen como si estuviera recordando un pasaje bíblico.

Matamala no supo qué responder. Tuvo la impresión de que no había conseguido conmover a Madame Carmen con sus viejas historias, como si aquella elegante mujer volara por encima de todo, lo mundano y lo divino. Así que se limitó a mirarla con solemnidad mientras esbozaba una tímida sonrisa.

—Además de una conversación muy agradable, ¿qué le trae por X-Room, señor Matamala? —preguntó Carmen para cambiar definitivamente de tema.

—No voy a andarme con rodeos: junto con varios socios, quiero producir un documental sobre la historia del fetichismo.

—Está claro que sabe mucho del tema, así que seguro que será un trabajo riguroso y profesional —contestó Carmen con intención de agradarle.

—Quiero huir de los tópicos y adentrarme en la filosofía y la estética BDSM, las dinámicas de representación escénica, la teatralización. Ya tengo una oferta de Netflix por los derechos en exclusiva. Están muy interesados. Les ha encantado nuestro enfoque.

—¿Y qué podemos hacer en X-Room por usted? —preguntó Madame Carmen.

—Me gustaría que usted presentara el documental, que fuese el hilo conductor. Querida Madame Carmen, sería un placer que fuese mi musa en este proyecto. A cambio puede ofrecerle popularidad y prestigio. Además de dinero, claro está. No se puede imaginar la repercusión que podría tener en su negocio, la enorme visibilidad a nivel mundial.

—Me halaga con sus cumplidos, señor Matamala, pero como supongo que habrá intuido cuando venía a este lugar, la extrema discreción es parte de nuestro ADN. Ya tengo un prestigio y no necesito visibilidad.

—El documental no será lo mismo sin usted.

—Seguro que encuentra a alguien mucho más capaz delante de la cámara que yo.

—¿Por qué no me promete al menos que lo va a pensar? —insistió Matamala.

—No le voy a prometer nada. Ni X-Room ni yo necesitamos esa visibilidad de la que habla. Disfruto de mi anonimato y soy muy feliz con lo que tengo.

Madame Carmen hizo una pausa para beber de la copa que tenía a su lado. Dio un par de sorbos y pasó la lengua por sus labios con un movimiento lento y pausado que a Matamala le pareció extraordinariamente sensual.

—Pero déjeme que sea yo la que le proponga algo. Usted es un caballero con una gran sensibilidad hacia todo lo que hacemos aquí. Por eso me pregunto: ¿por qué no se hace socio de X-Room? Tenemos mucho que ofrecerle. Por ejemplo, anonimato.

—Yo no busco anonimato en este momento de mi vida —respondió Matamala.

—Entonces quizá le pueda ofrecer felicidad, esa felicidad que se consigue dando forma a las fantasías. No me puede decir que no está interesado. Por lo que me ha contado, usted es un hombre que ha sabido valorar el deleite y la complacencia. Y deleite es sinónimo de felicidad. Eso es lo que le estoy ofreciendo, señor Matamala. Estoy segura de que la visibilidad la puede encontrar en otra parte.

—Querida Madame Carmen, no sé por qué tengo la sensación de que está dando la vuelta a nuestra conversación.

Su corazón estaba dividido. Tenía el ventrículo izquierdo repleto de emoción, de adrenalina, de aventura y de liberación, una explosión de color como fuegos artificiales en una noche de festejos estivales. El otro ventrículo estaba lleno de pecado, de mentira, de dudas y de culpa por haber engañado a su marido y sus hijos para escapar de casa aquel domingo por la tarde.

Krissie se dirigió hacia el metro lo más deprisa que pudo. Quería evitar cruzarse con cualquier conocido que pudiera detectar la mentira en sus ojos.

Sentada en un banco del andén, esperó el convoy con un libro en la mano y la mirada clavada en unas palabras que era incapaz de leer. Sus nervios estaban disparados. Los ventrículos luchaban entre sí para imponerse. Su corazón estaba en guerra civil.

Dentro del tren siguió sin poder concentrarse en la lectura. Su cabeza iba demasiado deprisa. Krissie pensó en Mireia y Zoe. ¿Sufrirían aquel tormento cada vez que tenían una cita? Sacó el móvil y repasó los últimos mensajes que había intercambiado con Max. Por fin iba a experimentar esa aventura que tanto había deseado. Cuando el miedo volvía a hacer acto de presencia, se repetía a sí misma que no haría nada que no quisiera hacer.

La megafonía del tren cantó la siguiente parada: «Avenida de América». Krissie cerró el libro y lo metió en el bolso. Salió del metro y se dirigió hacia la calle Príncipe de Vergara, donde había quedado con Max. Le había contado que trabajaba en una escuela de negocios por allí cerca y que conocía una cafetería tranquila con el mejor café de Madrid. A ella le pareció muy buena idea porque quería alejarse lo más posible de su barrio y de la zona en la que trabajaba, y evitar así cualquier encuentro casual con un conocido que la pudiera poner en el aprieto de explicar qué hacía allí. Superó el cruce con la calle Canillas y, tras recorrer unos pocos metros más, se detuvo y esperó. Miró el reloj: quedaban unos minutos para la hora acordada. Se había adelantado. Por un momento dudó si era bueno o malo. No quería dar la impresión de desesperada o de no tener nada que hacer, pero tampoco le gustaba mostrarse impuntual.

Krissie alternaba las miradas hacia el norte y hacia el sur a lo largo de aquella avenida de acera ancha. Buscaba un hombre alto, de unos cuarenta años, con el pelo castaño cortado a cepillo, ojos verdes y una pequeña cicatriz junto a la ceja izquierda. Había visto sus fotos en Tinder un millón de veces. En la mayoría aparecía con camisa y pantalones chinos, a veces con americana. Parecía un hombre refinado y serio, ese tipo de cuarentones atractivos que les gustan a las chicas de treinta y tantos. Aunque físicamente no se parecía, le recordaba a Carlos y su elegante madurez.

Un coche oscuro cuya marca y modelo no supo identificar paró en doble fila justo enfrente de ella. Observó cómo ponía las luces de emergencia y finalmente pudo distinguir la figura de Max abriendo la puerta. Miró un poco despistado hacia los lados y sus miradas se cruzaron por fin.

Krissie confirmó que era infinitamente más atractivo que en las fotos, o al menos eso era lo que disparaba el ventrículo izquierdo hacia su cerebro. Quizá aquella sobredosis de felicidad le impidió ver que el Max físico no se parecía tanto al Max digital, pero daba igual. Los nervios se desbocaron y solo acertó a sonreír y dar unos pasos en dirección a aquel hombre que con andares firmes se acercaba hacia ella. Fue amor a primera vista. A un metro de distancia, Max le sonrió y Krissie creyó que era la sonrisa más bonita del mundo. Max le tendió la mano para saludarla y tomándola, Krissie le dio dos besos. Al aproximarse, percibió un maravilloso aroma a madera y a campo. ¿Qué perfume era aquel? Soñó con que aquel instante en el que sus mejillas se habían tocado pudiera alargarse durante horas, pero la magia se interrumpió con algo tan intrascendente y banal como una sirena de la Policía Municipal que les indicaba que aquel coche no podía seguir estacionado en doble fila.

—¡Vaya, en qué momento! Lo siento mucho, ¿me esperas mientras aparco? O mejor, ¿te importa subir un segundo? A ver si me traes suerte y aparco rápido —dijo Max sin dejar de sonreír.

Krissie no quería que aquello se interrumpiese por nada del mundo. Apenas se habían saludado, así que asintió con la cabeza y avanzó decidida hacia la puerta derecha del coche. Max lo rodeó y ambos entraron.

Lo que ocurrió después la pilló tan desprevenida que fue incapaz de reaccionar.

Max accionó el seguro de las puertas. Desconcertada, Krissie distinguió un extraño movimiento en el asiento trasero. Apenas giró la cabeza y pudo ver que otro hombre, sentado tras ella, la miraba con una crueldad que no había visto nunca.

No pudo ni gritar, porque mientras el coche iniciaba la marcha, aquel hombre se abalanzó sobre ella y le puso un pañuelo en la cara que le irritó las vías respiratorias y le quemó la garganta al respirar. Krissie comenzó a verlo todo borroso. Intentó patalear mientras miraba suplicante a Max para implorar su ayuda, pero observó horrorizada que su sonrisa había desaparecido. Aquello no podía estar pasando. Debía de ser un sueño, un mal sueño. Quería despertar, pero sentía un sopor y una pesadez de la que no podía huir. Así que no se resistió más y se entregó a aquella narcosis profunda.

Su último atisbo de claridad mental fue para sus hijos. Cristina había querido permanecer con ellos, pero Krissie se había empeñado en bailar en la boca del lobo.

La química hizo efecto y perdió el conocimiento.

9

Ceremonia de mentiras

El despertador anunció con un sonido ronco y desagradable que eran las 7.30 horas del lunes. Se desperezó con calma. Se estiró en la cama y se dirigió descalzo al baño. La casa estaba fría. Intentó recordar dónde había abandonado las zapatillas el día anterior, pero fue en vano. Pensó en lo que le esperaba aquella semana y con alivio recordó que había dejado preparada una fiambrera en el frigorífico con algo de comida.

Salió de casa cuarenta minutos después, con algunas legañas que se resistían a abandonar sus ojos. En el metro se olvidó del entorno con los auriculares y la lectura, salvo cuando en Núñez de Balboa subió una chica joven y atractiva con el pelo teñido de rojo y unas piernas larguísimas. Sonrió para sí mientras volvía a perderse en la música y recordaba que tenía un radar natural para la belleza femenina.

Escapó de la claustrofóbica normalidad del metro en Alonso Martínez y arrastró sus pasos con la pereza propia del lunes hasta una oficina en la calle Campoamor. Trabajaba desde hacía dos años como técnico informático en Agathos Security, una pequeña start-up especializada en ciberseguridad. Encendió su ordenador y, mientras esperaba a que arrancara, se acercó a la máquina de café. Hacía unos meses que había convencido a su jefe, el dueño de Agathos, de la necesidad de tener una buena cafetera a disposición de los empleados. Le recordó que una empresa sin cafetera estaría siempre falta de buenas ideas y se volvería aburrida y rutinaria.

Adoraba el café. Le encantaba su sabor y la energía que le proporcionaba. Aquel lunes solo podía empezar bien con una buena taza de café caliente en su escritorio. De hecho, difícilmente podría trabajar sin él. En una ocasión le contaron que el café había hecho más inteligente a la humanidad. Le fascinaba aquella historia. Antes de su consumo generalizado, los hombres se reunían en las tabernas para beber vino y cerveza. El abuso de bebidas alcohólicas desembocaba en broncas y trifulcas, pero la llegada del café estimuló el intelecto y facilitó el debate, así que muchas tabernas se transformaron en cafeterías y se popularizó la conversación.

Tras los primeros tragos creyó sentir el efecto de la cafeína en su cuerpo. Se puso manos a la obra. Un disco duro de dos pulgadas y media esperaba en una bolsa de plástico transparente. La etiqueta indicaba un simple NO FUNCIONA. Así que inició el protocolo habitual para tratar de salvar los datos que contenía. Conectó el disco a la plataforma de pruebas y revisó la electrónica. Aparentemente funcionaba de forma correcta, así que descartó una avería en los componentes. Tampoco parecía que fuese un problema mecánico. El disco giraba, no estaba deformado y los cabezales de lectura se situaban en su posición correcta. Todo apuntaba a que algunos de los sectores estuvieran defectuosos, así que tenía dos posibilidades: que la superficie tuviera daños físicos, en cuyo caso sería muy difícil de reparar, o que el fallo se originase en sectores mal magnetizados, lo cual era reparable vía software. Así que arrancó el programa de recuperación y cruzó los dedos. En Agathos Security tenían la política de cobrar la reparación solo cuando podían devolver los datos del disco, así que no quería empezar la semana teniendo que tirar la toalla con el primer encargo.

Estaba de suerte. Parecía que el disco respondía casi en su totalidad a la maniobra de corrección. Una vez acabado el proceso, lo clonó en una unidad nueva y marcó el disco original como REPARADO.

Antes de escribir el informe técnico, dio otro trago de café y entró al disco clonado para comprobar que los datos eran accesibles. Le gustaba cotillear entre las carpetas, aunque en la mayoría de los casos solo encontraba complicadas hojas de cálculo y miles de documentos con información de productos que en muchos casos no sabía ni para qué servían. El proceso de recuperación de un disco no era algo barato, así que lo habitual era que los que recibía procedieran de ordenadores de directivos, que, en general, eran tipos poco cuidadosos con sus equipos y poco ordenados con la información. Procedió a revisar algunas de las carpetas recuperadas para confirmar que los archivos se abrían con normalidad. Abrió algunos documentos elegidos al azar. Todo estaba bien. Revisó las decenas de carpetas y hubo una que le llamó la atención: VARIOS-HCANDY. Era la última de la lista en «Mis documentos». Contenía cientos de imágenes con nombres bastante crípticos. Abrió una de ellas al azar y su corazón se encogió, paralizado por una sensación de aversión y miedo.

Lo que apareció ante sus ojos no era de este mundo.

Aquello no podía ser verdad. Cerró la imagen bruscamente para apartarla de su vista y durante unos segundos se quedó paralizado, sin saber cómo reaccionar. Miró de reojo para confirmar que no había nadie detrás. Abrió otra imagen al azar dentro de aquella carpeta y sus ojos se encontraron con más de lo mismo: un hombre mayor de unos cincuenta años, gordo y peludo, con tatuajes descuidados, desnudo y con una máscara en la cara posaba a los pies de una cama sobre la que había un niño de unos ocho o diez años, también desnudo. Cerró la imagen. Abrió otras dos o tres y las escenas se repetían con protagonistas similares. La adrenalina y el miedo se mezclaron con una sensación de rabia desbocada. Pensó en sus sobrinos y sintió una repugnancia que no había experimentado nunca. La acidez del café le arañó las paredes del estómago.

Apagó la pantalla del ordenador y se dirigió veloz al despacho de su jefe. Entró sin llamar y, por la expresión de su cara, dejó claro que aquello no era un asunto cualquiera.

—Ven a ver esto —dijo.

De vuelta a su mesa hizo clic en un par de imágenes al azar. Su jefe se puso pálido, tragó saliva y le hizo un gesto para que volvieran en silencio a su despacho. En cuanto cerró la puerta, se llevó las manos a la cabeza.

—Tenemos que hacer algo. No podemos quedarnos de brazos cruzados ante esta barbaridad.

—Sí, pero hay que ir con cuidado. Ese disco es de TelCom. Es nuestro mejor cliente y…

—¡No me jodas, tío! Me da igual de quién sea el disco. No podemos mirar hacia otro lado. ¡Tienes hijos, joder! Piensa que esos malnacidos pudieran hacerles algo así. Yo no tengo hijos, pero puedo imaginarlo y no me voy a quedar parado.

Estaban hundidos. Superados por una realidad repugnante que no entendían. Una cosa era leer una noticia al respecto en un periódico y otra bien distinta encontrarte con la evidencia como una bofetada que te golpea la cara por sorpresa.

Unos minutos después llamaron a la policía. No eran capaces ni de explicarlo. No se atrevían a pronunciar determinadas palabras.

—Buenos días, llamo de Agathos Security. Tenemos un asunto muy delicado. Está relacionado con menores. Por favor, envíen a alguien… —rogaron con tono suplicante y triste.

Se sentían superados, sucios y culpables, porque por un instante habían pensado en mantener un cliente como TelCom antes que en denunciar el abuso más inhumano que habían presenciado nunca.

Salió del despacho y fue al baño. Se lavó la cara, se miró al espejo y empezó a llorar.

Luego vomitó.

Aquella cita iba a ser una ceremonia de mentiras.

Todo lo que iban a tratar faltaría con descaro a la verdad, porque quizá las mentiras eran la única posibilidad para empezar a encarrilar las cosas, la mentira como plataforma sobre la que construir una verdad parcial que interesaba solo a una de las partes.

Cristóbal Ortega se había sentado al otro lado de la mesa del comisario Villacampa, abarrotada de papeles y carpetas. Esperaba órdenes mientras Manuel terminaba de teclear en su ordenador. Lo había llamado nada más aparecer por la comisaría. El comisario estaba inquieto porque tenía que exponer sus argumentos sin fisuras para no generar ni la más mínima suspicacia. Ortega era un gran detective y no podía mostrarse inseguro.

—Tengo un par de temas delicados para ti —dijo mientras hacía los últimos clics sin levantar la vista—. El primero tiene que ver con un club de Alcobendas. Nos ha llegado una queja de la dueña. Parece ser que has pasado por allí y le has dado mucha caña.

Manuel mintió por primera vez. No quería abordar directamente el tema de X-Room porque tenía que evitar que Ortega pudiera relacionarlo. Así que había preguntado a Madame Carmen por otros casos similares.

—Estuve allí hace un tiempo —reconoció—. Recibimos un chivatazo sobre uno de sus socios relacionado con los robos en chalets y quizá me pasé apretando.

Ortega también mintió, porque no podía reconocer ante su jefe la verdadera naturaleza de sus visitas al club de Alcobendas.

—Al final resultó que el tipo no tenía nada que ver.

—No quiero que vuelvas a molestar a la dueña, ¿entendido? Desde hace tiempo es confidente del CNI, así que ya te puedes imaginar por dónde me ha llegado la queja. Si vuelves a entrar allí agobiándola, pueden llovernos hostias a todos. Joder a esa mujer es joder al CNI, y joder al CNI significa que acabarás tus días de policía dirigiendo el tráfico en una rotonda.

—¡Hostias, Manuel! No tenía ni idea.

—Infórmame si tienes que volver. ¿Queda claro? —le dijo el comisario con dureza, sin dejar ningún resquicio para la duda.

Ortega se quedó pensativo, con la cabeza agachada mientras apoyaba los codos sobre las rodillas.

—¿En qué coño estás pensando? —preguntó el comisario.

Cristóbal levantó la cabeza y torció la boca. Se notaba que estaba buscando las palabras adecuadas. Sacó la lengua y se tocó el labio superior.

—Puede que haya estado un poco duro en algún otro lado. Nos habéis presionado mucho —expuso Ortega sin querer aclarar nada en concreto y mucho menos dar nombres de los lugares por donde habían pasado con sus chantajes—. Así que, para no meter la pata, me gustaría saber qué más confidentes son intocables.

—No tengo esa información, así que no te la puedo dar. Pero coño, ¡piensa un poco! No hace falta ser muy listo para saber el tipo de lugares que le interesan al CNI: cualquier sitio por el que pasen peces gordos a hacer cosas prohibidas, sobre todo empresarios y políticos. ¡Así que mucho ojo con los sitios lujosos! Los puticlubs de poca monta y las discotecas sin reservado ni aparcacoches seguro que no están entre los seleccionados. ¿He sido claro?

—Muy claro —respondió Ortega a regañadientes.

—No quiero más llamaditas tocándome los cojones.

El comisario creía que había abordado el tema razonablemente bien. La excusa del CNI había resultado consistente y creíble. Ahora tocaba esperar para saber si había causado el efecto buscado.

—Tengo otro tema muy delicado sobre un jefazo de TelCom. Tengo orden de detención inmediata —le dijo Villacampa mientras le entregaba una carpeta marrón con la documentación—. Se llama Américo García y es...

—¡No me jodas! ¿El que fichó por Unión de Izquierdas? ¡Qué hijo de puta! —respondió Ortega mientras ojeaba los documentos.

—Le han pillado dos mil fotos de pornografía infantil en su disco duro. Lo mandó a reparar y lo descubrió la empresa que le recuperaba los datos. ¡Hay que ser torpe, joder!

El comisario mentía por segunda vez. La aparición de aquellas imágenes era parte de la tercera fase para quitarlo de en medio. Américo había sabido zafarse del bulo de la colaboración política con mucha elegancia, pero aquella maniobra le iba a suponer una bola de cemento atada a los pies mientras se hundía en el océano. Carlos le había insistido en que hiciera lo que tuviera que hacer y Manuel decidió jugar fuerte para acabar con aquel tema de una vez por todas. Si todo iba bien, aquella mañana repleta de falsedades serviría para cerrar dos encargos complejos. Iba a cobrar una fortuna por todo aquello, aunque se llevaría por delante a un inocente. Uno más en la lista de damnificados colaterales. No quería pensar mucho en ello, porque, si lo pensaba, tendría que salir corriendo para tirarse desde la azotea del rascacielos más alto de Madrid. Prefería vivir en su mendacidad y no darle más vueltas. Al fin y al cabo, aquel directivo no era más que otro pez gordo sin escrúpulos. No merecía ni un segundo de su misericordia.

—Venga, lárgate para TelCom. Hay que detenerlo. ¡Ah! Y sé discreto. Hay que intentar que el tema pase desapercibido hasta que lo interroguemos y tengamos todo un poco más claro.

—Entendido —respondió enérgico Ortega de camino a la puerta.

De nuevo solo, el comisario sacó uno de sus teléfonos personales del bolsillo de la americana. Marcó un número y esperó respuesta. Apenas intercambió un par de frases mientras giraba la silla y hablaba en dirección a la estantería que había tras su escritorio.

—Está saliendo. Llama a la prensa.

De pie y con los brazos cruzados, Carlos contemplaba la calle desde el gran ventanal de su despacho. El día reiteraba su intención de mostrarse gris y denso, e imprimía cierto carácter lúgubre a la mañana. Pensativo y satisfecho, dejaba pasar los minutos con la mirada perdida. Sabía que la llamada no tardaría en llegar. Así que no hizo nada. Solo esperar.

Dos horas antes había llegado el infierno, el infierno que él mismo había generado. Era el golpe definitivo que se presentó como un obús rompiendo el cielo e hizo que todo saltara por los aires expandiendo su ofrenda de destrucción.

Acompañado de un par de policías por si la situación se complicaba, Ortega llegó con discreción a la puerta principal, de paisano y en un coche sin rotular. En la recepción fue atendido por Gonzo, que diligentemente le señaló cómo encontrar el despacho de Américo García. Por educación, dieron un par de toques con los nudillos antes de entrar. Américo se levantó de su sillón al ver que la puerta se abría y que recibiría la visita de algún compañero, pero su intención se transformó en estupor al encontrarse con Ortega, al que no conocía de nada, no había sido anunciado con anterioridad y no tenía cita.

Ortega le mostró la orden judicial de detención. Américo se quedó sin palabras, fuera de juego, aturdido y desorientado. Nunca antes había visto un documento de aquellas características, así que en un primer momento dudó de todo. Aquel señor no tenía por qué ser policía. Aquel documento no tenía por qué ser verídico. Aquella detención solo era un teatro, un mal sueño, un error absurdo. Pero las tinieblas cubrieron su mente cuando leyó el delito de tenencia de pornografía infantil plasmado en los papeles.

—Pero ¿qué coño es todo esto? —gritó Américo, encolerizado—. ¿Cómo se te ocurre pensar que yo puedo poseer ese tipo de basura?

—Señor García, no puedo darle mucha más información. Tiene que acompañarme para comparecer ante el juez. En sede judicial le explicarán todos los detalles.

A Ortega le daba asco ese hombre, y aunque estaba intentando hacer su trabajo con escrupulosa profesionalidad, no podía evitar observar a Américo con un patente desprecio en la mirada. No le gustaban los directivos por su habitual actitud distante y altiva, pero, además, el delito del que se le acusaba a este le repugnaba. Esperaba que el juez lo mandara a la cárcel sin contemplaciones, donde su día a día se convertiría en el peor de los infiernos. En la cárcel no se da tregua a violadores y pedófilos.

—¡Yo no voy a ninguna parte! —gruñó Américo, cuya rabia se tornaba ansiedad.

—Señor García, no complique más las cosas. Si usted considera que es inocente, tendrá la ocasión de explicarse y defenderse ante el juez.

Américo se echó las manos a la cabeza, bajó la mirada y empezó a llorar de impotencia. Su cabeza intentó hacer conexiones, pero la angustia le atenazaba la razón. Histérico, comenzó a andar de un lado a otro del despacho mientras subía los brazos para taparse la cara con las manos. Negaba con ligeros movimientos de cabeza y volvía sobre sus pasos en un ir y venir que no conseguía aplacar su profundo desasosiego.

—No estoy obligado a esposarlo, así que le pido que no haga tonterías y me acompañe a la puerta principal, donde tengo el coche —le dijo Ortega—. Cuanto antes nos vayamos, antes tendrá la oportunidad de aclararlo todo.

Derrotado y confuso, fue consciente de que no podía alargar aquella situación mucho más, así que se puso la americana que tenía colocada sobre el respaldo de la silla, guardó el móvil y la cartera en los bolsillos interiores y miró a Ortega para pronunciar un discreto «Cuando usted quiera». Nada más cruzar la puerta, su asistente le lanzó una mirada interrogante a la que no supo qué contestar. Se limitó a bajar la mirada y seguir al policía, que deshacía sus pasos en dirección al coche.

Gonzo esperó la salida de Américo en la recepción. Después sacó el móvil y mandó un mensaje con solo dos palabras llenas de significado: «Están saliendo».

Cuando alcanzaron la calle, Américo sintió que el mundo se derrumbaba bajo sus pies. La discreción se esfumó ante el griterío y los flashes de periodistas y fotógrafos. Ortega maldijo a todos aquellos profesionales del oportunismo, mientras intentaba entender cómo habían sido capaces de enterarse de la operación. «El comisario me va a echar la charla…», pensó.

A pesar de que el pánico seguía dominando su cuerpo, Américo experimentó un conato de lucidez en el que comprendió que aquello no era una equivocación, ni una mala jugada del destino, sino la acción minuciosa de una mano perversa para acabar con su persona. La realidad siguió golpeándolo sin piedad. Los flashes de las cámaras lo cegaban mientras los periodistas trataban de acercar sus grabadoras para apuñalarlo con sus preguntas ácidas e hirientes. La noticia era un bombazo informativo.

Se dejó arrastrar por las manos toscas del policía, que lo guio al asiento trasero de un Citroën azul oscuro. Arrancaron con brusquedad para liberarse de los paparazis y Américo sintió que se alejaba de la imponente sede de TelCom para no volver en mucho tiempo.

Desde la ventana de su despacho, Carlos contempló la escena con detenimiento, colmado de satisfacción. No pudo dejar de sonreír ni un solo segundo.

Le había resultado fácil habituarse a la *dark web*, esa parte misteriosa y oscura de la internet profunda desconocida para la mayoría, una suerte de barrio rojo virtual donde encontrar cualquier cosa por muy ilegal o minoritaria que fuera.

El acceso es sencillo. Hay que instalar el navegador Tor que concede la capa de anonimato necesaria. En la *dark web* no hay buscadores, ni un equivalente del omnipresente Google que todo lo sabe. Para moverse por sus callejones digitales es necesario visitar alguno de los directorios de páginas *onion* al estilo de la internet más primigenia. Estos directorios clasifican la *dark web* en temáticas tan sugerentes como servicios financieros fraudulentos, hackers y virus, mercados de drogas, prostitución y pornografía en todas sus variantes, venta de armamento, conexiones terroristas, sicarios o conspiración política, y facilitan los enlaces necesarios de cada sitio.

Jacobo Valadares llevaba navegando cerca de dos horas en un foro de la *dark web*, intercambiando mensajes con otros tres corazones solitarios como el suyo. No había luz en la habitación salvo el resplandor blanco azulado del monitor y la claridad artificial de las farolas que iluminaban la noche. En el edificio de enfrente, algunas ventanas delataban los movimientos de sus moradores con los destellos de una televisión encendida o de una lámpara de lectura sobre la mesilla de noche. Pocos ojos se mantenían abiertos a aquella hora, a medio camino entre la nocturnidad y la madrugada.

El espacio moderno y amplio que ocupaba el salón dejaba intuir en la penumbra un orden y una pulcritud propios de una mente organizada y perfeccionista, cercana a lo obsesivo. Junto al ratón tenía una botella de Jack Daniel's y un vaso grueso de cristal, aunque los últimos sorbos los había tomado directamente de la botella. Jacobo no era un fan del whisky, pero el Jack Daniel's lo transportaba a sus tragos de juventud, cuando el futuro estaba esperándole impaciente y todo lo que divisaba era éxito. Así que cuando paseaba por la sección de bebidas alcohólicas del supermercado en las vísperas de una nueva sesión de aquel foro de la *dark web*, la inconfundible etiqueta de Jack Daniel's de aspecto vintage e inspiración rockera ejercía un magnetismo que precipitaba la decisión de compra.

Movía los dedos sobre el teclado de forma rápida y precisa. Sus mensajes aparecían en el foro junto a su seudónimo y obtenían respuesta sin apenas demora. Aquello era un diálogo a distancia entre desconocidos que se mostraban más sinceros entre sí, a pesar de no conocerse, que con cualquier otra persona, por muy familiar y cercana que fuera su relación. Compartían deseos e intimidad. Humanizaban una relación a distancia entre perfectos anónimos.

Estaba solo junto a su ordenador bajo el influjo de su resplandor azulado porque ninguna persona allegada lo conocía realmente. Ni su madre, ni su hermana Teresa, ni el resto de su familia. Ni Carlos, ni sus compañeros más cercanos en TelCom, con los que compartía muchas horas durante la semana. Ni, por supuesto, los escasos amigos que le quedaban como herencia de su etapa universitaria y de los que poco a poco se había ido distanciando. En los años de éxito profesional había desarrollado una coraza de insensibilidad que lo convertía en inmune a la cotidianidad.

Estaba borracho, porque solo con la desinhibición que le proporcionaba el alcohol era capaz de abrirse y mostrarse tal y como era. Su timidez siempre le generó una barrera en las relaciones. Había aprendido a dominarla en el terreno laboral, pero le había supuesto un muro infranqueable en el personal. Hasta para vencer el miedo a mantener una relación distante, anónima pero sincera, a través de un medio electrónico como aquel foro, necesitaba que el estímulo del alcohol se adueñara de su flujo sanguíneo. Solo así se atrevía a dar el paso. Las excursiones por el pasillo de bebidas alcohólicas del supermercado se habían convertido en rituales de calentamiento de obligado cumplimiento. Lo natural ya no formaba parte de su muestrario de sensaciones. El camino que separaba lo que le ofrecía una relación al uso y lo que su cabeza demandaba era claramente divergente. Los primeros pasos le causaron temor, pero encontrar aquel foro había sido su salvación, una puerta de escape hacia su nueva normalidad.

Las personas que contestaban sus mensajes al otro lado concretaron una fecha. Jacobo se separó un segundo de la pantalla y cerró los ojos. Pensó en todo lo que debía hacer antes de acudir a la cita. No era fácil, pero tenía el tiempo suficiente para poder abordarlo todo y no cometer errores.

Dio un trago directo de la botella ignorando el vaso una vez más. El alcohol le arañó por dentro. Saboreó su acidez. Las letras de su teclado parecían bailar solas, saltando de un lugar a otro. Se sentía nublado pero no dudó. «A la mierda todo», pensó.

Acercó sus dedos al teclado y confirmó su disponibilidad con un simple «OK, hagámoslo».

El comisario Manuel Villacampa conducía absorto en sus pensamientos, en sus especulaciones más íntimas. Estaba a la expectativa tras sus últimos movimientos y lo único que podía hacer era distraerse durante la espera. La radio carraspeaba en un volumen apenas audible. Aparcó en la puerta del restaurante, apagó el motor y consultó las notificaciones de sus teléfonos. Un mensaje le confirmó que su cita se retrasaba: «Perdón. Llegaremos 15 min tarde. Pide lo de siempre». Volvió a encender la radio y se recostó en el asiento del coche. Cerró los ojos y trató de olvidarse de todo por unos minutos, pero le resultó imposible. Hilaba una idea con otra, como fogonazos que lo conducían sin remedio a la larga lista de problemas por resolver que se acumulaban en su cabeza. Intentó pensar en el futuro, pero volvía una y otra vez al pasado, a aquel momento en el que empezó a torcerse su intachable carrera como policía. Manuel lo recordaba con claridad. Un instante de debilidad. Una pequeña concesión. Después arrepentimiento y un camino sin vuelta atrás.

Todo comenzó muchos años atrás, cuando su hermana Clara le confesó que estaba embarazada. Ya tenía un bebé y no quiso demorarse en ampliar la familia. La noticia fue muy bien recibida por todos. Un niño siempre es sinónimo de júbilo. Clara valoraba mucho la alegre y plácida infancia que había tenido junto a Manuel. Se llevaban poco más de un año, así que crecieron juntos. Lo compartieron todo y aquella bonita experiencia marcó su intención de tener un segundo bebé sin esperar mucho. La sorpresa llegó con las primeras pruebas médicas. Estaba embarazada de trillizos. Así pasaron de ser un feliz matrimonio con un niño pequeño a un hogar caótico con cuatro bebés en el que la realidad supera con creces la habilidad de los progenitores. Clara estaba abatida. Su fortaleza física se agotaba. No dormía. Apenas tenía tiempo para ella misma. Sentía que la situación la superaba.

Para complicarlo todo aún más, a Santiago, el marido de Clara y cuñado de Manuel, le diagnosticaron una extraña tipología de cáncer. Nunca supieron qué fue antes: la presión por sacar adelante una familia numerosa repentina o la enfermedad. Los bebés y las células cancerígenas crecieron al unísono. Santiago no aguantó y tuvo que dejar su trabajo y a la familia sin ingresos. Clara pidió ayuda a su hermano y él no pudo negarse. Adoraba a su hermana y a sus sobrinos. Los veía como la familia perfecta que él no había tenido, siempre centrado en su trabajo de policía, sin horarios, sin agenda, sin descansos, sin vida. Manuel se volcó en ayudar a su hermana, pero su sueldo de policía no alcanzaba para mantener dos familias.

Y llegó la oportunidad de cambiar las cosas. Un contacto le pidió un favor: acceso a un informe clasificado. A cambio, una jugosa suma de dinero. Manuel no necesitaba aquel dinero, pero la familia de su hermana sí. Era la ocasión para que estuviesen un poco más desahogados y para que su cuñado pudiese olvidar la presión por la falta de ingresos y se centrase en lo más importante: su recuperación. El comisario dio aquel paso sin pensar en las consecuencias. Pronto hubo otro encargo y un tercero y, sin saber muy bien cómo, se vio envuelto en una espiral creciente de favores, intercambios de información, sobresueldos, maletines, pendrives. Los trabajos que aceptaba eran cada vez más ambiciosos y su capacidad para resolverlos creciente. Cuanto más dinero ganaba, más fácil le resultaba resolver los nuevos encargos. Terminó enganchándose a aquella nueva vida como un alcohólico a la botella. Su contacto circulaba entre las élites de la política y la empresa como un fluido en vasos comunicantes. Decidió denominarlo «servicios de gestión de crisis» porque le parecía que bajo aquel eufemismo se escondía la verdadera naturaleza de lo que hacía, a medio camino entre la corrupción y el chantaje.

Manuel abrió los ojos y comprobó que lo que le había parecido un instante de pensamientos sin sentido, entrecruzados como borbotones de agua hirviendo, había durado más de diez minutos. Su cita estaba a punto de llegar, así que se incorporó y salió del coche. Hacía frío. El suelo estaba mojado. Levantó el cuello del abrigo y apuró el paso. Cruzó la puerta del restaurante y fue directamente a la barra, donde un chaval muy joven le regaló una amplia sonrisa como muestra de su total disposición a agradarle, mientras le preguntaba qué quería. Manuel tenía muy claro el gusto de sus acompañantes puesto que aquella cena era un ritual frecuente.

—Quería cinco menús Big Mac, cuatro con Coca-Cola y el otro con cerveza sin alcohol —pidió Manuel con la solvencia de un cliente habitual.

—¿Para llevar o para tomar aquí?

—Para tomar aquí, por favor.

Manuel esperó a que el camarero sonriente le colocase el pedido en una bandeja de plástico mientras echaba un vistazo distraído al local lleno de familias y adolescentes. Después se dirigió a una gran mesa redonda junto a la ventana. Tenía migas y restos de kétchup seco que trató de limpiar con una servilleta.

No había llegado a sentarse cuando vio entrar a su hermana con los trillizos. Ya eran preadolescentes, con granos, hormonas revoltosas y unas ansias incontrolables por comerse el mundo, aunque en otros momentos seguían siendo niños sin más objetivo que pasar un rato agradable con su tío. Manuel amaba a aquellos chavales. Quizá eran los hijos que nunca había podido tener. La vida se le había escurrido entre los dedos y, cuando tomó conciencia del paso del tiempo, ya estaba fuera de juego.

—Pareces cansado, Manuel. ¿Cómo va todo?

—Si me hubieses preguntado hace dos horas te habría dicho que todo es un infierno pero, estando aquí con vosotros, se me ha olvidado.

Manuel eliminó de su mente al inocente al que acababa de arruinarle la vida, el duro golpe que fue descubrir que Ortega se la estaba jugando, la conversación con Madame Carmen y su insólito negocio, y hasta la hamburguesa que se enfriaba dentro de su caja de cartón. En ese momento para Manuel solo existían aquellos chicos que devoraban patatas fritas.

La llamada quebró el silencio. Había llegado el momento. La culminación.

La extensión de la asistente de Fausto parpadeaba en el teléfono. Sentado en su escritorio, Carlos había estado repasando varios medios digitales. Dos de ellos ya recogían la detención de Américo, aunque el verdadero motivo aún se desconocía.

La conversación con la asistente fue muy breve: Fausto quería verlo con urgencia en su despacho. Carlos se levantó con calma y, con una parsimonia mayor de la habitual, se puso la americana y se colocó cuidadosamente el nudo de la corbata. Después cogió su móvil y revisó la app de la compañía aérea para comprobar si tenía actualizados los puntos de sus últimos viajes. Aprovechó también para echar un vistazo a las últimas publicaciones en su Instagram. Al acabar, guardó el móvil y salió con paso decidido, sin prestar mayor atención al hecho de que Cristina no estuviera en su sitio.

El despacho de Fausto distaba del suyo poco más de cien metros. Saludó con la mano a la asistente, que le indicó que Fausto lo estaba esperando.

—¡Disculpa la espera, Fausto! —le dijo Carlos a modo de saludo mientras entraba en su despacho—. Estaba terminando una llamada cuando me avisó Elena —mintió.

Tras aquellas primeras palabras, miró a Fausto a la cara y se encontró una expresión de la desolación, el testimonio inconfundible de una persona abatida. Parecía que las últimas veinticuatro horas se habían convertido en veinticuatro años. Fausto había envejecido de repente. Ya no era el ejecutivo audaz y valiente que todos conocían. Ahora era un viejo hundido al que le habían asestado un golpe mortal. El veterano rey de la selva vencido por su propia manada.

Estaba sentado tras su imponente mesa de escritorio, con la cabeza apoyada sobre el puño izquierdo. Se levantó con pesadez, falto de vitalidad, como si los doce metros que le separaban de Carlos fuesen el recorrido de un maratón. Arrastró ligeramente los pies y levantó la mano con el mínimo gasto de energía posible para indicarle que se sentara en los sillones a los que dedicaba una gran parte del enorme espacio de su despacho. Fausto se sentó despacio mientras buscaba las palabras más acertadas sin saber cómo acometer aquello.

—Siempre pensé que se me daba bien conocer a las personas. Pensaba incluso que tenía un don. ¡Hasta me han reconocido mi labor «al frente del departamento de Recursos Humanos»! —Fausto intentó esbozar una mínima sonrisa—. Bueno, ya sabemos cómo funcionan los galardones de este tipo. Pero yo creía de verdad que se me daba bien gestionar personas porque era capaz de ver más allá, de detectar sus habilidades, de intuir lo que desean. La inteligencia social y emocional me convirtió en un buen gestor y, con el paso del tiempo, me permitió llegar a este despacho por mérito propio.

Fausto terminó la frase moviendo los brazos y señalando aquella estancia como si se tratase de las extensas tierras de un señor feudal.

—Pero ahora, justo ahora, cuando estoy a punto de acabar mi etapa profesional, descubro que he estado ciego, que no soy bueno en lo que yo pensaba que era mi gran virtud. De verdad, Carlos, no sé qué está pasando, pero no puedo más —dijo Fausto mientras agachaba la cabeza en actitud de derrota y con la mano derecha se tocaba la frente—. Esta mañana han detenido a Américo por posesión de pornografía infantil.

—Fausto, ¿qué me estás contando? Es una broma, ¿verdad? —contestó Carlos mientras mostraba la actitud más cínica que era capaz de adoptar.

—No, desgraciadamente no es ninguna broma. ¡Cómo he podido estar tan ciego! Hemos tenido un repugnante pervertido entre nosotros y ¡nunca sospeché nada! ¿Dónde está mi gran capacidad para interpretar a las personas?

—Creo que no deberíamos precipitarnos, es una acusación gravísima. Deberíamos tener más información antes de dar ningún paso.

—Encontraron miles de imágenes en su ordenador. Su nombre y el de TelCom ya están mancillados. ¡Dios mío! ¡Pornografía infantil! ¿Puedes creerlo? De verdad, ya no entiendo el mundo, no entiendo a la gente. Antes las cosas eran mucho más sencillas.

—Quizá eran igual que ahora, pero no nos enterábamos. No nos lo contaban —replicó Carlos.

—Todo se ha vuelto demasiado complicado. Hace treinta años, el éxito era la consecuencia del esfuerzo y el trabajo bien hecho. Hoy todo es mucho más retorcido y yo no pertenezco a este mundo repleto de tiburones.

Fausto hizo una pausa para volver a agachar la cabeza y moverla hacia los lados en clara actitud de negación.

—Cuando era niño soñaba que saltaba desde la ventana de mi habitación y la casa de mis padres estaba en un sexto piso. Pero aquel sueño no era una pesadilla. Al contrario, en mi sueño vencía el miedo a saltar. Cuando estaba en el aire, planeaba como un pájaro durante varios minutos para, finalmente, aterrizar en el suelo como un paracaidista bien adiestrado. El sueño se repetía muy a menudo y siempre tuve miedo de contárselo a mis padres, porque no quería que pensasen que tenía intenciones suicidas. Mi salto hacia la nada no era autodestructivo, sino una oportunidad para vencer mis temores. Aprendí así la importancia de tomar decisiones, de vencer el miedo a saltar para pasar a la acción. Pero ahora estoy terriblemente confuso. No me veo capaz de decidir, ni mucho menos de seguir al frente de TelCom.

Hizo una nueva pausa. Se levantó despacio, caminó hacia su escritorio, cogió una pequeña botella de agua mineral que había sobre él y dio un par de tragos. Carlos permanecía sentado en el sillón, en silencio, escuchando el monólogo de Fausto como un confesor personal e íntimo.

—Estoy muy cansado, Carlos. Ha llegado el momento de marcharme. No te voy a mentir: quería que fuese Américo quien se quedase al frente de TelCom, pero ya no puedo confiar en él. En realidad no puedo confiar en nadie. Lo único que tengo claro es que tengo que marcharme de aquí cuanto antes. Dejaré el despacho esta misma tarde. Este ya no es mi lugar.

Volvió andando hacia los sillones, miró a Carlos fijamente a los ojos y culminó su confesión, liberándose de la gran carga que había soportado y aliviando su espíritu.

—Carlos, quiero que me sustituyas, quiero que seas el próximo presidente ejecutivo de TelCom. Te conozco, o creo que te conozco. Así que te pido que gestiones lo que recibes con humanidad. Te ruego, te imploro, que seas una buena persona.

10

Arquitectos del mal

Apenas podía moverse, sentado sobre aquel aparatoso asiento metálico que recordaba una silla eléctrica.

Los reposabrazos tenían argollas que sujetaban sus muñecas. Las piernas, más abiertas de lo normal, también estaban inmovilizadas. Su pecho estaba comprimido por correas de amarre con hebillas sobre varias prendas de látex superpuestas. Una bola de goma le bloqueaba la boca y un antifaz le impedía ver.

Aquella especie de trono se hallaba situado sobre un pequeño pedestal en el centro de la sala. Frente a él había una camilla forrada de cuero negro, un foco quirúrgico de gran tamaño alumbrando hacia el suelo y un carrito metálico con instrumental médico. La sala estaba iluminada con luces led que, partiendo del suelo, proyectaban sombras alargadas hacia el techo. En los altavoces sonaba música de cadencia lenta formada por sonidos graves, y una gran pantalla en la pared mostraba imágenes clásicas en blanco y negro de mujeres desnudas.

Estaba solo. Aislado. Ciego. Sin poder hablar ni gritar, pero bajo los efectos de una fantasía desbocada. Su mente pensaba en lo que iba a suceder y el simple hecho de imaginar cómo podría transcurrir disparaba su excitación. Llevaba allí cerca de una hora cuando por fin oyó algo más allá que la música, quizá el crujido de la puerta, luego pasos que se dirigían hacia él.

Había llegado el momento.

El sonido de los zapatos contra el suelo lo desorientaba. Iban, venían, lo rodeaban, pero sus sentidos mutilados le impedían componer la escena. Ante la reducción de estímulos, la realidad mutaba en deseo.

Notó un objeto alargado y elástico que recorría sus brazos atados. El látex que envolvía su cuerpo le impedía identificar qué era. De pronto el aire silbó y notó el impacto doloroso y ardiente contra su pecho, como un afilado mordisco. Sin duda, una fusta castigaba su carne con la dosis justa de violencia. El aire silbó más veces y notó el escozor en diferentes partes del cuerpo. Los momentos de silencio le permitían oír algún gemido de satisfacción contenida que provenía de lugares que no identificaba.

Sintió algo húmedo en las zonas descubiertas de su cara, una lengua caliente que terminó lamiendo sus labios, forzados por efecto de la mordaza. Dos manos anónimas desataron la hebilla y liberaron su boca. Le dolía la mandíbula de mantener una postura antinatural durante tanto tiempo. Las manos volvieron a tocarle, esta vez de manera más agresiva, y una boca lo besó con lujuria, introduciéndole la lengua con agresividad y dejando un recuerdo húmedo cuando el contacto cesó. Una boca volvió a besarle. Quizá la misma. O quizá otra. Sabía a whisky y sus maneras obscenas parecían diferentes. Después le introdujeron un objeto de forma cilíndrica en la boca. Se imaginó un gran falo de plástico negro, pero no podía verlo, solo sentir cómo se ahogaba. Le costaba respirar y notaba cómo nacían las arcadas en lo más profundo de su estómago.

Dos manos, o quizá tres, recorrieron su cuerpo enfundado, le arañaron el pecho y le arrancaron el supletorio de cuero que tenía abrochado al pantalón. Las lenguas comenzaron a recorrer su piel. No pudo menos que ponerse tenso, mover la cabeza inquieto, apretar los puños y concentrarse en aquel placer infinito, acentuado por la reducción de sus sentidos. Y por fin, dos manos amigas lo agarraron por el pelo y le quitaron la máscara opaca que le había mantenido ciego. La luz de la sala, a pesar de ser escasa y tenue, le deslumbró lo suficiente como para que los primeros instantes de visión se convirtiesen en una nebulosa. A medida que sus ojos se recuperaban, pudo distinguir una gorra de plato militar con el escudo de las SS, las perversas unidades de choque nazis, junto a una chapa plateada con una calavera.

La fantasía de aquel ejercicio de interrogatorio de guerra se hacía cada vez más nítida. Ernest comprobó que debajo de aquella gorra estaba Lady Cunt arrodillada entre sus piernas, pero se levantó lentamente y se sentó sobre su erección. Junto a ella distinguió a Sofía, que, vestida con una gorra similar y un corpiño de cuero, abrazaba por detrás a Lady Cunt mientras la besaba en la boca y le acariciaba los pechos.

En una sala lúgubre, despojada de cualquier objeto que pudiera deformar las siluetas que las sombras dibujaban en las paredes, Carlos apuraba las últimas vueltas a la cuerda que atenazaba la cintura de Aisha. Dos giros más, un último nudo y pudo alzar el conjunto hasta conseguir que su bello cuerpo desnudo e inerte comenzara a flotar suspendido en el aire, como una colorida mariposa abrazada por una tela de araña gigante.

La lujuria había entrado en estado de letargo para que descansaran aquellos cuerpos envueltos en sudor y fluidos.

Como esclava insaciable, Lady Cunt había huido por los pasillos de X-Room en busca de otra aventura. Sofía y Ernest yacían abrazados y desnudos sobre un futón en la zona más oscura de la sala, después de haberse liberado de gran parte de las prendas y la parafernalia de la sesión. Los amantes enredaban sus extremidades como si intentasen convertirse en una entidad única. Ernest acariciaba el cuerpo desnudo de Sofía mientras admiraba su vientre musculado después de interminables sesiones de gimnasio, sus muslos firmes y su elegante figura.

Las palabras de Ernest rompieron finalmente el silencio.

—¿Qué haremos si algún día nos pillan?

—No tienen por qué pillarnos, cariño, este lugar cuida al extremo la confidencialidad.

—No me refería a nuestros... pasatiempos especiales —Ernest sonrió mientras acariciaba el vientre de Sofía—, sino a nuestros negocios.

—Nunca nos pillarán. Actuamos con mucha más inteligencia y precaución que los demás.

—Pero imagina que pasa. Imagina que cometemos algún error, que hay alguien más listo que nos vigila. O que hay alguien que nos traiciona por más dinero del que gana con nosotros. Todas las cadenas tienen siempre un eslabón débil.

—Entonces tendré que ir a visitarte a Soto del Real con un bocadillo relleno de limas.

—¡No me hace ninguna gracia! —le reprochó Ernest—. Soy yo el que iría a la cárcel.

—Y soy yo la que está más expuesta y la que más tiene que perder.

Sofía hizo una pequeña pausa y pensó que nunca admitiría en un juicio el papel de mujer engañada por su marido.

—Ernest, es demasiado tarde para pensar así. Ya no hay marcha atrás. El día que decidimos dar el paso cruzamos una frontera que no se puede desandar. Solo nos queda huir hacia delante, hacer lo que sabemos hacer y concentrarnos en no cometer ningún error.

Sofía se incorporó y acarició el pelo de su marido con la clara intención de tranquilizarlo. Ernest era percibido como un tipo valiente y decidido, como un triunfador, pero sus fortalezas se diluían sin el apoyo incondicional de Sofía, uno de sus pilares más íntimos, la plataforma sobre la que crecía la determinación que mostraba de cara al exterior.

—La gente de ahí fuera no tiene ni idea de lo que es estar en mi lugar —razonó Sofía—. Por eso tenemos que luchar cada movimiento como si fuese el desembarco de Normandía. Dedicarse a la política es pelear contra todo, hacer lo imposible por llegar a acuerdos, convencer a oponentes, luchar con lobistas y patronales, para que al final llegue un gilipollas y eche el convenio por la borda por cualquier nimiedad. Todo para conseguir migajas de acuerdos con los que contentar a unos pocos y de paso hacer que esta mierda de sociedad avance. Que nos quedemos con algo de carne en las uñas es lo menos que podemos hacer, ya que estoy entregando mi vida y todas las horas del día a este puto trabajo. ¿Se piensan que la mierda de sueldo que paga el Estado es suficiente para compensar tanto sacrificio? La gente de la calle habla mucho porque hablar es gratis. Creen que todo es fácil, que llueven las comisiones por no hacer nada.

—Qué equivocados están —apuntó él—. Hasta para ser un puto corrupto hay que trabajar duro. No hay una fila de empresarios queriendo darnos sus maletines llenos de billetes. ¡Los tenemos que buscar! ¡Y los tenemos que convencer!

—Eso es. Así que, cariño, no le des muchas más vueltas. Todo lo que tenemos es nuestro porque nos lo hemos ganado a pulso

Sofía se levantó mientras veía a Ernest contemplar enamorado su cuerpo desnudo. Luego lo miró a los ojos mientras volvía a acariciarle el pelo.

—Aprovechemos al máximo mis próximos años en la Consejería y si las cosas se ponen feas, desaparecemos. El primer paso ha sido empezar a esconder el dinero fuera de España. Sigamos fabricando nuestro plan de huida. Prefiero cortar con todo y desaparecer antes que dejar de tenerte a mi lado. Pase lo que pase, no te dejaré solo.

Dos horas de reuniones absurdas después, lo único que había quedado claro era la habilidad de sus compañeros funcionarios para divagar y mover la gran rueda de burocracia e intereses cruzados de la Administración pública. Parecía que el único acuerdo posible era impedir cualquier avance.

Desesperado, Lázaro Izquierdo regresó a su pequeño y amarillento despacho. Su escritorio estaba presidido por dos monitores y un teclado desgastado. Libros técnicos y papeles luchaban por hacerse un hueco, tanto allí como en un par de estantes a rebosar de archivadores y cajas de cartón.

Hacía días que no lo comprobaba, así que tecleo en el navegador «boe.es». En el apartado «Anuncios» de aquel martes cualquiera, aparecieron decenas de resoluciones y anuncios de los diferentes ministerios y gobiernos autonómicos. Revisó la página hasta llegar al apartado «Comunidad de Madrid». Se acababan de publicar doce anuncios, pero uno de ellos captó su atención: «Anuncio de la Consejería de Infraestructuras por el que se convoca a licitación el Contrato Unificado de Infraestructuras de telefonía móvil de la Comunidad de Madrid». Junto al título, un archivo PDF detallaba los pormenores del concurso. Un lote único por valor de diez millones de euros.

Sofía lo había conseguido. Aquel pliego infame ya era una realidad.

Lázaro fue consciente de lo estéril e infructuosa que había sido su oposición y del daño injusto que había provocado tanto a él como a su familia.

En la soledad de aquel despacho cutre y mal iluminado lloró de impotencia, hundido ante la certeza de que no era posible luchar contra aquel poder entregado a sus espurios objetivos; un poder omnipresente que, cuando se sentía atacado, se revolvía como una víbora ansiosa por escupir su veneno.

Mientras saboreaba un agradable champán rosado, pudo ver que la mujer que lo había estado observando durante toda la velada dejaba su copa en la barra y echaba a andar hacia él. Su forma de caminar denotaba una gran autoestima, construida sobre reputación y éxito.

Como resultaba habitual entre ejecutivos, ambos sabían perfectamente quién era el otro, aunque nunca antes habían intercambiado una sola palabra. Hacía mucho que se vigilaban y se admiraban a partes iguales, y sabían que, muy probablemente, se necesitarían en algún momento del futuro cercano. Sus caminos, que habían transcurrido paralelos durante mucho tiempo, empezaban a converger.

—¡Carlos Mir, creo que tengo que felicitarte! —le dijo Sofía Labiaga alargando la mano hacia él cuando todavía estaba a más de dos metros de distancia—. No me cabe duda de que TelCom ha elegido a su mejor opción para liderar la empresa los próximos años.

—¡Muchas gracias, Sofía! ¡No podía imaginar que las noticias circularan tan rápido! Espero que tengas razón y sean muchos años —bromeó Carlos con falsa modestia mientras le respondía con un firme apretón de manos.

Aquel evento era el primero al que asistía con su recién estrenado cargo de presidente ejecutivo. Estaba pendiente de la ratificación por parte del consejo de administración de TelCom, pero no era más que un trámite formal en el que se aprobaría sin reservas la decisión de Fausto. Carlos estaba pletórico. Finalmente había alcanzado el objetivo al que había dedicado su vida, así que aquellas primeras horas tenían un sabor especial en el que la satisfacción y el orgullo lo invadían todo.

—¿Me conoces? —preguntó Sofía con mal disimulada humildad.

—Conocer a quien toma las decisiones en la Administración es parte de mi trabajo.

—Y conocer a quien gana mucho dinero es parte del mío.

El primer ejecutivo de TelCom y la política con más presupuesto de la Comunidad de Madrid se encontraban en los suntuosos salones de la embajada italiana en España, donde el embajador había querido agasajar a numerosas personalidades de la cultura, la empresa y la política madrileñas para facilitar el contacto entre ellos y una delegación de empresarios de la región de Lombardía.

La embajada ocupaba uno de los inmuebles más señoriales de Madrid: un antiguo palacete edificado en los años veinte, perteneciente a los marqueses de Amboage y situado en la calle Lagasca, en el corazón del adinerado barrio de Salamanca.

Sofía invitó a Carlos a caminar hacia un rincón más discreto del salón, en el que daban la espalda al grueso del público, como para protegerse de miradas indiscretas que pudieran leerles los labios.

—En el BOE de hoy aparece publicado el último de nuestros grandes proyectos, la telefonía de la Comunidad. He estado en contacto con uno de tus hombres, Jacobo Valadares, y hemos hablado mucho sobre el tema.

—Lo sé —respondió Carlos con las mismas precauciones que había tomado Sofía—. Valadares me reportaba directamente. Haré cambios en la estructura en las próximas semanas, pero tengo claro que Valadares es un tipo muy válido y seguirá en mi equipo de confianza.

—¡Bien! Entonces estarás al tanto del acuerdo especial al que llegamos.

Carlos asintió ligeramente con la cabeza.

—Me he arriesgado mucho para que los condicionantes técnicos del concurso os favorezcan. No os puedo asegurar que sea vuestro, pero haremos lo posible para que así sea.

Sofía pronunció estas últimas palabras tapándose la boca con la mano de forma discreta y casual. Un par de cámaras grababan imágenes del evento para el tradicional vídeo de comunicación corporativa de la embajada, y lo último que deseaba era un audio comprometedor. Toda precaución era poca.

Carlos, pensativo, asintió de nuevo. Le gustaba poder estrenar sus primeros días al frente de TelCom con buenas noticias. Aun así, debía ser cauto.

—Carlos, espero que este sea solo el primer paso de una larga relación. No hace falta decir que nos necesitamos mutuamente.

«Detrás de una gran corrupta, siempre hay un gran corruptor», pensó él.

Por un segundo, dudó en compartir aquella frase con Sofía, pero creyó que una conversación de cuatro minutos no justificaba semejante nivel de confianza. Decidió censurar sus palabras.

—Sofía, este tipo de acuerdos con condiciones, digamos… especiales, son la plataforma ideal sobre la que construir una fructífera relación de confianza —sentenció Carlos—. Es curioso que mientras las sociedades se vuelven cada vez más educadas, libres y exigentes, los negocios se retuercen para poder justificar un crecimiento que ya nadie se cree. Todo es puro maquillaje financiero. Yo tengo la necesidad de facturar y tu partido tiene la necesidad de ganar elecciones, y para ganar elecciones necesitáis dinero, así que no somos tan diferentes. Por eso es por lo que estoy de acuerdo contigo: nos necesitamos y estoy seguro de que haremos grandes negocios juntos.

—Me alegra oírlo, Carlos, pero permíteme decirte que te equivocas en algo: nuestro éxito no depende de la victoria electoral. Vivimos de ejercer influencia. Sin duda, desde el Gobierno se dispone de una mayor cuota de influencia, pero nos basta con una buena representación en el Congreso y en las cámaras autonómicas para poder mover los hilos. El votante medio es estúpidamente ingenuo y piensa que nuestro motor es la ideología. Por eso respondemos con esperanza a su necesidad de creer. Ejercemos influencia mientras vendemos esperanza. La esperanza es un estimulante inmejorable para los débiles, mucho más efectivo que cualquier otra estrategia. La esperanza es una herramienta perversa. Bien manejada y argumentada puede tener más impacto que el mismísimo dios dinero y, además, tiene otra ventaja que la convierte en el mecanismo definitivo: es gratis.

Carlos sonrió ante el monólogo de Sofía. Su punto de vista no dejaba de sorprenderlo, porque era la primera vez que un político le hablaba de forma tan directa y deshumanizada.

—Una teoría interesante —respondió Carlos—. En cualquier caso, no tengo duda de que hablamos el mismo idioma.

—Ya te adelanto que no va a ser fácil. Trabajar con la Administración es como mover ruedas de molino: lento y farragoso. Así que, por adelantado, te pido paciencia. Tendremos que tomar decisiones extrañas e incómodas, pero ¿qué es lo que está bien y qué es lo que está mal? A veces resulta difícil saberlo. La política, y también la empresa, contorsionan las mentiras para convertirlas en honestidad.

—La verdad está sobrevalorada —añadió Carlos.

—No me tiembla el pulso cuando tomo decisiones que sé que van a perjudicar a alguna de las partes, porque por encima del mal concreto y puntual estará siempre el bien común.

—Y salvar a mi empresa o perpetuar a tu partido es el bien común —concluyó Carlos mientras sonreía.

—En la política y en los negocios, el bien común se alcanza a base de dejar cadáveres en el camino. Digamos que está justificado hacer el mal de forma abierta y consciente para conseguir un fin superior. Mira lo que te ha pasado a ti: la desgracia de tus compañeros ha servido para que alcances la gloria.

Por un segundo, Carlos pensó que Sofía sabía más de lo que debía, así que meditó su respuesta.

—Nunca había pensado en ello de esa manera, pero tienes razón. Somos arquitectos construyendo sobre decisiones controvertidas, incluso crueles. Somos arquitectos del mal.

—Todo está podrido —concluyó Sofía—. El único valor universal que hace mejorar el mundo es el amor que los padres sienten por sus hijos. Es el único momento en el que el ser humano es realmente generoso y caritativo. Cualquier otra elección está contaminada por la codicia, el poder y el dinero.

—Pues brindemos por ello: ¡poder y dinero! —dijo Carlos tras coger dos copas.

—Nos acabamos de conocer, pero intuyo que tenemos mucho en común, más de lo que podemos imaginar en este momento —apostilló Sofía mostrando su fotogénica sonrisa y su expresión más amable, mientras levantaba la copa con aquel champán rosado.

—Carlos, siento interrumpirte a estas horas, pero está pasando algo muy extraño.

Carlos Mir acababa de dejar a Sofía en la embajada italiana y su nuevo coche oficial lo trasladaba a casa. Había recorrido el paseo de la Castellana hacia el sur y atravesaba la Gran Vía. Las luces de los escaparates y los neones de los edificios provocaban sombras que se movían con rapidez en el interior del vehículo, como flashes. Mientras observaba el bullicio oculto tras los cristales tintados, Carlos sintió que no pertenecía al mismo universo que todas aquellas personas anónimas. No eran simples caras desconocidas, sino una audiencia a la que dirigir campañas y vender productos, un mero objetivo de marketing, un segmento de clientes. Además de la fría contemplación del gentío, Carlos experimentó un orgullo extraordinario por todo lo conseguido. No había sido fácil. Ni cómodo. Tampoco debía de ser fácil la vida de aquellas personas que veía a través de la ventanilla, aunque le traía sin cuidado. Él era acción y fuerza. Los demás, rutina y vulgaridad.

—Gonzo, no te preocupes por la hora. Dime…

—Esta tarde llamó Ramiro, el marido de Cristina Miller. No lo vas a creer, pero Cristina ha desaparecido.

—¿Cómo? —respondió Carlos estupefacto, como si las palabras que le llegaban a través de su teléfono móvil fueran una broma de mal gusto en aquel momento del día en el que ya estaba tan cansado.

—Desapareció el domingo por la noche. La verdad es que, con la semana que llevamos, no habíamos notado su ausencia. También ha llamado a la policía.

—Pero ¿qué ha podido pasar? ¿Te contó algo?

—No mucho. Parece ser que quedó con una amiga. ¿Recuerdas a Mireia Ochoa? Era secretaria de dirección. Trabajó para varios directivos, Américo entre otros. Resulta que Cristina y Mireia son buenas amigas y quedan a veces para salir.

—No me gusta nada el tema, Gonzo. No quiero a la policía rebuscando entre mis cosas, y mucho menos entre las de Américo. Es evidente que surgirá la conexión.

—Hay algo más…

Gonzo hizo una mínima pausa para aclararse la garganta, durante la que la imaginación de Carlos se disparó sin que pudiera hacer nada por evitarlo.

—Jacobo Valadares tampoco ha venido a la oficina esta semana. No coge el móvil y, como vive solo, no tengo ninguna otra forma de localizarlo. Quizá está enfermo en su casa, pero me resulta muy raro que no haya avisado.

Carlos sospechó de inmediato que aquello no podía ser accidental. La imagen de Américo detenido golpeó su cabeza. Sabía que era un tipo astuto y con recursos. A pesar de estar en el calabozo podría haber iniciado alguna maniobra contra él. La satisfacción por haber culminado su plan le había durado muy poco. Los problemas llegaban en apenas unas horas. No podía descuidarse, su victoria podía desmoronarse como un castillo de naipes. Lo mismo que le había ocurrido a Américo. El corazón le aceleró el pulso en un acto reflejo de autodefensa.

—Pero ¿qué cojones está pasando? —gruñó Carlos—. Todo esto me huele muy mal. ¡No puede ser casual!

—Pinta mal, sí... —confirmó Gonzo.

—Llama al comisario —concluyó Carlos con cierta rabia en el tono de voz—. Que averigüe qué hay detrás de esta puta pesadilla.

Revisó los cordones para comprobar que llevaba bien atadas las zapatillas. El sol ya empezaba a hacerse notar por encima de las montañas que rodeaban el embalse de Navacerrada, una pequeña población en la Sierra Norte de Madrid. Después, inició el ritual de estiramientos.

Desde la calle Magdalena accedió a la bonita travesía entre muros de piedra y árboles jóvenes que desembocaba en la gran masa de agua retenida contra el inmenso muro de planta curva y cincuenta metros de alto. A lo largo de todo su perímetro, una senda bien acondicionada facilitaba un delicioso trayecto circular entre la naturaleza y el agua, especialmente atractivo a primeras horas de la mañana. Inició la carrera en dirección este, donde el sendero irregular transcurría próximo al agua. Tras varios centenares de metros, su respiración se fue acoplando a las zancadas y la armonía en el movimiento permitió que empezara a disfrutar del paisaje a pesar del esfuerzo físico.

Pasó varios puentes de madera sobre un arroyo y un riachuelo, y encaró la marcha en dirección sur hacia uno de los extremos del gran muro de la presa. Corrió los quinientos metros de muro mientras observaba el reflejo del sol matutino sobre el agua. Los ligeros movimientos en la superficie le hacían imaginar el mar, aunque el descomunal bloque de cemento sobre el que pisaba le devolvía a la verde realidad del paisaje de montaña.

Tras alcanzar el final del muro y avanzar unos cientos de metros junto a la carretera, cruzó una puerta metálica para adentrarse entre los árboles y luego regresar a la orilla del agua. Las piernas comenzaban a dar los primeros síntomas de fatiga. Sus rápidas zancadas avanzaban entre la vegetación al ritmo de las bocanadas de aire que inundaban de oxígeno su torrente sanguíneo. En uno de los múltiples quiebros y cambios de dirección entre los árboles, la senda se elevó unos metros sobre el nivel del agua. A su izquierda se extendía una vegetación espesa entre la que podía distinguir a lo lejos los retazos de algunas casas de una urbanización a las afueras del pueblo.

Fue en uno de aquellos giros del camino, en los que un brazo de agua penetraba valiente en tierra firme, cuando algo captó su atención. Un bulto negro y deforme flotaba en la orilla, envuelto en telas sucias y llenas de barro. Cuando se acercó hacia aquella maraña oscura, le pareció ver que las telas se retorcían y se mezclaban con algo parecido al pelo de una persona entre un fango que lo cubría todo. Lo que en un primer instante le pudo parecer un montón de escombros tirados al embalse por algún insensato, empezó a tomar una forma que en ningún caso deseaba encontrar. Las últimas zancadas lo llevaron a pocos metros del bulto mugriento y sus pasos se detuvieron de golpe cuando observó que entre los pliegues sobresalía un brazo manchado de lodo y barro. Paró la música que sonaba en los auriculares mientras recuperaba el aliento.

Fue entonces cuando el bulto amorfo que flotaba en la orilla comenzó a tener sentido y supo con certeza que lo que había dentro de las telas era un cuerpo. La imagen completa llegó de repente e impactó en sus retinas.

El pánico lo invadió.

Estaba solo en aquel paraje de montaña. La adrenalina disparó la reacción de huida: correr para escapar de allí, correr para pedir auxilio, correr para encontrarse con alguien con quien compartir la visión más terrible que había tenido en su vida. A pesar de que sus ojos no llegaron a ver el cuerpo mutilado e irreconocible, ni las señales inequívocas de extrema violencia —la piel amoratada, los ojos blanquecinos destrozados, la carne magullada—, ni unas misteriosas siglas grabadas toscamente con un cuchillo sobre el vientre inflado y violáceo: SODS.

PARTE II

11

Conjeturas y cafeína

El comisario Manuel Villacampa apuraba los últimos tragos de un café demasiado frío para su gusto. Sentado en una terraza de la desembocadura de la calle Montera en Gran Vía, observaba la agitación habitual de cualquier mañana en el corazón de Madrid. Ciudadanos camino a sus trabajos y jubilados apurando el paseo matutino previo al carajillo. Turistas despistados que tiraban de maletas. Un mendigo desaliñado sin ningún destino concreto, con la mirada perdida. Aquel era el único de toda esa fauna que realmente no tenía prisa. Chavales jóvenes con cortes de pelo estrafalarios, pantalones rotos y barbas largas y descuidadas a punto de llenar las grandes tiendas de moda. Modernos con pinta de indigentes e indigentes que vestían lo que tiraban los modernos. Al frente, el McDonald's más bello de Madrid, alojado en un edificio histórico desde principios de los ochenta, cuando sustituyó a una prestigiosa joyería. «No hay lugar más elegante para comer un bocadillo de carne picada», pensó el comisario.

Dio un nuevo sorbo al café y dejó de percibir aquella bulliciosa realidad para centrarse en todo lo que tenía entre manos. El imbécil de Cristóbal Ortega parecía haber mordido el anzuelo de su amenaza y no había vuelto a visitar X-Room. Madame Carmen ya le había adelantado su satisfacción al respecto, aunque no podía confiarse. Además, tenía otros asuntos que solucionar. Carlos Mir, a través de Gonzo, se puso en contacto con él tras la desaparición de Jacobo y Cristina Miller. A Manuel, el primero le daba igual. ¿Un ejecutivo soltero, adinerado y misterioso desaparecido durante unos días? Podía ser una juerga que se le fuera de las manos o un viaje a un destino exótico en el que perdiera el pasaporte. La investigación apenas había comenzado, pero Manuel pensaba que el caso de Jacobo se resolvería sin más. Sin embargo, el asunto de Cristina le preocupaba. Su experiencia le decía que una madre con una vida aparentemente ordenada no desaparece sin dejar huella de manera voluntaria.

Desde su silla en la terraza del bar, Manuel distinguió a un hombre con un carrito que caminaba con gesto plácido junto a su hijo recién nacido. «Los hombres de hace tres décadas no paseaban a sus bebés, ni esperaban a salir del metro para encender un cigarrillo, ni vestían un chándal, salvo cuando hacían deporte, ni mucho menos deambulaban de la mano de otro hombre con orgullo. Definitivamente el mundo ha cambiado», pensó el comisario mientras divisaba una mujer al volante de un autobús urbano y otra controlando los accesos de la imponente sede histórica de Telefónica.

A solo veinte metros del lugar donde saboreaba el café, divisó a varias prostitutas que esperaban a la clientela con ademán distraído, como si estuviesen allí de modo casual. Masticaban chicle y vestían ropa barata de forma provocativa, pero nada más allá de lo que pudiera verse con normalidad en chicas de su edad. Solo la actitud delataba su profesión. Un hombre mayor, que podría ser el abuelo de cualquiera de ellas, se acercó para iniciar el protocolo del sexo por dinero. Primero unas palabras de cortesía, luego una negociación rápida y finalmente un paseo furtivo hacia uno de los primeros portales de la calle del Caballero de Gracia, donde tendría lugar el servicio. Apenas diez minutos después, la chica volvía a su sitio y el hombre desaparecía con aire de evidente satisfacción. Y de nuevo otro cliente. Un chaval de escasos veinte años con pinta de educado adolescente universitario. Inició el contacto y desapareció en el mismo portal. «¿Se imaginará este chaval dónde han estado esos labios hace solo unos minutos?».

El comisario volvió a evadirse. Pensó en Américo y en todo lo que había tenido que hacer para quitarlo de en medio. No había sido fácil porque resultó ser un tipo astuto y creativo. Además, estaba completamente limpio. Por eso tuvo que actuar con contundencia: dos de sus hombres, un antiguo miembro de los grupos de operaciones especiales y un hacker, entraron en su casa y dañaron el disco duro del ordenador en el que previamente copiaron centenares de archivos con imágenes de contenido sexual con menores que habían confiscado a un pedófilo convicto. A partir de ahí, los acontecimientos hasta su detención se sucedieron muy rápido. Resolvió el encargo de Carlos con admirable solvencia, pero arruinó la vida de un inocente y su familia. Manuel tuvo remordimientos, pero le duraron poco tiempo, como un león que divisa el cadáver de su víctima con la barriga ya llena. Tenía sentimientos encontrados con aquellos altos ejecutivos que se comportaban como psicópatas. Por una parte, sentía admiración hacia su estilo de vida, su poder y su determinación. Por otra, sabía que todos ellos eran yonquis del trabajo que venderían a su madre a cambio de ventajas fiscales. Así que el remordimiento daba paso a una indiferencia que lo reconfortaba. Además, Manuel sabía que debía tener cuidado con Carlos Mir. «El objetivo que he eliminado era mucho menos peligroso que el que me ha contratado. Menuda paradoja», pensó el comisario.

El servicio con el chaval universitario fue incluso más breve que con el cliente anterior. Huyó de la zona con la misma actitud de satisfacción ante lo prohibido. La chica se unió de nuevo a la animada charla con el resto de las compañeras mientras se atusaba el pelo. Mascaba un chicle con energía, lo que hacía que los dos grandes aros que colgaban de sus orejas se moviesen con un ritmo hipnótico. A su lado, más turistas tiraban de maletas, más chavales con barba larga y un nuevo mendigo que recorría las terrazas pidiendo dinero, comida o un simple cigarrillo si no tenía suerte con nada de lo anterior. Una chica joven con vaqueros ajustados, un bolso enorme y una camiseta negra descaradamente transparente que marcaba la forma de sus pezones avanzó con paso ligero junto al grupo de prostitutas, que la miraron con arrogancia y sin ningún disimulo, como si se tratase de una competencia desleal que no querían ver en su lugar de trabajo.

El teléfono sonó con fuerza. Notó la vibración en el pecho. Un ligero escalofrío lo sacudió por dentro. Algo le hizo intuir que no serían buenas noticias. No se equivocaba: uno de sus hombres le confirmó la aparición de un cadáver flotando en la orilla de un embalse en medio de la nada.

—Por lo que hemos podido ver, el cadáver es de una mujer y encaja con la descripción. Parece que hemos encontrado a Cristina Miller.

—Joder… —gruñó el comisario al confirmar que todo se complicaba.

—La han machacado. El cuerpo presenta signos de violencia extrema. Los que le hayan hecho esto son unos putos animales. A ver cómo se lo contamos a la familia. Su marido está de camino al Anatómico Forense para el reconocimiento. Solo de pensar en lo que se va a encontrar ese pobre hombre me dan ganas de vomitar.

Manuel no pudo evitar pensar en Carlos y su narcisismo. Había estado tan centrado en el seguimiento de las últimas horas de Américo en libertad y en revolcarse en su propio éxito que no había echado de menos a su asistente en TelCom.

—Hay algo más. El cuerpo presentaba unos cortes grabados en el vientre, como si los hubieran trazado con un cuchillo. Una gran «x» en el centro y alrededor unas letras: SODS. ¿Sabes qué puede significar?

—Ni idea... —confirmó el comisario.

—El forense nos podrá dar más información.

Manuel colgó entre maldiciones. Dos desapariciones simultáneas con un vínculo laboral tan cercano resultaban inquietantes, sobre todo después de la detención de América. Aquello no podía ser casualidad. ¿Dónde estaba Jacobo? ¿Descubrirían un nuevo cadáver en las próximas horas?

Observó el bullicio de la Gran Vía. El móvil vibró de nuevo con la llegada del mensaje que esperaba, se levantó y se alejó. Su taza ya estaba vacía desde hacía rato.

El tráfico era cada vez más denso. Esperó pacientemente a que el semáforo tornara a verde y cruzó la Gran Vía justo delante de dos chicos asiáticos muy jóvenes al volante de un Mercedes de cien mil euros; esa tercera generación de chinos, completamente integrados en España, que disfrutaban sin complejos lo conseguido por sus padres y sus abuelos a base de trabajo y esfuerzo. Un hombre que fumaba en pipa con barba densa, gorro de marinero y un chubasquero se cruzó con el comisario. Parecía que se acababa de trasladar, como por arte de magia, desde un mercante en medio del Atlántico hasta el centro de Madrid. Caminó unos metros por Gran Vía mientras unos turistas cogían un taxi cargados de bolsas y grandes vasos de Starbucks. «No entiendo el turismo. Vienen de tan lejos para beber el mismo café que encuentran en su barrio. Deberían tomarse un carajillo», reflexionó el comisario.

Giró por la calle Valverde en dirección a Desengaño, la oscura travesía que transcurría paralela a cincuenta metros de la Gran Vía donde todo olía a orina. La calle estaba sucia y descuidada, con aceras inmundas que nadie arreglaba. Y, de nuevo, más prostitutas. Pero no eran jóvenes sobre sorprendentes tacones de aguja, sino señoras que ejercían desde hacía cuatro décadas y transexuales destruidos por las drogas que acabaron sentados en aquella calle mugrienta pidiendo limosna u ofreciendo una mamada de saldo al precio que les quisieran pagar. A su lado, un sórdido *sex shop* ofrecía decenas de objetos para todos los orificios, por si algún cliente quería completar el servicio con un extra de fantasía. Grandes puertas metálicas mostraban carteles de NO BLOQUEAR. SALIDA DE EMERGENCIA, que a duras penas sobrevivían entre desconchones y pintadas. Eran las salidas de las prestigiosas tiendas que lucían orgullosas en Gran Vía y conectaban sus trastiendas con Desengaño. Si la anunciada emergencia se convirtiese en realidad, los distinguidos clientes serían transportados al submundo de Madrid. Del cielo al infierno por culpa de una emergencia.

El comisario continuó su paseo hasta el final de la calle Desengaño por la plaza de la Luna. A su derecha, la iglesia de San Martín ofrecía auxilio espiritual a todo aquel que fuese capaz de despegarse de los miles de estímulos visuales de la zona. Dos grandes columnas delimitaban la puerta de acceso coronadas con pinchos metálicos de gran tamaño para que no se posasen las palomas, lo que otorgaba un aspecto realmente perturbador al conjunto.

Tras cruzar la plaza, el comisario se incorporó a la calle Tudescos. Sus pasos transcurrieron sobre la gran placa de bronce situada sobre el pavimento que anunciaba la entrada a la «umbraesfera» de Kcymaerxthaere, para llegar finalmente a la puerta del hotel donde le había citado Sofía Labiaga, la consejera de Infraestructuras de la Comunidad de Madrid. No se conocían, pero el comisario sabía que era una mujer conectada con la política y la empresa, con buenos contactos en el CNI y que ejercía de recaudadora para el Partido. También sabía que no podía fiarse de ella.

Intuía el motivo de aquella intrigante cita en un hotel de segunda, cuya dirección exacta le había llegado en un mensaje al móvil unos minutos antes. Los medios informaban de la catarata de malas noticias alrededor de TelCom: la detención de Américo y las desapariciones de Jacobo y Cristina. Algunos periódicos hablaban incluso de la «maldición de TelCom». Las presiones para aclarar aquel misterio habrían llegado hasta la Consejería y suponía que Sofía quería transmitirle las prisas para resolverlo y conminarlo a que le adelantara cualquier información que obtuviera. Tendría que contarle que Cristina ya había aparecido, aunque no le iba a gustar el cómo.

Si el asunto ya era complejo de por sí, tendría que lidiar con el hecho de trabajar para tres clientes simultáneos con intereses bien distintos. Carlos y su obsesión por mantener el control de TelCom en su recién estrenada presidencia. Sofía y su intento de anestesiar a la prensa para continuar de forma discreta su negocio de recaudación. Y los familiares de los afectados que reclamaban respuestas.

Aunque sabía que aquella cita no sería fácil, el comisario contaba con apuntarse un buen tanto de última hora. Hacía poco había llegado a sus manos un vídeo de un altísimo valor. Una pelea de bar entre borrachos captada en una cámara de videovigilancia que bien podría haber pasado desapercibida, como algo meramente anecdótico, la rutina de cualquier bar de copas. El atractivo de aquel vídeo residía en que uno de los participantes era un alto cargo del Partido.

El comisario sabía que Sofía mantenía un trato tormentoso con él, así que decidió cedérselo como regalo de buena voluntad para arrancar su nueva relación. Era muy probable que en el futuro tuviera que recurrir a ella con asuntos engorrosos y quería tenerla de su parte desde el primer momento. Sofía era un activo muy importante y aquel vídeo que iba a regalarle sin pedir nada a cambio, su mejor carta de presentación.

Subió las escaleras y un empleado del hotel le señaló con la mano una de las puertas laterales. Allí lo esperaba Sofía, con sus maneras exquisitas y el encanto personal propio de una política a la que le gustaba gustar.

—Comisario Villacampa, muchas gracias por acudir a la cita.

—León, lo siento mucho. No lo vimos venir. Por más que lo pienso, no sé cómo pudo ocurrir.

León Marco-Treviño observó a su acompañante con gesto severo. Dio un trago a la copa situada frente a él e ignoró el comentario que acababa de escuchar.

—¿Sabes que este hospital lo construyó mi abuelo? —preguntó sin esperar respuesta—. Fue el jefe de obra. Trabajó junto con el arquitecto Palacios. Lo hicieron por encargo del influyente doctor Egaña, que quería tratar aquí a tuberculosos de familias adineradas. Se inauguró en 1921. Después de unos años de esplendor, el hospital entró en decadencia, pero lo recuperó la Seguridad Social en los ochenta. Invirtieron mucho dinero para salvarlo. Tuvimos que apretar a algunos contactos para que no acabara en ruinas.

León estaba sentado en el gran salón de la planta baja del hospital La Fuenfría. Se llegaba hasta él por una carretera estrecha y angosta que atravesaba un imponente bosque de pinos centenarios. El hospital se encontraba literalmente en medio de la nada. Podría parecer que aquel edificio de cuatro plantas estaba en un lejano bosque escandinavo, pero la realidad era que se situaba a solo cincuenta kilómetros al noroeste de Madrid, en la localidad turística de Cercedilla. Aquel salón, al que se accedía a mano derecha tras pasar la recepción, había permanecido prácticamente sin cambios durante un siglo. Aunque el edificio se había remodelado y ofrecía la habitual apariencia blanca y aséptica de cualquier hospital. El gran salón de la planta baja conservaba el mismo aspecto de sus años de esplendor y ejercía un extraño efecto de salto en el tiempo para cualquiera que se sentara en uno de sus sillones. En el techo había lámparas de cristales de dos metros de altura. Dos vitrinas clásicas situadas en las esquinas del salón exponían medicamentos de los años veinte y treinta como Venocaína o la llamativa caja de la Embrocación Hércules. También mostraba equipamiento de la época: un microscopio Zeiss, un manómetro Sklar, un electrocardiógrafo Logos y hasta un proyector de cine de 16 milímetros Debrie. Cinco pares de enormes columnas blancas conformaban el pasillo central. Los espacios delimitados entre las columnas actuaban a modo de pequeñas salas. En la segunda a la izquierda había una chimenea de granito de grandes proporciones, y en la cuarta, un piano de cola marrón miel.

—Justo detrás de esa chimenea está el depósito de cadáveres. Es realmente inquietante estar aquí sentado tomando un coñac sabiendo que a solo unos metros hay varias personas muertas sobre camas de acero. ¿No te parece?

León señalaba la monumental chimenea clásica que presidía la cara norte del salón. Medía cinco metros de altura y estaba construida en granito. En la parte alta había un escudo con un oso y un madroño. Los laterales de la chimenea estaban azulejados en azul oscuro brillante con dos escudos de armas en su parte central, rodeados por cenefas cobrizas. A la izquierda, un águila bicéfala y los emblemas de Castilla y León. A la derecha, el escudo de los Reyes Católicos con el lema «Tanto monta», el yugo con la cuerda suelta de Fernando y el haz de flechas de Isabel. Solo había un detalle que desentonaba en el conjunto: la cabeza del águila de san Juan, que servía como soporte, apuntaba hacia el lado contrario.

—Mi abuelo se tomó algunas licencias creativas en este lugar para compensar el hecho de que le obligaran a instalar una capilla escondida al fondo del gran salón. Estaba regañado con la fe y no entendía esa necesidad de mezclar ciencia y espíritu. Por eso presidió los jardines del hospital con una escultura de un gran macho cabrío. ¡El anticristo! O añadió detalles más sutiles que han pasado desapercibidos durante años, como la cabeza invertida del águila de los Reyes Católicos.

León apuntaba hacia los distintos lugares que describía mientras el hombre sentado a su lado no podía disimular las expresiones de sorpresa. Dos médicos aparecieron por el pasillo central camino de la cafetería y saludaron a León con la mano, que les correspondió con un ligero movimiento de cabeza.

—Ya no quedan lugares como este. Ahora todo es asquerosamente funcional. Este hospital es la prueba de que lo pragmático no está reñido con lo sublime. ¿Dónde ha quedado el interés por la belleza?

El acompañante se encogió de hombros mientras observaba los detalles del salón.

—No podemos dejar que nos presionen —dijo León de repente volviendo al tema que los había obligado a reunirse con prisas en aquel extraño y discreto lugar—. Deben saber que lo que han hecho es muy grave. Han llegado demasiado lejos. Tiene que haber consecuencias.

—Queda muy poco para la celebración. Los hermanos preguntarán qué ha pasado y tenemos que saber qué vamos a decir. Hay que tomar una decisión.

León recuperó el gesto oscuro. Dio un nuevo trago a la copa mientras su mirada parecía indicar que meditaba la respuesta. Pero en realidad no necesitaba tomar ninguna decisión. Ya la había tomado. Simplemente dejó que sus labios pronunciasen las palabras:

—Mátalos a todos.

El comisario Villacampa llegó el primero. Se sentó y desplegó los papeles encima de la mesa que ocupaba gran parte de la sala. No tenían una pizarra donde situar las fotos y los documentos, ni mucho menos un proyector con el que compartir las imágenes. A pesar de que la Comisaría Norte era de las más grandes de Madrid y una de las que más asuntos resolvía, los continuos recortes de presupuesto habían dejado las instalaciones anticuadas y sin medios. La sala era modesta, apenas una mesa y un montón de sillas descabaladas con múltiples mellas del paso del tiempo. En las paredes había varios pósters sujetos con chinchetas. Uno de ellos se había despegado de una de las esquinas superiores y se retorcía formando una espiral. Las ventanas de aluminio no cerraban bien y el aislamiento acústico era escaso. El ruido del tráfico del exterior entraba a través de ellas como si no hubiera cristales. Afortunadamente la calle a la que daban tenía poco tráfico.

El comisario se sirvió una taza de café y esperó paciente mientras ojeaba la documentación. El subinspector Cristóbal Ortega llegó a la sala junto con Ágata Mox, una joven investigadora que no llevaba mucho tiempo en la Comisaría Norte. Aun así, había conseguido ganarse el respeto de todos. Tenía una estatura media y un cuerpo tan fuerte como el de cualquiera de sus compañeros: espalda ancha, piernas musculosas y unos brazos esculpidos a base de gimnasio. Podía desenvolverse como cualquier policía varón en aquellos momentos en los que el físico era importante. Había detenido a hombres violentos y participado en persecuciones por las calles de Madrid, intimidando a atracadores agresivos. La fortaleza física de Ágata era incuestionable. Además, había estudiado criminología y tenía muy buena cabeza.

Ortega sirvió dos cafés y extendió uno de los vasos a Ágata, que ya estaba sentada a la mesa. Dejó caer sus más de cien kilos sobre una silla que crujió bajo su peso. Abrió un cuaderno que llevaba bajo el brazo y buscó la primera hoja en blanco.

—Ortega, ¿qué tenemos del caso de Jacobo? —preguntó el comisario, empezando la reunión de seguimiento.

—Poca cosa. El aviso de la desaparición lo dieron las personas de su equipo en TelCom, porque hacía dos días que no iba a la oficina y su móvil estaba apagado. Uno de ellos llamó a Recursos Humanos para preguntar si sabían algo. Como no tenían noticias, dieron aviso al departamento de seguridad de TelCom. Esto fue el lunes temprano. Unas horas después, el marido de Cristina llamó para preguntar si sabían algo de ella porque no había regresado a casa esa noche. Gonzalo Salazar, el jefe de seguridad de TelCom, se encontró de golpe con las dos desapariciones y nos llamó.

Ortega hizo una pausa para beber café y aclararse la garganta con un pequeño gruñido más gutural de lo que hubiera querido.

—La cosa es que Jacobo vivía solo. Nadie lo echó de menos hasta que avisaron los tíos que trabajan con él. ¡Tiene cojones que echaran de menos al jefe! —bromeó e hizo una mueca con los labios—. El móvil llevaba apagado muchos días y en su casa nadie cogía el teléfono fijo. Pasé por su domicilio y más de lo mismo, nadie contestó. Hablé con los vecinos y las palabras más repetidas eran «es muy reservado», «es muy educado» y «todo muy normal». Así que está claro que no dejó una gran impresión en el vecindario.

—¿Amistades? ¿Pareja? ¿Hábitos? —preguntó Ágata.

—No recibía visitas, no hacía fiestas, nunca lo vieron con nadie. No tenía novia ni perro ni gato ni nada. Trabajaba mucho. Salía muy pronto por la mañana y volvía tarde por la noche. Vida monacal. Viajaba a menudo por trabajo, salía con una maleta pequeña y tardaba varios días en volver. Por eso a ningún vecino le pareció raro que nadie lo hubiese visto en días.

—¿Sabes si alguien limpiaba en su casa? —insistió Ágata.

—¡Ya lo había pensado! —respondió Ortega con la satisfacción de estar por delante de su compañera—. Ningún vecino me lo ha podido confirmar, pero todos estuvieron de acuerdo en que nunca vieron a nadie entrar o salir. Ya sé que suena raro, pero este tipo, aunque fuese un directivo que ganaba una pasta, se pasaba la fregona en su propia casa. Quizá era un tacaño de cojones.

—Puede ser que no quisiera que nadie viese lo que tiene dentro —apuntó el comisario—. No es normal que alguien sea tan cuidadoso con su privacidad si no tiene cosas feas que ocultar.

—A lo mejor era un tipo asocial que no se trataba con nadie. El típico obseso del trabajo sin vida personal —propuso Ágata.

—La única persona que me dio un poco más de información fue su hermana Teresa —continuó Ortega—. Para ella era normal que su hermano desapareciera durante varios días. Me confirmó que viajaba mucho por trabajo y que en algunos países dejaba el teléfono desconectado. Al principio de la conversación estaba muy tranquila. Me dio la impresión de que quería normalizar el hecho de que su hermano desapareciera unos días, como si quisiera ocultar algo. Quizá solo pretendía defender a su hermano. Luego pareció meditarlo más y mostró inquietud. Desde luego, a mí la primera reacción no me pareció propia de alguien cuyo hermano ha desaparecido. Teresa confirmó lo que ya nos adelantaron los vecinos: su hermano era muy reservado. Trabajaba mucho. No tenía problemas con nadie. No tenía novia. Bueno…, sobre este tema me comentó que ella siempre le había insistido en que debía bajar el ritmo de su trabajo porque le exigían demasiado, que tenía que dedicarse más a él mismo porque se le acababa el tiempo para formar una familia. Parece que Teresa quería unos sobrinos que Jacobo no estaba dispuesto a darle. Es significativo que Teresa no haya estado nunca en su casa. Sabía dónde vivía, pero todavía no lo había visitado.

—Parece que encaja con lo que contaban los vecinos, nunca vieron a nadie entrar con Jacobo. No llevaba mucho tiempo viviendo allí, pero el suficiente para que su hermana lo hubiese visitado —añadió Ágata revisando los informes.

—La excusa de Teresa es que siempre estaba muy ocupado y que entre los horarios de los niños y los viajes de Jacobo, nunca llegaron a concretar una visita. ¿Hasta qué punto es normal que tu hermana que vive a veinte minutos no vaya a verte? —preguntó Ortega sin mirar a nadie en concreto y sin esperar que le diesen una respuesta.

El comisario Villacampa, que había escuchado los comentarios de sus colaboradores, tomó por fin la palabra.

—Tenemos que entrar en su casa.

—A lo mejor lo encontramos tirado en su cama muerto de sobredosis —propuso Ortega.

—No sería el primero —asintió el comisario—. Lo que no me encaja es tanta obsesión por la privacidad. En fin, entremos en su casa y a ver qué encontramos. Pediré una orden.

—¿Alguna novedad con la muerta? —preguntó Ortega.

—El informe preliminar del forense confirma que murió por parada cardiorrespiratoria después de un maratón de sufrimiento. La machacaron a base de golpes. También confirma que no hubo agresión sexual de ningún tipo. Parece que la ataron a una silla y la sometieron a todo el sufrimiento del que fueron capaces hasta que murió —respondió el comisario.

—Qué hijos de puta… —susurró Ágata con la mirada perdida.

—En el embalse donde apareció no hemos encontrado nada útil. Está claro que la torturaron en otro sitio y la trasladaron.

—¿Y las inscripciones del vientre? ¿Alguna pista de qué coño significan? —preguntó Ortega.

—Se realizaron *post mortem* —confirmó el comisario.

—Le he dado muchas vueltas al significado de esas letras, pero no he conseguido nada concreto —contestó Ágata—. SODS podría corresponderse con algún significado técnico como Space Operation and Data System o Service Order Download System. No quiero descartarlo puesto que Tel-Com es una empresa tecnológica y quizá pueda haber alguna relación. También podría significar Saskatoon Open Door Society.

—¿Y qué coño es eso de «Saskatoon»? —preguntó Ortega.

—Lo busqué en Google. Saskatoon es una ciudad de Canadá —contestó Ágata.

—No le veo ninguna relación, la verdad. No parece que vayan por ahí los tiros —comentó Ortega.

—Los británicos también usan el término *sods* para referirse a los sodomitas de manera despectiva —continuó Ágata—. Quizá por aquí podríamos tener algo.

—Pero hemos dicho que no hubo agresión sexual —recordó el comisario—, así que no veo yo a un grupo de sodomitas secuestrando a esta mujer para molerla a palos y luego reivindicar su condición de desviados con unos cortes en el vientre. No encaja.

—La verdad es que no hay por dónde cogerlo —confirmó Ortega cansado.

—También planteé que SODS podía ser simplemente el plural de SOD. El problema es que aquí las siglas se multiplican.

Ágata buscó una hoja entre la documentación que había traído el comisario y señaló con el dedo sobre ella.

—Hay docenas de significados para las siglas SOD: Separation Of Duties, Summary Of Departures, Service Output Demand... Cuanto más busco al respecto, más encuentro, pero nada concreto de lo que podamos tirar. Tenemos hasta una banda de heavy metal americana que se llama SOD. Ellos lo traducen como Stormtroopers Of Death.

—Creo que nos estamos alejando demasiado del tema —añadió Ortega pensativo—. ¿Y si lo filtramos a la prensa? Quizá nos ayuden a apuntar en la dirección correcta.

—¡Ni hablar! —zanjó el comisario—. De momento debemos mantener este detalle en absoluto secreto, así que, por favor, que no salga de aquí. No quiero que se especule en los periódicos. Les encantan este tipo de historias morbosas: la policía no es capaz de descifrar los mensajes que les envía un asesino a través de sus víctimas. No nos ayudaría en nada.

—Tienes razón —reconoció Ortega—. Por cierto, ¿alguna relación con Jacobo? No puedo creer que ambos casos no estén conectados. No puede ser casualidad.

—De momento ninguna, más allá de que trabajaban en la misma empresa. Hemos confirmado que se conocían, pero no tenían relación directa. Cristina era la asistente de Carlos Mir, el jefe de Jacobo. Supongo que se verían cada vez que Jacobo viera a Carlos, pero no tenemos constancia de que la relación fuese mucho más allá. En cualquier caso, la coincidencia temporal es muy sospechosa. No creo que tardemos en encontrar pistas que relacionen ambos casos —expuso el comisario.

—¿Y el marido? —volvió a preguntar Ortega.

—No hay motivos para sospechar —apuntó el comisario—. Hablamos con él y todo parecía encajar. Estaba hundido y su dolor parecía sincero. Llamó a emergencias a primera hora de la mañana, cuando despertó y vio que su mujer no había regresado. También empezó las gestiones con TelCom para preguntar si sabían algo de ella, puesto que a veces los compromisos de su jefe la obligaban a tener horarios un tanto raros. Nos dijo que había quedado con una amiga para salir, pero hemos hablado con ella y nos ha confirmado que no sabía nada de ninguna cita.

—¡Un momento, esto cambia las cosas! —interrumpió Ortega—. Huele a aventura extramatrimonial que salió mal.

—Podría ser —respondió Ágata pensativa.

—¿Y si el supuesto amante era Jacobo? ¿Y si su relación en la oficina había llegado a algo más que cerrar reuniones con el jefe? La cosa se les fue de las manos y acabó mal. Jacobo se arrepintió de lo que hizo y huyó. Tiene mucho dinero y contactos por sus viajes de trabajo, así que podría estar en cualquier parte del mundo —teorizó Ortega mientras los demás escuchaban con interés su hipótesis—. Y no nos olvidemos del cabrón pedófilo que detuvimos hace un par de semanas.

El pulso del comisario se aceleró. No quería que surgieran las conexiones con el caso de Américo. Por eso no había contado que la amiga con la que supuestamente había quedado Cristina fue asistente de Américo unos años atrás. Solo él sabía que Américo no tenía nada que ver con las desapariciones, pero no podía compartir los motivos de su información.

—¿Y si hubiesen descubierto la afición de Américo y este hubiese actuado contra ellos? —preguntó Ágata.

—Entonces habrían desaparecido antes de que lo hubiésemos detenido —contestó el comisario para abortar esa línea de investigación.

—Pudo dejar instrucciones de que se actuase contra ellos en caso de que le pasara algo —propuso Ortega—. Su entrada en prisión provocó la venganza. La forma en la que murió Cristina recuperaría su sentido. Si estamos en lo cierto, es muy probable que entremos en casa de Jacobo y nos lo encontremos muerto a base de hostias.

—Tenemos que entrar en casa de Jacobo. Hasta entonces todo son conjeturas que no llevan a ninguna parte.

—Creo que nos equivocamos —añadió Ágata disconforme—. Si estáis en lo cierto, ¿por qué salió Cristina el domingo por la tarde engañando a su marido? ¿Para quedar con un sicario que la torturaría por orden de Américo? ¿Y qué coño significan las dichosas siglas del vientre? Nada encaja.

—Vayamos paso a paso —contestó el comisario para poner un poco de orden en aquella maraña de datos inconexos—. Registremos la casa de Jacobo y quizá encontremos la conexión.

Ágata Mox conducía despacio hacia su casa. Después de la reunión de seguimiento decidió que se tomaría el resto de la tarde libre. Quería madurar todo lo que habían hablado y, para ello, unas horas de desconexión le vendrían bien. Uno de sus antiguos profesores de criminología le explicó diversas técnicas de creatividad que siempre se resumían en lo mismo: alimentar la cabeza con los antecedentes del problema que se quiere resolver y dejar que la mente se distraiga con otras cosas. Las soluciones llegarían en momentos de asueto, cuando el cerebro estableciese nuevas conexiones y perspectivas. Las ideas surgirían entonces a borbotones, como el agua que se escapa de una tubería rota. Lo que Ágata tenía claro es que encerrarse en una oficina rodeada de papeles solo serviría para alimentar un bucle del que poco se podía esperar.

Madrid estaba especialmente oscuro. Había llovido por la mañana, pero el cielo seguía encapotado y el viento hacía que la sensación térmica fuese muy desagradable. La gente caminaba apresurada por la acera, como si trataran de huir de la ciudad. Detenida en un semáforo, Ágata se fijó en un hombre alto con gabardina que luchaba para que el viento no se llevara su sombrero mientras cruzaba la calzada. Finalmente, un golpe de aire rebelde se lo arrebató. Ágata no pudo evitar sonreír mientras intuía las blasfemias que salían de su boca al perseguir el sombrero arrastrado por el suelo húmedo y sucio del paso de cebra. El semáforo se puso en verde, pero esperó unos instantes para que el hombre pudiese regresar con el sombrero en la mano.

Agradeció llegar a casa en aquella jornada tan desapacible. Abandonó el coche con celeridad y corrió a refugiarse en el portal. Ante las inclemencias del exterior, la modesta entrada de su casa le pareció calurosamente acogedora. Comenzó a subir las escaleras mientras pensaba que su pareja ya habría llegado a casa. Era su hora. Siempre llevaba horarios estrictamente regulados, al contrario que ella, cuyo trabajo hacía saltar por los aires cualquier intento de mantener sus costumbres bajo control.

Cruzó el umbral de la puerta y le sorprendió oír el susurro uniforme del agua en la ducha. La idea de meterse en agua muy caliente le pareció insuperable y no dudó. Se desnudó y entró sigilosa en el baño. El ambiente estaba tan cargado de humedad que convertía el espejo en un velo gris sin reflejo. El cristal traslúcido de la mampara estaba lleno de gotas que descendían lentamente, sometidas a la gravedad. A través de ella intuyó la forma de un cuerpo con las manos sobre la cara y la cabeza completamente sumergida bajo el chorro de agua. Disfrutaba de la sensación de calidez sin ser consciente de la llegada de Ágata.

Observó con admiración su cuerpo desnudo y mojado. Esperó en silencio unos instantes y pensó que aquella mujer era lo más bonito que había conocido nunca. Amaba su pelo largo, sus labios sensuales, su cuello delgado y elegante, sus pechos pequeños y su vientre firme. Observó que en la espalda y en el pelo le quedaban restos de espuma, así que alargó la mano y la tocó suavemente. La mujer dio un respingo y un grito ahogado. No esperaba visita. Su reacción hizo que se volviera agresivamente mientras se sacudía el agua de la cara. Sus ojos perdidos entre el agua caliente recuperaron la visión y captaron el cuerpo desnudo de Ágata. Se asustó, pero no dijo nada. Solo la observó un instante antes de maldecirla. Luego la cogió por las manos, la metió bajo el agua y la besó en la boca. El cuerpo de Ágata recuperó el calor que había perdido durante el camino a casa y no pudo evitar embriagarse con los abrazos, los besos en el cuello, las manos que le acariciaban la espalda y la lengua que recorría las formas de sus pechos húmedos y duros.

Ramiro estaba hundido, muerto en vida. Estaba obsesionado con intentar entender qué había podido ocurrir con Cristina, su mujer. Eran una pareja modélica. Todos sus amigos lo decían. Lo suyo había sido una historia de amor a primera vista. Llevaban toda la vida juntos. ¿Cómo se iba a recuperar de aquello? No sabía vivir sin ella. ¿Y los niños? ¿Cómo les explicaría que su madre nunca volvería?

Aturdido, se levantó de la silla e intentó hacerse una infusión de valeriana. Recordaba que era lo que Cristina le preparaba cuando se sentía inquieto. Puso el agua a hervir y registró torpemente los armarios de la cocina, pero no encontró el bote donde ella guardaba con mimo todas las infusiones. Rompió a llorar. Lo había hecho muchas veces en las últimas horas. Todavía estaba calculando la dimensión de lo que se le venía encima, lo que suponía la nueva vida que empezaba en aquel momento.

Finalmente encontró el bote. Buscó entre las distintas cajas la infusión de valeriana y la introdujo nervioso en la taza de agua hirviendo. Observó el humo blanco que ascendía mientras el agua se volvía dorada. Esperó unos instantes. Se acercó la taza despacio y sopló sobre la superficie antes de mojar los labios por primera vez.

La infusión de valeriana hizo su efecto poco a poco y las lágrimas dejaron de fluir. Sabía que tenía pendiente buscar algunos documentos de Cristina que le había pedido la policía. También necesitaba regularizar la situación en su banco. Fue a la habitación y abrió uno de los cajones en los que Cristina guardaba el pasaporte y varias carpetas con documentación. Ramiro se sentía extraño rebuscando entre las pertenencias de su mujer. Le daba la sensación de estar espiándola, pero ella ya no vendría nunca a comprobarlo. Todavía no se había hecho a la idea de que Cristina no volvería a cruzar el umbral de la puerta y, mucho menos, a comprobar si el cajón estaba como lo dejó.

Después abrió el armario. Allí estaba toda su ropa. ¿Qué se suponía que tenía que hacer con todo aquello? Quizá no debería conservarlo porque, cada vez que abriera el armario, sería un doloroso recuerdo de lo sucedido, como una daga que se clava una y otra vez. Pero no estaba preparado para deshacerse de todo. Aún no.

En la parte baja había varias cajas. Eran de tamaño medio y algunas tenían motivos publicitarios. Otras estaban forradas de papeles de llamativos colores. No tenía ni idea de qué contenían. Aquello era territorio íntimo de Cristina. Cogió la primera y la abrió. Dentro había un sombrero con un bonito tocado en la parte frontal. Ramiro lo recordaba bien. Cristina lo reservaba para las citas en las que tenían que vestir elegantemente. La última vez que se lo puso fue en la boda de su hermana. Estaba preciosa. Con el recuerdo de aquel día en su cabeza cerró la caja. Abrió la siguiente y encontró varios bañadores perfectamente doblados. Abrió una tercera y encontró algo que lo dejó desconcertado. Había billetes. Muchos billetes. Fajos de cincuenta y cien euros cogidos con gomas. La caja estaba llena.

Ramiro se quedó estupefacto. No tenía ni idea de dónde había salido aquello. No podía creer que Cristina guardase en aquella caja, tan a la vista, semejante cantidad de dinero y nunca le hubiese dicho nada. ¿De dónde había salido aquel dinero? Cristina no tenía más actividad que su trabajo en Tel-Com. ¿Lo habría dejado allí para que fuese fácil encontrarlo? Eso implicaría que lo que le había pasado a Cristina no era casual. Quizá fuese la clave que resolviese lo sucedido. ¿Cristina murió por aquel dinero?

Se dejó caer en la cama abrazado a la caja y decidió que aquel descubrimiento no podía compartirlo. Y mucho menos con la policía.

12

Vía muerta

La puerta cedió con un leve crujido metálico. El técnico encargado de abrirla se echó a un lado y permitió la entrada de los tres policías. Solo hacía unas horas que el juez había autorizado el acceso a la vivienda de Jacobo Valadares.

El primero en entrar fue Cristóbal Ortega. Estaba oscuro. Apenas se intuían paredes y formas. Al fondo vio que las persianas permanecían bajadas. Intentó dar la luz, pero el interruptor parecía no responder. Sacó una linterna de un bolsillo interior y buscó el cuadro eléctrico de la casa. Lo encontró oculto tras un cuadro de madera y conectó los interruptores que permitieron que la electricidad volviese a la casa. En ese momento, el comisario Manuel Villacampa y Ágata Mox entraron para ayudar con el registro.

—Parece que no huele a muerto —dijo Ortega dirigiéndose a sus compañeros—. Aquí no vamos a encontrar a nadie.

Ágata respiró tranquila. No le hacía gracia encontrarse un cadáver destripado en la bañera o un cuerpo cosido a puñaladas en la cama. Más allá de la sangre o las vísceras, lo que le causaba un gran desasosiego era la expresión de dolor de las víctimas, su rictus final, la contracción de sus labios, los ojos anormalmente abiertos con el reflejo del sadismo del asesino que acabó con ellas. Esas expresiones de terror la perseguían durante días. Quizá era lo que más le había costado superar en su carrera como investigadora. Incluso llegó a dudar de su elección profesional, a pesar de todo lo que había luchado para convertirse en policía.

Mientras Ágata levantaba las persianas para permitir que la luz llegara a todos los rincones de la casa, Ortega y el comisario Villacampa hicieron una revisión rápida de las estancias para confirmar que Jacobo no estaba en casa. Ni vivo ni muerto. Después procedieron a revisar con más detalle cada estancia.

La puerta principal daba acceso al salón, que tenía integrada la cocina, separada por una pequeña barra. En el centro había un gran sofá en tonos claros y una mesa baja de madera. Al fondo, un televisor enorme y varios equipos de vídeo y audio. Las paredes eran de un blanco intenso que contrastaba con las puertas de los armarios de la cocina, de un tono azulado brillante. Una reproducción de gran tamaño de *In the Car*, de Roy Lichtenstein, aportaba el único punto colorista al conjunto. Tras el sofá, en la pared más cercana a la puerta de entrada, había tres retratos fotográficos en blanco y negro lujosamente enmarcados. Ágata se acercó a verlos en detalle. No eran reproducciones compradas en un centro comercial. Las fotografías estaban firmadas y seriadas. Dos de ellas mostraban a hombres en actitud claramente reflexiva. El tercero era de una mujer con una expresión extraña, con la mirada perdida y la boca ligeramente abierta, como si acabase de ver algo inédito y no hubiese tenido tiempo de reaccionar. Su cara estaba muy arrugada y tenía el pelo revuelto.

Desde el salón se accedía al baño, de líneas rectas y minimalistas. Una puerta corredera de metacrilato y acero lo separaba del salón. En al lavabo y en la ducha, Ágata confirmó que Jacobo vivía solo: un cepillo de dientes, un peine, un bote de champú. Ningún vestigio de que compartiera aquel baño con otra persona.

Frente a la cocina y a través de un arco, Jacobo había situado su despacho. Sobre una moderna mesa de oficina había un ordenador portátil conectado a un enorme monitor auxiliar, un teléfono inalámbrico y varios libros perfectamente ordenados de mayor a menor tamaño formando una torre. Un bote con bolígrafos completaba el conjunto. La mesa estaba anormalmente vacía para su tamaño.

Ágata revisó los títulos pero no reconoció ninguno: algunos libros de autoayuda sobre liderazgo e innovación, otros de economía y una única novela que destacaba entre el resto: *La insoportable levedad del ser*, de Milan Kundera.

—«Extraordinaria historia de amor, o sea de celos, de sexo, de traiciones, de muerte y también de las debilidades y paradojas de la vida cotidiana» —leyó en voz alta Ágata en la contraportada del libro de Kundera.

—A ver si esta novela nos va a dar más pistas que el resto de la casa —bromeó Ortega.

Desde el despacho, una puerta daba acceso al único dormitorio de la vivienda, cuyo espacio principal lo ocupaba una cama de matrimonio con dos mesillas de noche. Ágata se acercó a revisar el contenido de los cajones y volvió a constatar que Jacobo vivía solo. Una de las mesillas estaba completamente vacía. La otra guardaba calcetines, ropa interior y varios medicamentos: ibuprofeno, paracetamol y gotas para la nariz. Nada especial. Un despertador y algunos libros más, junto a un flexo de acero, completaban los enseres sobre la mesilla.

El otro protagonista del dormitorio era un armario de grandes dimensiones. Abrió las puertas y encontró mucha ropa: trajes, camisas, pantalones vaqueros y un zapatero donde se almacenaban perfectamente colocados cerca de cuarenta pares de zapatos y zapatillas. Toda la ropa parecía de calidad. Las camisas estaban planchadas y listas. Las americanas colgaban de perchas especialmente anchas que mantenían la forma de las hombreras. Una colección de varias docenas de corbatas descansaba sobre una barra, ordenadas por colores.

Y de nuevo ningún vestigio de que allí habitara otra persona además de Jacobo.

Tras el repaso concienzudo de las estancias, los tres policías se reunieron en el salón.

—Aquí no hay nada —dijo Ágata.

—Por no haber, no hay ni polvo —confirmó Ortega.

—¿Os habéis fijado en que no hay ni basura en la cocina ni papeles en el despacho? —comentó Ágata—. No sé qué opináis, pero parece que Jacobo se marchó dejando todo perfectamente ordenado.

—Dejó el cuadro eléctrico apagado. Está claro que se marchó con la intención de estar un tiempo fuera —añadió Ortega.

—Tiene dos maletas vacías en el altillo del armario del dormitorio. Así que parece que salió con poco equipaje. Si no llevaba maleta, resulta obvio que no pensaría ausentarse mucho tiempo. Quizá se llevó una mochila con algo de ropa.

Ágata se acercó al despacho y cogió el ordenador portátil.

—Nos llevamos el ordenador. Aunque viendo cómo está el resto, mucho me temo que no vamos a encontrar nada.

—Es evidente que se trata de un puto obseso del orden —comentó Ortega—. Este nivel de pulcritud no es normal, ¿no os parece? ¿Cómo se llama esa obsesión por limpiar?

—¿Te refieres a un TOC? Trastorno obsesivo-compulsivo por la limpieza —contestó Ágata dejando claro su conocimiento teórico sobre la materia.

—A eso me refería.

—Cuando pega fuerte, es un trastorno severo que afecta muy negativamente en las relaciones. Se pasan el día dominados por el pensamiento de que todo está sucio y dedican horas a limpiar. Se entregan a la limpieza hasta que caen exhaustos. Y al día siguiente más de lo mismo. Esto explicaría por qué Jacobo no recibía visitas y no tenía contratado un servicio de limpieza, a pesar de que ganaba mucho dinero.

Ágata echó un vistazo rápido a su alrededor, como para confirmar que la teoría del TOC encajaba con la apariencia de aquellas estancias.

—Las personas que sufren un TOC suelen ser perfeccionistas y muy responsables con su trabajo. Esto también encaja con lo que nos han contado sobre Jacobo, tanto los vecinos como su hermana y la gente que trabaja con él.

—No sé si nos aporta algo para resolver la desaparición, pero mantengamos esta teoría mientras no tengamos nada nuevo —añadió el comisario.

Los tres policías dieron un nuevo repaso a la casa. Miraron detrás de los cuadros, buscaron debajo de los muebles de la cocina algún doble fondo, dentro de los electrodomésticos y bajo el colchón. Revisaron todos los bolsillos de la ropa del gran armario del dormitorio, dentro de los zapatos y tras los cajones de las mesillas de noche. Comprobaron los altillos, buscaron espacios ocultos y ojearon los libros en busca de papeles o anotaciones. Pero sus ojos entrenados no consiguieron encontrar nada.

Fotografiaron las habitaciones y salieron de la casa con un único objeto metido en una bolsa de papel: el ordenador de Jacobo. Aunque todos sospechaban que, si había sido tan escrupuloso con sus archivos digitales como con el orden de su vivienda, no encontrarían absolutamente nada. Aquella casa no aportaba ninguna información relevante sobre Jacobo salvo su obsesión por la limpieza y el orden.

De vuelta al rellano de la escalera, Ágata pidió al conserje de la finca que abriera el buzón de Jacobo. Había varios panfletos de publicidad de comida a domicilio y de una clínica dental, una factura de la compañía eléctrica y dos cartas del banco. Ágata no lo dudó y las abrió metiendo un dedo por la lengüeta. Ojeó los movimientos de las cuentas de Jacobo con atención, pero nada pareció sorprenderla.

—No parece que haya movido dinero de forma anormal o sospechosa —sentenció Ágata mientras doblaba las cartas por la mitad y las metía en el bolsillo de su abrigo.

—Se nos acaban las pistas —añadió el comisario.

—Una última pregunta —dijo Ágata dirigiéndose una vez más al conserje de la finca—: ¿sabe si Jacobo tiene coche?

—Un BMW de color azul. Puedo buscar la matrícula, aunque supongo que ustedes pueden conseguirla sin mi ayuda.

—¿Y sabe si el coche está abajo en el garaje? —insistió Ágata.

—No, no está —confirmó el conserje.

Manuel Villacampa se frotó las sienes, visiblemente decepcionado, e hizo un gesto por el que todos entendieron que volvían a comisaría.

Una voz dulce de mujer, acompañada de una guitarra acústica, sonaba de fondo en el local. La luz y los colores de las paredes aumentaban la sensación de calma e intimidad. En las mesas había principalmente gente joven. Una chica rubia de aspecto nórdico con una botella de Pellegrino hacía anotaciones sobre varias hojas y una Moleskine. A unos pocos metros, una pareja compartía confidencias al oído entre risas y caricias. Otra mujer de piel muy morena con un aro en la nariz y una camiseta con el lema «We are Anonymous» tecleaba con agilidad en su portátil, igual que otro chico frente a ella con el pelo rapado, gafas y varios cuadernos llenos de notas. Hacía poco que había dejado de llover y las grandes ventanas desde las que se divisaba la plaza estaban llenas de minúsculas gotas brillantes.

Ninfa Klein llevaba sentada algo más de diez minutos en aquel sosegado café que invitaba a la introspección. Había quedado con Mala Mosh, compañera de trabajo en X-Room y amiga íntima con la que compartía piso. Su amistad se había construido sin prisas, a base de tolerancia hacia las manías de la otra. Hubiera sido impensable que compartiesen tanto tiempo juntas, en casa y en el trabajo, si su relación no fuese cercana y sincera.

Un mensaje en el móvil la avisó de que Mala llegaría unos minutos tarde, pero no le importaba. Disfrutaba de aquellos momentos en solitario, observando con discreción a las personas que tenía a su alrededor y tratando de imaginar cómo serían sus vidas fuera de aquel café.

La chica rubia de aspecto nórdico tenía pinta de estar pasando una temporada en Madrid por un intercambio estudiantil o con alguna beca universitaria. Quizá fuese sueca o finlandesa. Imaginó el frío que debía de hacer en su país en ese momento del año y concluyó que aquel era el motivo para que estuviese en manga corta. Seguro que un novio muy rubio y muy alto la estaría esperando sin comprender por qué había tenido que irse a estudiar tan lejos.

La mujer de piel morena ofrecía una imagen muy diferente. Parecía luchadora y combativa. Seguía concentrada en su ordenador, y Ninfa la imaginó escribiendo un artículo sobre la fuerza de las mujeres para algún blog feminista. Mientras la observaba con interés creciente, ella levantó la cabeza y cruzó su mirada con la de Ninfa detectando su presencia. Ambas sonrieron. Con cierto rubor por haber sido cazada, Ninfa bajó la mirada y centró su atención en la pareja mientras sujetaba la taza con las dos manos y daba un pequeño sorbo. Seguían compartiendo confidencias entre risas. Concluyó que era una de sus primeras citas. Cada revelación se completaba con besos y más caricias. «Solo una pareja muy reciente puede mostrar tanto entusiasmo», pensó.

¿Y qué había detrás de una mujer como Ninfa? Por mucho que el resto de los clientes lo imaginaran, ninguno acertaría. Tenía veinticuatro años y una belleza enigmática propia de una modelo profesional. Estaba acostumbrada a no pasar desapercibida por su extraordinario atractivo físico, que intentaba disimular con unos vaqueros rotos y una sudadera grande. Pero su porte y su elegancia la delataban. Así que su aspecto invitaría a pensar que aquella mujer era una maniquí a la espera de la siguiente sesión de fotos y no la encargada de gestionar X-Room.

Ninfa sabía que a Madame Carmen, su madre, no le gustaba la idea de que formase parte de X-Room, que la haría feliz si le dijese que lo dejaba para dedicarse a cualquier otra cosa. Pero se sentía muy cómoda en aquel mundo de fantasía, una realidad paralela que había vivido con total normalidad desde que era una niña. Para ella, lo ordinario era lo que ocurría en X-Room. Lo extraño era lo que sucedía en la calle. A Ninfa le desagradaba llamar la atención por su físico, ser el centro de atención involuntario en los ambientes más mundanos. Le resultaba muy incómodo tener varios pares de ojos pendientes de sus movimientos cada vez que entraba en una tienda o en un restaurante. Sabía que su cuerpo era un imán para todo tipo de personas con intenciones cuestionables. Hombres, por supuesto, dispuestos a forzar una conversación estúpida con tal de colocarse a su lado. Se afanaban para que sus palabras sonaran divertidas, como avanzadilla de una mano que le tocaba el brazo o de una presentación, que a su vez era la antesala de un par de besos que le asqueaban y que le resultaban muy difíciles de esquivar. Le deprimía que su cuerpo fuese una barrera para que alguien se interesase por ella como persona. Era muy fácil iniciar un nuevo contacto, pero resultaba casi imposible que aquello fuese el comienzo de algo interesante. De antemano sabía que aquellos encuentros forzados conducían al vacío, a la nada más absoluta. También la molestaban las mujeres, especialmente las señoras mayores que se dirigían a ella con expresión de pena y resignación, como si pensaran que tanta belleza solo le ocasionaría problemas. No soportaba las actitudes de derrota, y menos de las mujeres. Por todo ello había empezado a desarrollar una antipatía congénita ante cualquier contacto que surgiera desde el momento en que cruzaba la puerta de su casa.

Pero por encima de cualquier otra consideración, le gustaba trabajar en X-Room por una razón íntima a la que ni ella encontraba sentido: llevar la contraria a su madre.

Por su parte, Carmen insistía en que X-Room era mucho más que un juego. El tipo de clientes con los que trabajaban exigían la máxima privacidad, y a veces no era fácil de gestionar. Había enemigos por todas partes que pretendían saber qué ocurría en las salas de aquel imponente palacete en uno de los barrios más caros y selectos de Madrid. Ninfa había podido comprobar en primera persona lo complejo que resultaba. No supo reaccionar cuando recibió la visita de un policía que pretendía extorsionarlas, pero su madre lo había resuelto con maestría. Todo había vuelto a la calma y Carmen aprovechó para dejar claro a su hija que, si continuaba en X-Room, sería con todas las consecuencias. Debía aprender a lidiar con esa otra parte del negocio.

Un nuevo cliente entró en el café y Ninfa no pudo por menos que fijarse en él. Su pelo rubio, largo y alborotado asomaba por debajo de una gorra negra. Tenía una apariencia estudiadamente descuidada. Barba de unos días, camisa de camuflaje y zapatillas deportivas. El chico pagó su café y Ninfa observó cómo se dirigía, con el vaso en la mano lleno de café humeante, hacia la única mesa libre, apenas a un metro de distancia de ella. El café le quemaba a través del vaso de cartón y comenzó a hacer movimientos torpes y bruscos con los dedos mientras su cara mostraba el esfuerzo titánico de llegar hasta la mesa en aquellas condiciones, como si la distancia que lo separaba de su destino fuese inalcanzable. La chica nórdica levantó la vista para mirarlo y una tímida sonrisa se dibujó en sus labios. Algo de café se precipitó al suelo y puso cara de sufrido cliente comprometido con la limpieza. Abandonó el vaso sobre la mesa mientras se frotaba las yemas de los dedos, volvió a la barra a por unas servilletas de papel y se agachó para limpiar los restos que había derramado.

Ninfa no perdió detalle de la pequeña aventura de aquel chico de aspecto atractivo y pinta de despistado. No pudo evitar reírse con aquella situación absurda de Marko, con «k», pues así estaba escrito en su vaso, y sus dedos quemados. Él pareció darse cuenta de lo divertido que había resultado para los demás e hizo una mueca de disgusto para terminar sonriendo.

—No pensé que el café quemara tanto en este sitio —dijo Marko mientras dirigía una enorme sonrisa hacia Ninfa.

—El mío no estaba tan caliente —confirmó ella.

—Definitivamente me tienen manía.

—¿Siempre se te cae el café? —preguntó ella divertida.

—¡Por supuesto que no! Hay veces que consigo beberlo entero —respondió él fingiendo indignación—. Por cierto, me llamo Marko.

—Sí, ya sé. Marko, con «k». Yo soy Ninfa.

A continuación ocurrió algo poco habitual. No llegaron los tradicionales besos que Ninfa tanto detestaba. Marko le alargó la mano y ella le correspondió con un suave pero firme apretón. Sin duda, Marko se había ganado su simpatía, aunque en aquella ocasión no le hubiera importado que rozaran sus mejillas. Ambos se sonrieron y Ninfa notó cómo el cerebro de aquel chico intentaba, de manera desesperada, pensar en alguna otra forma de alargar aquella conversación. Pero nada parecía llegar a sus neuronas. Ella dominaba la situación. Aquel chico estaba bajo su control. Marko se inclinó sobre el café e intentó dar un pequeño trago, pero se volvió a quemar y el café se derramó de nuevo sobre la mesa por sus torpes movimientos. Ninfa no pudo por menos que volver a reírse y él practicó la expresión de irritación más trabajada de la que fue capaz para terminar riéndose con ella.

—Prometo que no tiraré más café.

—Por mi parte no hay problema. Puedes tirarlo todo si quieres —respondió Ninfa.

Ninguno de los dos vio que Mala acababa de entrar en el local. Probablemente serían los únicos que no la vieron, puesto que la apariencia de Mala tampoco pasaba desapercibida. Su pelo largo y liso, negro carbón, le caía por los laterales de la cara y dejaba ver sus pómulos huesudos y sus ojos oscurecidos por el maquillaje. Sus tatuajes y unas enormes botas completaban su agresivo aspecto. Marko se fijó finalmente en aquella extraña mujer que se dirigía hacia ellos. Mala acarició el pelo de Ninfa, que no la había visto porque estaba de espaldas a la puerta. Se dio la vuelta y ambas mujeres se sonrieron.

—Marko con «k», vienen a buscarme. Ha sido un placer ver cómo tiras el café. Espero que ya no se te caiga más.

—Te prometo que tendré cuidado.

La música dejó de sonar e hizo que las conversaciones resurgieran. Los clientes del local fueron conscientes de la existencia de las personas que tenían a los lados. Pero fue un efecto que duró apenas unos segundos. Una nueva canción empezó a sonar, con una instrumentación electrónica más sofisticada y la misma voz suave e hipnótica de mujer, y provocó que la calma volviese a reinar. La pareja se besó de nuevo. La chica nórdica siguió con sus apuntes en la Moleskine. La mujer de piel morena se concentró en su ordenador. Ninfa se levantó y salió del local con su amiga.

Marko se quedó embobado mirándolas mientras pensaba que hacían una pareja realmente atípica. Deseó que la fortuna le regalase un nuevo encuentro.

Sin darse cuenta, volvió a derramar su café.

Anochecía en el descampado. El comisario Manuel Villacampa aparcó su Opel en el medio de aquella siniestra explanada de tierra cercana a la estación de Chamartín. Había llovido durante la mañana y los socavones se habían llenado de agua y barro. Los coches aparcados estaban sucios. Observó a lo lejos las luces de las oficinas de las Cuatro Torres, cuya visión era difícil de evitar. Todavía quedaban muchos directivos trabajando.

Paró el motor y se puso cómodo por si tenía que esperar más rato del previsto. Apagó la radio y repasó mentalmente la situación.

Cristina había muerto después de sufrir un tormento de golpes y violencia. No había indicios de agresión sexual. Engañó a su marido para salir un domingo por la tarde, algo completamente anormal en ella. La amiga con la que supuestamente había quedado no sabía nada. Su matrimonio funcionaba, su situación profesional era buena y no tenía deudas significativas. Era madre de dos hijos a los que adoraba. Las siglas grabadas en su vientre, presuntamente por el agresor, no aportaban ninguna pista sólida. Nadie la había visto. Nadie sabía nada.

Jacobo salió de su casa dejando todo perfectamente organizado, limpio hasta la obsesión. Era un tipo solitario. Un excelente profesional, quizá demasiado centrado en su trabajo. No tenía pareja. No había causado una gran impresión en sus vecinos. No tenía problemas con nadie. Sus últimos días tuvo un comportamiento aparentemente normal. No había constancia de que hubiera salido del país ni de que hubiera hecho movimientos de dinero sospechosos. A falta de recibir la información de sus bancos solicitada por vía judicial, todo parecía indicar que llevaba una vida rutinaria.

Las luces de un coche entrando en el descampado interrumpieron las reflexiones del comisario. Observó el vehículo e identificó de inmediato el Porsche de Carlos Mir, que avanzaba muy despacio para evitar los agujeros llenos de barro. Esperó hasta que se situó a su lado. Carlos salió del coche con prisas y entró en el Opel del comisario dando un portazo.

—¿Cómo va el asunto? —preguntó Carlos nada más acomodarse en el asiento delantero sin mediar ningún saludo.

—Lamentablemente tengo poco que contarte.

—Joder, Manuel, ¿para esto te pago?

—Estamos tirando de cada pista que vamos obteniendo, pero nada parece dar resultado —contestó el comisario, dejando claro que a él tampoco le agradaba la idea de no conseguir avanzar en aquel misterio—. Ninguna novedad de Cristina. Murió por parada cardiorrespiratoria después de que la torturaran. Sufrió mucho. Ahora mismo no tenemos ninguna pista válida para continuar.

La cara de Carlos mostró cierto disgusto al oír lo que le había sucedido a su asistente, pero Manuel tuvo claro que su expresión no era sincera.

—Por otra parte, el caso de Jacobo tampoco nos ha aportado nada concreto —añadió el comisario—. Registramos su casa, hablamos con sus vecinos y con su familia. Nada. Salió de manera voluntaria con la intención de estar fuera unos días y algo le ha impedido regresar. Pero no tenemos ni idea de dónde fue o qué hizo.

—O sea, no tenéis ninguna teoría razonable que pueda explicar qué ha pasado.

—Así es —confirmó el comisario—. ¿Sabes si Jacobo y Cristina se conocían?

—Sí, claro, se conocían. Jacobo hablaba con Cristina cada vez que venía a verme. Una vez a la semana al menos.

—¿Crees que existía una relación más allá de lo profesional? ¿Sabes si quedaban fuera de la oficina?

—¿Estáis pensando que pudieran ser amantes? —preguntó Carlos sin ocultar su sorpresa.

—No, yo no pienso nada. Solo intento atar cabos y descartar opciones. La coincidencia temporal de ambos casos es muy sospechosa.

—Yo diría que la relación de Cristina y Jacobo era exclusivamente profesional. No veo a Jacobo como el típico mujeriego dispuesto a acostarse con una compañera de la oficina, y menos con una mujer casada.

Carlos reflexionó un momento antes de continuar. Parecía que estaba acordándose de alguna vivencia con Jacobo y buscaba las palabras para compartirla con el comisario.

—Cuando se junta un grupo de hombres y beben un par de copas, es normal que surjan las típicas bromas de machos y que miren a las mujeres que haya alrededor como si fuesen hienas buscando presas fáciles. Piropos, comportamientos groseros, chistes machistas. Ya sabes a qué me refiero. Hay muchos tíos que, aunque estén felizmente casados, no pierden la ocasión de comentar lo maciza que está la compañera de despacho o la chica que pasaba por allí. Pues bien, Jacobo no es de este tipo de hombres. Es discreto en todos los sentidos. Por eso me parece muy improbable que tuviera una relación íntima con Cristina.

El comisario Villacampa escuchó atentamente la reflexión de Carlos y pensó que se agotaba otra de las hipótesis que habían planteado.

—¿Y podría haber relación entre Jacobo, Cristina y Américo? Dicho de otra forma, ¿Américo puede pensar que Jacobo y Cristina tienen algo que ver con lo que le ha pasado?

El comisario fue muy cuidadoso refiriéndose a la situación de Américo. Aquello era algo del pasado, un asunto olvidado y completamente cerrado en la cabeza de ambos.

—¡Joder, Manuel, vaya pregunta! No tengo ni idea. Creo que Américo es lo suficientemente listo como para saber que ellos no tienen nada que ver.

—Pues siento decirte que estamos en un callejón sin salida. Vía muerta en ambos casos.

La reacción de Carlos a su comentario desconcertó al comisario. No esperaba verlo sonreír satisfecho ante la falta de avances, sino más bien lo contrario.

—No lo sientas, Manuel. Son buenas noticias. ¡Muy buenas! Si el caso termina así, no afectará a TelCom ni me afectará a mí. En unas semanas la prensa se olvidará de nosotros, cuando haya otras noticias que llenen las secciones de actualidad. Tengo que reconocer que eso de «la maldición de TelCom» tiene mucho tirón periodístico, pero espero que se les pase pronto la tontería. Así que, Manuel, ojalá tengas razón y todo acabe en un callejón sin salida. Ya sabes..., *no news, good news.*

—Admiro tu optimismo —fue lo único que acertó a contestar el comisario—. Pero mi deber es continuar. Eso no es negociable.

Carlos hizo un amago de despedirse. Tendió la mano a Manuel y este no lo correspondió. Quería dejar claro que la cita no había acabado y provocó que Carlos aguantara la mano derecha de una manera un tanto artificial y absurda.

—Carlos, necesito un favor. Hemos solicitado los movimientos de los teléfonos móviles por vía judicial. Las líneas de Jacobo y Cristina las opera TelCom, ¿verdad?

—Sí, claro —confirmó Carlos.

—¿Podrías adelantarme la información? Habla con quien sea necesario. Eres el jefe. Para algo debe servir. Ahora mismo es lo único que puede darnos un poco de luz.

Carlos pareció dudar ante la petición del comisario. Le atraía la idea de declarar oficialmente desierta aquella investigación, pero sabía que no tardaría en llegar la orden judicial y no podía negarse.

—Manuel, tendrás la información lo antes posible. Pero quiero ser el primero en conocer cualquier avance. ¿Está claro?

El comisario asintió con la cabeza y correspondió por fin al apretón de manos.

—Carlos, una última pregunta. ¿Las siglas SODS te dicen algo?

La expresión de extrañeza y desconocimiento de Carlos respondió por él y dejó claro que no sabía de qué le hablaba. Abrió la puerta del Opel y salió.

El comisario espero unos minutos antes de arrancar el coche. Vio cómo el deportivo de Carlos botaba aparatosamente mientras esquivaba los baches. No pudo evitar un nuevo embate de arrepentimiento por ayudar a un tipo sin escrúpulos como Carlos. Cuanto más lo conocía, más le incomodaba aquella sensación. Estaba claro que su ambición estaba por encima de lo que le hubiera podido pasar a sus compañeros. Le daba igual lo sucedido siempre y cuando no lo salpicara. Las personas no significaban nada.

—Me ha resultado muy excitante estar atada en el potro —confesó Sofía Labiaga a su marido.

Sofía y Ernest se vestían despacio en una de las cabinas de X-Room. Recuperaban la ropa cara y elegante con la que llegaron. Saldrían de nuevo a la calle y nadie podría vislumbrar lo que allí había pasado durante las últimas tres horas.

Mientras subía la cremallera de la falda, Sofía recordó cómo la habían maniatado con correas y hebillas a un gran potro de madera y cuero que la obligaba a permanecer doblada por la cintura. Ernest estaba encerrado en una jaula a unos pocos metros de distancia. Pensó en la incomodidad que le provocaba la falta de movilidad y en lo excitante de estar desnuda. Unos minutos después entró Lady Cunt, con su cuerpo menudo untado en algún tipo de aceite que resaltaba sus tatuajes y la forma de sus pechos y sus caderas. Aquella mujer se había convertido en una compañera habitual de sus fantasías. No los defraudaba. Siempre estaba dispuesta a cumplir con los delirios que le proponían.

Desde la visión limitada que le permitían las fijaciones del potro, Sofía vio cómo Ernest penetraba a Lady Cunt a través de los barrotes y se excitó hasta perder el sentido. Después, Lady Cunt se puso un arnés en la cintura que sostenía un gran falo de plástico negro brillante y abrió la jaula para que Ernest pudiera salir. Juntos centraron sus caricias en Sofía, que seguía inmóvil. Besaron su cuerpo, tocaron sus pechos, pellizcaron su piel, lamieron su boca y su sexo. Se turnaron para poseerla.

Ernest terminó de vestirse mientras recordaba satisfecho las escenas que habían tenido lugar en la gran sala de la jaula. En el espejo de la cabina, se arregló el pelo.

—¿Todo bien? —preguntó Ernest al comprobar que Sofía no se había abotonado aún la blusa y no levantaba la vista del teléfono.

—Me ha escrito el comisario de la zona norte, el que investiga las desapariciones de TelCom. Quedé con él para pedirle que me adelantara cualquier novedad que hubiera al respecto. No quiero sorpresas desagradables ahora que alcanzamos un acuerdo de comisiones con el nuevo presidente.

—¿Y hay alguna novedad? —quiso saber Ernest.

—Parece ser que están en vía muerta en los dos casos, el directivo desaparecido y la secretaria fallecida.

—También había un detenido por posesión de pornografía infantil, ¿no?

—Sí, pero según me contó el comisario, creen que no tiene nada que ver con los otros dos casos.

—Elegimos un mal momento para pedir comisiones en TelCom. No nos conviene que estén bajo el foco de la prensa —reflexionó Ernest.

—Por eso apreté al comisario. Quiero que se resuelva el tema lo antes posible. La prensa se pone a escarbar y puede ocurrir cualquier cosa. Así que espero que, cuando estemos en disposición de cobrar la comisión, ya se hayan olvidado de TelCom.

Sofía acabó de vestirse y se pintó los labios de bermellón brillante. Se dio la vuelta y besó a Ernest cogiéndole las manos.

—Tranquila, cariño, todo se resolverá a su debido tiempo —susurró Ernest mientras se abrazaban.

Salieron de la cabina y, a través de la recepción, accedieron a las escaleras del garaje, donde habían dejado el coche. Ernest llevaba un maletín en el que colocaron cuidadosamente todos los complementos que usaron durante la sesión. Sofía se dirigió a la puerta del conductor y Ernest le lanzó las llaves por encima del vehículo. Salieron de X-Room por la rampa bajo la atenta mirada de Niko Dan, el jefe de seguridad, que vigilaba la zona junto a la puerta. Les hizo un pequeño gesto con la cabeza como despedida.

—Me gustaría explorar el tema de la inmovilización —dijo Sofía de repente.

Acababan de parar en un semáforo. Desde el asiento del copiloto, Ernest observaba a la gente que cruzaba deprisa. Era tarde y se notaba que hacía mucho frío.

—¿Y en qué estás pensando? —preguntó él finalmente.

—No lo sé. Voy a ver qué encuentro en X-Room Online —confesó.

Ernest y Sofía, de mutuo acuerdo, compartían su intimidad con una aproximación muy liberal. Pero había una frontera que aún no habían superado: siempre estaban juntos en las sesiones. Por eso Ernest sintió una leve punzada de decepción al oír que Sofía tomaba la iniciativa para una actividad en solitario. Pero no podía negarse. Por sugerencia suya, habían llegado mucho más lejos de lo previsto en las sesiones con Lady Cunt.

El semáforo se puso finalmente en verde mientras los últimos peatones corrían para llegar al otro lado. Sofía aceleró con firmeza haciendo que los neumáticos chillaran. El coche reaccionó con agresividad. Aunque no le gustó, Ernest decidió no pensar más en ello y contestó con un simple «Me parece bien».

—Acaba de llegarnos esto. Creo que está relacionado con vuestro caso.

Una policía con cierto sobrepeso y el pelo rubio recogido en un moño acarreaba una caja de cartón sin tapa en cuyo interior había un bolso de mujer en tonos marrones, una cartera abierta y revuelta, un paquete de pañuelos de papel a medio usar, un teléfono móvil apagado y varias tarjetas bancarias mezcladas con tarjetas de puntos y tíquets de compra. Hizo un gesto a Ágata Mox y le pasó la caja con una expresión de alivio, como si estuviese repleta de piedras.

—Ha llegado esta mañana de la comisaría del barrio de Salamanca. Una mujer encontró el bolso tirado en Príncipe de Vergara, algo más arriba del Auditorio. Estaba junto a la acera, entre dos coches. Pensó que era de alguien a quien habían robado y decidió llevarlo a la policía. Quiso hacer la buena obra del día.

Ágata observó el contenido de la caja. Cogió una de las tarjetas y no pudo evitar que su corazón se disparase estimulado por la adrenalina. En la tarjeta figuraba el nombre de la que había sido propietaria de aquellas pertenencias: Cristina Miller.

La excitación ante la aparición del bolso disparó su motivación. Un nuevo hilo del que tirar. Estaban muy perdidos con el caso y no podían decaer. Recordó por qué decidió hacerse policía: una mezcla entre sentido de la responsabilidad y pasión heredada. Su padre era comisario e intentó que sus dos hijos varones siguieran sus pasos. No consiguió conquistar a ninguno de los dos: estudiantes mediocres, con poca propensión al esfuerzo y con tendencia al dinero fácil. El mayor terminó como socio en una discoteca atraído por los negocios de la noche. El segundo dio tumbos hilando trabajos basura. Ágata era la hermana pequeña, la que siempre pasaba desapercibida. También la que no se perdía ningún detalle de las historias de policías que su padre contaba durante la cena. Además de desarrollar una profunda admiración hacia sus férreas convicciones, Ágata aprendió el oficio sin salir de casa, escuchándolo.

Cuando por fin decidió dar el paso y contó a su familia que quería ser policía, recibió las burlas de sus hermanos como respuesta. Rompió los vetustos prejuicios de su padre, que confiaba en ellos para que siguieran sus pasos. Ágata entró en la Academia y cursó Criminología. Su padre observó atento cómo su hija menor se convertía en una meticulosa investigadora, el mayor orgullo que había sentido nunca. Superó los convencionalismos y conquistó su corazón. Pero no pudo disfrutar durante mucho tiempo de la satisfacción que le producían los avances de su hija en el cuerpo. Una bala perdida durante un tiroteo acabó con él. El mayor golpe que Ágata había recibido en su vida fue enterrar a su padre. Se convirtió en su héroe particular. El modelo a seguir. La figura en la que buscar referentes.

«Papá, échame una mano con este caso tan confuso. Tenemos que hacer justicia», pensó Ágata mirando al techo mientras regresaba a su mesa.

El comisario Villacampa y Cristóbal Ortega llegaron juntos a la sala de reuniones donde los esperaba Ágata Mox. Sobre la mesa tenía varias carpetas con documentos y un ordenador portátil. Hacía poco que habían recibido la información de los móviles de Jacobo y Cristina que les habían hecho llegar desde TelCom. Un técnico de la policía hizo un estudio preliminar de los patrones de movimiento de los teléfonos y Ágata había cruzado la información con los datos que tenían del caso. Cuando sus compañeros entraron en la sala, Ágata estaba sentada en una silla con el cuerpo totalmente echado hacia delante y con la cara a solo unos centímetros de la pantalla, concentrada en las decenas de datos del informe.

—Ya tenemos claros los movimientos de los desaparecidos —dijo Ágata sin levantar la mirada del ordenador y sin mediar saludo.

—¿Alguna coincidencia con el lugar donde se encontró el bolso de Cristina? —preguntó el comisario.

—Eso parece —contestó Ágata—. Sabemos que Cristina salió de casa el domingo por la tarde. Se desplazó en metro hasta la avenida de América. Los registros de su teléfono lo confirman. Salió del metro y caminó por la calle Príncipe de Vergara. Se quedó esperando unos doce minutos a la altura de la calle Canillas. Después los movimientos de su móvil son rápidos. Está claro que entró en un coche, por voluntad u obligada, aunque en este lugar tan céntrico, con decenas de testigos, me cuesta creer que fuese forzada.

—Es una zona concurrida, incluso un domingo por la tarde. Si la hubiesen obligado, alguien habría visto algo con total seguridad. La habrían ayudado o habrían denunciado el intento de secuestro —interrumpió Ortega.

—Según los datos del móvil, el coche, con Cristina dentro, empezó a desplazarse por Príncipe de Vergara y, en apenas medio kilómetro, el móvil dejó de emitir señal. Lo apagaron. Esto encaja con la aparición del bolso de Cristina más o menos en el número 200 de Príncipe de Vergara. El coche recorrió poco más de un kilómetro desde que la recogió hasta que tiró el bolso con el teléfono. No creo que fueran más de tres o cuatro minutos. A partir de ese punto nos quedamos sin pistas hasta que apareció su cuerpo en el embalse.

—¿Podría ser que Cristina se moviera en bicicleta? Esto descartaría la opción del secuestro y justificaría por qué se movió tan rápido —planteó Ortega mientras elevaba la mirada en clara actitud reflexiva.

—El dato de velocidad del movimiento que aportan las antenas no encaja con el desplazamiento en una bicicleta. Además, ¿por qué tiró el bolso cinco minutos después? —Ágata respondió con cierta contundencia, dejando claro que las aportaciones eran bienvenidas, pero solo si tenían coherencia.

Ortega no dijo nada más. Él mismo se dio cuenta de que aquello había sido una torpeza.

—Creo que el siguiente paso es investigar el punto en el que se subió al coche. Quizá alguien vio algo y, con suerte, alguna tienda de la zona tiene cámaras de videovigilancia y captaron el momento. Tenemos que pasarnos y revisarlo.

—¿Y qué hay del móvil de Jacobo? —preguntó el comisario.

Ágata volvió la vista hacia el portátil y abrió un nuevo gráfico antes de contestar.

—Según los datos de su teléfono, Jacobo salió de casa el sábado por la tarde, sobre las seis. Por la velocidad de desplazamiento, se movió en coche hasta las inmediaciones del centro comercial El Pinar de Las Rozas. Su móvil se quedó quieto unos diez minutos y luego se apagó. No ha vuelto a emitir señal.

—Solo vamos a encontrar un puto cadáver… —comentó Ortega en voz baja y con cierto desprecio en la voz.

—No adelantemos acontecimientos —le cortó el comisario, cansado de sus impertinencias—. Tenemos que investigar los lugares en los que se pierden las pistas de ambos. Ágata, pásate por Príncipe de Vergara y a ver qué puedes encontrar sobre Cristina. Ortega, acércate hasta el centro comercial y a ver qué rascas.

El comisario era consciente de que estaban en un momento crítico. Esperaba más de los datos de los móviles y la información aportada era más bien escasa. Así que tenían que esforzarse por encontrar algo en los puntos donde los móviles desaparecían o las posibilidades de resolver el caso serían prácticamente nulas.

—No tenemos más pistas, así que no quiero que volváis con las manos vacías. ¡Vamos, largaos ya!

—Te pueden caer hasta tres años.

Américo García recibió la cifra como un navajazo en el vientre. No se veía con fuerzas para aguantar tanto tiempo en prisión. Aislado. Hundido. Con el estigma de un delito que era considerado un pecado capital por el resto de los reclusos. Le harían la vida imposible. Lo esperarían en cualquier pasillo solitario para humillarlo. Vigilarían sus pasos para pillarlo por sorpresa y mortificarlo. Quizá algo más. Intentó sobreponerse cerrando los ojos. Luego volvió a mirar a su abogado, Jerónimo Gil-Cooper, que le observaba paciente al otro lado del cristal de seguridad.

—Tenemos que demostrar que esas imágenes no son mías —dijo Américo con voz suplicante.

—Es complicado. Había dos mil archivos en tu ordenador. Estaba protegido por contraseña. Se supone que tú eres la única persona con acceso —respondió el abogado.

—Quizá me infectaron con un virus.

—Han revisado el ordenador y está limpio de *malware*.

—Tienes que creerme. Yo no guardé esos archivos en mi ordenador. ¡Esa mierda no es mía!

—Yo te creo —confirmó Jerónimo sin dejar lugar a la duda, intentando reconfortar a su cliente a pesar de las circunstancias.

Américo volvió a agachar la cabeza mientras se tocaba el pelo con las manos. Estaba angustiado y confundido. Los días que llevaba detenido ya pesaban como una losa sobre su espalda. Le costaba mucho asimilar la transformación que había sufrido su vida en tan poco tiempo: de saborear el mayor éxito profesional a arrastrarse en el lodazal de la cárcel. Pensó en su padre, abogado de prestigio. Durante años lo acompañó para asesorarlo en las decisiones que demandaba su carrera empresarial. Su padre no merecía recibir una noticia como esta. Aún no había pasado a visitarlo, por lo que Américo sospechaba que su salud habría caído en picado. Lo martirizaba pensar en las consecuencias que podría provocar la situación en la vida de su progenitor.

—Alguien me la ha jugado.

—Américo, tenemos que probarlo. Será muy difícil convencer al jurado de que alguien grabó esos archivos si no tenemos pruebas. Así que lo primero que deberíamos hacer es reflexionar sobre quién pudo hacerte esto. Quizá alguien manipuló tu ordenador en las últimas semanas.

—Nadie tocó mi ordenador hasta que se estropeó. ¿Podrían ser los chicos del departamento de Informática? Ellos se lo llevaron para intentar arreglarlo. Pudieron tener vía libre para grabar las imágenes.

—Bien. Al menos tenemos algo por lo que empezar —contestó Jerónimo—. ¿Hay alguna persona del equipo de informática con la que hayas tenido algún problema?

—No, ninguna que yo sepa.

—¿Dependen de ti jerárquicamente?

—Sí —confirmó Américo.

—¿Últimamente has hecho algún recorte de prestaciones? ¿Les has bajado el sueldo? No sé… ¿Algo por lo que pudieran tener algún rencor contra ti?

—Nada de lo que me cuentas. El departamento de Informática va bien y ha crecido en estos últimos años. No ha habido despidos, ni bajadas de sueldo. Nada de eso.

—Entonces no parece haber ningún motivo razonable. No ganarían nada con perjudicarte —reflexionó el abogado.

—Solo ha habido una persona que se ha beneficiado de mi entrada en prisión: el hijo de puta de Carlos Mir. Él ocupa el sillón en el que yo debería estar sentado ahora mismo.

Américo estaba hundido, pero pensar en Carlos desataba una explosión interna de odio y resentimiento que le costaba mantener bajo control.

—Sé que Carlos ha hecho maniobras raras contra mí desde el momento en el que Fausto me comunicó su intención de que le sucediera. No sé cómo pudo enterarse del asunto, porque Fausto quiso mantener su sucesión en absoluto secreto para evitar filtraciones antes de la comunicación oficial. Solo lo sabíamos él y yo, pero sospecho que Carlos se enteró y comenzó sus maniobras para quitarme de en medio. Carlos no tiene escrúpulos. Metió esa mierda en mi ordenador y se quedó esperando hasta que Fausto lo llamó para sucederle después de que me detuvieran. Y lo peor no son los tres putos años que voy a pasar aquí. Aunque demuestre mi inocencia, mi reputación está destruida.

—La teoría de que pudo ser Carlos Mir suena razonable, pero necesitamos pruebas —dejó claro Jerónimo—. No podemos acusar a nadie sin pruebas.

—¿Y de dónde las saco? —preguntó Américo mostrando su desesperación—. Solo puedo decirte que Carlos es el único beneficiado.

Américo volvió a hundir la cabeza entre sus brazos. Estaba deshecho y entristecido.

—Habla con él —dijo finalmente Américo.

—¿Y qué quieres que le diga?

—Dile que sé que ha sido él. Dile que ya tiene lo que quería. Dile que me lo ha quitado todo y que ya no tengo nada más que perder. Así que quiero que me ayude a salir de aquí. ¡Me lo debe! A cambio desapareceré y podrá quedarse con todo en TelCom. Lo único que deseo es recuperar a mi familia.

Américo estuvo a punto de echarse a llorar cuando mencionó a su familia. La confianza mutua en la que se basaba su matrimonio estaba en cuarentena. Su mujer no dudaba en apoyarlo públicamente, pero sabía que aquel incidente había abierto grietas difíciles de cerrar.

«¿Cómo le explico a la persona que amo que no tengo nada que ver con unos hechos tan repugnantes cuando todo apunta en mi contra? ¿Cómo puedo enterrar las dudas y hacer valer mi inocencia?», pensó Américo.

Cerró los ojos para recuperar fuerzas y volvió a mirar a Jerónimo, que ya no sabía qué hacer para consolarlo.

—Si no me ayuda, dentro de tres años volveré a la calle y dedicaré lo que me quede de vida a destruirlo. Creo que no es mal trato.

El centro comercial El Pinar ocupaba un espacio que podría destacar por su funcionalidad pero no por su belleza. El enclave estaba delimitado por las vías del tren y por un nudo de carreteras en el que se entrelazaban la autopista A-6 y la M-50. Se accedía después de recorrer varios kilómetros por una vía de servicio y atravesar una gran rotonda. Un pórtico daba acceso al aparcamiento, que tenía poca ocupación. Aun así, había estacionados varios cientos de vehículos. Desde el aparcamiento se podían ver varios puentes de enlace entre variantes y el incesante peregrinar de coches en todas las direcciones, que generaban un zumbido permanente. El centro comercial ocupaba todo el lateral derecho, un vasto edificio de una sola planta. Tres puertas de grandes dimensiones daban la bienvenida a los clientes. A falta de un bonito entorno, el centro disponía de todas las comodidades para los que se acercaban a realizar sus compras: wifi gratuito, un parque infantil, restaurantes con terraza y bancos de piedra para hacer más llevaderas las esperas.

Ortega llegó al aparcamiento y antes de estacionar dio una vuelta para reconocer el lugar. Enseguida vio una cámara de videovigilancia que colgaba de un gran mástil frente a una de las puertas. También observó que el aparcamiento tenía dos accesos: la entrada este, por la que había entrado desde Madrid, y la oeste, que atravesaba una zona de lavado de vehículos y conectaba con la vía de servicio de la autopista a través de una calle mal asfaltada y un tanto inhóspita. Ambos accesos tenían sendas cámaras de control.

Después de recorrer el aparcamiento, buscó un hueco libre y salió del coche. Divisó al fondo a un vigilante de seguridad que hacía su ronda y decidió acercarse. El vigilante era delgado y fibroso, de estatura media. El uniforme le quedaba un poco grande. Llevaba gafas de sol, aunque en aquel momento estaba nublado y no había ninguna necesidad, pero reforzaban su aspecto de autoridad competente. Paseaba entre los coches con paso firme pero lento, mirando a ambos lados con la superioridad de ser el brazo ejecutor de la normativa del aparcamiento. Realmente daba la impresión de estar haciendo algo muy importante.

El vigilante vio que Ortega se acercaba decidido. Se quedó quieto esperándole y le saludó con un simple «¿Puedo ayudarle?» mientras Ortega se presentaba mostrándole la placa.

—Estoy buscando un BMW serie 5 azul marino que pasó por aquí hace unos días. Me gustaría tener acceso al contenido de la cámara de videovigilancia que hay sobre ese mástil —expuso Ortega mientras señalaba con el dedo hacia ella—. Quizá hayas observado algo sospechoso en la ronda.

—Bueno... —titubeó el vigilante en su respuesta—. Hay un BMW azul que lleva días aparcado.

Ortega sonrió satisfecho. Parecía que en esa ocasión había tenido suerte.

—En este aparcamiento —continuó el vigilante— no se puede dejar el coche por la noche. Pero como no cerramos las barreras, hay gente que a veces lo deja hasta por la mañana. O incluso varios días. Estoy encantado de colaborar contigo. Quise entrar en la academia de policía, ¿sabes? El centro no se hace cargo de lo que le pueda ocurrir a un vehículo durante el horario de cierre, pero aun así, hay gente que insiste en dejar su coche aquí. Mi padre me obligó a ponerme a trabajar y me fue imposible...

—Perdona, compañero —le interrumpió Ortega haciéndole un guiño amable para que sus palabras no sonaran violentas—. ¿Me podrías indicar dónde está ese BMW?

—¡Por supuesto! Te acompaño. Es aquí al lado. ¿Te costó mucho entrar en la policía? Yo conocí a un tipo que finalmente...

El vigilante empezó a andar y Ortega lo siguió unos pasos más atrás, para ver si conseguía que se callara. Por fin divisaron el coche. La matrícula coincidía. Era el coche de Jacobo.

Dio una vuelta alrededor del vehículo mientras el vigilante lo observaba y no paraba de hablar. Todo parecía en orden. Se asomó por las ventanillas y no vio nada sobre los asientos.

«Tiene el interior tan limpio como su casa», pensó Ortega con la cara pegada a la ventanilla y las manos a los lados de los ojos para evitar reflejos.

«No huele a muerto, así que me da que en el maletero tampoco hay nada», concluyó acercando la nariz.

—Compañero, necesito ver el contenido de esa cámara —le pidió al vigilante.

—Sí, ahora mismo llamo al control central y que te atienda el jefe de seguridad. Él te puede mostrar el vídeo. Espero que no lo hayan borrado. Si no hay incidentes, solo se guardan unos días, pero no sé cuántos.

—¡Joder! Espero no haber llegado tarde —refunfuñó Ortega.

Se dirigieron hacia la entrada principal esquivando los coches estacionados, mientras el vigilante llamaba con su walkie al control. Con un claro orgullo en el tono, les dijo que estaba acompañando a un policía que quería hablar con el jefe. Según atravesaron la puerta, Ortega observó una nueva cámara de vigilancia. Cualquier persona que hubiese accedido al edificio habría sido grabada, aunque no tenía constancia de que Jacobo hubiera entrado.

Tuvieron que esperar unos minutos hasta que apareció el jefe de seguridad. Era un hombre alto y corpulento. Saludó a Ortega con un impetuoso apretón de manos, tan fuerte que parecía que tenía la intención de arrancarle la suya. Escuchó las explicaciones sobre el BMW y accedió a mostrarle las imágenes de la cámara exterior, aunque Ortega no pudo darle muchos detalles al encontrarse en medio de una investigación en curso.

Se dirigieron juntos a la sala de control. A través de una puerta blanca con una placa de PROHIBIDO EL ACCESO, entraron a unas escaleras y varios pasillos sin ventanas, iluminados con tubos fluorescentes. Finalmente llegaron a una puerta metálica que abrieron sin llamar. La sala era más pequeña de lo que se podía esperar. Había un par de mesas industriales que ocupaban la mayor parte del espacio. Sobre ellas descansaban varios monitores, un ordenador, los equipos de grabación digital y un *display* que controlaba todas las cámaras del centro. Sentado en una silla de oficina negra, había otro vigilante que saludó con desgana a su jefe y miró con curiosidad al policía.

Ortega les dio la fecha y hora exactas de la llegada de Jacobo al centro comercial. Tenían el dato gracias a la información de los móviles que les habían enviado desde Tel-Com. El técnico confirmó que aún conservaban las imágenes, pero la satisfacción duró muy poco. La cámara de la puerta grabó el acceso del BMW a las 18.38, pero la cámara sobre el gran mástil del aparcamiento no aportó información relevante. Se veía durante unos instantes cómo el coche se desplazaba por una de las calles entre los cientos de vehículos aparcados, pero el lugar en el que habían encontrado el BMW quedaba fuera del alcance de la cámara. Quizá fue casualidad, o quizá Jacobo eligió la ubicación con la intención de que estuviera en un punto ciego. Ortega maldijo su suerte en voz alta y golpeó la pared con el puño susurrando entre dientes un «¡Joder!» más sonoro de lo que le hubiese gustado.

—¿No hay otra cámara que pueda captar la actividad del coche? Necesito saber qué pasó con el conductor.

—Lo siento, pero ese ángulo no lo recogemos desde ninguna otra cámara. Podríamos revisar si aparece en las grabaciones de las que hay junto a las puertas de entrada al edificio.

—Mucho me temo que no entró. Lo que ocurrió con este hombre pasó en el aparcamiento —contestó Ortega—. De todas formas, estaría bien comprobarlo para descartar.

—Podemos darte una copia de las grabaciones de las cámaras desde las 18.30 hasta el cierre. Todos los accesos de entrada y salida quedan registrados en las cámaras. Lo que podemos ofrecerte son las imágenes de todos los coches que entraron o salieron del aparcamiento en las horas anteriores y posteriores a la llegada del BMW —añadió el vigilante que controlaba las cámaras.

—Interesante... —respondió Ortega pensativo—. ¿Podríamos ver quién va en cada vehículo que sale? Quizá se cambió a otro coche y pueda deducir con quién se marchó.

—Me temo que no va a ser posible. A esa hora es prácticamente de noche y las imágenes no mostrarán el interior. Se verá todo negro. Con suerte, identificaríamos las matrículas —respondió el jefe de seguridad.

—Nuestro hombre entró en el aparcamiento y dejó su BMW en el punto ciego. Supongamos que esperó unos minutos y otra persona vino a buscarlo, o le obligaron a entrar en otro coche. Después salieron del aparcamiento. Por tanto, la lista de los coches que se marcharon a partir de las 18.38 sería muy interesante. Al menos obtendremos una lista de vehículos para investigar —reflexionó Ortega.

—Hay una mala noticia…

—Preferiría no escuchar más malas noticias por hoy —respondió Ortega.

—Un sábado en ese horario pasan por nuestro aparcamiento una media de treinta coches por minuto. Así que tu lista de vehículos a investigar no será corta.

Ortega hizo un rápido cálculo mental para saber cuántos coches saldrían en una hora teniendo en cuenta el flujo que le habían indicado. Al mismo tiempo, la expresión de su cara mutó hacia una mezcla entre abatimiento y cansancio, al ser consciente de que seguir la única pista que tenían les costaría un esfuerzo ímprobo.

—¡Hostias, mil quinientos coches!

—Nadie vio nada.

—¿Estás segura?

—Completamente.

—¿Alguna cámara de vigilancia en la zona?

—Ninguna. Hay una tienda de muebles, otra de iluminación, una costurera… ninguna cámara.

—Pues estamos bien jodidos.

El comisario Manuel Villacampa colgó el teléfono sin intercambiar más palabras. Había confiado en que Ágata Mox encontrara algo en el punto en el que, según los datos de su móvil, había desaparecido Cristina, algo con lo que seguir avanzando. Pero no había sido así.

Lo incomodaba estar tan perdido. La falta de avances atacaba a su orgullo. En sus décadas de experiencia había tenido aquella sensación muchas veces. Sabía que era algo pasajero, que duraba el tiempo en el que iba agotando pistas y no surgía nada nuevo que arrojara luz, pero esa parte del proceso le resultaba intensamente dolorosa.

Por mucho que le costara aceptarlo, los casos de Cristina y Jacobo estaban en vía muerta.

13

Matrículas y tinta

—He repasado las grabaciones de las cámaras de las tres entradas desde las seis de la tarde hasta el cierre y, definitivamente, Jacobo no entró andando al centro comercial. Se quedó en el aparcamiento. Así que podemos dar por hecho que dejó su coche para subirse a otro.

Ortega escuchaba a Ágata con atención. Los dos policías esperaban a que la máquina de café que había en la planta baja de la comisaría terminara de preparar la bebida.

—También pudo ser que alguien lo engañara para que subiera a otro coche o incluso que lo obligaran a hacerlo —añadió Ortega.

—No creo que lo obligaran: estamos hablando de un aparcamiento que, un sábado por la tarde, tiene muchísima afluencia. Alguien habría visto algo. Además, sus últimos movimientos apuntan a algo premeditado. Por lo que sabemos hasta ahora, este tipo es un enfermo del orden, así que no creo que improvisara. Seguro que tenía la cita bien cerrada y no tardaría más de quince o veinte minutos en volver a salir. Como mucho una hora. Nada en su comportamiento es casual. Tuvo que subirse a otro coche por voluntad propia para que el hecho pasase desapercibido —apuntó Ágata.

—Podría ser...

—Si subió voluntariamente es porque había quedado con alguien. Por tanto, no tardarían mucho en salir. El problema es que salen del aparcamiento mil quinientos coches cada hora, era de noche y el interior de los vehículos no se ve con claridad. Puede incluso que fuese escondido al saber que hay cámaras en los accesos.

Ágata recogió su café. Ortega metió nuevas monedas, pero la máquina no parecía reaccionar. No tuvo paciencia. Soltó un fuerte manotazo sobre la parte superior. Esta cedió hacia atrás con un crujido y terminó tragando las monedas mientras mostraba el mensaje ELIJA SU BEBIDA FAVORITA en la pantalla.

—Esta puta cafetera solo funciona a hostias... —protestó Ortega.

—Podemos conseguir las matrículas —dijo Ágata tratando de dar un tono positivo a su respuesta e ignorando el comentario de su compañero.

—Ya, pero investigar mil quinientas matrículas no va a ser fácil, y menos cuando no sabemos qué coño estamos buscando.

—Deberíamos comprobar una a una. Vemos a quién pertenece el coche y me atrevería a decir que podríamos descartar a todos los que sean de familias de la zona. Lo normal es que estuvieran haciendo la compra de la semana —razonó Ágata.

—No sabemos qué ha pasado con Jacobo, así que no podemos dar por hecho que esté muerto en algún sitio. Quizá solo está escondido. Se metió en algún follón y tuvo que desaparecer durante un tiempo. Los directivos son tipos extraños. Podría ser adicto a la cocaína o a las apuestas y deberle mucho dinero a alguien —especuló Ortega.

—No me encaja. No vimos nada raro en su cuenta bancaria. Un adicto al juego o a las drogas tendría numerosas salidas de efectivo en su cuenta. Pero tienes razón, no tenemos que pensar que vamos a encontrar un cadáver. Quizá solo está escondido dejando pasar el tiempo. Por tanto, podría estar en casa de unos amigos que encajarían perfectamente en el perfil de familia acomodada de la zona —expuso Ágata.

—Entonces ¿a quién coño quitamos de la lista? —gruñó Ortega.

—Analicemos las matrículas. ¡No perdemos nada! Podemos clasificarlas en varios criterios: por una parte, conductores con antecedentes o vehículos de alta gama que pudieran pertenecer a ejecutivos como Jacobo. Por otra, las familias con niños. Cuando tienes hijos pequeños no te metes en líos. Podemos ir descartando. Así que vemos el vídeo, apuntamos matrículas y las cruzamos con la información de tráfico.

Ortega dudó del optimismo de su compañera. No le gustaba su iniciativa ni su afán por demostrar que era una gran policía. Pero su mayor rechazo tenía que ver con el hecho de que fuera mujer. Llevaba muy mal que demostrara una valía y una motivación que él consideraba propias del género masculino. «¿Quién cojones se cree esta niñata?».

—Puedes ir empezando. Estoy seguro de que no vas a encontrar nada útil. Es tu tiempo. Piérdelo como quieras.

El pequeño supermercado estaba regentado por chinos. Era angosto y mal iluminado, con pasillos estrechos que discurrían entre estanterías repletas de objetos: cargadores para cualquier marca de móvil, plátanos demasiado maduros, pintaúñas de colores imposibles, gominolas de los mismos tonos que los pintaúñas, cuadernos con unicornios en la tapa, papel de regalo, disfraces para niños que solo aguantarían una fiesta.

Ninfa y Mala entraron en la tienda para comprar una bolsa de cubitos de hielo y alguna bebida. Al día siguiente tenían invitados y sabían que la jornada acabaría con unas copas en la terraza.

No era fácil deducir el orden elegido para organizar tanto producto disperso en aquel caos. Ninfa pensó que podía responder a una estrategia comercial: «El cliente debe recorrer toda la tienda para encontrar lo que busca y algún otro producto quizá llame su atención». Pasear por los pasillos de la tienda no era una experiencia agradable. Todo estaba polvoriento, amontonado en cajas, descuidado. Quizá también era una estrategia, reflexionó Ninfa. «Que el cliente no toque nada, salvo lo que quiera comprar». Lo que definitivamente sí era una estrategia comercial era la percepción de abandono que transmitía el local, desde el escaparate hasta el interior. «Lo importante no es ser barato, sino parecerlo».

Mientras Mala pagaba, Ninfa se distraía paseando la mirada por las estanterías atiborradas sin sacar las manos de los bolsillos de sus vaqueros: cajas de madera de múltiples tamaños apiladas como muñecas rusas, una diadema con luces coronada por dos penes de plástico, pilas que transmitían poca confianza, un amenazador alicate junto a los artículos de manicura, varios juegos para niños realmente desconcertantes.

Alguien entró en la tienda. Ninfa notó su presencia en el pasillo paralelo y vio que avanzaba entre los huecos que dejaban los objetos. El visitante llegó al final, giró a su izquierda y avanzó por el pasillo en el que Ninfa miraba embobada cómo una docena de gatos chinos movían el brazo. Parecían sincronizados entre sí, como si estuvieran ensayando una coreografía minimalista. Un enérgico «Hola, Ninfa» la sacó de su letargo.

—Hola, Marko. Espero que aquí no tires nada —saludó Ninfa sonriente. Encontrarse con Marko la puso de muy buen humor.

—¡Prometido! —respondió él con firmeza mientras se llevaba una mano al corazón y agachaba ligeramente la cabeza—. Qué casualidad encontrarte por mi barrio. ¿Vives por aquí?

—Sí, vivimos en esta misma calle.

—¡Yo también! Justo encima de esta tienda. ¿No es increíble que nos encontremos dos veces en tan poco tiempo? —Parecía entusiasmado.

Marko llevaba un abrigo con capucha entreabierto, una sudadera negra, vaqueros y zapatillas. Su pelo ligeramente largo y rubio estaba más revuelto que en su anterior encuentro. Parado en medio del pasillo, sonreía a Ninfa mientras sujetaba un paquete de rollos de papel higiénico. Ninfa pensó que aquella imagen era realmente ridícula. Plantado en medio de aquel pasillo estrecho rodeado de objetos absurdos con un enorme paquete de plástico de rollos de papel y una sonrisa que le ocupaba toda la cara. Pero Ninfa también pensó que ese aspecto de guapo despistado lo convertía en irresistible. Marko tenía algo que lo hacía diferente. Al mismo tiempo, Ninfa se sentía dueña de la situación. Con Marko se confiaba, bajaba la guardia. No tenía que buscar las palabras para cortar una conversación cada vez más atrevida. Además, no había duda de que Marko parecía encantado de verla. Lo revelaba su expresión de felicidad.

Mala pagó la compra y se acercó. Su rostro esquelético mostró una sonrisa un tanto etérea y un «Hola» apenas audible. Normalmente ejercía de protectora de su amiga ante las conversaciones forzadas. Ninfa siempre agradecía la ayuda de Mala, sus maneras cortantes. Pero, en esa ocasión, fue consciente de que aquel encuentro era bien recibido por ambas partes, así que procuró ser lo más amable que pudo.

—Ya he pagado. Nos has pillado comprando algunas bebidas —dijo Mala intentando no sonar muy descortés.

—Yo venía a por… —Marko interrumpió la frase mientras bajaba la mirada avergonzado hacia su gran paquete de rollos de papel.

—Vale, no lo digas. Está claro —respondió Mala.

Ninfa no paraba de reír. Hacía mucho que Mala no la veía comportarse como una quinceañera enamoradiza. Si no fuera por lo inhóspito de aquel pasillo lleno de objetos polvorientos, Ninfa y Marko parecerían dos adolescentes en su primera cita. Mala pensó que la situación era disparatada, pero no quería interrumpir la magia que parecía estar viviendo su amiga. Ninfa comenzó a mostrar síntomas de que aquello era un sinsentido. Hasta el chino de la puerta los miraba con descaro. «Si no queréis nada más, mejor vais saliendo y no me bloqueáis la tienda».

—Tenemos que irnos a trabajar. A lo mejor tienes prisa por usarlo —añadió Mala con cierta sorna mientras señalaba los rollos de papel.

Un tanto avergonzado, Marko salió detrás de las chicas hacia el mostrador para pagar su compra. Ninfa y Mala ya estaban casi en la puerta y miraron atrás para despedirse.

—¿Me das tu Instagram? —fue lo único que acertó a decir Marko. Se resistía a dejar escapar a Ninfa por segunda vez. Tuvo que armarse de coraje para mirarla a los ojos después de aquella frase.

Ella volvió a sonreír. Le devolvió una mirada coqueta mientras pensaba que los ojos de Marko eran de un verde precioso.

—Ninfa Klein. Con «K», como Marko.

Las chicas salieron a la calle y lo dejaron contando monedas en el mostrador mugriento.

«Putos tortolitos», pensó Mala mientras caminaban por la acera en dirección a casa.

El sepulcro encierra dos corazones en un mismo ataúd.

Lo había leído hacía algún tiempo. Una romántica afirmación que se convertía en verdad descarnada en el caso de Cristina Miller. El corazón de su esposo también se quedó aprisionado en el féretro.

Carlos Mir pensó entonces que nadie lo echaría de menos cuando ya no estuviese. No habría un segundo corazón agonizante que lamentara su pérdida.

También había leído que la muerte, además de inevitable, era un castigo para algunos, un regalo para otros y un favor para la mayoría. Carlos no sabía en qué grupo incluirse. ¿Qué sentido podría tener su vida cuando hubiera superado sus objetivos vitales? Quizá ninguno. La muerte sería un simple trámite final, sin lágrimas ni herederos.

Carlos trabajaba en su despacho desde hacía unas horas. Había hecho llamadas y contestado varios e-mails. En el exterior llovía con fuerza. Las gotas resbalaban por los cristales cubiertos de vaho. El día había amanecido gris y oscuro, pero, según pasaban las horas, las nubes se tornaban más densas y plomizas. El aguacero se estaba convirtiendo en tormenta sin voluntad de dar tregua.

Siguiendo la costumbre de los últimos años, marcó el número del intercomunicador para hablar con Cristina y se sorprendió a sí mismo pensando que aquella mujer simpática y eficiente todavía estaba al otro lado de la puerta de su despacho. Pero no era así. Carlos concluyó entonces que tenía que iniciar de forma inmediata el proceso para sustituirla. No sería fácil. Cristina había demostrado compromiso y eficacia.

Llevaba días esquivando periodistas. Sin la ayuda de Cristina se le hacía un poco más difícil. Sabía de sobra sus motivaciones. Empezaban preguntando por sus planes como nuevo presidente, pero la conversación se transformaba en un interrogatorio sobre las misteriosas desapariciones y la detención de Américo. Buscaban carnaza. No eran periodistas, sino buitres deseando rellenar páginas de carroña. Los odiaba con todas sus fuerzas, aunque no tenía más remedio que trabajar con ellos. Invertía millones en publicidad para controlar lo que se contaba sobre TelCom. Ya lo hacía con Fausto, aunque tendría que ampliar el presupuesto para abortar el sensacionalismo y olvidar la fatídica suerte de Cristina.

La reflexión sobre el verdadero significado de la muerte volvió a invadirlo y le causó una inexplicable desazón. Morir.

Desaparecer para todos y para siempre. En algunas ocasiones, partir sin despedirse, como Cristina.

«¿Y Jacobo? ¿Qué coño ha pasado con Jacobo?», recordó Carlos.

No podía vislumbrar qué era lo que había sucedido con su director comercial. El caso se estaba volviendo embarazosamente complejo. Hasta el comisario Villacampa estaba fuera de juego. Nada parecía darles una pista sólida sobre lo que había pasado con Jacobo.

Había algo en su desaparición que lo incomodaba. Carlos no se fiaba. Sabía que detrás de aquella fachada de profesionalidad y excelencia también se escondía una personalidad insaciable y ambiciosa. No era difícil intuir que Jacobo había maniobrado para acercarse a la presidencia. Además, Jacobo sabía muchas cosas. Había negociado varios contratos con administraciones públicas corruptas. Tenía en su poder documentos que podrían poner a TelCom en un aprieto. Quizá esos documentos comprometedores pudieran tener algo que ver con su desaparición. O quizá no.

Si el comisario tenía razón y Jacobo seguía sin aparecer, tendría que buscar una persona que lo sustituyera. No podía esperar indefinidamente. Su equipo comercial requería liderazgo y ya había recibido varias llamadas de administraciones interesadas en adjudicar sus contratos amañados a TelCom. Más corruptos llamando a la puerta. La máquina de la perversión que nunca para. Necesitaba a alguien que supiera moverse en el cenagal de las inversiones públicas, donde siempre había mucho que pescar para una empresa como TelCom. Esas relaciones oscuras en las que Jacobo había demostrado tanta eficacia.

Sabía que no podía esperar más, así que levantó el teléfono para pedir que buscaran a dos personas que cubrieran las vacantes.

Independientemente de lo que les hubiese pasado, la gran rueda de hacer dinero tenía que seguir girando.

—No es fácil encontrar a alguien que sepa gestionar este tipo de situaciones. Hace falta decisión, arrojo y sobre todo mucha discreción. Así que no puedo estar más agradecida con la forma en la que ha manejado nuestra pequeña crisis, señor Villacampa.

El comisario escuchaba las palabras de Madame Carmen con satisfacción. Estaban sentados en la misma sala en la que el comisario recibió el encargo. En esa ocasión, Madame Carmen vestía un traje de chaqueta y pantalón negro y una blusa blanca con un atrevido escote. Sobre la mesa, además de un cuaderno, una espectacular pluma Montblanc Starwalker y una agenda de cuero, Madame Carmen tenía un abultado sobre de papel satinado que le acercó deslizándolo sobre la mesa.

—Es un placer entregarle sus honorarios. Se los ha ganado.

En ese momento, el comisario no pensó en el dinero, ni en las bonitas palabras que recibía alabando su profesionalidad. Admiraba la belleza madura de Madame Carmen, su porte, sus exquisitos modales, la forma en que se movía, sus manos y su piel pálida. Dos pulseras de oro asomaban bajo la manga de la blusa cuando gesticulaba. Cuanto más conocía a aquella mujer, más fascinación le despertaba, aunque no siempre fue así.

Cuando uno de sus contactos habituales le dijo que Madame Carmen buscaba a una persona de su perfil, dudó. Había oído hablar de X-Room y no quería que su nombre se relacionase con aquel club para libertinos de alto standing. Pero, por otra parte, sentía una profunda curiosidad por saber si todo lo que se contaba sobre X-Room era cierto o simples bulos. No le había resultado difícil resolver el encargo en cuanto le informaron de que uno de sus hombres hacía negocios sucios extorsionando a discotecas y clubs. Pero le había generado un pequeño conflicto interior descubrir que Ortega no era quien parecía ser. Se suponía que el negocio del comisario era la información y en este caso no había sospechado absolutamente nada. Había estado ciego. Había sido un completo ignorante. Tras destapar su cara oculta, empezó a trabajar con él de manera más cercana para tenerlo bajo control. El plan había funcionado y por eso recibía las palabras de Madame Carmen con agrado.

—Algún día debería probar nuestros servicios, señor Villacampa —dijo Madame Carmen con una discreta sonrisa y sus maneras exquisitamente educadas—. Está invitado a visitarnos cuando usted quiera.

—A mi edad lo único que da satisfacción a un hombre es levantarse cada mañana sin más dolores que el día anterior —contestó el comisario con una expresión creíble.

—¡Por favor! Usted no es tan mayor. Si yo le contara…

—Muchas gracias. —El comisario respondió al cumplido con una ligera inclinación de la cabeza—. En cualquier caso, no sé si podría disfrutar de lo que hacen aquí.

—No se crea muchas de las historias extravagantes que se cuentan sobre este lugar. Además, hay muchas formas de disfrutar. Yo misma me sigo sorprendiendo con las inquietudes que nos confiesan nuestros clientes.

—Con todo el respeto y sin ánimo de resultar simplista, no me veo en este lugar jugando con un látigo.

—No caiga en los tópicos, señor Villacampa. Aquí hacemos muchas más cosas que azotar a jovencitas en las nalgas como en un internado del siglo XIX. Esto es algo más que un refugio para pervertidos. De hecho, las prácticas que tienen lugar en esta casa van más allá de las conductas que nuestra sociedad califica de perversas. Piense que algunos de nuestros clientes están sometidos a mucho estrés en su vida profesional. Por eso vienen a X-Room. Delegan la presión en otra persona para desconectar y dejarse llevar, olvidando la responsabilidad.

Sienten que pueden someterse, ceder el control y todo ello no tiene por qué ser bajo una perspectiva estrictamente sexual.

—Es un interesante punto de vista —respondió el comisario.

—La hipocresía de nuestra sociedad occidental califica de desviado a cualquiera que tome sus propias decisiones en el ámbito sexual. Pero al mismo tiempo se nos educa para normalizar relaciones de sumisión. Hasta la expresión «hacerse la víctima» es una manifestación masoquista. Los cuentos de Disney que les hemos contado a nuestras hijas reflejan claramente el relato masoquista clásico.

Los ojos del comisario no pudieron ocultar una expresión de asombro.

—Las princesas de los cuentos sufren los desprecios, las vejaciones y hasta la violencia física de sus madrastras. No hay actividad sexual, pero todo el cuento ilustra los roles de una relación no igualitaria. Blancanieves, la Cenicienta o la Bella Durmiente hacen del sufrimiento y el victimismo su forma de vida. Las niñas crecen asumiendo el rol de inferioridad que les hemos inculcado en los cuentos y, cuando añaden la lógica sexual, generan la perfecta relación sadomasoquista. Pero nadie dice que sea algo dañino. Sin embargo, nuestros clientes son definidos como pervertidos. Así de injusta es la vida, señor Villacampa. Las mujeres que crecieron educadas con Disney pueden venir aquí a revertir los roles de su infancia sin que nadie las juzgue. Son verdaderamente libres.

El comisario estaba asombrado con las reflexiones de Madame Carmen. Su punto de vista le resultaba sorprendente y atrevido. En cierta medida lo hacía sentirse incómodo, pero no podía dejar de escucharla, como un marinero hechizado por el canto de una sirena.

—La práctica religiosa también es un buen ejemplo de relación masoquista —continuó Madame Carmen—. El dios cristiano es el gran sádico. La vida de un creyente es sufrimiento, plegaria y reconocimiento del pecado. El cristianismo maltrata psicológicamente a sus fieles. Incluso ha habido épocas en las que se instaba a los creyentes a infligirse dolor físico, flagelaciones, cilicios. ¿Y nosotros somos los pervertidos? Créame, señor Villacampa, no hay diferencia entre arrodillarse ante un dios o ante un sádico.

El comisario estaba abrumado. Quería decir algo que sonase interesante, aportar algún punto de vista original, pero fue incapaz. Carmen llenaba el espacio con su energía, atraía toda la atención con su presencia y su discurso.

—Pero discúlpeme. No quiero abrumarle con mis dogmas. Y, por favor, no crea que estoy intentando convencerlo de nada. Es libre de pensar lo que quiera sobre lo que hacemos aquí. En cualquier caso, siempre será bienvenido.

Madame Carmen se levantó y el comisario entendió, muy a su pesar, que aquella cita había tocado a su fin. Podría haber estado horas escuchándola. Cogió el sobre y, sin mirar los billetes que había dentro, lo guardó en el bolsillo de su americana. Carmen abrió la puerta de la sala y avanzaron juntos hacia el vestíbulo.

—Mala, ¿podrías acompañar al señor Villacampa a su coche?

Mala se acercó desde el fondo de la recepción hasta donde Manuel y Carmen se estrechaban la mano como despedida. Abrió la puerta de acceso al garaje y se quedó en el umbral esperando por el comisario.

Manuel no pudo menos que fijarse en aquella joven lánguida. Llevaba una especie de chaleco de vinilo con hebillas metálicas, un pantalón ajustado y unas botas negras. Sus brazos desnudos estaban repletos de tatuajes. El comisario se giró para mirar a Madame Carmen por última vez, mientras deseaba que el destino le regalara la oportunidad de volver a verla. Cuando volvió la mirada hacia Mala, se fijó en los detalles de los tenebrosos diseños que lucía orgullosa en sus brazos. En el derecho, un dragón echaba fuego sobre un

hombre atado que colgaba cabeza abajo, mientras dos mujeres desnudas observaban la escena abrazadas en un trono con
un respaldo presidido por una gran calavera. Las patas del
dragón se fundían con una textura de escamas y flores a la
altura del codo que se extendían hasta la muñeca.

El comisario pensó que no entendía el motivo para que
alguien hiciese algo así en su piel, teniendo en cuenta que lo
acompañaría de por vida.

«¿Y si en algún momento futuro esta chica decidiera que
esas extrañas figuras no son una buena idea?», pensó.

Mala se giró para indicarle el camino hacia el garaje y, al
mover el brazo, el comisario observó la parte superior del
tatuaje, que se extendía hasta el hombro y la parte alta de la
espalda. Encima del trono, una criatura de forma humana
y cabeza de macho cabrío con grandes cuernos elevaba el brazo derecho apuntando al cielo y el izquierdo hacia el suelo.
Su pecho estaba desnudo. Se sentaba con las piernas cruzadas
y, en lugar de pies, dos grandes pezuñas asomaban de la túnica que le cubría el sexo y parte de las piernas. Las manos se
mostraban en una postura poco natural: sus dedos índice
y corazón apuntaban hacia arriba mientras el meñique y el
anular se recogían hacia el interior de la mano.

Pero lo que sobrecogió al comisario fue el símbolo situado
justo encima de la mano derecha de aquella criatura: dos estiletes alargados se cruzaban formando una «x». En los cua-
drantes había cuatro letras en una recargada tipografía gótica
que el comisario reconoció de inmediato: SODS.

—¿Puedo ver tu tatuaje? —fue lo único que acertó a decir,
abrumado por su descubrimiento.

Mala se sintió incómoda al ver cómo aquel hombre se acercaba y se quedaba mirando fijamente la parte alta de su brazo
derecho. Aun así, asintió y se volvió para mostrárselo completo.

—¿Qué significan estas letras? —preguntó el comisario
apuntando hacia los estiletes cruzados.

—No lo sé.

—¿Cómo que no lo sabes? ¿Qué me estás ocultando? —insistió con un tono un tanto brusco, del que se arrepintió nada más terminar la frase.

Mala miró por encima del comisario hacia Madame Carmen, que observaba perpleja la escena, como si quisiese obtener su beneplácito para colaborar o su autorización para llamar al jefe de seguridad y quitarse a aquel hombre de encima. Carmen asintió con la cabeza y Mala se armó de paciencia para contestar a sus preguntas.

—No le estoy ocultando nada. La parte alta del tatuaje es una alegoría del espíritu maligno. Nada más.

—¿Me estás queriendo decir que te has hecho esto en el brazo sin saber lo que significa?

—Cuando voy a un estudio, yo no le digo al tatuador lo que tiene que hacer. El tatuaje es arte. Los grandes tatuadores no se limitan a hacer réplicas de los dibujos de un cuadernillo o de las bobadas que se buscan en internet. Son artistas. Yo les transmito el concepto que quiero en mi piel y ellos crean una obra exclusiva. Así funciona.

—Y cuando acabó tu tatuaje, ¿no sentiste curiosidad por saber qué significaban estas letras?

—No. Simplemente es parte de la obra.

El comisario no entendía aquella forma de expresión artística que defendía Mala pero, por la sinceridad que observaba en su rostro, quiso creer que no mentía.

—Al menos ¿me podrías decir quién te hizo este trabajo?

—Se llama Rey. Bueno, no sé si es su nombre real, pero todo el mundo lo llama Rey. Tiene un estudio en Malasaña, en la calle Espíritu Santo: Rey y Lvna. Es muy conocido. No le costará encontrarlo.

—¿Puedo hacer una foto? Solamente de esta parte —preguntó el comisario mientras señalaba la figura con cabeza de cabra, los estiletes y las letras.

Mala aceptó una vez más, aunque por la expresión de su rostro, dejó claro que aquello empezaba a incomodarla en exceso. Antes de que se arrepintiera, Manuel sacó su móvil e hizo una foto rápida. Como le había prometido, era un plano corto en el que solo se veían las figuras. Le enseñó la foto a Mala para que comprobase que no se veía nada que pudiera comprometerla y le agradeció su paciente colaboración.

—Señor Villacampa, ¿nos podría contar a qué viene este repentino interés por el tatuaje? —añadió Madame Carmen desde el otro lado del vestíbulo.

—Mucho me temo que no. Solo os puedo decir que me habéis ayudado mucho —zanjó el comisario mientras salía hacia el garaje a toda prisa.

14

Grupos de presión

Salió de la ducha y secó su piel con movimientos pausados. Dejó caer la toalla blanca que la cubría frente al espejo para contemplar su cuerpo desnudo. La excitaba verse así: sola, desnuda, con el pelo mojado cayendo sobre sus hombros y la piel brillante. Ernest se había ido a trabajar hacía solo unos minutos. A lo lejos se adivinaban los sonidos de unas manos recogiendo la cocina. Sonó el timbre, luego unos pasos cada vez más nítidos y cercanos. Tras un instante de pausa, la voz de la asistenta se abrió paso a través de la puerta del dormitorio, que permanecía cerrada.

—Señora, el técnico está abajo esperando.

Sofía seguía observando su cuerpo desnudo frente al espejo. Escuchó a la asistenta y contestó con un breve y directo «Ahora bajo». Abrió el armario y se puso una bata negra, tan larga que la cubría hasta los pies y arrastraba ligeramente si no caminaba erguida. La entalló en la cintura y salió descalza de la habitación.

En el vestíbulo esperaba un chico joven, moreno y con barba. Vestía de rojo y negro, con el logotipo de la compañía presidiendo su pecho. Los pantalones tenían unos bolsillos laterales a mitad de la pernera. También llevaba un chaleco con muchos más bolsillos. Todos ellos parecían estar repletos de objetos que los hinchaban generando formas picudas.

Sofía lo observó mientras descendía los últimos peldaños y sus pies asomaban curiosos bajo la tela de la bata. Consideró que aquel muchacho tenía el atractivo del desconocido que se adentra en la intimidad del hogar por una causa colateral y, al mismo tiempo, el encanto de un joven despistado e inexperto que se entregaría sin reservas a los sofisticados deseos de una mujer madura. Sofía también notó que su presencia había captado toda la atención del chico. Su figura delgada embutida en aquella larga bata negra descendiendo la escalera había provocado una expresión de admiración de tal magnitud que le fue imposible disimularla.

Sofía le expuso la situación en pocas palabras. Ernest llevaba varios días quejándose de la falta de velocidad y de los cortes de la conexión a internet, así que llamó al servicio de atención al cliente. Hicieron la habitual batería de pruebas en remoto y se concluyó que el problema parecía estar en el *router*. El técnico preguntó por la ubicación del equipo y Sofía lo acompañó al despacho de Ernest.

El chico se arrodilló para manipular el equipo y dio la espalda a Sofía, que se sentó en una de las sillas del despacho a unos pocos metros de distancia mientras esperaba el veredicto técnico. Sofía pensó entonces en el chico arrodillado ante algo tan vulgar y estúpido como aquella pequeña caja de plástico con luces rojas y verdes. Fantaseó con la idea de que se diese la vuelta y se arrodillase ante ella, que se tumbase en el suelo, que obedeciese sus órdenes. Imaginó que caminaba sobre él con sus pies descalzos, pisando su pecho, su cara y sus genitales. Pensó en cómo reaccionaría si se abriese la bata y le mostrara su cuerpo desnudo. Imaginó la cara de aquel chico joven si abriese las piernas y exhibiera sin pudor su sexo húmedo y caliente. Un calor pegajoso comenzó a extenderse por su cuerpo. Abrió ligeramente la parte alta de la bata para que el aire acariciase el sudor que empezaba a hacer presencia en su nuca. Se levantó, avanzó varios pasos hacia el chico y le preguntó por el estado del equipo para poner límites al vuelo libre de su imaginación. El técnico volvió la cabeza y mostró signos evidentes de nerviosismo al sentir tan cerca la esbelta figura de Sofía. Arrodillado ante ella, con una mano todavía en el *router*, solo acertó a responder un escueto «Está roto, lo cambiaré por uno nuevo». Sofía agradeció su diligencia y abandonó la sala camino de su dormitorio.

Nada más cerrar la puerta, tiró la bata al suelo y se tumbó en la cama que seguía revuelta. Tapó su cuerpo desnudo con la manta arrugada que se retorcía desde los pies de la cama. Notó la caricia de las sábanas al rozar sus piernas, su vientre y sus pechos. Alargó la mano para coger su ordenador portátil, que había dejado la noche anterior sobre la mesilla. Abrió el navegador y entró en la red social de X-Room. Fantasear con aquel muchacho le había abierto el apetito y decidió recuperar una idea que llevaba rondando su cabeza desde hacía un tiempo.

Había descubierto el placer de la inmovilización por casualidad. Aquello fue idea de Ernest durante la última sesión con Lady Cunt y había resultado embriagador. Soñaba con volver a mostrar su cuerpo desnudo sin la más mínima posibilidad de hacer nada por evitarlo. Dejarse acariciar mientras notaba la presión de las ataduras. Observar lo que ocurre a su alrededor sin poder juzgar. Estar a merced de otra persona. Jugar a su juego sin hacer nada. Concentrarse en una pequeña caricia amplificada por la inmovilización y los sentidos mermados. Simplemente estar presente y dejarse hacer.

Hizo algunas búsquedas en X-Room Online. Sus dedos se movían ligeros sobre el teclado. El resultado le devolvió imágenes sugerentes, diversión e intimidad a partes iguales. Muchas de aquellas fantasías ya las había llevado a la práctica. Algunos perfiles aparecían bajo las típicas etiquetas de la tradición BDSM. Pero no era eso lo que buscaba. Acotó su búsqueda al término *bondage* y en uno de los resultados apareció una palabra de la que apenas había oído hablar y que capturó poderosamente su atención: *shibari*. A partir de este pequeño hallazgo se hizo presente todo un torrente de prácticas, experiencias estéticas y sadismo que iba mucho más allá de lo que había imaginado. Sofía leyó que el *shibari* tuvo su origen en técnicas de tortura del antiguo Japón que, con el paso de los siglos, desembocaron en el moderno arte de los juegos eróticos con cuerdas. La tortura dio pasó a la práctica consensuada con otra persona, en la que priman tanto los aspectos técnicos como los estéticos, así como la conexión casi mística entre atador y atado.

A través del término *shibari*, Sofía llegó a varios perfiles que se ofrecían como modelos para sesiones de cuerdas y atadores que buscaban compañeros. Lo habitual era que los atadores fueran hombres y las atadas mujeres, pero también encontró una atadora femenina. Navegó cerca de una hora por X-Room Online. Al mismo tiempo ampliaba información con búsquedas adicionales en Google para conocer mejor aquel submundo que se abría ante ella y que le generaba una mezcla de atracción y desasosiego. «Más allá de ser una perturbadora práctica sadomasoquista, el *shibari* es considerado una expresión artística en la que se crea belleza con el cuerpo y las cuerdas, un acto ritual que eleva la sensualidad amplificando lo estético y que culmina en éxtasis», leyó Sofía. Saltaba de unos artículos a otros empapándose de todo aquello. «El propósito del *shibari* es dar placer a través de la presión de las cuerdas en ciertas zonas del cuerpo».

De todo lo que descubrió aquella mañana, hubo un perfil que destacó sobre lo demás. En las imágenes aparecía un hombre enmascarado con un pantalón negro de goma con peto y tirantes, el pecho descubierto y dos grandes muñequeras. Junto a él, una mujer desnuda suspendida en una maraña de cuerdas y nudos, volando entre ataduras con posturas imposibles. Las imágenes tenían una belleza difícil de describir.

En la parte superior del perfil, había una presentación muy breve: «Señor Nawashi. Arquitecto del dolor».

Sofía dudó. Cerró los ojos y recordó las fantasías que había tenido los últimos días. Un escalofrío recorrió su espalda, desde el coxis hasta la nuca, y la hizo temblar. De pronto tuvo frío. Tiró de las mantas hasta el cuello mientras dejaba el ordenador a un lado. Se acurrucó en la cama y pensó que aquello quizá no era una buena idea. Se sentía en el borde del precipicio. Pensó en Ernest, en Lady Cunt, y en lo placentero que resultaba todo lo que habían hecho juntos. Pero también recordó lo mucho que había dudado antes de poner en común con Ernest las fantasías que ahora compartían con normalidad.

Sofía continuó leyendo: «La cuerda es un conductor de energía que enlaza atador y atado. La sensación de inmovilidad al ser envuelto en cuerdas libera endorfinas que generan un intenso placer».

El calor volvió a su cuerpo.

Se incorporó en la cama y empujó las sábanas a un lado. Cogió de nuevo el ordenador y no dudó más. Escribió a Señor Nawashi.

El comisario Manuel Villacampa tuvo que consultar un mapa en su móvil para confirmar que caminaba en la dirección correcta hacia la calle Espíritu Santo. El barrio de Malasaña era un laberinto en el que resultaba difícil ubicarse entre calles retorcidas y travesías ajenas a cualquier cuadrícula que facilitara la orientación. Hacía mucho que no paseaba por allí y lo sorprendió que aquellas calles estrechas estuvieran tan llenas de actividad. La vida propia del barrio se fusionaba con hordas de turistas atraídos por su ambiente auténtico, castizo y desenfadado, entre restaurantes de comida exótica, tiendas de curiosidades y locales de ropa de segunda mano.

Después de caminar un tanto perdido durante unos minutos, giró la esquina que ocupaba un restaurante griego y finalmente vio la calle Espíritu Santo. Mala Mosh no le había engañado: encontrar el estudio de Rey no le costó esfuerzo. Apenas había caminado cincuenta metros y ya podía ver el llamativo cartel: REY Y LVNA. TATTOO PARLOR. La fachada estaba decorada con calaveras, ramos de rosas y pistolas en vistosos colores. A través del escaparate, el comisario distinguió una recepción con sofás de cuero y varias mesas bajas. De las paredes colgaban cuadros con ejemplos de algunos tatuajes especialmente elaborados. No se entretuvo. Tenía prisa por hablar con Rey. Quería avanzar lo más rápido posible con aquella nueva pista que acababa de surgir.

Abrió la puerta y, desde el mostrador, una chica joven lo miró con cierta extrañeza. Estaba claro que el comisario no encajaba en el perfil habitual de sus clientes. Tenía el pelo corto y alborotado, teñido de azul eléctrico. A pesar de que hacía frío fuera, llevaba una camiseta negra de tirantes muy ajustada con el emblema «Rey y Lvna» rodeado de calaveras. La camiseta dejaba ver sus brazos repletos de tatuajes, que se extendían desde los dedos hasta el pecho y el cuello. Le llamó la atención que los dibujos no eran parte de una escena a lo largo de los brazos, como en el caso de Mala, sino una multitud de pequeños objetos, frases y texturas repartidos de forma aparentemente aleatoria por toda su piel, incluida la cara. Tenía un corazón junto al ojo derecho y el lema «Female power» encima de la ceja izquierda.

—¿Te puedo ayudar en algo? —preguntó la dependienta mascando chicle y ladeando la cabeza, mientras juntaba los brazos sobre el mostrador haciendo que sus pechos menudos se reuniesen y resultasen descaradamente evidentes a través de la camiseta.

El comisario se sorprendió a sí mismo pensando que, a pesar de su aspecto, aquella chica tenía algo que la convertía en tremendamente atractiva. Por un instante se imaginó lo erótico que podría resultar su cuerpo desnudo, mientras un amante cubría de besos y caricias cada uno de los diseños que tenía repartidos por el cuerpo, como si su piel fuese un mapa del tesoro. Pero optó por eliminar aquellos pensamientos de su cabeza y concentrarse.

—Estoy buscando a Rey. Necesitaría hablar con él unos minutos —respondió el comisario al tiempo que le mostraba la placa de policía.

La visión de la placa causó cierto estupor en la chica, que no supo muy bien qué contestar. Se limitó a un breve «¿Puede esperar un momento?» y desapareció en la trastienda.

Mientras aguardaba, Villacampa no dejaba de oír el zumbido ronco y continuo de la máquina de tatuar. Le parecía muy desagradable. Trató de imaginar el suplicio que debía suponer someterse a una sesión de dolor en aquellas salas, sin dejar de escuchar aquel zumbido penetrante. Al mismo tiempo, volvieron a su cabeza las palabras de Madame Carmen sobre el dolor y la sumisión y pensó que, definitivamente, se estaba volviendo demasiado mayor como para entender el mundo.

El zumbido cesó. Una de las puertas laterales se abrió y apareció un hombre alto, de unos cuarenta y cinco años. Tenía barba y el pelo muy largo, recogido en una coleta. Salió de la sala quitándose unos guantes negros de látex que tiró a una pequeña papelera junto al mostrador y desató la parte alta de una mascarilla sanitaria que le quedó colgando del cuello. Llevaba una camiseta negra de manga corta con otra versión del logotipo de «Rey y Lvna» y unos vaqueros gastados con rotos a media altura que dejaban al aire sus rodillas. Miró con incertidumbre al comisario. No podía imaginar a qué se debía la visita de un policía de paisano a su establecimiento. La chica del pelo azul desapareció en una de las salas.

—Hola, soy Rey. ¿En qué le puedo ayudar?

—Soy el comisario Manuel Villacampa de la Comisaría Norte. Necesitaría hacerte unas preguntas sobre una investigación en curso. Y por favor, no me trates de usted.

La cara de Rey reflejaba el desasosiego de quien no sabía qué esperar de aquella situación. Mientras aceptaba la solicitud con un «Sí, por supuesto», invitó al comisario a sentarse en uno de los sillones.

—¿Reconoces este tatuaje? —le preguntó mientras le enseñaba en el móvil la foto que le había hecho a Mala.

Rey cogió el móvil, lo miró con atención y amplió la imagen con los dedos sobre la pantalla táctil para ver mejor algunas zonas. Una breve sonrisa pareció dibujarse en sus labios.

—Sí, claro. Es el brazo de Mala. Es una buena clienta. Le hice la parte alta del brazo y la espalda hace un par de años.

—¡Bien! Necesito saber qué significan las siglas SODS que hay sobre la mano de esta figura —manifestó el comisario sin dar más rodeos.

—¿SODS? —inquirió Rey con expresión de sorpresa—. Querrás decir DOSS. Se lee de abajo a arriba y en dirección inversa a las agujas del reloj.

El comisario no pudo contener su entusiasmo. Por fin alguien arrojaba algo de luz sobre aquellas siglas. Rey parecía tener respuestas.

—D-O-S-S son las siglas de Discípulos de Ob, Siervos de Satanás. Se lee al revés porque el satanismo siempre utiliza la negación y la reversión de todo lo que representa el orden establecido y, en especial, el cristianismo. De ahí que se lea de abajo hacia arriba y en el sentido inverso.

—¿Por qué añadiste estas letras al tatuaje? —preguntó el comisario.

—Mala me pidió que trabajara la idea del mal y la oscuridad. Supongo que la conoces, así que habrás visto que es una chica de un aspecto muy particular. Hubiese sido demasiado evidente culminar la obra con el típico 666, el número de la bestia. Yo buscaba algo más original.

Antes de continuar, Villacampa quiso confirmar que Rey no tenía nada que ver con el caso de Cristina Miller, así que decidió preguntarle dónde había estado el fin de semana de la desaparición. Rey se levantó a consultar su agenda. Su coartada era consistente.

—Me pasé una semana completa en Florida, en una convención internacional de tatuaje. Podrás ver mi nombre en la página web del evento. Impartí un taller. También tengo los billetes de avión, por si lo quieres comprobar.

—¿Te suena el nombre de Cristina Miller? —tanteó el comisario.

Rey negó con la cabeza y Manuel, por la sinceridad de su expresión, concluyó que decía la verdad. Pero no quiso perder la oportunidad de recopilar toda la información posible.

—¿Qué puedes contarme sobre estos Discípulos de...? —El comisario dejó la frase en suspenso mientras buscaba la anotación que había hecho en una pequeña libreta.

—Discípulos de Ob —confirmó Rey—. Si te digo la verdad, no sé si se trata de una simple leyenda urbana o algún grupo sectario que ha existido en realidad. Es lo mismo que ocurre con otros grupos como las Hijas del Halo de Belcebú, Ocinatas Otluc o los Templarios Negros. ¿Qué hay de cierto o de ficción? Poca gente lo sabe. Por ejemplo, en internet hay decenas de noticias de las Hijas del Halo de Belcebú, pero la gran mayoría son copias unas de otras. A veces aparecen crónicas de alguna secta satánica en los periódicos o un reportaje sensacionalista en la televisión. Todo muy trágico, pero a los pocos días se olvida. Supongo que no trascienden demasiado porque nunca han hecho nada especialmente grave. Ya sabes, no se han comido niños ni nada de eso. Tampoco ha habido ningún líder carismático que haya llamado la atención de los medios. Lo relacionado con las sectas en España siempre ha sido minoritario y marginal. Historias difíciles de verificar. Pura histeria colectiva. En definitiva, creemos en lo que queremos creer.

—¿Y dónde supiste de la existencia de este grupo?

—Hace unos veinticinco años que me inicié en el mundo del tatuaje. Fue en un pequeño local en Barcelona. Por allí pasaba gente muy rara, porque el tatuaje no estaba tan extendido como ahora. Todavía era algo muy minoritario, aparte de los grupos de moteros y gente de la noche. Uno de los trabajos que me tocaba hacer a menudo era corregir los diseños que marineros o expresidiarios se habían tatuado en una noche de borrachera y de los que luego se arrepentían. A veces eran los corazones con el tradicional «Amor de madre» y otras, nombres de amantes que querían reconvertir en otra cosa. El caso es que hubo un tipo que había pasado por la cárcel y durante la sesión, en la que le transformé un borrón que tenía en el antebrazo en una sirena, me contó que había compartido celda con un tipo que perteneció a una secta satánica, los Discípulos de Ob. Me explicó historias sobre el gran poder que tenían y los ritos iniciáticos con los que recibían a los neófitos. La verdad es que no le hice mucho caso porque debía estar muy atento a la aguja. Entonces no tenía la soltura que tengo ahora. Pero recuerdo que me gustó el nombre y se me quedó grabado. Años después, buscando ideas en internet para nuevos encargos, me crucé con algunos comentarios sobre los Discípulos de Ob. He utilizado su emblema en varias ocasiones para representar la idea del mal, la bestia interior, la oscuridad. Creo que posee muchísima fuerza visual y el 666 ya está muy visto. Así que es posible que encuentres más brazos y espaldas con las siglas DOSS. Pero, por favor, no los interrogues a todos. No sé qué es lo que estás buscando, pero mis clientes son buena gente.

—¿Podríamos encontrar al hombre del que me hablas?

—Es imposible —dijo Rey, negando con la cabeza—. En aquella época no llevábamos registros de clientes, ni de ningún otro tipo. Ni siquiera recuerdo si nos dijo cómo se llamaba. Los clientes llegaban con un encargo, pagaban y, en muchos casos, desaparecían para siempre.

Rey no podía aportarle mucha más información pero, gracias a su ayuda, el comisario tuvo claro cuál debía ser el siguiente paso: hablar con el profesor Bernardo Aréjula, catedrático de Historia de la Filosofía en la Universidad Complutense, experto de la Red Internacional para el Estudio de las Sectas y colaborador habitual de la policía cuando requerían consejo. Así que Manuel agradeció a Rey su ayuda y se despidieron con un apretón de manos.

—Una última curiosidad. ¿Es verdad que Mala no te preguntó qué significaban esas siglas? —preguntó el comisario mientras se dirigía hacia la puerta.

—No lo recuerdo, pero supongo que no. Es una clienta habitual y confía en mi criterio.

—¿Y es normal que alguien se lleve unas letras grabadas en su piel para toda la vida y no se interese por ello?

—Estoy seguro de que muchos creyentes tienen un crucifijo encima de su cama y no saben qué significan las siglas INRI. ¿No te parece?

—He repasado algo más de setecientas matrículas y lo que he encontrado no ayuda mucho. La gran mayoría pertenecen a familias de la zona que estaban haciendo la compra. Hablamos de familias con hijos, buenos trabajos, colegios de pago y que, como mucho, tienen alguna multa de tráfico.

Ágata Mox exponía las conclusiones del estudio de las matrículas en el que había estado enfrascada. Estaba sentada en la gran mesa de la sala de reuniones. Al otro lado, Cristóbal Ortega se recostaba en la silla.

—También he encontrado algunos *singles* con residencia por la zona.

—*¿Singles?* ¿Desde cuándo hablas como una pija? —rio Ortega.

—Me refería a que hay de todo, hombres y mujeres.

—¡Coño, pues di solteros! —bufó Ortega.

—Ni las familias ni los solteros cumplen con perfiles sospechosos. Un par de detenciones por tenencia de marihuana, una participación en una pelea de borrachos hace veinte años y algunos juicios rápidos por impagos. El único reseñable es este figura.

Ágata hizo una pausa mientras le pasaba a su compañero una fotocopia con una ficha policial.

—Dante Vitale, ciudadano italiano con conexiones con la mafia y un espectacular currículum como atracador de bancos. Vive en Las Rozas desde que se largó de Italia hace cuatro años. Puede ser una simple casualidad y quizá solo fue a hacer la compra con sus niños, como el resto de las familias. He estado pensando mucho en ello, pero no veo la conexión con Jacobo por ninguna parte.

Ortega revisó la ficha de Dante. Había participado en al menos cinco atracos en importantes sucursales bancarias por toda Italia. El método siempre era el mismo. Estudiaban la sucursal durante semanas y entraban por la noche a través de un butrón desde un local colindante. Dante era un maestro de la lanza térmica. Abría un boquete en las cajas y se llevaban grandes cantidades de efectivo. En el último de sus atracos atropellaron a un agente de los carabinieri durante la huida. Volcaron y los detuvieron. Cumplió ocho años en una prisión de Milán. El dinero nunca apareció porque salieron del banco en dos coches y jamás delató a los compañeros. Cuando salió de la cárcel, se mudó a España. Llevaba una vida tranquila y discreta. Tras repasar la ficha, estuvieron de acuerdo en que no podían relacionarlo con el caso.

—Me quedan otras setecientas matrículas por chequear, pero creo que me voy a encontrar con más de lo mismo. Hay que buscar otro enfoque o mucho me temo que no vamos a tener nada de lo que rascar.

—Ya te dije que perdías el tiempo con las putas matrículas —malmetió Ortega con prepotencia, satisfecho de saber que su compañera se había equivocado—. ¿Alguna novedad de la muerta?

—Ninguna que yo sepa—confirmó Ágata.

—Quizá aparezca otra mujer con esas siglas en el vientre.

—Espero que te equivoques. Prefiero que no se resuelva nunca el caso Miller antes de que aparezca otro cadáver —dijo Ágata con exasperación—. ¡Cómo me jode que lo único que podamos hacer sea esperar!

—Por cierto, ¿dónde cojones anda el jefe?

—Ni idea.

—Pues si no lo sabes tú, que eres su ojito derecho…

Ágata le lanzó una mirada severa. Estaba harta del trato que recibía de su compañero.

—Lo he llamado varias veces y tiene el móvil apagado. Así que espero que haya encontrado algo interesante y no esté por ahí perdiendo el tiempo.

Había llovido. El suelo estaba plagado de charcos de agua embarrada y mugrienta. Los jardines habían recuperado un verde más intenso gracias al reflejo de las gotas de lluvia. Olía a humedad y a rocío. El ambiente fresco y la posibilidad de abrir una pista determinante y rotunda en el caso Miller habían transformado el estado de ánimo del comisario Manuel Villacampa.

Nada más bajar del coche, caminó esquivando los charcos y respirando niebla hacia la entrada de la facultad de Filosofía y Letras de la Universidad Complutense. El edificio ocupaba una enorme mole de ladrillo rojo de planta simétrica en forma de «E» enfrentada a unos pocos cientos de metros con la facultad de Derecho, al otro lado de los jardines.

La facultad daba una firme impresión de abandono y decadencia. Ventanas descuidadas, persianas caídas, rotas o sucias, banderas decoloradas que, desde la azotea, pendían enredadas en sus mástiles. En la fachada principal no había ningún emblema ni cartel que identificara el edificio. Lo más llamativo era una contundente pintada con el imaginativo reclamo BOMBARDEO, LUEGO EXISTO. Tras superar cuatro escalones, se accedía al vestíbulo principal a través de un pórtico de granito que acumulaba suciedad de muchos años. El vestíbulo estaba presidido por una vidriera de grandes dimensiones en tonos grises y dorados que mostraba una desconcertante escena *art déco*.

El comisario sabía dónde tenía que ir. Saludó con desgana a los bedeles de la entrada y, después de atravesar el vestíbulo, subió por la escalera izquierda hasta el primer piso. El pasillo estaba decorado con paneles de madera y azulejos rectangulares de color gris colocados en vertical. No había ventanas. En las paredes se alternaban puertas de acceso a las aulas y despachos de profesores. Cuando había recorrido la mitad del pasillo, llamó con los nudillos a una de las puertas. Era de color marrón, con un gran cristal traslúcido que impedía ver el interior. Junto a la puerta, un cartel indicaba los nombres de los profesores que utilizaban aquel despacho. Algún alumno despechado y vengativo había escrito «hijoputa» con rotulador junto a uno de ellos. El apelativo había sido borrado con desinterés y apatía por el personal de limpieza, de tal manera que seguía siendo perfectamente legible.

Tras comprobar que nadie contestaba desde dentro, el comisario supo dónde tenía que continuar la búsqueda. Al fondo del pasillo, a la derecha, un nuevo corredor de unos treinta metros con estanterías repletas de libros en un lado y modestas mesas de oficina con ordenadores en el otro daba acceso a la biblioteca de la facultad. La sala de lectura era relativamente pequeña. Las paredes estaban llenas de estanterías. Una escalera de madera facilitaba el acceso a los estantes más altos. En una de las paredes había varios retratos de hombres y mujeres que habían sido un referente para los alumnos. Bajo uno de ellos, un hombre calvo con corbata y gafas cuyo nombre le era completamente ajeno, había una puerta presidida con un cartel que rezaba NO PASAR. ACCESO EXCLUSIVO AL PERSONAL DE LA BIBLIOTECA. Sonrió a la mujer que, agazapada tras una mesa y una gran pantalla de ordenador, controlaba los accesos y el préstamo de libros. Esta le devolvió la sonrisa y con un movimiento afirmativo de la cabeza le confirmó que en la zona reservada estaba la persona que buscaba.

El gran almacén de libros de la biblioteca transmitía sensaciones encontradas al comisario Villacampa. Por una parte, la admiración ante tanto conocimiento concentrado en unos pocos cientos de metros cuadrados. Por otra, el agobio de aquellos pasillos estrechos en los que solo había libros, desde el techo hasta el suelo, sobre decenas de estanterías metálicas un tanto combadas por el peso. Olía a papel, a polvo y a goma. El comisario recorrió en transversal los distintos pasillos hasta que en uno de ellos encontró al profesor Bernardo Aréjula. Era de estatura media y complexión delgada, incluso atlética para su edad, unos sesenta años. Tenía el pelo gris y prominentes entradas. Lucía barba del mismo tono que el pelo y llevaba el bigote afeitado, lo que le dotaba de un aspecto realmente peculiar. Estaba al fondo de uno de los pasillos, inclinado sobre un estante. Consultaba los títulos de aquel mar multicolor de libros, inclinando la cabeza a ambos lados para poder leer los cantos con facilidad. Ya llevaba varios ejemplares en la mano. El profesor oyó los pasos del comisario e interrumpió la búsqueda para comprobar con curiosidad quién deambulaba por aquellos pasillos estrechos repletos de erudición. Al reconocerlo, Bernardo se quitó las gafas y se dejó caer en un taburete junto a una mesa repleta de libros.

—No se ponga muy cómodo, profesor, será mejor que vayamos a su despacho.

Bernardo suspiró y se quejó al levantarse de nuevo, pero obedeció.

El despacho era amplio y bien iluminado, pero apenas tenía espacio libre al ser compartido por tres grandes mesas de estudio. Los profesores titulares lo habían abarrotado de libros, carpetas y documentos. Los escasos metros cuadrados de pared libre de armarios y estanterías estaban repletos de pósters y papeles con esquemas y anotaciones. El comisario conocía bien aquel despacho porque había estado en varias ocasiones con consultas similares a la que iba a plantear, así que cogió una silla sobrante y se sentó al otro lado de la mesa del profesor. Sacó una libreta y un bolígrafo, y con trazos rápidos, dibujó una gran «x» sobre la que situó las siglas SODS. Después giró su lienzo improvisado y se lo mostró al profesor, que sonrió antes de contestar.

—¿Qué han hecho los Discípulos esta vez?

—No estoy seguro. Quizá nada bueno.

—Me imagino. ¿Qué necesita?

—Empiece por el principio —sugirió el comisario.

—No es fácil. No sabemos a ciencia cierta cuándo nació este grupo. Lo que sí sabemos es por qué: fueron una respuesta al poder creciente del Opus Dei en los años cuarenta y cincuenta.

—¿Cómo? ¿Los Discípulos están relacionados con el Opus?

—La historia de los Discípulos de Ob discurre paralela a la del Opus Dei. Empezando por su nombre. Las siglas DO de los Discípulos son las mismas que las del Opus pero al revés. Digamos que la razón de ser de los Discípulos siempre ha sido la negación de los dogmas del Opus. Josemaría Escrivá fundó el Opus en el año 1928, pero su poder no fue abiertamente notable hasta los años cuarenta, cuando el obispo de Madrid Leopoldo Eijo y Garay aprobó y reconoció su obra. A partir de ese momento, el Opus no hizo más que crecer y se introdujo en algunas de las familias más poderosas de la España de la época. Su misión teórica era fomentar la santidad en la vida ordinaria. Su labor central, las prebendas y la protección de sus miembros, lo mismo que ya hacían otras órdenes religiosas o logias pseudocientíficas como los masones y sus derivados. Es lo que hoy llamaríamos un lobby o grupo de presión. En los años cincuenta, la Obra dio un paso más en su expansión internacional a través de sus contactos en la Santa Sede. Finalmente, el Vaticano los reconoció como instituto secular, por lo que comenzaron a regirse por sus propios estatutos y se lanzaron a la conquista del mundo. La ambición de sus miembros no tenía límites.

—¿Y qué tienen que ver los Discípulos en todo esto? —preguntó el comisario.

—A medida que crecía el poder del Opus, hubo varios grupos de burgueses y aristócratas que veían mermada su capacidad de influencia política y social. Así que se reunieron en secreto y acordaron fundar algo así como el anti-Opus o el Opus negro, por llamarlo de alguna manera. Invirtieron sus siglas y se bautizaron como Discípulos de Ob. No está muy claro quién es Ob, aunque ellos lo interpretan como la figura del ángel caído del paraíso. Profundizando en su filosofía de la negación, Ob representaría el anticristo de los cristianos. Los Discípulos eligieron a su propio líder, pero no puedo decirle quién era. Nadie lo sabe. Todo lo envolvieron de un secretismo bastante admirable. Tampoco se conoce a sus socios fundadores, pero sabemos que entre ellos había médicos, ingenieros y políticos contrarios al Opus. Eran hombres de ciencia. La fundación de los Discípulos tuvo lugar en algún momento entre finales de los años cuarenta y los primeros cincuenta. Lo que sí le puedo contar es que en los años noventa experimentaron un cambio importante. Hubo un extraño personaje que maniobró para concentrar en sí mismo el máximo poder dentro de los Discípulos. Puede usted imaginarse que hasta en este tipo de organizaciones también hay peleas por el poder.

—Así es la naturaleza humana —contestó el comisario, que no paraba de tomar notas.

—Este hombre se llamaba Adán Keyner. Era un personaje extravagante y extrovertido. Convenció a algunos de los miembros de los Discípulos para que lo apoyaran y comenzó una nueva era de aperturismo. Keyner no quería que los Discípulos se movieran en las sombras mientras que el Opus Dei era cada vez más conocido. Así que se inspiró en los movimientos hippies de Estados Unidos y, en especial, en una organización que estaba ganando mucho protagonismo en la época: la Iglesia de Satán de Anton LaVey. LaVey era un tipo muy carismático que supo rodearse de gente famosa y llegó a conseguir algo impensable: que su iglesia satánica fuese reconocida legalmente en Estados Unidos. Keyner quiso imitar su modelo, así que añadió el apelativo Siervos de Satanás a los Discípulos. De ahí el origen de las siglas que me ha mostrado. Después se autoproclamó sumo sacerdote y empezaron a hacer públicas parte de sus actividades. Keyner estuvo al frente de los Discípulos unos pocos años. Falleció y fue sucedido por otro miembro que decidió volver al oscurantismo de los orígenes. Poco puedo contarle de los Discípulos actuales.

La puerta del despacho crujió al abrirse y una mujer entró con paso decidido y la mirada clavada en su teléfono móvil, sin percatarse de que el profesor Aréjula tenía visita. Cuando levantó la vista tras murmurar un «Buenas tardes» entre dientes, fue consciente de la presencia del comisario.

—Disculpen, tenía que haber llamado antes de entrar.

—Profesora Urkiola, llegas en el mejor momento. Permíteme presentarte al comisario Manuel Villacampa —dijo Aréjula.

—Encantado de conocerla —respondió él mientras alargaba la mano para saludar.

La profesora Urkiola era una mujer de mediana edad con el pelo corto y gris. Su mirada se escondía huidiza tras unas gafas de varillas metálicas doradas. Vestía de colores oscuros y sobre su muñeca llevaba un reloj inteligente de última generación con la correa roja bermellón. El comisario pensó que ese elemento de color y modernidad era lo único que no cuadraba en su apariencia de criatura de biblioteca.

—Le estaba contando al comisario la historia de los Discípulos de Ob. Necesita información para una de sus investigaciones. La profesora Urkiola —dijo Aréjula dirigiéndose a Villacampa— es una gran conocedora de los Discípulos. Hizo una tesina sobre sectas satánicas en España. Ella podrá ilustrarle mejor que nadie.

—¡Qué suerte he tenido! —exclamó el comisario sonriendo.

Urkiola se acomodó en su silla y preguntó a Bernardo Aréjula por dónde se había quedado en su explicación.

—Lo que más me sorprendió de los Discípulos cuando los estudié —dijo— fue que no eran personas de origen humilde. Los movimientos religiosos, especialmente los de orientación sectaria, suelen nutrirse de personas con desarraigo familiar, desequilibrio mental o problemas de integración social. Interpretan al grupo como una vía de escape, como una forma de alcanzar otra verdad distinta a la de la vida de la que huyen. Pero los Discípulos no son así. El grupo fundador estaba formado por ingenieros, médicos, arquitectos, grandes técnicos de su época. Sentían como una ofensa que el Opus se expandiera como un virus acaparando influencia y poder, cuando estaba formado por curas humildes o, en el mejor de los casos, por familias aristócratas dedicadas a vivir de las rentas, incapaces de crear nada. Los Discípulos consideraban que Escrivá de Balaguer solo se rodeaba de gente con mucho dinero, pero intelectualmente pobres. Se sentían arrinconados. Por eso les declararon una guerra encubierta: burgueses y profesionales contra aristócratas sin oficio. Este desencuentro fue el origen de los Discípulos de Ob.

—Y su vertiente satánica, ¿cuándo surgió? —preguntó interesado el comisario.

—Supongo que el profesor ya le habrá hablado de Adán Keyner y el giro que dio a los Discípulos. Pero la realidad es que, desde su origen, los Discípulos se identificaron con las lecturas de Milton, Przybyszewski, Baudelaire, Sade e incluso el Mark Twain más oscuro. Todo lo que encontraban con la suficiente dosis de negación de la fe cristiana. Aunque Nietzsche fue, sin lugar a dudas, su fuente de inspiración principal. *El Anticristo*, publicado en 1895, era su libro de cabecera. Podríamos decir que su biblia.

—Me ha quedado claro quiénes son, pero ¿cómo podría encontrarlos? —preguntó Manuel.

—Esa es una pregunta difícil —respondió Aréjula.

—Si está buscando una sede social o un local de culto, mucho me temo que no lo va a encontrar —apuntó Urkiola—. Durante mi tesina, intenté localizarlos sin éxito. Un tiempo después se me ocurrió una idea. Los Discípulos consideran al Opus su enemigo, el espejo en el que se miran para luego invertirlo. Por tanto, si seguía los pasos del Opus, quizá pudiera encontrar a los Discípulos.

—Esto es muy interesante. Cuéntale lo que descubriste en la Sierra de Madrid —interrumpió Aréjula sonriendo, consciente de que estaban deslumbrando al comisario.

—Durante los años cincuenta y sesenta, el Opus se expandió a los pueblos de la Sierra. Allí veraneaban las familias más acaudaladas de Madrid, que tenían grandes casas desde hacía un par de generaciones. El Opus financió la construcción de

residencias, albergues y capillas. Los sacerdotes que se formaban con el Opus acudían durante los veranos a los retiros que
se organizaban en sus residencias. Allí descansaban, oraban
y daban largos paseos por las montañas. Es habitual encontrar estatuas de vírgenes y placas con dedicatorias cristianas
en muchas cumbres. Por ejemplo, en el puerto de Navacerrada, a unos sesenta kilómetros de Madrid, hay dos estatuas
dedicadas a la Virgen de las Nieves. Una en el alto del Telé-
grafo y otra en el alto de Guarramillas. Ambas se pueden ver
desde la carretera de acceso al puerto, porque están situadas
en lugares estratégicos. Estas estatuas no fueron colocadas
por miembros del Opus, pero sus acólitos disfrutaban paseando por estas cimas repletas de símbolos de su fe. Si el
cristianismo conquistaba las cumbres, los Discípulos hicieron
lo mismo con los valles. Así que se lanzaron a hacer suyos
algunos lugares estratégicos de la sierra de Guadarrama. Encontré algunos símbolos satánicos en los valles y en las zonas
más ocultas de los bosques que, sin duda, fueron colocados
por los Discípulos de Ob como contrapartida a los emblemas
cristianos de las cumbres.

—Pero la mayor conquista de los Discípulos en las montañas de Madrid fue el tren, como no podía ser de otra manera —añadió Aréjula a la exposición de la profesora—. Los
Discípulos eran hombres de tecnología.

—¿El tren? ¿Qué tren? —preguntó el comisario intrigado.

—La línea de tren que sube hasta Cotos cruzando el puerto de Navacerrada y atravesando toda la sierra de Guadarrama. Los Discípulos influyeron mucho en su construcción
—respondió el profesor.

—A principios del siglo XX —continuó Urkiola—, un grupo de adinerados entusiastas de la montaña decidió embar-
carse en un proyecto un tanto loco: un tranvía eléctrico que
subiese a los visitantes hasta el puerto de Navacerrada, que ya
entonces era un lugar muy frecuentado por senderistas

y amantes de la naturaleza. Fundaron el Sindicato de Iniciativas del Guadarrama y se pusieron a estudiar las distintas posibilidades para hacer realidad su proyecto. En 1919 recibieron la licencia de explotación y se pusieron manos a la obra. La dureza del clima, a mil quinientos metros de altitud, hizo que el proyecto avanzase mucho más lento de lo previsto, pero consiguieron inaugurar la línea desde la localidad de Cercedilla hasta el puerto de Navacerrada en 1923. Aquella loca idea de un tren circulando por las montañas se convirtió en una realidad y, finalmente, en un éxito de público. Pero llegaron los años de la Guerra Civil y el servicio fue interrumpido al estar situado en una zona estratégica de acceso a Madrid. Al acabar la guerra, el servicio volvió a reanudarse, pero en condiciones muy precarias por falta de financiación. Ante la difícil situación de la empresa, el Estado adquirió el servicio e invirtió en sus mejoras.

—Hemos sabido que algunos de los socios fundadores del Sindicato de Iniciativas del Guadarrama, la empresa que creó este tren, también fueron miembros de los Discípulos unos años después —puntualizó Aréjula.

—La influencia de los Discípulos llegó fundamentalmente en esta nueva etapa bajo el mandato del Estado —prosiguió Urkiola—. El proyecto original pretendía llevar el tren hasta el valle de Lozoya, así que empezaron a trabajar en el diseño de una segunda fase desde el puerto de Navacerrada hasta Cotos, como etapa previa antes de llegar a Lozoya. Los Discípulos llevaban tiempo buscando un emplazamiento estratégico donde peregrinar, algo así como un lugar de culto. Por eso, cuando se inició el diseño de la segunda fase de ampliación del tren, presionaron para crear ese lugar emblemático. El tren tenía que pasar por debajo del puerto de Navacerrada, por lo que impulsaron la creación de un túnel que comunicaba la ladera sur, en la provincia de Madrid, con la ladera norte en Segovia. Finalmente se ejecutó la obra tal y como la diseñaron los Discípulos y se inauguró la línea en 1964. ¿Se imagina qué longitud tiene ese túnel?

—No tengo ni idea —reconoció el comisario.

—Se va a sorprender: 666 metros. ¿Le suena? —contestó Urkiola.

—¡El número de la bestia! —respondió asombrado el comisario.

—Así es. Pero en el túnel no acabó su intervención. Más allá de la salida norte, maniobraron para que se construyera un apeadero. Está formado por un largo andén en el lado izquierdo y una casa refugio. Su ubicación es muy extraña porque está, literalmente, en medio de la nada. No se puede llegar a pie, pues hay barrancos de decenas de metros a ambos lados y el tren nunca ha hecho parada allí. Es imposible divisarlo desde las montañas colindantes porque está rodeado de bosque. Entonces ¿para qué se hizo aquel apeadero que no tiene ningún uso aparente?

—Para convertirlo en el lugar de culto que los Discípulos buscaban —respondió el comisario.

—Exacto —ratificó Urkiola—. Ese apeadero, que actualmente se conoce como «el apeadero fantasma», sería una especie de altar satánico, al cual solo se puede acceder de una manera muy simbólica.

—Peregrinando a través de un túnel excavado en la roca de 666 metros de longitud —agregó Villacampa, que seguía tomando notas en su cuaderno.

—Ahí podrá encontrar a los Discípulos, comisario —sentenció Aréjula.

—Si se esforzaron tanto para construir su lugar de culto en medio de la Sierra de Madrid, estoy convencida de que lo seguirán utilizando —continuó Urkiola—. No puedo asegurarlo, pero apostaría a que en la noche de Walpurgis habrá actividad en el túnel. Yo no llegué a comprobarlo, porque entregué mi tesina unos meses antes.

—Walpurgis es una festividad pagana que se celebra la noche del 30 de abril —aclaró Aréjula cuando observó la expresión de extrañeza del comisario—. No es una festividad propia de los Discípulos, sino una celebración de origen germánico anterior incluso al cristianismo. Se ha relacionado siempre con la brujería y más tarde con el satanismo, al ser la noche opuesta a la festividad cristiana de Todos los Santos, que se celebra el 1 de noviembre, justo seis meses después, al otro lado del año. Así que si hay una fecha simbólica para los Discípulos, esa fecha debe de ser Walpurgis.

—No queda mucho para el 30 de abril —confirmó Urkiola—. Quizá sea su única oportunidad para contactar con los Discípulos.

15

Cambio de enfoque

—Señor Gil-Cooper, por favor, pase y siéntese.

Carlos Mir recibió al abogado de Américo en la puerta de su despacho y lo acompañó a los sillones en los que charlaba con las visitas de manera más informal que alrededor de una mesa de reuniones. Carlos ocupaba el gran despacho de Fausto desde el mismo momento en el que se hizo cargo de la presidencia de TelCom. Apenas había tocado nada. No le había dado tiempo.

—¿Puedo ofrecerle algo de beber? ¿Un café?

—No se preocupe, mi visita será rápida —respondió Jerónimo con corrección.

—¿Qué puedo hacer por usted? O más bien, ¿qué puedo hacer por su cliente? Por lo que me adelantó por teléfono, esta es una visita de cortesía y no necesito que esté presente mi abogado. ¿Es correcto?

—Así es. No tiene por qué contestar a mis preguntas si lo estima oportuno.

Carlos asintió con la cabeza y se quedó a la espera de la exposición del abogado. No le gustaba aquel tipo. Había algo en su expresión que le desagradaba. Era bajo y obeso, aunque intentase disimular su barriga con un traje con hombreras de un par de tallas más. Tenía un prominente bigote canoso, amarillento en su parte central, lo que delataba una fuerte adicción al tabaco. Ya lo había notado nada más recibirlo en la puerta. Tenía impregnado el olor a humo de cigarrillo. A Carlos no le gustaban los abogados. Los consideraba creadores de problemas. Conseguían generar trabas e inconvenientes donde no los había. Tampoco le gustaba la gente que fumaba. Ni los gordos. Así que tuvo que esforzarse para mostrar su lado más amable.

—Como sabe, represento al señor Américo García, el cual está privado de libertad por un asunto delicado.

—Permítame decirle que la tenencia de pornografía infantil no es un asunto delicado. Es algo que me repugna. Todos los empleados de TelCom estamos consternados. No conseguimos entender qué es lo que le ha pasado a Américo. Cómo ha podido acabar así y engañarnos a todos —expuso Carlos con un semblante muy serio.

—Mi cliente sostiene que es inocente.

—Dicen que todo el mundo que acaba en la cárcel se declara inocente —lo interrumpió Carlos.

—El señor García me manifiesta que ha sido engañado. Alguien introdujo esos archivos en su ordenador sin su consentimiento para perjudicarlo.

—Una hipótesis interesante, pero ¿tiene pruebas?

—No tiene pruebas.

—Entonces no hay más que hablar.

—… de momento —añadió Jerónimo.

—Pues volvamos a hablar cuando las tenga —zanjó Carlos.

—Mi cliente quiere que lo ayude.

—¿Que yo lo ayude? —contestó Carlos sin disimular su asombro—. ¡Perfecto! ¿Y qué quiere que haga? ¿Que vaya a testificar en el juicio diciendo que es una persona excelente? ¿Que mienta ante el juez y diga que no es un pervertido? Señor Gil-Cooper, esta conversación empieza a disgustarme. He aceptado verlo porque apreciaba a Américo, por lo mucho que él hizo en el pasado por esta empresa. Pero, en la actualidad, TelCom no puede asociarse más con su persona. Además, estamos en el ojo del huracán por el asunto de los compañeros desaparecidos. Supongo que estará al tanto. Siento decirle que no puedo hacer nada más por usted, ni por Américo.

Carlos se levantó del sillón para dejar claro que daba por terminada aquella reunión, pero Jerónimo se quedó sentado, mirando al suelo en actitud reflexiva. Se notaba que estaba buscando las palabras adecuadas. Finalmente levantó la mirada y evitó dar más rodeos.

—El señor García piensa que ha sido usted quien ordenó poner las fotos en su ordenador. Por eso quiere que lo ayude. A cambio le ofrece desvincularse de TelCom de por vida.

Carlos no pudo ocultar su estupor ante el atrevimiento del abogado. Nunca pensó que llegaría tan lejos. Pero a cambio tenía la confirmación de que Américo sospechaba de su implicación directa. De momento no tenía pruebas, pero podría ser que las consiguiera en el futuro. El comisario Villacampa no le había dado ningún motivo para dudar de su profesionalidad en la ejecución del plan para deshacerse de Américo, pero podría haber dejado algún cabo suelto y quizá Américo y aquel audaz abogado diesen con él.

—Señor Gil-Cooper, creo que he sido amable recibiéndolo, pero en ningún momento me esperaba semejante insensatez por su parte. Le pido que se marche de inmediato o avisaré a seguridad.

—Solo quiere recuperar a su familia —disparó Jerónimo como último cartucho.

—Se lo voy a decir muy claro: me importa una mierda lo que quiera Américo en este momento.

El abogado se levantó al fin del sofá y se dirigió hacia la puerta. Justo cuando empuñaba la manilla, Carlos llamó su atención, mientras lo miraba con arrogancia desde el medio del despacho.

—Una última cosa —dijo Carlos con un tono claramente amenazador—. Nunca encontrará pruebas de la inocencia de Américo porque no las hay. Y si hubiese sido cosa mía, como sugiere, tampoco las encontraría. Así que el resultado sería el mismo. Es culpable y se pudrirá en la cárcel. Búsquese otro cliente porque Américo no le va a dar alegrías.

Jerónimo abrió la puerta y su silueta se recortó contra la luminosidad que entraba desde el pasillo. Cerró la puerta sintiendo la mirada despiadada de Carlos en su espalda y caminó deprisa hacia la salida. Quería abandonar cuanto antes aquel lugar que olía a ambición desmedida, a codicia y a mentiras.

Los cuerpos desnudos de las dos mujeres se fundieron en un abrazo. Llevaban un largo rato juntas, envueltas en caricias, entre risas y confidencias, perdidas entre las sábanas de la cama.

Ágata estaba intensamente enamorada de Alma. La forma en la que se movía, la elegancia de su rostro, su eterna sonrisa. Ese aire hippie tan característico de ella. Su semblante era sinónimo de paz y libertad. Alma, por su parte, amaba la fortaleza de Ágata, sus profundas convicciones, su coraje y esa extraña obsesión por ayudar a los demás, especialmente a las mujeres que no habían tenido suerte en la vida. Cuando se conocieron, los amigos comunes pensaban que no durarían mucho tiempo juntas. Eran los dos extremos de un mismo imán: el vigor de una mujer policía y la armonía de una profesora. Pero dos años después seguían juntas. Más juntas que nunca.

Alma había salido de la ducha con el pelo mojado cayendo sobre sus pechos. Ágata no había podido resistirse y la empujó hacia la cama para llenarla de besos y recorrer su cuerpo con la lengua. Se amaron sin prisas. Luego se adormilaron acurrucadas. Pero Ágata no podía dejar de pensar en Cristina Miller.

Al reconocer en su rostro la preocupación, Alma la miró a los ojos.

—¿Qué te pasa? —preguntó mientras le apartaba el pelo de la cara con suavidad.

—Nada.

—Cuéntame qué te ocurre. Quizá te haga sentir mejor.

—No puedo quitarme a esa chica de la cabeza —confesó Ágata al fin—. Estamos desorientados, sin pistas para avanzar. Me niego a tirar la toalla pero, desgraciadamente, lo único que podemos hacer es esperar. ¡Y me da tanta rabia!

—¿Y el tipo que desapareció de la misma empresa? El compañero de trabajo. ¿Al final tenían relación?

—Parece que no. Se conocían, pero poco más.

—Quizá eran amantes... —especuló Alma.

—Lo planteamos como una posibilidad, pero por lo que hemos podido averiguar, solo tenían relación profesional.

Ágata se quedó unos instantes pensativa, dudando de si debía compartir algunos detalles de la investigación con su pareja.

—El desaparecido es un tipo muy extraño. Vive solo en un piso de lujo. Es un ejecutivo que gana un pastón, pero siempre está solo. Tiene una casa preciosa en la que nunca recibe visitas. Ni siquiera su hermana, que vive cerca, ha pasado por allí. Creemos que sufre una especie de trastorno obsesivo con la limpieza. Su casa parece un quirófano.

—Ya sabes que los ejecutivos agresivos son tipos raros y solitarios —respondió Alma.

—Sí, tienes razón, pero este es un caso aparte. Su hermana asegura que vive por y para el trabajo y que últimamente lo notaba algo decaído. Dice que le ha insistido para que deje ese trabajo tan absorbente y forme una familia, pero él siempre se ha mostrado esquivo. Incluso parece que discutieron por ello.

—A lo mejor tiene una novia que no encaja en los estándares de su familia, por eso la oculta y se ven en secreto en otros lugares —teorizó Alma—. No sé, una mujer divorciada o inmigrante de algún país exótico...

—No encontramos nada en su casa que pudiera darnos pistas sobre la existencia de una mujer en su vida.

—¡Ya lo tengo! —gritó Alma incorporándose en la cama con su característica sonrisa—. ¡Es gay! Por eso lo mantiene en secreto y por eso se muestra esquivo cuando su hermana empieza con la cantinela de que forme una familia. A lo mejor es un homófobo redomado incapaz de aceptarse a sí mismo y por eso no tiene nada en casa relacionado con su orientación sexual. Puede ser que quede a través de alguna aplicación o en algún hotel, ¿no?

La cabeza de Ágata empezó a crear nuevas conexiones. La posibilidad de que la desaparición de Jacobo no tuviera nada que ver con su trabajo en TelCom, sino con una posible cita furtiva, le parecía un cambio de enfoque lo bastante interesante como para explorarlo en profundidad.

—¿Alguna vez te he dicho lo mucho que te quiero? —le dijo Ágata a su novia mientras saltaba de la cama y empezaba a vestirse a toda velocidad.

La carretera de acceso al puerto de Navacerrada era sinuosa y en continuo ascenso. Cada curva enlazaba con la siguiente y retorcía el camino durante kilómetros. El comisario Manuel Villacampa conducía despacio disfrutando del majestuoso paisaje natural. A la izquierda, la vista sobre el valle era un espectáculo. Las copas de los árboles se movían con el viento formando ondas como las del mar. La nieve todavía cubría los árboles a pesar de que el mes de abril no había sido especialmente frío. La luz se reflejaba en los copos acumulados sobre las ramas. Al fondo, el paisaje se perdía en la niebla y parecía que aquellos bosques no tuvieran fin.

Cuando alcanzó la cota de los mil quinientos metros de altitud, una bruma cerrada lo cubrió todo. A los lados de la carretera ya solo se veían las dos primeras filas de árboles. El resto estaba cubierto por una densa niebla húmeda y blanquecina que dotaba al paisaje de una atractiva estética siniestra, y convertía el horizonte en una escala de tonalidades grises. Aquel paisaje no dejaba indiferente. A pesar del frío glacial y la humedad, a pesar de la dificultad para orientarse, la belleza y la sensación de libertad que transmitía aquel paraje eran incuestionables.

Un kilómetro antes de llegar a la cima del puerto de montaña, el comisario cogió la desviación a su izquierda señalizada con el rótulo ESTACIÓN DE FERROCARRIL. Era la primera salida que encontraba a lo largo de la ascensión y agradeció no tener que seguir internándose en una niebla que se mostraba más compacta a cada metro que avanzaba.

Una vez que abandonó la carretera principal, no tuvo que seguir mucho para encontrar las primeras construcciones, que surgieron entre la bruma. Había llegado al puerto de Navacerrada, una extraña población que se levantó siete décadas atrás alrededor de la estación de esquí. Apenas contaba con una docena de edificios residenciales, unos pocos chalets, residencias militares y de congregaciones religiosas, una capilla y la estación del tren. Un primer edificio pintado de verde, una mole enorme de seis plantas de altura, parecía desafiar las condiciones meteorológicas extremas. Los laterales del edificio tenían montoneras de nieve y hielo. El comisario siguió avanzando por la carretera. Más edificios fueron apareciendo a su paso, todos rodeados de nieve. Tras superar una pronunciada curva a la izquierda, vio las vías del tren. No necesitó buscar mucho. Al fondo divisó lo que en su día fue una bulliciosa estación, pero que en aquel momento se encontraba desierta. A su derecha, la boca del túnel del que le habían hablado el profesor Aréjula y su compañera de despacho.

Apagó el motor y bajo de su Opel. Apenas un murete de piedra de un metro de altura y unas puertas metálicas separaban la calle de las instalaciones ferroviarias. La niebla convertía el paisaje en el escenario de un cuento gótico. A lo lejos, todo se transformaba en blanco. En ningún momento se cruzó con persona alguna. El frío hacía que todos los habitantes se refugiasen en sus casas y transformaba aquel lugar en un pueblo fantasma. Aunque la sensación de ser observado era cada vez más patente.

El comisario saltó a la explanada donde se encontraban las vías. Al lado izquierdo, un muro de piedra de diez metros de altura compensaba el desnivel de la montaña. Al frente se alzaba la imponente boca del túnel, la obra de ingeniería civil que, presuntamente, los Discípulos habían transformado en su lugar de culto particular. Caminó sobre las piedras de granito que rodeaban las vías. Sus formas puntiagudas se le clavaban en los pies y cedían bajo el peso del cuerpo, convirtiendo cada zancada en una molestia. El comisario se aproximó a la misma boca del túnel y notó una corriente de aire congelado que provenía del corazón de la montaña. Cruzó el umbral y la negrura lo envolvió todo. A los pocos metros, el túnel dejaba ver un tramo recto que abarcaba prácticamente toda su longitud. La oscuridad solo se rompía por unas pequeñas balizas amarillas situadas cada varias decenas de metros, que apenas conseguían marcar pequeños puntos de luz a lo largo del camino. El túnel era tan lóbrego que transmitía un profundo desasosiego. El comisario se imaginó la sensación de atravesar las entrañas del túnel pisando sobre traviesas de madera y piedras, con la apenas perceptible iluminación de las balizas amarillas y una corriente glacial que entumecía el rostro, bajo la amenaza constante de que apareciera un convoy que aplastara su cuerpo contra las vías como si fuese de mantequilla. Un escalofrío recorrió su espalda y lo puso en alerta.

Mientras escuchaba el tintineo de las gotas de agua que caían sobre el suelo, sacó una linterna del bolsillo e iluminó a los lados. Las paredes de piedra estaban húmedas. El agua brotaba de cualquier rincón y emitía destellos fugaces cuando enfocaba con la linterna. El viento rompía el silencio con un aullido grave e intimidante. La sensación de desazón era tan fuerte que le generaba la necesidad continua de asegurarse de que un tren no iba a aproximarse por sorpresa. El simple hecho de imaginar que tuviera que esquivar una locomotora en medio de aquel túnel siniestro hizo que su corazón se desbocara, así que decidió darse prisa para salir de allí cuanto antes. Volvió a enfocar con la linterna aquellos primeros metros del túnel, recorriendo las paredes, y descubrió lo que estaba buscando: sobre uno de los muros de piedra, a tan solo unas decenas de metros de profundidad, alguien había grabado una «x» rodeada por las siglas de los Discípulos. Ya no había ninguna duda. La historia que la profesora Urkiola le había contado era auténtica. Entonces se acordó de la pista que le había dado Rey y el tenebroso tatuaje de Mala, la cadena de pequeños descubrimientos que lo habían conducido hasta allí.

Salió con paso firme del túnel y saltó por encima del muro para volver a la carretera. Recuperó la calma mientras se alejaba de las vías, aunque el comisario pensó que había merecido la pena vivir aquella perturbadora experiencia. Continuó andando unos doscientos metros más hasta que la calle desembocó en una pequeña plaza presidida por una capilla de piedra y madera de construcción humilde. Un cartel indicaba los días en los que se celebraban eucaristías. En aquel momento permanecía cerrada. El comisario volvió sobre sus pasos y decidió entrar en un restaurante que ocupaba una casa de dos alturas, pintada de color crema, con una amplia terraza que estaba parcialmente cubierta de nieve. Bajó las escaleras que salvaban la pendiente y entró. Un hombre de unos sesenta años y considerable barriga, vestido íntegramente de negro, le dio la bienvenida con exquisita amabilidad. No sabía qué estaban cocinando, pero olía de maravilla.

—¿Es posible tomar algo caliente? —preguntó el comisario.

—Por supuesto. Tenemos el mejor caldo de la sierra. ¿Quiere probarlo?

—¡Sin duda!

La idea de tomar algo caliente y templar el cuerpo tras la ingrata experiencia del túnel lo puso de buen humor. Además, no quería perder la oportunidad de charlar con el único ser humano que se había encontrado desde que llegó al puerto de Navacerrada.

—¿Lleva mucho tiempo aquí?

—Somos la tercera generación. Mi abuelo abrió este restaurante cuando los deportes de montaña empezaron a ponerse de moda entre la élite de la sociedad madrileña.

—No he visto mucha gente por la calle... —insinuó el comisario.

—Estamos en temporada baja. Durante la temporada de esquí, aquí hay más gente que en la Gran Vía. Y en verano, cuando el calor aprieta en Madrid, nosotros dormimos con manta. Así que de nuevo vuelve a llenarse de visitantes. Ha venido en mala época, caballero.

—Y en estos días, ¿no hay ninguna celebración por aquí? He oído que había gente que se reunía a finales de mes... —tanteó el comisario.

—No, en esta época del año no hay ningún evento —contestó cortante el hombre tras la barra con súbita sequedad—. ¿Dónde ha oído usted eso?

Villacampa supo que tenía que cambiar de tema. Si el poder de los Discípulos llegaba tan lejos como el profesor Aréjula le había contado, era muy probable que aquel hombre y sus antepasados estuviesen íntimamente relacionados con la organización. Pensó en sacar su placa de policía e insistir, incluso en llevárselo detenido, pero renunció. No era el momento. Lo más probable era que aquel hombre se cerrase en banda y no obtuviese más información.

—Debo de estar confundido —respondió—. Muy rico el caldo, por cierto. Le puedo confirmar que no había probado nada igual en mucho tiempo.

—Se lo dije —añadió satisfecho el hombre—. Si vuelve por aquí, no dude en repetir. La próxima vez tiene que probar nuestros judiones. ¡Manjar de dioses!

—Puede dar por hecho que volveré pronto.

Sofía Labiaga llegó a la plaza de Pontejos en el coche oficial. Apenas caminó unos pocos metros hasta alcanzar la puerta de la Consejería de Presidencia y Justicia. Siempre daba aquellos pasos con apatía y cierto estado de angustia. Mientras que en Madrid todo el mundo asociaba aquella pequeña plaza con las tiendas de tejidos y las mercerías, Sofía no podía por menos que vincularla con las incómodas citas que mantenía con el adjunto a la Presidencia, un alto cargo impertinente y grosero que había caído en gracia a la dirección del Partido. Por eso lo habían encumbrado a aquel puesto cuya misión principal era controlar las cloacas. Las comisiones ilegales que Sofía y el resto de los consejeros generaban por las adjudicaciones a dedo tenían como fin último la mano absoluta del adjunto, que posteriormente las desviaba siguiendo las indicaciones de la dirección. Desde aquel despacho se financiaban campañas electorales, se compraban voluntades, se callaban bocas y se mantenía un extenso entramado de favores. La red clientelar del Partido.

El apetito por el dinero del adjunto era insaciable. Daba igual lo mucho que Sofía hiciese por hinchar las cuentas B del Partido. Nunca era suficiente. Se sentía presa en el círculo maldito de la depravación. El péndulo que no paraba de alejarse y regresar, recordando a cada instante que su movimiento no tendría fin, como las ansias del adjunto.

Pero en aquella ocasión iba a ser diferente. Por eso Sofía dio aquellos pasos hasta la Consejería con una complacencia que la conquistaba por dentro. Ya no tendría que soportar insolencias ni comentarios hirientes. Había encontrado el antídoto para neutralizar su veneno de manera definitiva.

Unos minutos después atravesaba la puerta del despacho donde el adjunto la esperaba con su habitual sobriedad. Apenas intercambiaron saludos mientras se acomodaban alrededor de la mesa.

—Cuéntame, Sofía, ¿cómo está yendo el tema de TelCom?

—Progresa adecuadamente. El proyecto ya se ha adjudicado, pero apenas han empezado a organizar la ejecución.

—Necesitamos la comisión de inmediato —afirmó cortante—. Habrá que acelerar el proceso.

—No es tan fácil. Hay que esperar a que emitan la factura tras completar la primera fase del despliegue. Entonces podré pedirles nuestro tres por ciento.

—Lo quiero ya —insistió el adjunto con su tradicional intransigencia.

—Pues vas a tener que esperar.

El adjunto no pudo ocultar su estupor. No esperaba una reacción tan enérgica y desafiante por parte de Sofía. Siempre se había mostrado servicial y cooperante, incluso dócil y sumisa.

—¿Cómo has dicho?

—Ya me has oído. Puedes hacer dos cosas: esperar o buscarte a otro gilipollas que te traiga fajos de billetes metidos en sobres.

—¿Quién te has creído que eres? —escupió el adjunto poniéndose en pie.

—Creo que ha llegado el día de darte un regalo. Lo tenía guardado desde hacía un tiempo, pero no encontraba el momento de compartirlo contigo.

Sofía cogió su teléfono, dio varios toques en la pantalla y lo volvió hacia el adjunto para que pudiera ver el vídeo que empezaba a reproducirse.

En él se veía claramente que el adjunto llegaba a un bar un tanto sórdido. Se situaba junto a la barra y pedía una copa de ginebra. La bebía con avidez y repetía la operación varias veces. Una mujer se acercaba entonces a la barra y el adjunto se dirigía a ella, que en un primer momento parecía ignorarlo. No distaba mucho de la tradicional situación en la que una mujer tenía que soportar los comentarios fuera de lugar de un borracho. Ante la falta de respuesta, el adjunto la agarraba por el brazo con más fuerza de la debida, quizá por la sobrecarga de alcohol, o quizá porque era un depredador y aquella conducta, la habitual. La mujer se molestaba y él reaccionaba de forma airada. Dos hombres aparecían entonces en el encuadre de la cámara que grababa la escena desde un discreto rincón. Envalentonado por el alcohol, el adjunto iniciaba una pelea con empujones que enseguida se convertían en puñetazos mientras la mujer gritaba desde un lado. Finalmente, varios camareros llegaban para separarlos. Uno de ellos arrastraba al adjunto hacia una puerta lateral y salían de escena a golpes y puñetazos.

Aquel desafortunado incidente había sido captado por una de las cámaras de videovigilancia del bar. La casualidad quiso que la empresa que llevaba el mantenimiento fuera colaboradora habitual en los negocios del comisario Manuel Villacampa. El dueño de la empresa, que ya había recibido algunas amenazas por parte del adjunto, se lo cedió al comisario con la única condición de que lo utilizara alguno de sus rivales políticos para perjudicarlo. El adjunto nunca hubiera sospechado que aquel pequeño empresario, al que presionó más de la cuenta para que hiciera donaciones al Partido, encontraría algo que le situaría en semejante aprieto. El comisario, por su parte, decidió regalárselo a Sofía en su primera cita, sabiendo que le hacía un favor que podría reclamarle en el futuro, y al que sabría sacar el partido adecuado. Además, cumplía con la promesa que le había hecho al propietario del vídeo. Una cadena de favores que engarza o destruye relaciones a partes iguales.

El adjunto se quedó absorto viendo el vídeo. Daba la impresión de que rememoraba lo que había sido aquella noche de desenfreno, alcohol, drogas y furia.

—Me encantará ver la cara de imbécil que se te va a quedar cuando esta pelea de borrachos llegue a la prensa.

—Eres una hija de la gran puta —bufó—. Siempre lo he pensado y ahora tengo la confirmación. ¿Qué coño quieres de mí?

Sofía se tomó su tiempo para responder. No había nada que pudiera superar aquella sensación. La revancha servida de golpe, *vendetta* a cuchillo, sin prolegómenos ni amenazas, sin ningún anticipo que permitiese reaccionar ni lo más mínimo. Un resarcimiento capaz de cubrir las toneladas de odio visceral atragantadas durante años.

—A partir de ahora las normas las pongo yo —replicó Sofía por fin—. Vendré a verte cuando considere que es el momento adecuado. Seguiré colaborando con el Partido, como he hecho siempre, pero como y cuando yo diga. Solo vendré cuando me apetezca ver tu cara de cretino.

—Ten cuidado, Sofía, algún día las tornas pueden girar...

—Pero hasta entonces seré yo quien manda.

Sofía se levantó de la mesa con movimientos pausados y elegantes. Había recuperado, de un solo golpe, todas las energías que le robaban aquellos encuentros.

—Ya te enviaré una copia del vídeo. Tengo muchas —sentenció Sofía mientras salía por la puerta con paso decidido.

Las primeras citas están más relacionadas con la curiosidad que con el entusiasmo. Si se alcanzan las expectativas generadas, surgirán el deseo y la pasión. Si no, la curiosidad se convertirá en apatía y olvido. Al menos, así lo creía Ninfa Klein.

Había dudado mucho antes de aceptar la propuesta que Marko le había lanzado a través de Instagram. Sentía una profunda curiosidad por saber más sobre aquel chico guapo que el destino había querido poner en su camino en un par de ocasiones. Lo consultó con la almohada. Lo compartió con Mala. Cotilleó sus redes sociales. Puso la decisión en cuarentena unos días. Finalmente accedió.

Quedaron en la esquina de Gran Vía con Fuencarral, como decenas de parejas en busca de convertir la curiosidad en entusiasmo. Caminaron por la calle Hortaleza y hablaron de banalidades antes de decidir, de manera más bien precipitada, que un establecimiento de kebabs podría ser el sitio ideal para compartir los minutos iniciales de su primera cita. Se sentaron en una mesa donde la limpieza era más bien escasa. Pidieron dos cervezas y dos kebabs de cordero envueltos en una servilleta de papel que chorreaba salsa de yogur por todas partes. Brindaron y dieron los primeros bocados. La salsa se les caía a borbotones. Se mancharon la boca y los dedos. Entre risas, se embadurnaron de salsa y llenaron la mesa de restos de lechuga y trozos pegajosos de carne. Ninfa pensó que no había sido buena idea pasar de aquella forma tan grasienta los primeros minutos con Marko, pero tuvo que reconocer que había sido divertido. Había quitado peso a esos momentos que, en otras circunstancias, se habrían rellenado con comentarios insustanciales, anécdotas anodinas y un tanteo absurdo para intentar agradar a la otra persona. Gracias a su pringoso menú, ambos habían sido más naturales y se habían limitado a disfrutar.

Marko se levantó a pagar la cuenta y Ninfa insistió en que no tenía por qué hacerlo. Todavía tenía restos de salsa de yogur en los dedos y se los limpió con un billete de veinte euros que luego dio al camarero haciéndose el despistado. Ninfa lo vio desde la mesa y no pudo evitar sonreír una vez más. Se sentía muy cómoda con Marko.

Salieron a la calle y caminaron por Chueca. Compartieron detalles triviales de sus vidas y surgieron algunos puntos en común que ambos recibieron con emoción. Marko le contó que había estudiado Ingeniería informática y que llevaba trabajando un par de años para una importante empresa internacional de videojuegos. Intentó resumir en pocas palabras qué era lo que hacía, pero Ninfa le dejó claro que no entendía nada.

Y llegó el momento que ella preferiría haber evitado. Marko le preguntó abiertamente a qué se dedicaba y ella se limitó a decir que trabajaba en el negocio de su madre, ayudándola en la administración. El corazón de Ninfa latió con fuerza mientras buscaba las palabras más genéricas para evitar detalles comprometedores sobre la verdadera naturaleza de su trabajo. Su madre ya la había advertido al respecto: «Nadie rellena la ficha de solicitud de plaza en el colegio de sus hijos indicando traficante de armas como profesión». X-Room nunca sería compatible con una vida normal. Si insistía en trabajar allí, tendría que mentir, construirse una vida ficticia alternativa que encajase con lo políticamente correcto. Lo mismo que durante muchos años habían hecho los narcos, los espías, los ladrones de bancos o los terroristas. En un momento así, las dudas sobre su trabajo llegaban como los relámpagos en una tormenta de verano. ¿Trabajar en X-Room merecía la pena? Marko le gustaba mucho y construir su amistad sobre mentiras no era la mejor manera de empezar una relación.

Él pareció no quedar muy conforme con la explicación pero no quiso insistir. Fue perfectamente consciente de que Ninfa no tenía ganas de dar más detalles. Justo en aquel momento apareció una ambulancia montando un gran estruendo con las sirenas. Se quedaron mirando cómo pasaba a su lado y el alboroto sirvió para que Ninfa cambiara definitivamente de tema. Su corazón volvió a palpitar más tranquilo.

Giraron por la calle Gravina y, poco antes de llegar a la plaza de Chueca, Marko propuso tomar una copa. Ninfa no contestó. Todavía resonaban en su cabeza las palabras de su madre. Marko la vio pensativa y agarró su mano. Llevaba todo el paseo deseando hacerlo. Ninfa se sobresaltó, pero se limitó a sonreír. También deseaba tocar a Marko. Se detuvieron en la acera y se situaron uno frente al otro. No hablaron. Solo se cogieron de la mano. Se miraron a los ojos. Sonrieron una vez más.

Marko pensó que Ninfa era increíble, simpática, agradable y espectacularmente guapa. Tenía algo misterioso en su mirada que la convertía en irresistiblemente atractiva. Ninfa pensó que Marko era encantador, divertido y alegre. Le dolía tener que mostrarse esquiva, pero de momento prefería que fuese así. Ninguno de los dos quería que aquel momento acabase.

El beso surgió sin más. Fue un beso breve, casi accidental. Sus labios se separaron solo un instante. Se miraron a los ojos y se besaron de nuevo.

La curiosidad que habían sentido dos horas antes se había transformado irremediablemente en entusiasmo.

Ágata Mox tenía muchas ganas de poner en común sus descubrimientos con los compañeros. Como era habitual, Ortega entró el último en la sala de reuniones pero Ágata no esperó a que hiciera crujir la silla bajo su peso para empezar a hablar.

—Hemos estado centrados en que Jacobo desapareció por algo relacionado con su trabajo, con TelCom o con la muerte de Cristina. ¿A dónde hemos llegado?

—A ninguna parte —gruñó Ortega.

—Hemos dicho que necesitamos un nuevo enfoque. Así que pensé en su casa y en el hecho de que un tipo como Jacobo no recibiera visitas. Si fuese una persona asocial, no podría desempeñar con tanto éxito un trabajo de director comercial, en el que el don de gentes es tan importante. Por tanto, ¿qué es lo que le impide recibir visitas?

—Si no conociese su casa, diría que es porque tiene un apartamento muy cutre que no está a la altura de su puesto. O que lo tiene hecho un desastre. O que tiene algo que ocultar. Pero no es el caso —expuso el comisario.

—Cuando su hermana nos contó que siempre se muestra huidizo, incluso agresivo, cuando le habla de formar una familia, me planteé algo que pudiera cambiar el enfoque.

—¡Suéltalo ya, hostias! —volvió a gruñir Ortega.

—Es homosexual —dijo finalmente Ágata—. Si tiene citas con hombres, las tiene fuera de casa para no despertar sospechas en los vecinos. Hay decenas de apps y foros de citas gais. Por eso también es esquivo con el tema de la familia.

—Perfecto. El tipo es maricón. Pero ¿a dónde nos lleva esto? —preguntó Ortega.

—He repasado a los dueños de las matrículas que entraron en el aparcamiento del centro comercial y he buscado entre la información que he podido conseguir en sus redes sociales.

—Una buena pérdida de tiempo... —soltó Ortega.

—Después de dos días comparando perfiles, he encontrado a este tipo: se llama Adolfo Navarro y se define en Twitter como «Emprendedor, viajero, fan de Lovecraft y gay». Además, entró en el aparcamiento a las 18.46 y salió nueve minutos después. Lo suficiente para recoger a Jacobo y salir juntos en el coche. Lo que está claro es que no le dio tiempo a hacer la compra. Si no recogió a Jacobo, ¿para qué fue al centro comercial?

Ágata sonrió satisfecha tras exponer sus deducciones.

—Pidamos una orden y registremos la casa de este tipo. Nos presentamos por sorpresa y puede que nos encontremos a Jacobo o alguna pista de dónde está —propuso Ágata.

El comisario había estado escuchando las deducciones de su compañera. Finalmente intervino.

—Has hecho un grandísimo trabajo, pero no podemos pedir una orden de registro porque este tipo haya estado en el aparcamiento poco tiempo y sea homosexual. Necesitamos algo más contundente o el juez me lo tirará a la cara.

—¿Y si estoy en lo cierto? —protestó Ágata.

—Conozco al juez y no va a autorizar el registro con esto. Sigue investigando. Encuentra algo definitivo y entonces no perderemos ni un minuto hablando.

Ágata se sintió abatida. Había trabajado duro y quería creer que estaba sobre la pista correcta.

—Yo también tengo algunas cosas que contaros —dijo el comisario de pronto—. Ya sé lo que significan las dichosas siglas. Y no os va a gustar.

16

Oficio de tinieblas

El padre Figueroa buscó entre el manojo de llaves, eligió una de ellas y abrió el cerrojo. Empujó la puerta de la iglesia y esta cedió con un sonoro crujido. No hizo falta que el comisario Villacampa y él cruzaran el umbral para percibir un profundo olor a cera e incienso mezclado con humedad. El padre Figueroa se adentró en la nave central, que estaba prácticamente a oscuras. Hizo una genuflexión y la señal de la cruz mirando hacia la Virgen que sujetaba en brazos al niño presidiendo el altar de madera. El comisario apenas podía ver el fondo de la iglesia por la falta de luz, pero intuyó algunas tallas policromadas en los laterales. El techo de la nave se sostenía sobre tres arcos pintados de blanco y dos columnas de piedra. El padre Figueroa le había contado que aquella ermita estaba consagrada a la Virgen de las Nieves, muy querida entre los montañeros y excursionistas que visitaban el puerto de Navacerrada.

Tras las reverencias, se dirigieron al despacho de la planta superior. Ocupaba un espacio pequeño, pero suficiente como para albergar una mesa y una silla donde el párroco preparaba las homilías, un armario ropero en el que guardaba las sotanas y un sencillo estante con algunos libros, todo ello presidido por un cristo crucificado sobre la pared frente al escritorio. A la izquierda, por la ventana, se divisaba la estación de ferrocarril y al fondo, a unos doscientos metros, la boca del túnel que el comisario había visitado unos días antes.

—Comisario, bienvenido a la noche de Walpurgis —sentenció el padre Figueroa—. Espero que sea una noche tranquila.

—Gracias, padre. Yo también lo espero.

El comisario había entrado en contacto con el padre Figueroa porque había sido el último párroco de aquella ermita. Llevaba jubilado más de una década, si es que un sacerdote se jubila alguna vez. Era un hombre de estatura media, de edad muy avanzada y constitución extremadamente delgada. Se notaba que las fuerzas se le iban agotando porque arrastraba los zapatos cuando caminaba. Lo que más sorprendía de aquel veterano sacerdote, que podría rondar los noventa años, era su deslumbrante claridad mental. Recordaba fechas de hacía seis décadas con absoluta precisión y, al mismo tiempo, estaba al tanto de la actualidad más reciente.

Encontrar al padre Figueroa fue una gran suerte. El comisario había recordado las palabras de la profesora Urkiola: «Siguiendo los pasos del Opus, quizá pueda encontrar a los Discípulos», así que contactó con la diócesis tras su primera visita al puerto de Navacerrada. Allí le facilitaron los datos de contacto además de confirmarle que, por su edad y lucidez, el padre Figueroa era una enciclopedia viviente de todo lo ocurrido en aquella zona de la Sierra de Madrid. Una simple conversación telefónica y el comisario comprobó que el padre Figueroa podía contarle muchas cosas interesantes sobre los Discípulos.

El dispositivo policial alrededor del túnel que habían montado aquella noche estaba diseñado para intentar cubrir los principales puntos de interés sin llamar la atención, lo cual era francamente complejo en un lugar en el que apenas se veían personas por la calle. El comisario, junto con el padre Figueroa, tendría vista directa del túnel desde el despacho de la ermita. Ágata y otro policía estaban situados en la azotea del edificio más próximo a las vías. Ortega, junto con un par de agentes más, permanecía oculto en una furgoneta aparcada en el cruce de la calle de acceso con la carretera principal. Un equipo de tres policías especializados en asaltos, liderados por el sargento Olivera, bajaron a través del bosque hasta el otro lado del túnel y se ocultaron lo más cerca posible del apeadero fantasma en el que supuestamente terminaría la comitiva de los Discípulos.

El frío era intenso. Todos lo sabían y habían intentado abrigarse para aguantar a la intemperie mucho tiempo, aunque Ortega fue el único que se acordó de llevar una petaca con whisky. Las comunicaciones por radio confirmaron que los tres equipos estaban listos.

—Equipo Bosque, en posición.

—Equipo Cruce, en posición.

—Equipo Cielo, en posición.

—Recibido —respondió el comisario mientras observaba el túnel con unos prismáticos desde el despacho de la ermita—. Ahora toca esperar.

Ágata Mox se notaba entumecida por el frío. Llevaba mucho tiempo en la azotea del edificio junto con otro policía, al que solo conocía de vista de la comisaría, y que resultaba una compañía más bien aburrida. En aquellos momentos le invadía el sentimiento de que quizá su vida fuese más plena si se hubiera dedicado a otra cosa, con horarios fijos y cierta dosis de monotonía. Le ocurría en los instantes previos a la acción, en los que el único protagonista era una tediosa y molesta inacción. No hacer nada era lo más difícil de su trabajo. Solo la reconfortaba pensar en Alma, llenar su cabeza con imágenes de aquella mujer sonriente de la que se había enamorado perdidamente.

Alma había sido la primera y única mujer en su vida. Desde que era adolescente había salido con chicos, aunque ninguno le dejó una huella especialmente memorable. Recordaba las maneras torpes de sus primeros novios, sus halagos absurdos y una caballerosidad que bien podría ser calificada de machismo. Alma empezó siendo una buena amiga, de esas a las que se cuentan intimidades y banalidades a partes iguales. Un par de años atrás decidieron compartir una noche de San Valentín. Cualquiera que las viera juntas pensaría que eran dos amigas que celebraban su recién estrenada soltería tras abandonar a dos chicos que no las merecían. Cenaron, bebieron, bailaron y se divirtieron, pero ocurrió algo que lo cambió todo. Ágata miró a Alma a los ojos y la vio distinta. Era algo inexplicable y profundo que siempre había estado ahí, pero que no supo percibir. De pronto, todo se transformó. El tiempo quedó estancado. Se besaron. Se besaron como Ágata nunca había besado. Luego rieron, se abrazaron y se dijeron cosas preciosas al oído. Huyeron del mundo para refugiarse en casa de Alma y, esa misma noche, después de hacer el amor, decidieron que se iban a vivir juntas. Ya no se separaron.

La radio rompió en pedazos sus recuerdos. El auricular sonó de una manera que le pareció terriblemente desagradable después de tanto tiempo ensimismada y agarrotada por el frío. La voz de Ortega rasgó el silencio.

—Aquí Equipo Cruce. Un primer coche ha aparcado muy cerca de nosotros. Se han bajado cuatro tipos vestidos de negro y ocultos con pasamontañas. Van para allá caminando a buen paso. ¡Atentos, que empieza la fiesta!

Faltaba algo más de media hora para las doce de la noche y seguían llegando personas. Algunos caminando. Otros en coches que aparcaban a lo largo de la calle. También aparecieron dos pequeños minibuses de los que se bajaron quince o veinte personas más. La puerta metálica que separaba la calle de las instalaciones ferroviarias estaba abierta de par en par y, a través de ella, los asistentes entraban a la gran explanada junto a la boca del túnel. Todos iban vestidos íntegramente de negro. Algunos, los menos, llevaban la cara descubierta y la cabeza abrigada con un gorro o un sombrero. Pero otros muchos llevaban el rostro cubierto con máscaras o pasamontañas. Según llegaban, se juntaban en pequeños grupos donde parecían hablar animadamente.

El comisario observaba la escena desde el despacho de la ermita. Estimaba que allí había cerca de cien personas y empezó a temer que el dispositivo policial que habían diseñado se quedaba bastante corto si la respuesta de toda aquella gente se volvía violenta. Además, no podía contar con el equipo de Olivera, que tardaría en llegar hasta su posición, salvo que pudieran cruzar corriendo el túnel desde el otro lado. Lo que estaba claro es que tendrían que ser extremadamente prudentes con sus movimientos.

El padre Figueroa se levantó y sacó unos pequeños prismáticos plegables que guardaba en su escritorio. Se situó de pie junto al comisario y observó a la multitud que se acumulaba a la entrada del túnel.

—Si se fija, verá que algunos miran para acá y murmuran. A veces señalan con el dedo —comentó el padre Figueroa mientras miraba a través de los prismáticos—. Tranquilo, no es por ustedes. Es que saben que estoy aquí. Lo llevo haciendo cuatro décadas, cuando llegué sustituyendo al párroco anterior. Siempre he pensado que algún día quemarían esta iglesia. Por eso quiero que sepan que estoy dentro. Si queman la ermita, tendrán que quemarme a mí con ella.

—Salvo los acontecimientos de estas últimas semanas, los Discípulos nunca se han mostrado violentos. Según me contó el profesor Aréjula, su propósito está más enfocado en ejercer influencia que en cometer actos violentos.

—Tiene usted razón, no temo a los viejos Discípulos. Los que me dan miedo son sus jóvenes cachorros. Son recién llegados a la organización y quieren ascender rápido, hacer méritos. Son los más radicales. Chicos jóvenes con poco que perder que se han alistado porque la oscuridad está de moda. Curiosamente, la música ha sido en muchos casos la que ha llevado a estos chicos a unirse a los Discípulos. La sociedad subestima el poder de influencia de la música popular en los jóvenes, pero la realidad es que las proclamas malditas de esa música del demonio van entrando en la cabeza de estos muchachos a base de repeticiones y estribillos pegadizos. La música tiene una influencia que puede volverse perversa, mucho más perjudicial que las malas compañías o las redes sociales. Además, ya ha habido precedentes.

El padre Figueroa pronunció sus últimas palabras añadiendo un tono de suspense, esperando que el comisario le preguntase. Tampoco pretendía aburrirlo con sus historias si el contenido no era relevante para la investigación.

—¿Qué precedentes? —preguntó finalmente el comisario, consciente de que el padre Figueroa se mostraba deseoso de hablar.

—En los años noventa, hubo un movimiento satanista muy activo en Noruega. Eran principalmente jóvenes alrededor de bandas de una música heavy extrema que se llama black metal.

—¡Caramba, padre! Qué puesto está usted en el tema.

—Empezaron con incidentes aislados como amenazas a sacerdotes, sacrificios de animales y profanaciones de cementerios. Pero fueron a más y llegaron a quemar varias decenas de iglesias por toda Noruega. Imagínese el escándalo que se organizó en una sociedad tan civilizada como la escandinava. La gente estaba muy asustada. No entendían lo que pasaba. Algunas de las iglesias que quemaron eran joyas medievales construidas en madera que ardieron hasta los cimientos. Luego las fotografiaban y las utilizaban para las portadas de sus discos malditos. En el apogeo de su delirio, esos chicos empezaron a perder la cabeza: algunos se suicidaron, otros fueron asesinados por otros miembros. Se metieron en líos muy serios y los cabecillas acabaron siendo detenidos y juzgados. Pasaron muchos años en prisión, en los que nunca se arrepintieron de nada. Supongo que la edad y los años de privación de libertad apaciguaron sus ansias de destrucción y aquel movimiento acabó ahogado en sí mismo. Puede buscar información. Hay muchos artículos al respecto.

Mientras escuchaba las historias del padre Figueroa, el comisario seguía observando a la multitud con sus prismáticos. No paraban de llegar personas. La explanada frente al túnel estaba prácticamente llena y aún quedaban unos minutos para las doce de la noche. Como le había adelantado el padre Figueroa, un pequeño grupo de cuatro o cinco personas comenzó a mirar hacia la ermita, señalando y haciendo comentarios que no podía descifrar. El comisario temió que los hubiesen descubierto y que en algún momento toda aquella multitud se dirigiera hacia ellos en actitud hostil. La elección de la iglesia como escondite quizá no había sido lo más acertado.

—No se inquiete, señor comisario. No olvide que estamos en una ermita cristiana. Somos el enemigo —aclaró el padre Figueroa.

—Espero que tenga razón.

Algo pareció movilizar a la multitud congregada en la explanada. Poco a poco, los corrillos de personas se fueron acercando hacia la puerta metálica de acceso y formaron un pasillo. La voz de Ortega volvió a sonar en los intercomunicadores.

—Acaba de pasar un Mercedes negro bastante grande con las lunas tintadas y una furgoneta oscura detrás.

—Lo veo —confirmó Ágata desde la azotea—. Ahí llega alguien importante.

El Mercedes se detuvo junto a la puerta metálica. El conductor y el acompañante en el asiento delantero salieron raudos para abrir las puertas de atrás. Tres personas se apearon del coche vestidas con túnicas negras. Una de ellas, que en todo momento se situaba en el centro, llevaba una máscara negra con un rostro humano, aunque inquietantemente inexpresivo, y dos prominentes cuernos. Los otros dos también llevaban la cara cubierta con una máscara negra con forma de calavera. Por sus movimientos y por las reverencias de los asistentes, quedaba claro que el hombre de la máscara con cuernos era el jerarca de los Discípulos allí congregados. De la furgoneta oscura que acompañaba al Mercedes salieron varios hombres con algunos estandartes, banderas y varios objetos que los policías no pudieron identificar desde la distancia. También entregaron al hombre de la máscara con cuernos una gran vara que culminaba en una especie de triángulo isósceles invertido con los laterales alargados más allá del punto de cruce, y terminaciones curvas hacia el exterior que, a su vez, se cruzaban con una «v».

—Padre, ¿qué lleva el tipo de los cuernos en lo alto de la vara? —preguntó el comisario.

—Es el Sigilo de Lucifer, el sello de Satán más antiguo —explicó el padre Figueroa.

La multitud empezó a aclamar a los recién llegados según cruzaban la puerta metálica y caminaban por el pasillo que habían creado. El hombre de la máscara con cuernos iba en el centro, custodiado por los dos hombres de las túnicas negras que llegaron con él. Detrás de ellos avanzaban varias personas enmascaradas con estandartes. Algunos de los congregados empezaron a gritar «Hail Satan». Otros coreaban «Ad maiorem Satanae gloriam» al paso de la comitiva. Tras una señal del jerarca, la multitud comenzó a cantar:

Oh, tú, el más bello y sabio de los ángeles,
Dios traicionado por la muerte y privado de alabanzas.
¡Oh, Satán, apiádate de mi enorme miseria!
Oh, Príncipe del Exilio, a quien se ha agraviado,
y que vencido, siempre te vuelves a levantar más fuerte.
¡Oh, Satán, apiádate de mi enorme miseria!

—Son las letanías de Baudelaire. Siempre las cantan —confirmó el padre Figueroa mientras el comisario los escuchaba—. Ahora van a invocar al demonio.

In nomine Dei Nostri Satanas Luciferi excelsi!
En el nombre de Satán,
Señor de la Tierra, Rey del Mundo.
¡Comando a las fuerzas de la Oscuridad
para que derramen su infernal poder sobre mí!
Abrid las puertas del Infierno de par en par
y apareced del abismo
para acogerme como vuestro hermano y aliado.

Tres personas con túnica iniciaron la marcha adentrándose en el túnel. Tras ellos, los que portaban los estandartes. La multitud fue movilizándose, emprendiendo el viaje hacia los 666 metros de túnel que atravesaban las entrañas de la montaña camino del apeadero fantasma, su lugar de culto. Poco a poco anduvieron en orden hasta que todos desaparecieron como si hubiesen sido absorbidos por la montaña.

Una extraña calma volvió a la explanada.

—Aquí, Equipo Bosque. —La voz de Olivera llegaba entrecortada a través de la radio—. La comitiva ya está en el apeadero. Siguen cantando sus mierdas. No vemos bien al jefe, pero parece que tiene un cáliz y está consagrándolo, o vete tú a saber.

—Recibido. Avísanos cuando vuelvan al túnel —respondió el comisario.

—Suelen estar al otro lado unas dos horas aproximadamente. Así que póngase cómodo —aclaró el padre Figueroa.

El comisario volvió a mirar con sus prismáticos y comprobó que la explanada estaba desierta. Hacía una noche muy fría y la niebla empezaba a descender y lo cubría todo con su manto blanquecino.

Algo más de dos horas después, algunas personas empezaron a aparecer de vuelta por la boca del túnel y a situarse a los lados de la explanada. No tardó en llegar el hombre de la máscara de cuernos y sus dos siniestros acompañantes, seguidos de los portaestandartes.

—¡Atención todos! —exclamó el comisario por radio—. Vamos a detener al tipo de los cuernos. Equipo Cruce, parad el Mercedes negro a vuestra altura. No lo dejéis escapar. Equipo Cielo, recogedme en la puerta de vuestro edificio y vamos para el cruce juntos. Equipo Bosque, dadnos soporte cuando podáis. No sabemos cómo van a reaccionar. Espero que sean razonables.

Los equipos confirmaron con un simple «Recibido» y se dispusieron a ejecutar las órdenes del comisario. Después del periodo de calma, la adrenalina hizo acto de presencia como un torrente que lo inundase todo, desbocado tras las lluvias.

—Padre, quédese aquí —ordenó Villacampa según salía del despacho a toda prisa, bajaba las escaleras y abandonaba la iglesia discretamente para reunirse con Ágata.

En la explanada, algunos hombres habían empezado a guardar los estandartes y el resto de los objetos en la furgoneta. El hombre de la máscara de cuernos saludaba a los congregados. Con unos intercambiaba algunas palabras, con otros solo un apretón de manos o un abrazo. Finalmente se dirigió al Mercedes en el que se acomodó junto con los otros dos hombres de las túnicas.

El Mercedes, seguido por la furgoneta oscura, arrancó en dirección al cruce donde esperaban Ortega y los dos policías de refuerzo, que habían situado su furgoneta en el medio de la calle para impedir que pudieran acelerar y huir de la zona. En menos de un minuto vieron las luces del Mercedes y sacaron sus armas para disponerse a darle el alto. Ortega encañonó la ventanilla de la parte trasera del coche y otro de los policías apuntó al conductor. Ortega se identificó y ordenó a los ocupantes que salieran. Tras unos primeros instantes de incertidumbre, el Mercedes negro se detuvo por completo, pero aparentemente no hubo ningún movimiento en su interior. De la furgoneta bajaron tres hombres con armas automáticas y apuntaron a los policías que seguían gritando a los ocupantes del Mercedes que salieran. Ortega supo entonces que aquella situación no era sostenible por mucho tiempo y deseó que sus compañeros no se demoraran en darles apoyo.

No tardaron. Ágata y el comisario llegaron al punto donde los hombres de negro encañonaban a los policías y Ortega seguía gritando y apuntando con su arma corta a los ocupantes del Mercedes, en el que nadie reaccionaba. El comisario leyó la situación rápidamente y tuvo claro que no podían intervenir por la fuerza. Los hombres de la furgoneta los detectaron de inmediato y uno de ellos se giró para apuntarles con su automática.

El comisario no hizo ningún ademán de sacar su arma y caminó lentamente hacia el Mercedes. Pasó junto a los hombres armados y llamó sutilmente con los nudillos en la ventanilla trasera.

—Soy el comisario Manuel Villacampa. ¿Serían tan amables de bajar la ventanilla y hablar un momento conmigo?

Para el asombro del resto de los policías, que seguían apuntando con su arma, el cristal tintado comenzó a descender y el comisario tuvo una visión directa de los tres hombres enmascarados sentados en el asiento de atrás.

—Le ruego que baje —dijo Villacampa dirigiéndose al hombre de la máscara con cuernos.

Él dijo algo apenas audible al que se situaba a su derecha y ambos salieron del coche.

—Le agradezco su amabilidad. ¿Podría quitarse la máscara, por favor?

—Preferiría no hacerlo —respondió el hombre.

—Necesito hacerle unas preguntas —insistió el comisario.

—Supongo que querrá preguntarme por la señora Miller.

Villacampa no esperaba aquella respuesta tan directa. De hecho, lo interpretó como una provocación. Pero de lo que ya no cabía ninguna duda era de que aquel hombre tenía información relevante sobre lo que le había ocurrido a Cristina Miller. Así que no dudó.

—Va a tener que acompañarme a comisaría para que hablemos con más calma sobre el tema.

—¿Y si me opongo?

—Tendría que abandonar este tono amable con el que le hablo.

—No me amenace, comisario Villacampa. Supongo que será consciente de que, a una indicación mía, todos ustedes pasarían a mejor vida. No soy una persona de aproximaciones cortoplacistas, pero no me gusta nada que me amenacen.

—Necesito hablar con usted. Así que le pido por favor que me acompañe a comisaría y me aclare algunas de las cosas que hemos visto aquí esta noche.

El hombre enmascarado pareció meditar su respuesta. Aquellos instantes parecieron eternos. El comisario sabía que un leve movimiento de aquel desconocido podría ser la señal para que los hombres de las automáticas acabaran con su vida y la de sus compañeros. Deseó que Olivera y su equipo estuvieran escondidos entre los arbustos y pudieran ayudarlos, pero lo más probable era que no les hubiese dado tiempo a cruzar el túnel o quizá la multitud los tuviese retenidos. En aquellos instantes de espera, también fue consciente de que varias decenas de las personas congregadas en la explanada ya habían alcanzado los coches detenidos y empezaban a rodearlos de manera amenazante. Si el hombre de la máscara con cuernos no accedía a sus peticiones por las buenas, estarían en una inquietante desventaja.

—Está usted en una situación delicada, comisario. El miedo no lo deja avanzar y el deseo le impide retroceder —respondió finalmente—. Es como un perro embobado ante el escaparate de una carnicería. Así que seré yo quien resuelva su dilema. Subiré a su coche y quizá le aclare algunas cosas. Lo que sí le garantizo es que en menos de veinticuatro horas estaré cenando en Viridiana. Tengo una reserva y una compañía muy agradable con quien compartir la cena. Y por favor, no quiero que nos juzgue por lo que haya podido ver esta noche.

—Yo no lo juzgo.

—Toda palabra es un prejuicio —replicó el hombre enmascarado mientras hacía una señal a sus acompañantes para que bajasen las armas y comenzaba a andar imperturbable hacia el coche del comisario—. ¿Lee usted a Nietzsche?

—No tengo tiempo.

—Pues debería.

El reloj de la comisaría marcó las ocho en punto de la mañana. El comisario Villacampa aún no se había acostado. Observaba con detenimiento al hombre que estaba al otro lado del cristal en la sala contigua. Su rostro y su mirada perdida denotaban una envidiable serenidad a pesar de las circunstancias. Por su expresión, nadie podría afirmar que estaba detenido. Debía de tener unos sesenta años, cuerpo fino y atlético y unas facciones que quedaban inevitablemente marcadas por un fino bigote canoso y una larga perilla. Estaba sentado en la incómoda silla metálica de la sala de interrogatorios con los antebrazos apoyados en la mesa y los dedos entrelazados. Hacía media hora que había pedido un café con una educación exquisita. Era la primera vez que hablaba desde que llamó a su abogado. Degustó cada sorbo a pesar de que el policía que se lo trajo le había advertido de que el café de la máquina de la comisaría era una basura. Dio la impresión de que no le importaba.

Se había quitado la máscara una vez que entró en el coche del comisario y avanzaron unos kilómetros. No hizo falta pedírselo. Para sorpresa de los policías que lo acompañaban, simplemente sucedió. Cuando le preguntaron al respecto, contestó que prefería mantener el anonimato tanto de cara al exterior como entre sus compañeros de organización. Guardó silencio durante el resto del trayecto hasta Madrid. Nada más llegar a la comisaría, solicitó llamar a su abogado y se acogió a su derecho a no declarar. Estaba indocumentado. Le cachearon, pero solo llevaba encima un teléfono móvil desechable apagado y trescientos euros en efectivo.

Mientras lo observaba a través del cristal y después de los acontecimientos de la noche anterior, el comisario no pudo por menos que admirar el liderazgo y la templanza de aquel extraño personaje. Al mismo tiempo lo molestaba que no quisiera hablar, cuando era evidente que tenía información sobre lo ocurrido a Cristina Miller. Parecía que no le importaba lo que le había pasado, y eso no encajaba con el líder inteligente y carismático que aparentaba ser.

La puerta de la sala se abrió y Ágata asomó la cabeza.

—Ha llegado el abogado. Al menos ya sabemos cómo se llama este pájaro: León Marco-Treviño, marqués de Villa Rosa.

17

Cuentos, cuerdas y culpables

Ágata Mox se sentía embotada y extremadamente cansada. Como el resto de sus compañeros, aún no se había acostado. No había cenado la noche anterior y su desayuno había consistido en un café y un tentempié de la máquina. Notaba que cada minuto que pasaba se iba desinflando como un globo. Necesitaba una ducha y unas pocas horas de sueño para seguir funcionando. Pero no se podía marchar. Seguía esperando a que terminara la reunión de León Marco-Treviño con su abogado. Con suerte, accedería a hablar con ellos y les desvelaría algo que pudiera ser relevante para el caso de Cristina Miller.

En su cabeza no dejaba de revivir la noche anterior. Aquella multitud en la explanada, los estandartes, la comitiva por el túnel, los vítores y los cánticos a Satanás. También los hombres con pasamontañas y armas automáticas de los que dependió su vida durante unos minutos. Parecía un mal sueño o el argumento de una retorcida película de terror.

A pesar del mal cuerpo y un creciente dolor de cabeza por la falta de sueño, Ágata se puso a trabajar. Tal vez el caso de Cristina estuviera cerca de resolverse, pero el de Jacobo seguía enquistado. Ágata consideraba que, por lo que ya conocía de la vida de Jacobo, debía de ser el típico introvertido que recurría al anonimato de internet. Abrió el navegador y se quedó en blanco frente a la barra de búsqueda de Google. De pronto fue consciente de que no tenía ni idea de lo que estaba buscando.

Levantó la vista y observó el movimiento de sus compañeros por la oficina. A pesar de ser un día festivo, la comisaría estaba plena de actividad en un momento en el que su energía vital se agotaba. Se acordó de su padre y de las viejas historias que compartía cuando tenía investigaciones a medias.

«Papá, imagina que eres un tipo gay muy tímido y quieres quedar con tíos por internet para hacer guarradas. ¿Cómo lo harías?». Se sintió ridícula ante el hecho de lanzar al aire una pregunta así. Su padre hubiera alucinado si escuchase semejante atrevimiento en boca de su hija menor.

«Hay muchas apps de citas. Quizá debería empezar por ahí... —pensó—. El tipo que busco es un ejecutivo con teléfono de empresa que necesita mantener las apariencias. No puede instalarse apps para gais en su móvil. Podría tener otro móvil..., pero no puede arriesgarse a que le lleguen notificaciones de citas al otro teléfono mientras está en una reunión importante. También podría usar un foro especializado. Se registra con un nombre falso, un correo genérico y listo. Es un obseso del orden, de la limpieza y el anonimato. En su entorno, nadie tiene ni idea de su orientación sexual, así que está claro que no le valdría un foro cualquiera. Tendría que recurrir a los de la *dark web,* la parte oculta de internet. Así se garantiza el más absoluto anonimato».

Ágata estaba tan absorta en sus pensamientos, intentado obtener conclusiones, que no fue consciente de la llegada del comisario Villacampa. Se le notaban unas prominentes ojeras por el cansancio acumulado y la noche sin dormir. Cogió una silla y se sentó a su lado.

—¡Despierta, compañera!

—¡Ay, Manuel! No te he visto llegar.

—Estoy muerto de sueño. Necesito unas horas de cama.

—Yo también. Estaba dando vueltas al caso de Jacobo.

—Siento haber estado tan duro. Tu teoría sobre el tipo gay del aparcamiento tiene buena pinta. Pero necesitamos algo más.

—Ya..., pero no sé cómo avanzar.

—Empecemos desde el principio. ¿Qué sabemos de Jacobo?

—Vive para trabajar, con una existencia bastante solitaria. Es homosexual pero no lo sabe nadie de su entorno. Mi hipótesis es que tenía citas a escondidas, que probablemente cerrara a través de algún foro. El día de su desaparición quedó con un tipo que lo recogió en el aparcamiento del centro comercial y que en su perfil de Twitter se define como «Emprendedor, viajero, fan de Lovecraft y gay».

—Definirse como emprendedor o como viajero es tan genérico como chico alto o mujer morena. Imposible de rastrear. Lo único que puede ser singular en esta descripción es lo de Lovecraft —opinó el comisario.

Ágata hizo algunas búsquedas en Google, pero, de entrada, solo obtuvo resultados sobre la vida y la obra literaria de Howard Phillips Lovecraft. Amplió la búsqueda a los términos «Lovecraft» y «gay», y, para su sorpresa, obtuvo múltiples resultados sobre la relación del autor con la homosexualidad, incluso algunos artículos en los que se especulaba con la posibilidad de que hubiese tenido una aventura con Robert Barlow, uno de sus fans.

—Si yo fuese aficionada a las novelas de Lovecraft y quisiera registrarme en un foro de contactos, utilizaría el nombre de uno de sus extraños personajes —teorizó Ágata—. Se me ocurre que podemos buscar usuarios registrados con los nombres de los seres de sus libros en alguno de los foros gais más habituales. ¿Cómo lo ves?

Ágata no tardó en encontrar una página wiki que listaba todos los personajes de Lovecraft. Había un par de centenares de nombres, por lo que la búsqueda llevaría un tiempo. Decidió enviar al comisario a por un par de cafés. Necesitaban un chute extra de cafeína.

De camino a la planta baja de la comisaría, Manuel Villacampa pasó por la sala de reuniones para confirmar que León seguía reunido con su abogado. Llevaban juntos más de una hora. Cuando llegó a la máquina de café, la primera moneda se quedó bloqueada.

—¡Máquina estúpida! —gritó mientras le pegaba un empujón, que la máquina pareció interpretar como la señal que necesitaba para funcionar.

El vaso cayó por fin tras un chasquido seco y el café empezó a fluir. Para el segundo no necesitó aplicar la violencia. Solo una moneda. Después cogió las bebidas y volvió sobre sus pasos.

En cuanto llegó a la sala, detectó el entusiasmo en la expresión de Ágata.

—¡Lo tengo! —gritó desde lejos.

El comisario aceleró el paso hacia la mesa de su compañera y soltó los cafés con tanto ímpetu que derramó un poco de uno de ellos.

—¡Se llama Hastur! —reveló con satisfacción.

Después de observar la cara de asombro de su jefe, decidió explicarse un poco más.

—Hastur, deidad maligna y sanguinaria que aparece en el relato *El que susurra en la oscuridad* de Lovecraft.

—¡Qué asco de bicho! —respondió el comisario al ver una imagen.

—He ido buscando los distintos personajes de la lista en el foro de contactos Mazmorra Gay de la *dark web* y he encontrado un perfil llamado Hastur. Está claro que este usuario es un auténtico fan de Lovecraft: ni siquiera ha elegido uno de los personajes típicos como Cthulhu o el Padre Dagón. Hastur es bastante más minoritario. Además, en la firma se define como «Emprendedor, viajero, fetichista, dominante». ¿Te suena?

—Esto tiene muy buena pinta...

—Interviene en muchos hilos del foro. En algunos hablan de fantasías un tanto absurdas, en otros de las típicas guarradas obscenas, se recomiendan porno..., ya sabes. En este hilo titulado «Sanguinarios» —expuso Ágata señalando con el dedo sobre la pantalla—, comentan que van a hacer algo insólito y bizarro, pero no sé decirte el qué. Hablan de una manera bastante críptica y luego se invitan entre ellos a continuar la conversación en un canal privado.

—¿Quién más interviene en este hilo? —preguntó el comisario emocionado ante los evidentes avances.

—En total son cuatro. Además de Hastur, está Juan23, Nino69 y DracoSelvaAbajo.

—¡Vaya nombres! ¡Qué zumbados que están! La terminación 69 debe de ser la más utilizada de internet.

Ágata se quedó ensimismada mientras miraba a la pantalla. El comisario comprendió que algún detalle había llamado su atención, algo que a él se le pasaba por alto.

—¿Qué piensas? —le preguntó por fin.

—No sé. Hay algo raro en estos nombres. Es normal que si eres fan de los libros de Lovecraft te registres como Hastur. Juan23 o Nino69 son los típicos nombres de los foros. ¿Pero DracoSelvaAbajo? ¿Qué puto nombre es ese? Es muy raro. No encaja con las prácticas habituales.

—En el hilo se refieren a él solamente como Draco —añadió el comisario.

—Claro, el resto de los usuarios acortan su nombre para escribirlo más rápido. Draco sería un nombre normal. Todo el mundo se registra con nicks cortos. Esta es una de esas normas no escritas sobre el uso de los chats.

—Draco69 hubiese sido un nombre típico de un foro —concluyó Villacampa.

—¡Exacto! Por eso no me encaja que este tipo se llame DracoSelvaAbajo. Es un nombre rarísimo.

—Tienes razón, es muy raro.

—Déjame pensar en ello. Te avisaré si se me ocurre algo. Vete a descansar. No voy a encontrar respuestas más rápido porque estés sentado a mi lado como un zombi.

Ágata empujó al comisario Villacampa para que se marchara. Así que salió al pasillo y se dirigió hacia su despacho dispuesto a desplomarse mientras seguía esperando a que el marqués terminara la reunión con su abogado. Pensó en Ágata y en el fantástico trabajo que estaba realizando. No tenía duda de que haría una gran carrera en la policía. Además, era una buena persona. No podía decirlo de sí mismo. El idealismo del que pudo hacer gala en sus inicios se había transformado en decadencia. El cansancio acumulado le pasó factura. Apoyó la cabeza unos instantes sobre la silla y no pudo por menos que entregarse a un sueño agitado y confuso.

Una hora después, el teléfono de su mesa sonó haciendo que se incorporara sobre la silla con cierta brusquedad. Tenía la cabeza recostada sobre los antebrazos y había perdido la conciencia del tiempo sumido en una pegajosa duermevela. Abrió los ojos, aunque necesitó un par de segundos para poder enfocar el número de Ágata en el *display*.

—¡Es un anagrama!

—¿Cómo? —El comisario no entendía lo que le quería decir.

—DracoSelvaAbajo es un anagrama. ¡Por eso utiliza este nombre tan raro! —gritó Ágata emocionada.

—¿Un anagrama? —preguntó embotado. La fatiga no le permitía pensar con claridad.

—Palabras que se obtienen por la reordenación de las letras de otras palabras. Es muy habitual en criptografía. Por ejemplo, si intercambias las letras de Roma obtienes Mora.

—Entendido. Entonces ¿qué es DracoSelvaAbajo?

—Es el anagrama de Jacobo Valadares.

—Querido Carlos Mir, nunca pensé que nuestro siguiente encuentro sería en estas circunstancias.

—Sofía, no tengo palabras para semejante casualidad.

Sofía Labiaga había entrado diez minutos antes en X-Room por el garaje. Acudía a la cita que había cerrado con Señor Nawashi. Después de saludar a Ninfa en la recepción, entró en una de las cabinas y se desnudó completamente. Se puso una bata de suave raso negro que le llegaba hasta la mitad de los muslos y unas zapatillas ligeras a juego con la bata.

A través del pasillo principal, llegó a la sala de suspensión. Cuando cruzó la puerta vio a un hombre fornido, vestido con un pantalón negro de goma con peto y tirantes, dos muñequeras anchas y pesadas botas. Estaba agachado en el centro de la sala colocando cuidadosamente las cuerdas sobre el suelo. Sofía pudo ver su espalda vigorosa y unos robustos brazos que contrastaban con la delicadeza con la que situaba las cuerdas en el suelo, en un dibujo que simulaba los rayos de un sol imaginario. La sorpresa llegó cuando ambos descubrieron la verdadera identidad de las personas con las que se habían citado. Se habían conocido compartiendo champán en los elegantes salones de la embajada italiana sin saber que sus fantasías más íntimas los llevarían a reencontrarse en X-Room.

—Si no estás cómoda, podemos dejarlo —propuso Carlos.

—Sinceramente, ¿crees que he llegado hasta aquí dejando las cosas a medias?

Sofía desabrochó el cinturón de su bata y la dejó caer desde los hombros para mostrar su hermoso cuerpo desnudo a Carlos.

—Entonces, continuaremos —confirmó Carlos—. Pero quiero dejar claro que seré yo el que marque las normas esta noche.

—Acepto, pero con una condición —contestó ella—. Quiero que te desnudes.

Carlos vaciló un instante. Después se agachó para quitarse las botas y desabrochar los enganches del peto del pantalón. Lo dejó caer.

—He dicho desnudo —insistió Sofía.

—Esta es la única condición que voy a aceptar. A partir de este momento aceptarás mis reglas sin oposición alguna —respondió Carlos mientras deslizaba su ropa interior hasta el suelo.

Sofía sonrió satisfecha mientras Carlos daba unos pasos hacia ella. La cogió de las manos y la invitó a avanzar hasta el punto central de la sala, el lugar exacto en el que los pies de Sofía estaban rodeados por las cuerdas colocadas como si fuesen rayos de sol. Carlos dio la vuelta lentamente alrededor de Sofía mientras le tocaba el cuello y el pelo. Ella permanecía inmóvil, excitada, con todos sus sentidos en estado de alerta. La abrazó por detrás. Acarició su cuello. Después llevó sus brazos hacia atrás, los dobló por los codos y comenzó el ritual de encordamiento.

Comenzó atando los brazos. Las cuerdas pasaron hacia el pecho y las piernas. La red de nudos se fue extendiendo por el cuerpo desnudo de Sofía como una telaraña. Carlos observaba las reacciones de Sofía, que recibía las presiones y las dosis justas de dolor. Finalmente, Carlos pasó una cuerda por la argolla que colgaba de una cadena que caía desde el techo. Después aplicó una fuerte presión y el cuerpo inmovilizado de Sofía, ayudado con un movimiento delicado de sujeción, comenzó a volar suspendido en el centro de la sala.

Carlos dio unos pasos atrás y observó la figura que había creado, las sombras que se proyectaban sobre las paredes, la expresión de Sofía. Se imaginó la combinación de placer y dolor que estaría experimentando. Se acercó y acarició su cuerpo. Besó su cuello, su espalda y sus muslos. Lamió sus pies.

Después deshizo algunos nudos y aplicó la presión de las cuerdas en otras partes del cuerpo. Un nuevo impulso y Sofía volvió a moverse lentamente en círculos, suspendida de la cadena. Las caricias y los nudos se fueron sucediendo. Carlos interpretó el sudor en la espalda de Sofía como una señal inequívoca de cansancio, así que decidió bajarla al suelo. Desató sus piernas y retiró las cuerdas de su pecho.

Sofía se incorporó tras recuperar la libertad en sus piernas, aunque sus manos seguían atadas entre sí. Tenía los brazos levantados, amarrados a la argolla del techo. Notaba el sudor y las marcas de las cuerdas en su cuerpo. La sesión había sido dura físicamente, pero extraordinariamente excitante. No quería que acabara así. Buscó con la mirada a Carlos, que estaba colocando de manera ordenada sobre el suelo algunas de las cuerdas que había retirado. Observó su cuerpo desnudo, su fortaleza, su virilidad. Sus miradas se cruzaron.

—Antes de que me liberes, quiero que me folles.

—Te dije que no aceptaría más normas por tu parte esta noche.

Sofía no necesitó contestar. Simplemente dejó que Carlos se acercara, la besara en la boca, la tocara, dejando claro con su cautivadora actitud y su mirada felina que no podía hacer otra cosa que no fuese rendirse ante ella, su esclava.

Marko llegó al ático de Ninfa y Mala sobre las cinco. Llevaba un par de botellas de vino de Ribera del Duero y una caja de bombones. Había dudado mucho con la elección porque no sabía qué regalar a unas chicas como ellas. No quería caer en los tópicos románticos y, además, quería compartirlo con Mala, la extraña amiga de Ninfa.

Pulsó el timbre, que retumbó en el interior, y oyó unos pasos que se aproximaban. La puerta se abrió y apareció una chica gótica vestida de negro, con exceso de maquillaje y pelo cardado. Por un segundo, Marko pensó que se había equivocado de casa. Miró hacia las puertas de los lados y confirmó que estaba en el sitio correcto.

—¡Hola! Tú debes de ser Marko, ¿no?

—Sí, ¿esta es la casa de Ninfa?

—¡Claro, pasa! Te esperábamos. Las chicas están en la terraza.

Caminaron juntos por el pasillo y entraron al salón. Marko echó un vistazo rápido a la estancia. A la derecha había un amplio sofá de cuero. Sobre él, una reproducción de gran tamaño del tétrico Nosferatu de Klaus Kinski mordiendo a una lánguida Isabelle Adjani. En los laterales, dos altos candelabros completaban el conjunto. Enfrente, un mueble clásico con decenas de libros y, en el centro, un enorme televisor rodeado por dos grandes altavoces en los que sonaba una banda de rock a buen volumen.

—Es el último disco de Ghost, ¿te gusta?

—¡Mola! Aunque prefiero la música electrónica —se sinceró Marko.

Cruzaron el salón y, a través de una gran puerta de cristal, salieron a la terraza.

—¡Chicas! Ya está aquí el rubito.

La terraza estaba rodeada de jardineras con plantas. En la parte central había dos grandes sofás enfrentados con una mesa en medio. Sobre la mesa, dos pequeños faroles negros con velas a medio quemar. Al fondo, las vistas sobre los tejados del barrio de Malasaña eran extraordinarias.

Mala se levantó y dio dos besos a Marko. Lo sorprendió verla vestida con unas mallas negras y una camiseta vieja de Sex Pistols un par de tallas más grandes de lo que le correspondería a su cuerpo delgado, con algunos rotos y un color que se había vuelto gris por los muchos lavados. Otra novedad para Marko fue verla descalza, y pensó que tenía unos pies preciosos sin sus habituales botas.

Ninfa llevaba unos vaqueros, los pies descalzos como Mala y una camiseta negra. El cuello se le había resbalado hacia un lado y Marko confirmó que su hombro era lo más hermoso del mundo. Ninfa se levantó también y besó a Marko en la boca. Lo cogió de la mano y lo invitó a sentarse a su lado.

—He traído vino tinto. Espero que os guste.

—¡Por supuesto! —respondió Mala, saliendo disparada para volver con cuatro copas.

Abrieron la primera botella. Brindaron y charlaron. El sol comenzó a caer. Mala fue rellenando las copas y se levantó en un par de ocasiones para cambiar la música. El cielo pareció nublarse y empezó a hacer un poco de frío, así que entraron al salón.

—Ven, te voy a enseñar mi habitación —le dijo Ninfa a Marko mientras le cogía de la mano y tiraba de él.

La habitación de Ninfa tenía una cama grande en un lado, un armario ropero y una mesa frente a la ventana con una pequeña planta de un sorprendente color púrpura. Pero lo que más sorprendió a Marko fue que las paredes estaban repletas de objetos. Cuadros, pósters, recortes, frases, pegatinas, líneas que unían unas cosas con otras. Apenas había espacio para saber de qué color era la pared. Se alternaban bandas de música, cuadros de inspiración gótica, paisajes de bosques frondosos, fotos de bellas modelos y algunas Polaroid en las que aparecían sus amigos. Marko pensó que aquella habitación era una suerte de collage de todo lo que bullía dentro de la cabeza de Ninfa y le pareció maravilloso que quisiera compartirlo con él.

Una vez que se quedaron solos, se miraron a los ojos, se besaron y se desnudaron poco a poco entre sonrisas cómplices. Hicieron el amor sin prisas. Se acurrucaron en la cama y se taparon con una manta. En aquel momento, no había nada más en el mundo que el calor de sus cuerpos inmóviles, fundidos en un abrazo. Sumidos en el silencio de la habitación de Ninfa, escucharon las risas entrecortadas de sus amigas que seguían de confidencias en el salón.

Un par de horas después, que a Ninfa le parecieron un instante, Mala tocó en la puerta con los nudillos.

—¡Ey, tortolitos, hay que ir a currar!

Ninfa y Marko volvieron a besarse mil veces más mientras se vestían. Nada más salir de la habitación, Ninfa fue a terminar de arreglarse al baño y Marko vio a Mala con su aspecto habitual: su rostro cadavérico enmarcado por su pelo lacio, ropa negra y las botas enormes.

En el portal se despidieron. Ninfa besó una vez más a Marko.

—¿Hacia dónde vais? —preguntó.

—Para allá —respondió Ninfa sin concretar, con su habitual tono esquivo cuando se refería a su trabajo—. Nos vamos ya.

Ninfa no esperó a que Marko pudiera replicar. Lo besó por última vez y se giró para unirse a su amiga, que esperaba a unos metros de distancia.

Echaron a andar hacia la boca de metro de Tribunal sin mirar atrás. Cogieron la línea diez hasta Nuevos Ministerios y luego la seis hasta la plaza de la República Argentina. Salieron del metro junto a la enorme rotonda presidida por esculturas de delfines sobre piscinas concéntricas de agua. Mala opinaba que aquella rotonda era de un insoportable mal gusto. «Deberían haber puesto tiburones en lugar de delfines. Representan mejor a los que trabajan por aquí», decía.

Las dos amigas rodearon la embajada de Rusia y se adentraron en el barrio de El Viso, donde se ubicaba el palacete de X-Room. Cuando llegaron a la puerta que daba acceso peatonal a los jardines, Ninfa buscó en su bolso la llave y abrió la cerradura. Mala pasó en primer lugar y, cuando Ninfa se giraba para cerrar la puerta, divisó al fondo una figura que le resultó familiar. La ubicación de X-Room en una calle sin salida facilitaba el control de las personas que paseaban por allí. No era normal deambular por aquella calle si no se tenía la intención de entrar en X-Room o en alguno de los chalets de la acera de enfrente. Ninfa observó en detalle y confirmó lo que le había parecido desde el primer instante. Al otro lado de la calle, a unos cincuenta metros, Marko intentaba disimular su presencia girando sobre sí mismo y dando la vuelta hacia el inicio de la calle. Pero era demasiado tarde. Ninfa salió corriendo tras él sin que pudiera hacer nada por esconderse.

—¡No me lo puedo creer! ¿Me has seguido? —le gritó Ninfa.

—Bueno…, yo… Eh… —Marko no supo qué contestar.

—¡Eres un hijo de puta! ¿A qué viene esto?

—Es que quería…

—¡Lárgate! —chilló Ninfa mientras brotaban las primeras lágrimas en sus ojos.

Volvió a la puerta donde esperaba Mala. También se había unido Niko Dan, el enorme jefe de seguridad, que había advertido algo raro en el comportamiento de las chicas. Mala quiso decir algo a su amiga, palabras reconfortantes, pero supo enseguida que no era el momento. Ninfa volvía a sumergirse en el mar de la indecisión, de la desconfianza.

Las palabras de su madre regresaron como cañonazos: «X-Room es incompatible con una vida normal. Aprende a mentir».

El comisario Villacampa pudo entrar al fin en la sala de interrogatorios. La reunión entre León Marco-Treviño y su abogado había durado casi tres horas. Al otro lado del espejo, en la sala contigua, Ágata Mox estaba dispuesta a escudriñar hasta el último detalle de la declaración. El comisario se tomó su tiempo para acomodarse en la silla frente a León y abrir una carpeta con documentación, pero fue el abogado el que tomó la iniciativa.

—Mi cliente, el señor Marco-Treviño, quiere que lea una declaración.

—Como guste —respondió paciente el comisario.

—El señor Marco-Treviño quiere manifestar, ante las preguntas por su parte, que no tiene ningún tipo de relación con la señora Cristina Miller. Por lo que ha podido leer en prensa, el cuerpo de la señora Miller ha sido encontrado con signos inequívocos de violencia. El señor Marco-Treviño condena enérgicamente cualquier tipo de actos violentos y más cuando se ejercen contra personas inocentes. También quiere manifestar que ha sido detenido contra su voluntad, según parece, por ejercer su libertad religiosa, algo que en ningún caso puede ser considerado un delito. Ha accedido a acompañarlos a la comisaría porque siempre está dispuesto a colaborar con las Fuerzas y Cuerpos de Seguridad del Estado en todo aquello a lo que pueda aportar valor pero, desgraciadamente, no es el caso.

Después de leer el texto con una entonación tan monótona que podía ser interpretado como una burla, el abogado levantó la vista. Mientras tanto, el gesto de León permaneció impasible.

—Si no tiene nada más que añadir, mi cliente y yo desearíamos abandonar las dependencias policiales.

—¿Qué significan los estandartes, las máscaras, las túnicas y todos esos cánticos a Satanás que hicieron en el túnel? —preguntó el comisario.

León miró a su abogado y este le respondió con un gesto afirmativo de la cabeza.

—No eran más que ciertas dosis de inmoralidad, comisario. El placer obtenido en maldades pequeñas nos ahorra una acción malvada mucho más grande. Si lo desea, lo invitaré con gusto a nuestro próximo oficio de tinieblas y no hará falta que asista escondido como una rata.

El comisario bajó la vista hacia sus documentos. Buscó entre los datos y preguntó a León dónde se encontraba en las fechas previas a la aparición del cadáver de Cristina Miller.

—Estaba paseando junto al Sena —replicó León.

La lectura de aquella declaración vacía y presuntuosa, la larga noche en vela y la prolongada espera que, seguramente, había sido forzada como una estrategia defensiva de aquel abogado sin escrúpulos empezaban a hacer mella en la paciencia del comisario, así que no ocultó la irritación en el tono de su réplica.

—Quiero que sea más concreto en sus respuestas o me pondré a buscar cualquier cosa con la que le pueda retener aquí, aunque sean multas de tráfico.

—No se altere, comisario. Disculpe si no he sido preciso. Viajé a París en esos días. Estuve alojado en el hotel Crillon. La calidad de su *brasserie* es indiscutible. No puedo menos que recomendárselo, si es que se lo puede permitir con su sueldo de funcionario.

—¿Por qué cree usted que le he preguntado por el homicidio de Cristina Miller?

—No tengo ni la más remota idea, comisario.

—El nombre de su organización satánica apareció junto al cuerpo de la señora Miller —aclaró omitiendo los detalles.

—Me remito a la declaración que acabamos de leer. Desconozco qué ha podido suceder e insisto en condenar cualquier tipo de violencia.

—¿Por eso fue al túnel rodeado de hombres armados con automáticas?

—Para que un rostro sea bello, una palabra clara y un carácter bondadoso se necesita tanto la luz como la sombra. Debería usted saberlo, comisario.

—Si no tiene usted nada más en contra de mi cliente, nos gustaría abandonar estas dependencias de inmediato —insistió el abogado mientras se levantaba de la silla.

Los dos hombres salieron de la sala mientras el comisario, cansado y abatido, fue incapaz de oponer ningún tipo de argumento en contra. La puerta de la sala se abrió de repente. Ágata entró rabiosa, sin ningún filtro que contuviera su cólera.

—¡No podemos dejar que se vayan! —gritó airada.

—No tenemos nada para retenerlo —replicó decaído el comisario.

—¡Joder, Manuel, tienes que hacer algo! —chilló de nuevo mientras golpeaba con su puño recio contra la mesa—. ¿Nos hemos jugado la vida para esto? ¡Cristina se lo merece!

Aquellas palabras actuaron como un resorte. Algo pareció iluminarse en un lugar recóndito de la cabeza del comisario, que se levantó y echó a correr hacia la salida. La propia Ágata se quedó desconcertada ante la reacción que había provocado. Villacampa divisó a León y a su abogado cruzando la puerta de salida de la comisaría. Corrió tras ellos y los alcanzó a unos cien metros. No dudó y agarró a León con fuerza por el antebrazo. Sorprendido por aquella maniobra del comisario que no esperaba, León se revolvió para zafarse.

—Sé que sabe mucho más de lo que cuenta. ¿Por qué se empeña en boicotear mi trabajo?

—Comisario, es usted el que insiste en resolver algo que ya está resuelto —contestó León.

—Empiezo a estar muy harto de sus palabras vacías y de su arrogancia. Cuénteme qué ha pasado o le juro que... —No acabó la frase.

—¿Qué me jura, comisario? ¿Dígame?

Manuel estaba fuera de sí. Se sentía impotente ante aquel hombre soberbio y vanidoso. Le enfurecía pensar en todo lo que había sufrido Cristina Miller y que León no quisiera ayudarlo a encontrar respuestas. Así que cerró los ojos un instante, tomó aire y dejó que saliera toda la rabia contenida que llevaba dentro. Miró a los lados y comprobó que estaban lo bastante lejos de la puerta de la comisaría. A su izquierda había una calle poco transitada. Metió la mano en su chaqueta y sacó la pistola. En un movimiento rápido, agarró a León por el cuello y lo arrastró hacia un rincón en el que pasaban desapercibidos. Primero apuntó al abogado y le gritó para que se marchara y luego, mientras continuaba ahogando a León, le apuntó con su revólver en la boca.

—Se acabaron las respuestas estúpidas. Dígame qué ha pasado con Cristina Miller.

—Se va a arrepentir de esto —respondió León abrumado por la desproporcionada reacción del comisario.

—Lo sé. Pero cuando me llegue el castigo, quiero que el marido de Cristina Miller sepa qué ha pasado con su mujer.

—Muy bondadoso por su parte.

—¡Cuénteme qué ha pasado, joder! —gritó el comisario mientras apretaba su revólver contra la mandíbula de León.

—Todas las organizaciones tienen ovejas negras. La nuestra no iba a ser menos. Algunos hermanos no están de acuerdo con mi manera de hacer las cosas y se han tomado libertades que nunca les concedí. ¿Quiere que continúe o ya se imagina el resto?

—¡Continúe, maldita sea!

—Llevo mucho tiempo al frente de los Discípulos. Como ya sabe, somos una organización con mucho poder. Nuestros tentáculos llegan a todas partes, incluida su querida comisaría. Al mismo tiempo, somos invisibles. Esa invisibilidad es una herramienta más al servicio de nuestra causa. Es mucho más temible todo aquello que se siente pero no se ve.

León tragó saliva antes de proseguir su relato sin que el comisario aflojara la presión de su arma contra la mandíbula.

—Algunos idiotas díscolos pensaron que podían retarme, que cambiarían lo que lleva décadas inmóvil por razones que se les escapan. Eran así de mediocres. Durante un tiempo los dejamos hacer. Dejamos que se confiaran. Les respondimos con su propia medicina. La mediocridad es la mejor máscara que puede escoger un espíritu superior, porque los mediocres no sospechan que esta sea un disfraz.

León trató de relajar el gesto a medida que el comisario aflojaba la presión de su arma.

—Pero nos equivocamos. Calculamos mal su reacción. Además de mediocres, eran osados. Quisieron ponerme en un aprieto y, con un solo golpe, dar a nuestra organización toda esa visibilidad que siempre hemos evitado. Querían que las noticias sobre los Discípulos de Ob abrieran los telediarios y las portadas de los periódicos. Que España entera se levantara con las terribles noticias de un grupo de sádicos adoradores de Satán que raptan mujeres, las torturan y las asesinan a sangre fría. Pensaban que acabar conmigo iba a ser así de fácil. Así que se llevaron a esa pobre chica porque era una criatura de paz, de amor pleno. La eligieron de forma meticulosa. No fue casual. Una vez más, fueron torpes y no calcularon bien. Pensaban que los Discípulos de Ob se harían tan conocidos como las viejas logias masónicas. Los periodistas harían su trabajo y me obligarían a abdicar. Pero resultó que los investigadores habéis ocultado el detalle de nuestras siglas en el vientre de Cristina en un absurdo intento de pillarnos desprevenidos. Le agradezco mucho la protección que nos ha brindado al no publicarlas. Solo me resta pedirle que no siga buscando. Los responsables ya han pagado por ello. Han pagado con su vida. Aunque no encontrará más cadáveres. Ya hemos tenido suficiente con el de la señora Miller. También nos hemos ocupado de su familia. El dinero no va a devolver a una madre, pero sí puede facilitar un poco las cosas.

El comisario bajó el arma y soltó a León mientras trataba de asimilar todo lo que le acababa de confesar. Cristina no había sido más que una desgraciada víctima colateral en una lucha absurda por liderar una organización secreta. De nuevo, efectos colaterales en una pugna por el poder.

—Hay más detalles que terminan de redondear esta trágica historia, pero ahora no vienen al caso. Así que hágase el favor de dejar de escarbar donde no hay nada que encontrar.

León sacudió su ropa y se colocó el cuello de la camisa después de los zarandeos a los que lo había sometido el comisario. Finalmente se aclaró la garganta y lanzó unas últimas palabras tan venenosas como la picadura de una víbora.

—Con independencia de esta confesión obligadamente voluntaria que ha obtenido de mí, quiero que sepa que habrá consecuencias por semejante atrevimiento por su parte.

—Váyase a la mierda —contestó malhumorado el comisario.

—Podré perdonarle lo que me ha hecho, pero usted nunca se perdonará lo que se ha hecho a sí mismo. Y no olvide leer a Nietzsche. Ahora va a tener mucho más tiempo.

El comisario guardó su arma y emprendió el regreso sin mirar atrás, mientras León se alejaba marcando el número de su abogado para comunicarle su despido.

18

Dos pies

El equipo de asalto de Olivera llegó en una furgoneta camuflada. Ágata, Ortega y el comisario llevaban más de una hora en un coche aparcado frente a la puerta del chalet de Adolfo Navarro, observando sus movimientos. Cuando vieron a la furgoneta acercarse, el comisario salió para actualizar la situación y darles instrucciones.

Navarro vivía en un chalet independiente de dos plantas en una parcela de unos mil metros cuadrados. El seto que la rodeaba impedía ver una buena parte del jardín interior. La casa tenía una gran terraza en la fachada del primer piso. El lateral derecho de la planta baja se abría al jardín por medio de grandes ventanales. En el camino de tierra que continuaba más allá de la verja había aparcado un Mercedes plateado, el mismo que habían visto en las grabaciones del centro comercial de Las Rozas. Por lo que habían podido observar, Navarro estaba solo. Había pasado un buen rato en la planta baja. Probablemente cenando. Después subió y encendió la luz del dormitorio. Podría estar leyendo plácidamente en la cama, así que esperaban que el efecto sorpresa jugara a su favor.

Después de hablar con el comisario, Olivera transmitió las órdenes a su equipo. Entre todos valoraron la mejor manera de asaltar la casa. La parte más débil de la planta baja eran los ventanales que comunicaban el salón con el jardín. Los romperían y subirían a buscar a Navarro al dormitorio. Tres hombres esperarían fuera, dos en la puerta principal y uno en la parte de atrás, para cubrir la posibilidad de que Navarro intentase escapar. No sabían cómo iba a reaccionar. Los nervios de los policías se dispararon. Esperaban que todo saliera bien y que el objetivo no hiciera ninguna tontería impredecible. Olivera dio la orden y saltaron la verja.

El ataque coordinado fue extremadamente veloz. En poco más de cuatro minutos, Olivera avisó por radio para confirmar que Navarro estaba esposado en el dormitorio y que la casa era segura. El comisario respiró tranquilo. El operativo había empezado bien.

Ágata fue la primera de los tres policías en entrar a la casa. La primera impresión le evocó la vivienda de Jacobo: moderna, milimétricamente ordenada, muy limpia y con los objetos justos, que le concedían un aire minimalista e impersonal.

El salón era muy amplio. Había un enorme sofá en el centro. Junto a él, una mesa baja cuadrada de al menos dos metros de lado. Sobre ella, varias filas de libros de fotografía y arte. Frente a los ventanales que se abrían al jardín había un diván de diseño que a Ágata le recordó a los que utilizaban los psiquiatras. El salón ocupaba prácticamente toda la planta baja. Se comunicaba a través de un ancho pasillo con la cocina, el baño y las escaleras.

Ágata y Manuel subieron a la planta superior. El distribuidor daba acceso a tres habitaciones y un segundo baño. Entraron en la habitación en la que Olivera custodiaba a Navarro, que esperaba esposado, sentado en una silla. Su expresión reflejaba la ansiedad de no saber a qué atenerse ante la presencia policial y la angustia tras ser asaltado en su propia casa en mitad de la noche. Antes de interrogarlo, el comisario terminó de revisar la casa. En el primer piso había un segundo dormitorio que claramente estaba destinado a las visitas. Apenas tenía decoración ni objetos personales. Solo una cama y un armario vacío. La tercera estancia era un gran vestidor donde se acumulaba ropa, zapatos y equipamiento deportivo.

En el dormitorio principal había una cama de gran tamaño con un cabecero de cuero negro brillante con un par de argollas en los extremos. Sobre el cabecero, una fotografía en blanco y negro de un hombre desnudo con los brazos en cruz. Sus nalgas musculadas y su vigorosa espalda eran lo que más llamaba la atención. En las paredes laterales había varias fotografías más de hombres desnudos.

Al contrario de lo que observaron en la casa de Jacobo, no había duda de que aquella cama había recibido muchas visitas. El comisario solo necesitó abrir el primer cajón de la mesilla de noche para confirmarlo. Encontró varias cajas de preservativos, botes de lubricantes, dos juegos de esposas y un sorprendente surtido de falos y penes de diferentes materiales, colores y tamaños. Miró hacia Navarro, que seguía sentado y no podía ocultar la humillación mientras se violentaba su intimidad.

Ortega entró en la habitación después de revisar la planta baja con más detalle.

—Hay un sótano al que no se puede entrar. La puerta es metálica y tiene una cerradura electrónica. Podemos intentar echarla abajo a hostias…

El comisario cerró el cajón de la mesilla y carraspeó para aclararse la garganta. La notaba reseca después del tiempo que había pasado en el coche.

—Olivera, ayuda al señor Navarro y que nos acompañe al sótano.

El comisario fue el primero en llegar a la puerta metálica. Detrás de él, Navarro escoltado por Olivera, Ágata y Ortega.

—Si le pregunto qué hay detrás de esta puerta, ¿me haría el favor de decirme la verdad? —preguntó el comisario.

—Es personal —fue lo único que contestó Navarro.

—¿Podría ser más explícito? —insistió Villacampa.

Navarro, visiblemente nervioso, no contestó. Se limitó a agachar la cabeza y a mover las manos inquieto.

—¿Me podría decir la contraseña o nos va a obligar a reventar la puerta?

—Quiero llamar a un abogado —dijo al fin.

—Ortega, avisa para que traigan las herramientas —ordenó el comisario.

No hizo falta que Ortega saliera escaleras arriba. Navarro no tardó en contestar.

—¡Está bien! No rompan la puerta. La clave es dos-seis-cero-tres.

Ágata marcó la secuencia de números y escuchó el chasquido metálico con que se abrió la cerradura. Un pequeño piloto verde parpadeó. Empujó la puerta, que daba acceso a un gran espacio sumido en una negrura absoluta.

—El interruptor está en la pared de la izquierda —gruñó Navarro.

Ágata buscó con la mano. No sabía lo que iba a encontrarse en aquel espacio lúgubre y oscuro del que emanaba un penetrante olor a humedad. Finalmente accionó el interruptor. Varios faroles que colgaban del techo emitieron una luz tenue, pero lo bastante luminosa como para que los policías pudieran ver el sótano que se abría ante ellos. El ambiente estaba muy cargado por la falta de ventilación. No había ventanas.

El sótano tenía una gran mesa redonda en el centro con seis sillas. Las paredes estaban pintadas en un color oscuro que, junto al fuerte olor a humedad, generaban una atmósfera inquietante. En los laterales había trastos de todo tipo: herramientas de jardín, cajas vacías de electrodomésticos, un juego de neumáticos. Lo habitual en cualquier trastero. Ni rastro de Jacobo.

—¿Por qué tiene una cerradura electrónica si no guarda nada especial aquí? —preguntó el comisario con curiosidad.

—Me robaron hace un par de años e instalé la cerradura —contestó Navarro—. Bueno, también organizo timbas de póker con amigos y preferimos estar tranquilos. No hay nada ilegal en eso, ¿no?

—Revisad el sótano —ordenó el comisario.

Ágata empezó abriendo las cajas que se acumulaban en el fondo. Todas parecían estar vacías. Con la ayuda de Ortega, movieron los neumáticos, algunos materiales de construcción y las herramientas de jardín, un par de muebles viejos y una bicicleta. Todo parecía normal.

—El cemento del suelo está mojado —observó Ortega—. Es como si hubiese limpiado con una manguera todo el sótano. Por eso hay tanta humedad aquí.

—Lo lavé hace poco. Se me había caído algo de grasa y estaba pegajoso —respondió Navarro.

En una esquina del fondo había una puerta que, de primeras, les había pasado desapercibida por la falta de luz. Ágata la abrió y entró en una pequeña estancia donde había un aseo descuidado y sucio, algunos trastos y un arcón congelador que emitía un zumbido grave. La luz de aquel espacio era aún más tenue que en el resto del sótano. Cogió aire y abrió la puerta del congelador.

Estaba lleno de fiambreras de plástico y paquetes envueltos en bolsas o papel de pescadería.

—No tengo mucho tiempo para ir a la compra, así que congelo la comida —confesó Navarro, visiblemente inquieto y nervioso, antes de que nadie le preguntase.

Ágata empezó a sacar algunos paquetes. Los fue abriendo y confirmó que había varios pescados, carne adobada y algunos precocinados. Al fondo del congelador, uno de los últimos paquetes tenía un tamaño superior al resto. Parecían dos piezas grandes de carne envueltas en papel de plata. Intentó desenvolverlo, pero el papel estaba pegado por efecto de la congelación y se rompía. Sacó una navaja y lo rasgó en toda

su longitud. Cuando lo abrió, tardó unos segundos en identificar lo que tenía en las manos. Después no pudo evitar un
grito de profunda angustia y lo dejó caer al suelo. Con el golpe, los dos bloques helados se despegaron.

Ortega y el comisario entraron en el aseo alarmados por el
grito. Ágata observaba aterrorizada lo que había aparecido en
el último paquete y que había arrojado después de que un
escalofrío le recorriera todo el cuerpo.

Sobre el suelo, dos pies humanos cercenados, con manchas
de sangre seca, amoratados por la congelación, con las uñas
negras y los dedos retorcidos.

Sofía y Ernest se quedaron solos en el comedor después de la
cena. Sus hijos habían subido al piso de arriba. Se oía el sonido del televisor a lo lejos. La mujer del servicio había terminado de recoger la mesa y se disponía a recoger la cocina.
Ernest se levantó y sirvió dos copas de vino dulce. Le acercó
una de ellas a Sofía y brindaron.

—No me has contado qué pasó en tu sesión de cuerdas
—preguntó Ernest.

—¿Quieres que te lo cuente? Quizá no sea el momento.
Los niños están arriba.

—Sí, quiero que me lo cuentes.

—No me vas a creer, pero fue parecido a una clase de yoga
—respondió Sofía pensativa, en un tono sosegado y plácido—.
Necesitas mucha flexibilidad porque exige lo mejor de ti. Es
una experiencia muy física. Constantemente estás sometida
a una curiosa mezcla de elasticidad y dolor. También de equi-
librio. El maestro juega con los pesos del cuerpo. Después de
cada figura, redefine los equilibrios y exige un esfuerzo distinto, elasticidad en otra parte del cuerpo. Todo ello hace que
necesites estar muy concentrada. Además, está esa sensación de
estar en manos de otra persona, lo cual lo hace muy excitante.

Sofía fue desgranando los detalles de la sesión. Cada frase surgía despacio, como si fuese la consecuencia de un recuerdo, reminiscencias de lo vivido a medio camino entre el placer y la tortura. Pero ocultó la identidad de la persona que se escondía detrás del seudónimo Señor Nawashi. Sabía que Ernest conocía a Carlos Mir y no quería generar un conflicto innecesario.

—¿Te lo tiraste? —preguntó Ernest de repente.

—¿Cómo? —respondió Sofía muy sorprendida—. ¿Te estoy contando mi experiencia y eso es lo único que se te ocurre preguntar?

—Así es. Me gustaría saberlo.

—¿A qué viene ahora este ataque de celos absurdos? Te recuerdo que eres tú el que se está follando a Lady Cunt —apuntó Sofía muy enfadada.

—Ya, pero tú siempre estás presente.

—¿Y cuál es la diferencia?

—O sea, que te lo tiraste. ¡Joder! ¡Sabía que no era una buena idea! —concluyó Ernest malhumorado mientras salía del comedor dando un sonoro portazo.

—Se nos fue de las manos… —confesó Navarro entre sollozos, tapándose la cara—. No queríamos que acabase así.

Adolfo Navarro fue trasladado a la comisaría desde su casa. Pasó la noche en el calabozo y al día siguiente se sentó en la sala de interrogatorios. El comisario Villacampa quería esclarecer por fin qué había ocurrido con Jacobo Valadares después de que el ADN confirmase que los dos pies encontrados en el congelador le pertenecían. Navarro estaba completamente hundido, sepultado por la culpa, destruido por dentro, incapaz de entender las consecuencias de lo sucedido. Al otro lado del cristal, en la sala contigua, Ágata y Ortega se acomodaron para no perder detalle del interrogatorio.

—Tenemos que saber qué pasó con Jacobo —dijo el comisario.

—¿Con quién? —respondió Navarro con cara de sorpresa.

—Con Draco —rectificó.

—¿Se llamaba Jacobo? No tenía ni idea.

—Jacobo Valadares —apuntó el comisario—. El hombre cuyos pies estaban envueltos en papel de plata en el congelador de su casa. Entenderá que tiene que contarnos muchas cosas.

—No sé por dónde empezar... ¡Todo esto es una locura! —Navarro se derrumbó, lloraba y se frotaba los ojos con los dedos.

—Empiece por contarnos cómo conoció a Draco.

Navarro suspiró y pidió un vaso de agua. Estaba muy nervioso y angustiado. Le costaba respirar y no paraba de llorar. Enseguida le trajeron una botella de agua mineral y dio varios tragos antes de hablar.

—Conocí a Draco en un foro gay de internet. Era un espíritu solitario. Siempre hablaba de sus fantasías con melancolía. Le costaba mucho abrirse. Chateamos durante días y comprobamos que compartíamos pasiones. Draco no era como otros hombres que he conocido, que solo quieren quedar y follar. Draco era un intelectual consumido por el autocontrol y la abstinencia. Llevaba muy mal su doble vida.

Navarro hizo una pausa para beber agua y continuó con el relato.

—Algunos homosexuales que no han salido del armario llevan mal las apariencias. Pero el caso de Draco era complicado. Según me contó, no había nadie en su entorno que lo supiera, lo que le añadía mucha más presión interior. No había un amigo de confianza o un familiar cercano con quien pudiera descomprimir esa presión. Además, estaban sus inclinaciones masoquistas, que complicaban todo aún más. Una noche, después de un par de horas chateando, me confesó su debilidad por la hematofilia.

—Perdone, ¿cómo ha dicho? —interrumpió el comisario.

—Hematofilia, excitarse con la sangre. Tiene muchas variantes. A algunas personas les gusta ver sangre. A otras, beberla, al estilo vampírico. Se denomina síndrome de Renfield cuando se convierte en obsesión psicológica. Hasta hay gente que se excita al donar sangre. Existe una comunidad de fetichismo vampírico que pone en contacto, de forma consentida y voluntaria, a sanguinarios con donantes.

—¡Dios santo! —exclamó el comisario sin querer, impresionado por lo que estaba escuchando.

—Draco se excitaba con su propia sangre. Hablaba de que había tenido un despertar, una especie de iluminación después de una caída de su bicicleta cuando era adolescente, en la que se hizo varios cortes profundos. Se quedo hipnotizado con la visión de su sangre. En ese momento se dio cuenta de que no era como los demás. Descubrió sus inclinaciones masoquistas. Yo no estaba muy puesto en el tema y ya sé que parece un tanto insano y demente, pero en aquel momento me pareció seductor. Draco era muy distinto a todos los hombres que había conocido. Así que decidimos quedar y compartirlo. Además, era la excusa que necesitaba para conocer a Draco en persona. Me pidió que me hiciera una analítica de VIH, ya que, si íbamos a jugar con nuestra sangre, debíamos estar limpios. Unos días después, se presentó en mi casa. Era un hombre encantador y muy educado. Charlamos, bebimos y, con la desinhibición del alcohol, me propuso hacer un primer juego con cuchillos. Nos desnudamos y Draco se hizo algunos pequeños cortes en algunas zonas del cuerpo que quedaban ocultas: la espalda, las axilas, los muslos. Toqué su sangre, besé sus heridas y tuvimos un sexo memorable. Acabamos la sesión con las curas y los vendajes de los cortes, caricias que despertaron en mí una especie de ternura maternal que no había sentido nunca. Aquella sesión fue inolvidable, así que repetimos poco después.

—¿Draco también le cortaba a usted? —preguntó interesado el comisario.

—No, yo adoptaba un papel dominante en nuestra relación, aunque siempre actuaba bajo sus indicaciones porque no tenía experiencia previa en el uso de bisturíes y cuchillos. Se suele pensar que el actor dominante en una relación sadomasoquista es el que lleva el control, pero no tiene por qué ser así.

—Ya...

—En las siguientes citas, Draco trajo un rotulador con el que pintaba sobre su cuerpo dónde quería que le cortase. No era un rotulador normal, porque la tinta podía producir una infección en el corte. Era uno de esos especiales que usan los cirujanos plásticos. En aquel momento pensé que sería médico al tener acceso a ese tipo de material, pero no me atreví a preguntarle. El rotulador generó nuevos juegos. Seguimos experimentando y Draco incrementaba los cortes y las heridas que se autoinfligía. A veces me asustaba un poco, pero él nunca le daba importancia. Siempre decía que estaba bien.

Navarro volvió a hacer una pausa para beber agua.

—Un tiempo después me invitó a participar en un nuevo foro especializado en sadomasoquismo. Allí había gente de lo más extraña.

—Sin ánimo de ofender, creo que la relación que tenían ustedes se puede calificar como mínimo de extraña —puntualizó el comisario.

—No se imagina qué gente había allí. Las fantasías que compartían eran auténticas locuras, ideas realmente enfermizas. Lo peor es que cuando entras en ese mundo, comienzas a normalizar las cosas y ya no interpretas como raro lo que un tiempo atrás te parecía delirante. Así fue como Draco me habló de canibalismo, su fantasía más extrema. Comer carne humana, el paso definitivo más allá de la hematofilia. Al principio pensé que no iba en serio, pero siguió insistiendo y hablando del tema. Le fascinaba. Me presentó a dos hombres que había conocido en el foro y me invitó a participar en un chat privado.

—¿Cómo se llamaban? —preguntó el comisario.

—Juan23 y Nino69. Pero no sé sus nombres reales. Tampoco supe nunca el de Draco. Teníamos un pacto por el cual nunca hablábamos de nuestra otra vida.

—Entendido.

—Después de mucho hablar de ello, decidimos organizar nuestra primera fiesta caníbal en el sótano de mi casa. —Navarro empezó a sollozar de nuevo—. Sé que es una locura, pero en aquel momento parecía una buena idea. En los días previos, noté a Draco un poco raro. Estaba más melancólico que en otras ocasiones. Le pregunté, aunque ya sabía que era muy reservado. Solo me dijo que tenía problemas en el trabajo y que estaba pensando hacer un cambio en su vida. Yo supuse que quería buscar otro trabajo o quizá trasladarse a otro lugar, conocer gente nueva.

Navarro rompió a llorar. Parecía que el recuerdo lo golpeaba por dentro. Respiraba con dificultad. Bebió agua y esperó hasta que su respiración se normalizó.

—Draco me pidió que fuera a buscarlo al aparcamiento de un centro comercial. Me dio unas instrucciones muy precisas de cómo tenía que hacerlo. Se suponía que solo lo recogía para que no moviera su coche por si nos pasábamos con la bebida. Así que no le di más importancia. Ahora sé que lo tenía todo pensado, hasta el último detalle. Draco no dejaba nada al azar. Nos fuimos a casa y al rato vinieron Juan23 y Nino. Éramos un grupo realmente extravagante. Juan23 resultó ser sacerdote. ¿Se imagina? Nos lo contó nada más vernos y no podíamos creerlo. ¡Un sacerdote caníbal! Nino era un tipo alegre y muy divertido. Bebimos mucho. Más de la cuenta. Nino llevaba LSD y metanfetaminas. A partir de ahí, perdimos el control. Draco sacó su rotulador médico y los cuchillos. Empezó a cortarse. Juan23 y Nino flipaban con su osadía, pero acabaron lamiendo sus heridas, como hice yo en nuestra primera cita. Yo sentí unos celos terribles al ver cómo aquellos hombres compartían algo tan íntimo con Draco. Las drogas le llevaron mucho más allá de lo que habíamos hecho nosotros y, sin saber muy bien cómo, me encontré a Juan23 masticando trozos de carne de Draco. Ambos estaban desenfrenados, locos por las drogas, en una espiral crecientes de cortes y sangre. Nino fue el primero que se dio cuenta de que aquello no estaba bien, que habíamos superado ciertos límites. Se puso muy nervioso y quiso marcharse. Yo también hubiese deseado desaparecer, pero estábamos en mi casa y no quería dejar solo a Draco. Salí a acompañar a Nino a la puerta y me dejó solo con ellos. Yo estaba embotado, muy mareado por la mezcla de alcohol y drogas. Cuando volví al sótano, me encontré a Draco masticando su propia nariz con Juan. Al momento cayó desplomado sobre el suelo por la gravedad de las heridas y la gran cantidad de sangre que había perdido. Le faltaba parte de la cara. Sus genitales estaban cercenados encima de la mesa. Juan23 estaba desnudo, completamente embadurnado de sangre, masticando un último trozo de carne que ya no pude identificar. Estaba fuera de sí. Draco murió a los pocos minutos, pero Juan y yo necesitamos varias horas para recuperar la lucidez necesaria y reaccionar. No lo pensamos mucho. Juan decidió que lo mejor era trocearlo para sacarlo de allí. Así que cogió una sierra de mi caja de herramientas y comenzó a cortarle por las extremidades. Después metió los trozos en dos maletas grandes y lo ayudé a subirlas hasta la puerta. Me dijo que a partir de ese momento se encargaba de todo. Se llevó la primera maleta a su coche. Volvió unos minutos después y se llevó la segunda. No quiso que lo acompañase para que no tuviera ninguna información. Así que no sé en qué coche se marchó ni en qué dirección.

—¿Y los pies? ¿Por qué estaban en el congelador?

—Los escondí en el último momento mientras metíamos el resto en las maletas. Juan no se dio cuenta. Simplemente los envolví y los guardé en el congelador. No sabría explicarle por qué lo hice. Quizá porque quería quedarme con algo de él. Mantener su recuerdo. Algo íntimo.

El comisario no supo qué decir después de aquella confesión, probablemente la más impactante que había escuchado durante un interrogatorio en toda su vida de policía.

—Yo lo amaba. Lo quería muchísimo. Por eso acepté participar en sus juegos. Me dejé llevar. Todo lo que hice, lo hice por amor. No supe decir que no a tiempo. Y ahora me arrepiento. ¡Me arrepiento tanto!

El comisario trató de asimilar todo lo que había escuchado antes de intervenir. O Navarro era un actor fabuloso o su confesión era desoladoramente real. Aquella declaración se escapaba a su entendimiento. ¿Hasta dónde podía llegar la perversión de la mente humana?

—Entenderá que tenemos que comprobar que la historia que me acaba de contar es cierta.

—No hay problema —contestó Navarro entre sollozos—. Draco insistió en grabar la fiesta caníbal. Quizá para que pudiéramos defendernos si llegaba este momento. Tengo una memoria con el vídeo. Podrá comprobar cómo Draco se devoró a sí mismo.

19

Sendas convergentes

El amor es un sentimiento destructivo que arrasa con el estado normal de las cosas. Es lo que Ninfa creía. No dejaba de pensar en Marko. Lo echaba de menos. Lo necesitaba. Lo que sentía por él estaba devastando sus rutinas.

El amor es como un país invasor dispuesto para la guerra. Asalta el cuerpo y no permite que la razón vuelva a tomar el control.

El amor llega y parece que no va a irse nunca. Ninfa sabía que los cuentos de princesas eran mentira, pero en aquel momento creía en ellos a pies juntillas.

El amor es una revolución, un cambio brusco, violento y radical que corta cabezas, renueva intereses y permuta verdades por arrebatos.

Encerrada en sí misma, no había hecho más que pensar en lo que le estaba pasando. Al menos tenía clara una conclusión: ya no podía seguir mintiendo ni ocultando lo que hacía en su otra vida. Así que tomó una decisión.

Ninfa estaba en el café en el que vio a Marko por primera vez. Mientras observaba a las personas que tenía alrededor, como siempre hacía, repasó la conversación que había tenido dos horas antes con su madre. Quería comunicarle lo que había decidido. Sabía que lo aceptaría. Entonces ¿por qué le había costado tanto hacerlo?

Madame Carmen había pasado los primeros instantes inquieta ante la llegada de su hija con un «tenemos que hablar». No sabía qué esperar cuando la introducción era tan solemne.

—Lo dejo, mamá.

Ninfa recordó que su madre se había enderezado en la silla y la miró con los ojos entornados, intentando interpretar qué era lo que ocurría.

—¿Que dejas el qué, querida?

—Lo dejo todo. Esta vida es tu vida, pero no es para mí. De hecho, llevo años retrasando esta decisión. La postura cómoda ha sido no hacer nada, seguir aquí, contigo. Me siento querida y respetada a tu lado. Pero sabes bien que nunca seré como tú.

—Nunca he pretendido que lo fueras…

—Sé que te hubiera gustado que tuviera tu carácter, que fuese mucho más fuerte y que algún día continuara tu trabajo en X-Room. Pero creo que nunca seré capaz. Lo he intentado. Créeme que lo he intentado.

—Todo se puede conseguir con esfuerzo. No caigas en los tópicos derrotistas…

—¡Mamá! No quiero que me sueltes otro de tus discursitos sobre el esfuerzo, la hipocresía de la sociedad y todas esas cosas que les cuentas a los clientes. Llevo mucho tiempo oyéndolo, pero a mí no me ayuda. Quiero otra cosa para mi vida. Necesito recorrer mi camino, cometer mis propios errores, aprender por mí misma. Seguir siendo tu sombra no me hace feliz, mamá, por muy cómodo que sea.

Madame Carmen había tragado saliva; su mirada se perdió en el suelo y después buscó la de su hija. Hizo un gran esfuerzo por elegir con cuidado las palabras. No quería hacerle daño. Tenía sensaciones encontradas. Por una parte, le dolía que Ninfa no siguiera a su lado. Por otra, le aliviaba que lo dejara. Hacía mucho tiempo que sabía que X-Room no podría quedarse en sus manos. No veía en Ninfa la entereza necesaria para semejante encargo. Su hija era una criatura sensible y cordial. El club requería un temperamento severo y un liderazgo a prueba de bombas. También obligaba a una doble vida que la acompañaría sin remedio. Era un negocio excelente, pero también una tremenda responsabilidad. Era su proyecto de vida y Ninfa necesitaba el suyo propio.

—¿Estás segura? —había susurrado.

—Sí, estoy segura. Pero es muy importante para mí que me entiendas, aunque no compartas mi decisión.

Los ojos de Madame Carmen brillaron emocionados. Por una vez dejó caer la máscara de mujer sofisticada con la que siempre se presentaba ante el mundo para mostrar su lado más humano e íntimo, el amor puro e infinito de una madre por su hija.

—Eres lo que más quiero en el mundo y te echaré muchísimo de menos, cariño. Pero te entiendo. ¡Por supuesto que te entiendo! Yo también abandoné el camino que mi padre me había trazado. Sería muy egoísta no admitir que también tienes derecho a seguir el tuyo propio.

Lo que no había surgido en aquella conversación fueron los motivos. Ninfa no quiso explicarlos. Madame Carmen no los preguntó. No indagó más de la cuenta. Surgirían más adelante si tenían que surgir. Rogó que fuesen razones lo bastante livianas como para que su hija recondujese su vida y fuese feliz.

Ninfa había abandonado X-Room con un sólido sentimiento de liberación. Al mismo tiempo, presagiaba que iba a añorar aquella vida de ficción, el espejismo fantástico en el que había pasado tantos años.

La conversación con su madre solo había sido la mitad de lo que tenía que suceder. Sentada en la cómoda butaca del café, esperaba a Marko. Esa era la segunda parte, el diálogo que tenía que cambiarlo todo.

Marko llegó puntual. Lo vio entrar con su acostumbrado aspecto descuidado que tanto le gustaba. Le miró a los ojos verdes y unas intensas ganas de llorar la sorprendieron con las defensas bajas. No tenía la seguridad de que acudiera a la cita porque no sabía hasta dónde había llegado el despecho tras los insultos. El simple hecho de verlo entrar era un gran consuelo, aunque multiplicaba su inquietud.

Se sentaron frente a frente, pero no intercambiaron ni una palabra. Fueron instantes de nervios, de duda, de observación. ¿Hasta dónde llegaba su enfado? Estaba allí, ante ella, así que tenía la esperanza de que no fuese demasiado tarde. Marko insinuó un gesto, ablandó su mirada. Al final, esbozó una sonrisa. Ninfa lo besó mientras las lágrimas caían por sus mejillas. No quería perderlo.

—Prométeme que no me interrumpirás hasta que acabe —pidió Ninfa.

—Prometido.

—Te quiero, Marko. Eso es lo único indudable entre todo lo que te voy a contar.

Marko sonrió de nuevo mientras se cogían de las manos y entrelazaban los dedos. No se atrevió a añadir nada. Una promesa era una promesa.

—No quiero ir de víctima porque no lo soy. No he estado haciendo nada malo, ni nada de lo que me tenga que arrepentir. Tampoco quiero contarte verdades a medias. Así que solo voy a pedirte un *reset.* Hoy es el primer día de nuestra vida en común… si tú quieres. No sé qué viste el día que me seguías, pero quiero que lo olvides y que te quedes con lo que vas a ver a partir de hoy. No quiero preguntas porque no te las puedo responder.

Marko esperó unos instantes para confirmar que era el final del discurso. Necesitaba estar seguro antes de contestar. La respuesta la tenía clara.

—Ninfa, soy yo quien debería justificarse o, al menos, intentarlo. Quiero pedirte perdón. Fue un error seguirte. No he hecho más que arrepentirme, pero ya no hay remedio.

Me moría de ganas de saber más sobre ti. Me da igual dónde trabajas o a qué te has dedicado. ¿Tan malo es como para que acabe con lo que siento por ti? No debería ser importante si puedo estar a tu lado.

Ninfa lo escuchaba emocionada, perdida en la inmensidad de sus ojos verdes.

—Entonces ¿tenemos un trato?

—¡Por supuesto que tenemos un trato!

Se abrazaron a cámara lenta.

Ninfa sintió el aliento de Marko en su cuello mientras notaba cómo se erizaba su piel. Se pusieron de pie y salieron corriendo a la calle. No tenían tiempo que perder.

Habría deseado viajar en el tiempo para corregir el desacierto con el que había provocado aquel titular: «Gazapo de la consejera Sofía Labiaga ante los micrófonos: "Habría que matar a los periodistas"».

Estaba sentada en su despacho. Ante ella, cuatro periódicos del día. Todos hacían referencia a su despiste del día anterior. Un minúsculo desliz cuando pensaba que el micro estaba apagado. Pero no lo estaba. Toda la sala escuchó su fatídica apreciación. Ni una palabra sobre el contenido de su discurso ni sobre el galardón recibido. Solo referencias a aquella maldita frase.

La tarde había empezado bien. Pensaba que aquello compensaría los días previos en los que la convivencia con Ernest se había vuelto desagradable y angustiosa. Sofía no entendía el ataque de celos tras la sesión de cuerdas en X-Room. Nunca sospechó que su asistencia en solitario provocaría semejante reacción. Quizá pensó que su relación con Ernest era más abierta de lo que realmente era. Pero había sucedido y ya no había lugar para el arrepentimiento. Solo esperar a que la herida curase.

En el auditorio, espacioso y moderno, Sofía recibía el premio que la Fundación Montepríncipe le había otorgado por su compromiso con el servicio público. Su discurso había sido directo y con una alta carga política. Al mismo tiempo, emotivo y personal. El presidente de la fundación y todos los patronos se mostraron entusiasmados con su sólida defensa de los valores liberales. El discurso había culminado con una sonora ovación que puso a Sofía de muy buen humor.

Tras los aplausos, se había abierto un breve turno de preguntas. Enseguida aparecieron varias manos levantadas entre la docena de periodistas congregados. La asistente de Sofía, sentada a su lado, quiso que el debate lo iniciase el periodista de uno de los medios más afines al Partido. La pregunta había empezado con un agradecimiento e hizo hincapié en la significativa acción política de Sofía. Fue fácil responder.

Llegó el turno de otros periodistas, no tan cercanos, que ignoraron la razón de ser del premio, el contenido de su discurso y sus ideales políticos, para centrarse en los casos de corrupción que habían salpicado al Partido en los últimos tiempos. Sofía había tenido que tirar del argumentario habitual para sortear las preguntas y recuperar su tono más duro y tajante.

—Los casos de los que me habla se refieren a personas que ya no están en el Partido y ocurrieron hace un lustro. Lo que sí puedo asegurar es que, en mi Consejería, el tiempo de los corruptos ha llegado a su fin —había zanjado con contundencia mientras observaba que su asistente asentía, confirmando que su respuesta había sido adecuada y oportuna.

El siguiente periodista volvió a preguntar sobre el mismo tema, un gran generador de titulares.

—Los casos de corrupción de mi partido me llenan de rabia y tristeza. Y no solo yo, somos muchos los que sentimos vergüenza de haber estado junto a esos siniestros personajes que han utilizado la política para enriquecerse —había reiterado Sofía.

Una nueva pregunta, el mismo tema. Sofía se sentía como un saco de boxeo sobre el que aterrizaban con violencia todos los puños.

—Consejera Labiaga, ¿pondría la mano en el fuego por sus actuales colaboradores?

—No pongo la mano en el fuego ni por la Presidencia ni por nadie. Solo respondo por mí misma —había expuesto Sofía con firmeza.

Y llegó el momento del error. Quedaban varios periodistas con las manos levantadas. Sofía quería terminar la batería de preguntas incómodas y se inclinó para comentar discretamente a su asesora que quizá era el momento de despedirse. Cerró su micrófono de sobremesa, pero no se dio cuenta de que un segundo micro, situado a medio metro de distancia, seguía con la luz roja que indicaba que permanecía conectado. La sala pudo escuchar el susurro de su fatal apreciación de los periodistas allí congregados. Las cámaras habían grabado el momento, que se hizo público en menos de una hora en las versiones online de los principales periódicos.

Sofía abandonó el auditorio convencida de que su intervención había sido convincente y provechosa, notando en su bolso el peso de la medalla que le había entregado la Fundación Montepríncipe. Su satisfacción duró apenas unas horas.

Al día siguiente observaba los titulares sobre la mesa de su despacho mientras en su interior se expandía la cólera y la decepción, las ganas de gritar y una violencia que a duras penas podía mantener bajo control. Deseaba con todas sus fuerzas romper algo.

—El remate perfecto para una semana de mierda —sentenció.

El comisario Manuel Villacampa intentó aislarse en su despacho. Se encontraba agotado. Las preguntas llegaban a su cabeza a gran velocidad, sin que pudiera hacer nada por evitarlo. La historia de Jacobo le había impactado mucho más de lo que se atrevía a reconocer ante sus compañeros. ¿Qué tenía que pasar en la cabeza de una persona para que fantaseara con ser devorado por sus amigos? ¿Dónde estaba el límite que separaba el fetiche de la demencia? ¿Por qué tenía que ser tan compleja la sexualidad humana? Tampoco estaba seguro de si podrían acusar de algún delito a Adolfo Navarro. Solo había sido un mero espectador de algo que ni siquiera podrían llamar suicidio. No había palabras para calificar aquellos hechos.

La letra de una vieja canción de los ochenta se abrió paso entre sus reflexiones.

> *The news is just another show*
> *with sex and violence.*
> *Sex is violent!*

Jacobo había traspasado todos los límites de la cordura y la razón. Por un instante pensó que él también llevaba mucho tiempo con un pie fuera de los límites. En el caso de Jacobo, estaba claro que no hubo lugar para la duda o el arrepentimiento. ¿Qué lo llevó a adoptar semejante determinación? Manuel consideró que era una suerte estar a tiempo aún de reflexionar sobre sus decisiones pasadas. ¿Lo ayudaría a resolver qué quería hacer en el futuro? ¿Seguiría ayudando a alimentar la vanidad y la ambición de tipos sin conciencia como Carlos Mir? ¿El dinero podía pagarlo todo?

Arrepentimiento. Ser consciente de tus actos moralmente cuestionables y aceptar que no se deberían repetir. También un modo de castigo autoimpuesto. ¿Acaso el remordimiento era una forma de masoquismo? Pensó en Madame Carmen y su forma de interpretar la realidad. Aquella mujer tenía algo que le hipnotizaba. ¿Su visión de la hipocresía de la sociedad occidental era lúcida o el análisis de una persona confundida por sus propias circunstancias, aislada en su pequeño mundo para pervertidos?

Arrepentirse por lo que no se había hecho en el pasado podía ser un sentimiento desagradable y muy humano. Pero el verdadero arrepentimiento llegaba por lo que sí se había hecho y no cuadraba dentro de los límites de la integridad individual. Ese era el arrepentimiento en su estado más puro, el que Manuel sentía medrar en su interior.

Hipocresía. Actuar en consonancia a principios que al mismo tiempo se criticaban. Manuel concluyó que también era un hipócrita. Se imponía como certeza que sus «servicios de gestión de crisis» resolvían problemas, pero aquello no era más que un negocio muy bien remunerado que solo podían permitirse los más ricos y poderosos. La satisfacción que podían proporcionarle el éxito y el dinero quedaba eclipsada por aquella sensación pegajosa de derrota y debilidad. Cada vez le ocurría con más frecuencia. En especial después de escuchar las razones que individuos como Carlos Mir le daban para justificar sus servicios.

Había pensado muchas veces que aquel momento llegaría. El instante en el que el arrepentimiento inclinaría la balanza. Ya no quedaría nada que poner en el otro extremo para equilibrarla. Ni dinero. Ni poder. Ni contactos de alto nivel. Nada.

Con los dedos índices de ambas manos se masajeó las sienes con fuerza. Lo ayudaba a evadirse y a mitigar un dolor de cabeza que empezaba a hacer acto de presencia. Había recibido demasiados impactos. El sufrimiento inimaginable de Jacobo desangrándose. El bastardo que se llevó su cuerpo metido en dos maletas. La sonrisa cínica de Carlos Mir y sus prioridades. La mediocridad de Cristóbal Ortega alimentada de osadía y soberbia. ¿Existía un antídoto contra tanta vileza?

El teléfono quebró la quietud del despacho. Las reflexiones del comisario quedaron en suspenso. En la pantalla, un número oculto.

Dudó unos instantes. No le gustaban los números ocultos. Solían ser la antesala de una mala noticia.

El teléfono seguía sonando. Tenía que responder. Su debate interno podía esperar.

—¿Comisario Manuel Villacampa?

Una voz de mujer surgió del auricular. Era tan neutra y aséptica que le habría resultado imposible deducir qué edad tenía. Incluso llegó a dudar de si era una mujer.

—Soy yo. ¿Con quién hablo?

—Le voy a pasar con Ignacio Martínez Nieto, el secretario de Estado de Seguridad. ¿Puede esperar en línea unos segundos?

Aquella presentación lo puso en alerta. No era habitual recibir una llamada así. La Secretaría de Estado de Seguridad era el organismo responsable de todas las Fuerzas y Cuerpos de Seguridad del Estado, de las aduanas y de la cooperación policial internacional, a las órdenes directas del ministro del Interior. Un alto cargo llamando a un vulgar comisario de distrito. Tras una mínima espera, una voz enérgica brotó del auricular.

—¿Comisario Villacampa?

—Sí, soy yo.

—Soy Ignacio Martínez. ¿Cómo está?

—Señor secretario de Estado. Encantado de hablar con usted —mintió el comisario.

—Está usted al cargo del presunto homicidio de la señora Cristina Miller. ¿Correcto?

—Así es —confirmó Villacampa.

—Ha hecho avances sorprendentes y lo felicito por ello. Pero también tengo que decirle que ha provocado cierto malestar innecesario en determinadas personas.

—Me limito a hacer mi trabajo, señor secretario de Estado.

—Muy bien. Pues limítese a hacer su trabajo sin molestar a quien nada tiene que ver con ese caso.

—Supongo que se refiere al señor León Marco-Treviño…
—tanteó el comisario.

—Quiero que suspenda cualquier tipo de relación con la persona que ha mencionado. Para usted, este individuo no existe. El caso ha llegado hasta donde podía llegar. Así que, como no quedan pistas que investigar, lo mejor será que cierre el caso de inmediato y dedique su apreciado tiempo a otra cosa. ¿Me he explicado con suficiente claridad?

La voz al otro lado sonó agria, intransigente y desagradable, sin dejar la más mínima grieta para la duda.

—Lo he entendido perfectamente —respondió el comisario.

Ágata Mox llegó corriendo al despacho de Villacampa dispuesta a entrar con su habitual explosión de energía ante un descubrimiento inédito. Pero a través del cristal de la puerta pudo comprobar que el comisario hablaba por teléfono. Su gesto parecía serio y preocupado. Era evidente que no mantenía una conversación agradable. Quería compartir con él el último giro de aquella retorcida investigación, pero no tuvo más remedio que dominar su arrebato de vitalidad.

Desde el otro lado del cristal, Ágata vio que el comisario colgaba por fin el teléfono. Empuñó con fuerza el picaporte y soltó su último hallazgo como un meteorito que cae ardiendo desde el cielo.

—Me ha llamado el forense. Ha estado examinando los pies de Jacobo. Como estaban llenos de sangre seca pasamos por alto un detalle.

El comisario levantó la vista del teléfono para centrar su atención en la joven policía, intentando intuir desde dónde llegaría la sorpresa.

—Jacobo tenía un pequeño tatuaje bajo el tobillo del pie derecho. Una «x» rodeada por las siglas SODS. ¡Jacobo era miembro de los Discípulos de Ob!

Manuel se quedó en silencio ante la inesperada revelación de su compañera. Entonces recordó que el caso de Jacobo Valadares y el de Cristina Miller habían nacido en el mismo lugar, simultáneos en el tiempo. Desde el principio trabajaron bajo la hipótesis de que estaban conectados, pero las investigaciones los llevaron por caminos completamente independientes. Parecía que ambos casos se habían resuelto por fin y que solo la casualidad había querido convertirlos en coetáneos. Pero aquel detalle los volvía a conectar.

—Aunque haya algunas personas a las que no les guste, creo que no me va a quedar más remedio que volver a visitar a nuestro amigo el marqués. Tiene que seguir dándonos explicaciones —sentenció finalmente el comisario.

20

Ubi sunt

La vida en prisión empezaba algo antes de las ocho de la mañana. Los funcionarios hacían el recuento de presos y, tras un aseo rápido dentro de la celda, todos bajaban a desayunar al comedor.

Américo García compartía celda con un colombiano detenido por arrojar a su mujer por la ventana. Se llamaba Emiliano y también se encontraba en régimen preventivo a la espera de juicio. El departamento de ingresos y los psicólogos del centro penitenciario creyeron que podrían hacer buena pareja por la naturaleza de sus crímenes: el asesino de mujeres y el pederasta. Emiliano había llegado un par de meses antes, así que Américo tuvo compañero de celda nada más llegar al módulo.

La primera noche fue tortuosa. A duras penas pudo conciliar el sueño. El silencio estaba permanentemente asaltado por una variada colección de ruidos. El contraste era mayúsculo si lo comparaba con el sosiego de su hogar. Hasta la celda llegaban crujidos de colchones, lamentos, ronquidos, tintineos de agua de grifos que no cerraban, susurros siniestros y silbidos provocados por el viento, sonidos nocturnos a los que era necesario acostumbrarse.

Desde su primer día en prisión, Américo tuvo pánico a salir de la celda. Las zonas comunes eran territorios hostiles.

Su abogado le había insistido en que no confiara en nadie, que no contara su historia y que no diera muchas pistas de quién era en realidad. Las intenciones de otros presos llegarían con el tiempo. La vida en prisión era muy distinta a la que había vivido fuera. Aunque el módulo entero terminaría conociendo su historia, había que intentar demorarlo todo lo posible.

Las horas en la celda se le hacían interminables. Emiliano había conseguido un pequeño televisor y se pasaba el día viendo cualquier cosa de forma obsesiva. Lo que fuese con tal de matar el tiempo y esperar la próxima comida o el siguiente paseo en el patio. Se había acostumbrado muy rápido a la rutina carcelaria. Pero Américo no conseguía relajarse.

Uno de los trabajadores sociales lo convocó para una entrevista informal. Le dio algunos buenos consejos. Que pensara en su familia. Que aprovechara para hacer cosas para las que nunca había tenido tiempo. Que reflexionara sobre su vida. Que escribiera sus memorias. Américo no perdía nada por hacerle caso, así que empezó con un poco de todo.

Una mañana, tras el desayuno, Américo decidió visitar la biblioteca de la prisión. La lectura podía ser un buen refugio donde evadirse. La gestionaba uno de los internos, un hombre mayor, bajito y rechoncho, con la cara redonda y los ojos muy grandes. Según le contaron, cumplía condena por homicidio. A Américo le costaba creer que aquel hombre de aspecto bonachón, incluso dócil e ingenuo, hubiese asesinado a otra persona. Pero no había lugar para la duda. Llevaba ocho años encerrado y cinco gestionando la biblioteca. Había sido profesor, así que en el momento en el que hubo una vacante, el puesto de bibliotecario le resultó ideal.

En aquel primer paseo entre los estantes, Américo ojeó los títulos sin una idea clara de lo que buscaba. En general, los libros se encontraban en muy mal estado. Se notaba que habían sido reciclados varias veces antes de terminar en las estanterías de aquella modesta biblioteca. Un nombre le llamó la atención: Salman Rushdie.

«Un hombre libre que ha tenido que encerrarse voluntariamente por lo que ha escrito. Sus rutinas no serán muy diferentes a las mías», pensó Américo.

Así que cogió el ejemplar de *Los versos satánicos*, cuya tapa frontal estaba pegada al resto del libro con lo que parecía un trozo mugriento de cinta aislante gris. Con el libro bajo el brazo se dirigió al mostrador.

—Buena elección, amigo —dijo el bibliotecario mirándole a los ojos.

—Gracias —respondió educado Américo—. Espero que me entretenga los próximos días. Si te soy sincero, no tengo grandes expectativas.

—Nadie las tiene en este lugar.

—Ya me imagino.

—Acabas de ingresar, ¿verdad? No me suena tu cara.

—Sí.

—¡Bienvenido! Mi nombre es Luis, pero aquí todo el mundo me conoce como Ratón. Te puedes imaginar el porqué…

—Encantado de conocerte, Ratón. —Américo dudó si dirigirse al bibliotecario con semejante apelativo—. A mí puedes llamarme García. Es como me llamaban fuera.

Américo ocultó su nombre siguiendo los consejos de su abogado. Era lo suficientemente singular como para que resultase sencillo identificarlo. Otros internos no tardarían en saber qué crimen se escondía tras su estancia en prisión. «García» era tan genérico que le facilitaba el anonimato.

—García, disfruta de la lectura —lo despidió Ratón.

Américo tuvo que concentrarse para leer en su cama mientras el sonido del televisor de Emiliano llenaba la celda de forma constante, como un hilo musical perpetuo. Los programas del corazón o las películas de sobremesa no eran la mejor compañía para la lectura. También comprobó lo rápido que avanzaba. Tenía mucho tiempo libre y muy poco que hacer. En apenas tres días terminó las setecientas páginas de *Los versos satánicos*, así que planificó una nueva visita a la biblioteca de Ratón.

Cada libro venía acompañado de unos minutos de charla. Américo disfrutaba aquellos ratos. Eran los únicos en los que ponía tener una conversación razonablemente entretenida, porque Emiliano, su compañero de celda, era un hombre de pocas palabras.

Gracias a las visitas a la biblioteca o la asistencia al comedor, la sensación de desasosiego que le causaba la prisión mermó. Así que decidió atreverse con los primeros paseos por el patio. Sentía una creciente necesidad de respirar en el exterior. Desde un lateral del patio observaba a los hombres que paseaban por allí. Se juntaban en grupos para charlar o fumar. Había algunos que destacaban por su liderazgo. Eran fáciles de identificar. Siempre estaban rodeados de otros presos, paseaban con actitud altiva y la cabeza bien alta. Américo sabía que debía evitar cualquier acercamiento con todos ellos. Las palabras de su abogado regresaban una y otra vez a su memoria: «Nunca te confíes, nunca bajes la guardia».

La rutina carcelaria, las horas de lectura en su celda, los ratos de reflexión, el ejercicio físico y la aceptación de su situación hicieron que su estado de ánimo mejorara. Américo empezó a integrarse en la actividad del módulo y a relacionarse con más presos además de Ratón y Emiliano.

Pero su tranquilidad terminó una mañana fría mientras volvía del comedor. Un hombre corpulento, con la nariz torcida y el cuerpo lleno de tatuajes se acercó y le pasó el brazo por encima del hombro. No dejó tiempo para que Américo reaccionara.

—Ten cuidado, follaniños. Ten mucho cuidado… —le susurró al oído.

Después lo empujó hacia un lado con agresividad y continuó su camino.

Américo no compartió con nadie la intimidante advertencia del hombre corpulento con aspecto de matón de discoteca. Ni con su compañero de celda ni con los funcionarios ni con los trabajadores sociales del centro. La desconfianza lo cubrió todo. Alguien había difundido la naturaleza de su teórico delito. Podía ser cualquiera.

Su estado de ánimo volvió a decaer. Se sentía hundido y traicionado. Además, en la última cita con su abogado este le había trasladado el resultado de la negociación con Carlos Mir. No le importaban los detalles, pero la conclusión era el enésimo desprecio que le confirmaba que estaba en lo cierto: Carlos había conseguido lo que quería a costa de humillarlo, aniquilar su reputación, destrozar a su familia y encerrarlo en aquel agujero. Américo no alcanzaba a comprender cómo una persona podía desarrollar semejante carencia de escrúpulos y empatía.

Américo se encerró en sí mismo. Lloraba en la oscuridad de la noche. Acumulaba altas dosis de rabia que solo servían para corroerlo por dentro. Deseó ser como Emiliano. Tener la serenidad suficiente para limitarse a aguantar sin hacerse daño. Entrar en la rueda de la rutina. Esperar. Solo esperar.

Los pasos de Américo fuera de la celda volvieron a limitarse al mínimo imprescindible: las visitas a la biblioteca y la asistencia al comedor. El único preso que le transmitía una exigua confianza era Ratón. Aunque tampoco podía fiarse. En la cárcel no había amigos.

También renunció a salir al patio y a participar en cualquier tipo de actividad. Desde el momento en el que cruzaba la puerta de la celda, extremaba las precauciones. Cualquier gesto o mirada lo ponían en alerta. Evitaba pasillos poco conocidos y ocupaciones en las que hubiese contacto con otros presos.

Cuando terminó el último libro que había cogido, decidió pasar por la biblioteca. Aquel era uno de los pocos trayectos en los que se sentía medianamente seguro. Mientras ojeaba títulos en las estanterías, escuchó cómo otro interno cruzaba la puerta de entrada y se dirigía al pasillo paralelo al que se encontraba. A través de los huecos que los libros dejaban en los estantes, observó que el recién llegado era el gigante de la nariz torcida que lo había abordado en un pasillo. Sus nervios se desbocaron. Notó cómo el aire tenía dificultades para llegar hasta sus pulmones. Abandonó el libro que llevaba en la mano sobre una de las estanterías. Oculto en uno de los pasillos, buscó la presencia de Ratón. Al menos tendría un testigo en caso de que ocurriera un nuevo incidente, pero parecía estar distraído con su mirada clavada en el monitor del ordenador en el que registraba los libros. En cuanto observó que el hombre corpulento llegaba al final de la estantería, Américo aprovechó para encaminarse a toda prisa hacia la salida de la biblioteca. Abrió la puerta y salió angustiado.

No llegó muy lejos. Apenas avanzó unos metros. Tres hombres bloqueaban el pasillo mientras hablaban entre ellos. Con el chasquido que hizo la puerta de la biblioteca al cerrarse, interrumpieron su conversación y se centraron en Américo. No le dio tiempo a reaccionar. La puerta de la biblioteca se abrió a su espalda y apareció el hombre corpulento, cerrando cualquier vía de escape por el otro lado del pasillo.

Todo sucedió muy rápido. Varios punzones aparecieron de repente. Américo notó cómo penetraban en su vientre mientras uno de los hombres le susurraba al oído: «Muérete, follaniños». Sus manos temblaron. Notó una fuerte presión en la frente y una debilidad que se extendía desde la cabeza hasta las rodillas. Las piernas ya no eran capaces de sostenerlo.

Cayó al suelo y su cuerpo quedó enmarcado por un gran charco de sangre.

Manuel Villacampa empezó a recoger sus cosas con calma. Las colocó cuidadosamente en un par de cajas de cartón y una bolsa de basura. Aunque había sido su despacho durante muchos años, tenía pocos enseres personales. Lo más importante eran dos cuadros de sobremesa con fotos de su hermana y sus hijos, un par de diplomas por sus méritos policiales, una chaqueta de lana que siempre estaba en el despacho por si tenía frío, algo de material de oficina y algunos dibujos de sus sobrinos que había pegado en la puerta del armario. El resto eran expedientes de casos abiertos, como los de Jacobo Valadares y Cristina Miller.

A pesar de su actitud arrogante y la habitual charla confusa y barroca, León había accedido a revelarle los escabrosos detalles que necesitaba para cerrar aquella historia. Pero no le había perdonado la presión a la que lo había sometido.

La confesión no había sido gratis. No tardó en recibir la llamada. Después de años de esfuerzo y dedicación, de indiscutibles éxitos y de una demostrada solvencia en la resolución de casos complejos, el comisario dejaba de serlo. La amenaza del secretario de Estado de Seguridad llegó en forma de destitución inmediata. Con los políticos no se juega.

Mientras salía con la primera de las cajas, miró a su alrededor con una mezcla de irritación y nostalgia. Quería tomar conciencia de que a partir de aquel instante, cuando volviera al despacho, sería para recibir órdenes del nuevo comisario.

No llegó muy lejos con sus pertenencias. Apenas una veintena de metros. Su nuevo escritorio se ubicaba entre el resto de los investigadores de la unidad. Su puesto consistía en una mesa grande de madera con cajones a ambos lados, una silla de oficina con la tapicería gastada, un flexo metálico con el cable arrugado y un bote vacío que esperaba la llegada de bolígrafos y lapiceros.

Volvió a sacar sus cosas de las cajas. Los expedientes formaron una torre en el lado izquierdo de la mesa. Ya tendría tiempo de ordenarlos. Apoyó las fotos de la familia en al fondo a la derecha de la mesa. Dudó qué hacer con los dibujos de los niños. No tenía dónde pegarlos, así que los guardó en el primer cajón.

Su éxodo del despacho coincidió con la llegada del nuevo ocupante, que accedió con algunas cajas muy similares a las que acababa de vaciar. Parecía un conquistador llegando a la tierra prometida. Su entrada en el despacho fue triunfante, entre felicitaciones de compañeros, palmadas en la espalda y chistes groseros sobre la forma en la que había conseguido llegar hasta allí.

Volvió la vista para observar la cara de Ágata Mox. No hacía falta preguntarle qué opinaba de aquel cambio. Quedaba claro que no entendía cómo se tomaban las decisiones en algunos despachos. En cualquier caso, no estaría mucho tiempo por allí. Su última decisión como comisario fue proporcionarle un ascenso y apoyar su promoción como investigadora principal en una vacante de la comisaría del barrio de Salamanca. Un buen destino, con nuevos compañeros, para la mejor policía de su equipo. Si el caso de Jacobo y Cristina se había resuelto con éxito, había sido principalmente por su tesón y sus singulares ideas. Ágata no se merecía estar en el pozo negro en el que se iba a convertir su comisaría, ni sufrir los desvaríos ni los atropellos del nuevo comisario.

La decepción empezó a hacer mella en su estado de ánimo. Habían sido muchas las ocasiones en las que había saltado al otro lado de la línea roja y había culminado invicto. Sabía que aquella investigación se había jugado al margen de las reglas, pero no esperaba semejante consecuencia.

Dudó. La rabia lo inflamaba por dentro, pero sabía que tenía que hacerlo. Así que se levantó y se dirigió con tono sobrio hacia el ocupante recién llegado a su antiguo despacho.

—Comisario Ortega, felicidades por el ascenso.

Manuel Villacampa aparcó su Opel azul junto al Porsche de Carlos Mir. La explanada de tierra anexa a la estación de Chamartín se había convertido en el lugar habitual para sus citas furtivas. Apagó el motor y entró en el Porsche. No hubo saludos. Ambos se quedaron en silencio durante unos instantes. Carlos sabía que Manuel acababa de ser degradado. Ya no era comisario. Se decidió a romper el silencio.

—Manuel, siento mucho cómo ha acabado esto para ti. Nunca pensé que el caso terminaría perjudicándote.

—¿Crees que nuestras decisiones pasadas condicionan inevitablemente el futuro o que hay espacio para el azar? —reflexionó Manuel ignorando la disculpa de Carlos.

—Si no hubieses insistido en cerrar el caso, quizá nada de esto habría sucedido. A veces, la inacción es lo más indicado para resolver un problema.

—No me refiero a mi puesto como comisario. Me da igual. He ganado tanto dinero con gente como tú que puedo dejarlo cuando quiera. Solo necesito una motivación.

—Me alegra oírlo.

—Me refería a los acontecimientos que hemos provocado con nuestra intervención sobre Américo. Si tú no me hubieses contratado y yo no hubiese actuado, ¿habría acabado igual?

—Hay momentos en los que solo somos espectadores, no podemos cambiar nada —afirmó Carlos categórico.

—Entonces el destino tiene cierta capacidad para hacer que las cosas sucedan —añadió Manuel.

—Los estoicos pensaban que era imposible escapar de nuestro destino, pues era el resultado de la voluntad divina.

De ese modo, la libertad individual solo nos permitiría obrar sobre aquello que, en cualquier caso, se nos presenta.

—Me identifico más con los principios de causalidad —argumentó Manuel—. Si un evento ocurre es porque existió una causa que lo desencadenó. Pero si los estoicos tienen razón y ha habido una voluntad divina, no seríamos los culpables de todo este desastre.

—Yo no me considero culpable de nada.

—Ya lo sé. Los tipos como tú solo sois culpables de vuestro propio éxito —contestó Manuel, y contuvo a duras penas su agresividad.

Carlos calló ante la respuesta airada de Manuel. Entendía su disgusto. Tenía todo el derecho a estar enfadado. Nunca pensó que las cosas se complicarían tanto.

—Tendré que vivir toda mi vida con tres cadáveres pesando sobre mi conciencia —afirmó Manuel.

—¿Tres cadáveres?

—Sí, en esta ocasión los daños colaterales han sido demasiado grandes.

—¡No me jodas, Manuel! Cuando nos conocimos, me sermoneaste con que cualquier caso, por muy complicado que fuese, podía resolverse. Que tenías un sistema infalible para la gestión de crisis. Me hablaste de las cuatro fases. La primera fase era la negociada, la segunda las *fake news*...

—Y la cuarta pegar dos tiros —lo interrumpió Manuel.

—Exacto —respondió Carlos—. Entonces ¿a qué vienen estos remordimientos? Pensé que estabas dispuesto a jugar fuerte, a hacer lo que fuese necesario. Por eso te contraté.

—Nunca había llegado a la fase cuatro —se sinceró.

Manuel se quedó absorto, con la mirada perdida a través de la ventanilla. A lo lejos veía las luces de las oficinas de las Cuatro Torres. Recordaba muy bien aquella primera conversación con Carlos en una cafetería del centro. La exposición de su sistema. La había repetido decenas de veces. Siempre que empezaba un nuevo encargo.

—Serán los primeros cadáveres que escondo en mi armario. Tendré que acostumbrarme a vivir con ello.

—No ha sido tu culpa, Manuel. Iniciaste un trabajo porque yo te lo pedí. El resto ha sido el devenir de los acontecimientos, que estaban fuera de nuestro control.

Manuel no contestó. Seguía ensimismado mientras miraba a través de la ventanilla, con un sentimiento de culpa que crecía sin control en su interior.

—Aunque si te digo la verdad, sigo sin entender qué coño ha pasado para que todo haya terminado convirtiéndose en una pesadilla —insistió Carlos.

Manuel buscó las palabras adecuadas. No era fácil narrar los hechos tal y como habían sucedido, armar la cronología que componía aquel caso escabroso y siniestro, un cuento de terror que deseaba cerrar y olvidar para siempre.

—Cuando iniciaste tus maniobras para posicionarte de cara a la presidencia, Américo y Jacobo también jugaron sus cartas. Américo partía con ventaja, pero gracias a nuestra primera intervención, lo hicimos desaparecer durante un tiempo mientras diseñaba su respuesta. Jacobo lo vio venir y pensó que era su oportunidad. Así que también actuó en busca de ayuda fuera de TelCom, como hiciste tú al contratarme. Jacobo era un tipo poliédrico, con una personalidad misteriosa y compleja. Cuanto más descubro sobre él, más me sorprendo. Por una parte, tenemos al excelente profesional que todos me habéis descrito: meticuloso, competente y bien considerado. Pero en lo personal se movía en un desorden delirante. Vivía en las sombras. Llevaba una vida solitaria. Apenas se relacionaba con nadie desde el momento en el que salía por la puerta de la oficina. Su única relación social era un extraño grupo llamado los Discípulos de Ob, una secta de inspiración satánica con tentáculos en todos los centros de poder: la política, la empresa y, por supuesto, la policía.

Carlos escuchaba atónito la visión de Jacobo que Manuel le transmitía. Tenía la sensación de que aquella persona de la que le hablaba no podía ser la misma que él había conocido, el hombre educado y amable con el que había compartido tantas horas de trabajo.

—Como pasa en todas las organizaciones, los Discípulos de Ob estaban divididos y enfrentados por el liderazgo. Por una parte, el sector oficial liderado por un extraño aristócrata muy bien conectado, León Marco-Treviño. Por otra, un grupo rebelde que quería quitar de en medio a León y arrebatarle el poder. Jacobo pertenecía a este último. Cuando vio que la candidatura de Américo flojeaba, los contactó para que moviesen los hilos y lo favoreciesen de cara a la presidencia de TelCom. A cambio, los discípulos rebeldes le pidieron ayuda para acabar con León. Diseñaron una jugada un tanto insólita. Y aquí es donde aparece Cristina Miller.

—Manuel, no puedo creer lo que me estás contando. ¿Jacobo pertenecía a una secta satánica? No es posible. —El gesto de Carlos no podía ocultar el desconcierto ante los hechos que estaba descubriendo.

—Llevaba la marca de los Discípulos de Ob tatuada en el pie derecho. La misma que encontramos grabada con un cuchillo sobre el vientre de Cristina.

—¡Dios mío! Es increíble.

—Los discípulos movieron sus hilos con Fausto para inclinar la balanza hacia Jacobo, pero tu candidatura parecía que lideraba la batalla, especialmente después de las primeras *fake news* que divulgamos sobre Américo. Así que también decidieron apostar fuerte. Jacobo señaló a Cristina como una persona de tu máxima confianza que podía revelar confidencias con las que desestabilizar tu candidatura. Era lo más cercano a ti que encontraron. Los discípulos rebeldes la captaron y la hicieron desaparecer sin dejar rastro. La torturaron en un maratón de golpes y violencia, pero no consiguieron que confesara gran cosa sobre ti. Así que decidieron completar su ataque infame a dos bandas grabando las siglas de los Discípulos de Ob sobre el vientre de Cristina y abandonando su cadáver en un lugar en el que sería fácil descubrirlo. Sabían que, antes o después, la policía llegaría hasta León. Querían darle la máxima difusión a la secta y que León tuviese que desaparecer, dejándoles vía libre para completar su pequeño golpe de Estado. No contaban con que las siglas permanecerían en secreto. Decidimos no filtrarlas mientras no tuviéramos constancia de lo que significaban. No decía nada bueno de la policía. Los discípulos pensaron en enviar la información a la prensa, pero descubrimos el significado de las siglas y León acabó colaborando con nosotros. Aunque se cobró un precio muy alto por su maldita ayuda: mi cabeza como comisario.

—Entonces ¿Cristina murió porque fue señalada por Jacobo como la persona que podía contarles secretos contra mí?

—Me temo que así fue.

—¡Qué hijos de puta! Pero ¡un momento! Si el plan de los discípulos rebeldes no funcionó, ¿qué pasó con Jacobo? ¿Dónde está?

—Ahí es donde surge otra de las caras de Jacobo que, por supuesto, también mantenía en el más estricto secreto.

Manuel hizo una pequeña pausa en su historia. Recordó entonces lo perdidos que habían estado siguiendo la vida de Jacobo y el momento en el que Ágata había armado una teoría que no quiso creer.

—Jacobo era homosexual y con unas inclinaciones masoquistas realmente sórdidas.

Carlos vaciló.

—¿Cómo?

—Llevaba años reprimido, por la familia, por su carrera profesional y por un sentimiento de culpa y vergüenza que era incapaz de mostrar a los demás. Cuando fue consciente de lo que había hecho, atormentado por el remordimiento, decidió acabar con todo y entregarse a las fantasías extremas que llevaban décadas dormidas en su subconsciente. No voy a entrar en detalles, porque por más que lo intento, no consigo llegar a comprenderlo. Digamos que Jacobo fue víctima de sí mismo.

—Entonces ¿ha aparecido?

—Algunas partes de su cuerpo están en una cámara del Anatómico Forense. Estamos buscando el resto.

Carlos no supo qué contestar. Empezaba a entender las primeras palabras de Manuel cuando se subió al coche y su estado de ánimo lánguido y decaído. Los dos hombres se quedaron en silencio una vez más. De repente un número volvió a iluminarse en la cabeza de Carlos.

—Manuel, me dijiste que había tres cadáveres. ¿Quién es el tercero?

—Han asesinado a Américo en la cárcel.

Carlos se puso lívido. Parpadeó. Abrió la boca y trató de decir algo, pero su voz fue apenas un susurro.

—Joder...

—No han esperado al juicio. El resto de los reclusos ya lo condenaron —sentenció Manuel.

Otra vez silencio, la mirada perdida, la conmoción que se extendía por dentro. Frente a ellos, la tarde se había convertido en noche. La luna creciente brillaba orgullosa en lo alto y se reflejaba sobre los charcos mugrientos de la explanada.

—Carlos, ojalá no vuelvas a necesitar a un tipo como yo. Eso querría decir que sigues en el fango. Tengo que irme y no quiero que volvamos a vernos más.

Carlos no contestó. Pensaba en Américo. Tenía la mirada perdida en el horizonte.

—Ahora voy a ver a la consejera Labiaga. Me ha pedido que la mantenga informada. También tiene miedo de que algún fleco de este caso provoque consecuencias no deseadas. Así que me toca repetir esta dichosa historia para ella. Espero que sea la última vez. Por cierto, os conocíais, ¿verdad?

Carlos tragó saliva. Claro que se conocían. Cómo olvidarla.

—Hemos coincidido en un par de ocasiones —respondió Carlos sin entrar en detalles—. Es una mujer sorprendente.

—Lo es —dijo Manuel antes de apearse del coche y alejarse con gesto abatido—. Pero no te fíes de ella.

Cuando se quedó solo en la sacristía, se quitó la casulla y la estola y las colocó cuidadosamente dentro de un armario. Dejó el misal sobre el escritorio y se acomodó en una vieja silla de madera gastada. El padre Vivancos aborrecía las misas de los días de diario. Solo asistían unas pocas mujeres de edad avanzada que contestaban de forma automática a las oraciones. Tenía la sensación de que a ninguna de las asistentes le importaba nada de lo que decía. Se limitaban a responder con los mantras que llevaban décadas repitiendo. Estaba convencido de que si algún día cambiaba sus palabras e invertía el significado, aquel grupo de beatas creyentes contestarían las mismas oraciones. Todo aquello era un absurdo sinsentido. Como su fe.

El padre Vivancos oficiaba las misas en la ermita del Cristo del Caloco, una construcción singular a unos pocos metros de la carretera N-VI, ubicada a los pies de un cerro y que quedaba lejos de cualquier sitio habitado. Vista desde la carretera, la construcción de la ermita atraía la atención del viajero. En la parte izquierda había varios edificios abandonados que habían formado parte de una vieja venta. Algunas ventanas de madera estaban destruidas por el paso del tiempo. Otras, tapiadas. Las cubiertas de teja a duras penas se sostenían después de tantos años soportando las inclemencias del tiempo. Sobre una de las paredes de adobe, una desconchada publicidad de bombillas, fabricada sobre azulejo, destacaba por su colorido ante la sobriedad del resto de la fachada. A la derecha había un bonito jardín demarcado por un muro de piedra muy bien conservado. Salpicados sin orden aparente, varios árboles aportaban un aspecto de agradable oasis al conjunto. Su cautivadora frondosidad contrastaba con los colores cálidos y la sequedad del terreno que veía al mirar en todas las direcciones.

En el centro del jardín, se alzaba un viejo árbol retorcido cuyo tronco central habían serrado. Su forma curva lo obligaba a apoyarse en un tubo metálico que recordaba a una muleta. El árbol nacía del centro de un pedestal de piedra. El conjunto parecía una pérgola fantasmagórica presidida por la naturaleza mutilada que había conseguido sobrevivir a una guerra sangrienta contra el hombre. Al fondo, se encontraba la ermita erigida en el siglo XVI. La belleza de su fachada contrastaba con la sencillez de la construcción románica y el brutalismo de algunos de sus elementos, como la puerta auxiliar o las ventanas enrejadas.

El otro elemento que destacaba en el jardín de la ermita era un pozo de gran tamaño, tapado con una tosca chapa metálica con dos rudimentarios goznes de hierro y cerrado con un candado de grandes dimensiones. El padre Vivancos había ordenado tapar su boca cuando, tras varios años de sequía, descubrió que el fondo del pozo se comunicaba con una maraña de galerías que atravesaban el jardín y desembocaban en unas lúgubres catacumbas bajo la ermita. Aquellas construcciones subterráneas eran parte del antiguo templo románico sobre el que se levantó la ermita cinco siglos atrás.

Los túneles, sumidos en total oscuridad y bajo una humedad asfixiante, no tenían ningún valor para la ermita, así que decidió clausurar todas sus entradas. No eran un lugar para los hombres. Aquello era el reino de las criaturas del demonio: las ratas y los gusanos. De ahí que cuando abandonó la casa de Hastur con los restos troceados de Draco metidos en dos maletas, decidió que aquellos túneles tétricos eran el escondite ideal. Nadie encontraría los restos en aquel lugar al que solo él tenía acceso. Las ratas y la humedad harían su trabajo y, muy pronto, allí no quedaría nada. Los restos de Draco desaparecerían para siempre.

Sentado en la incómoda silla de la sacristía, el padre Vivancos pensó que tenía que acabar con los pocos cabos sueltos que todavía podían relacionarlo con la fiesta caníbal. Sacó el ordenador portátil que guardaba en su maletín y accedió al foro en el que había conocido a Draco y a los demás. Buscó las opciones de edición de su perfil y tras unos instantes en los que rememoró con gusto lo que había sucedido en el sótano de Hastur, hizo clic sobre la opción de eliminar su perfil.

Juan23 desapareció así para siempre.

Ernest Newman se incorporó en el asiento de su coche. Le dolía la espalda y el cuello. Llevaba demasiado tiempo sentado. Al fondo divisó cómo el hombre al que había estado esperando más de dos horas abandonaba por fin el restaurante. Caminaba solo, con la cabeza gacha hacia su móvil. Un aparcacoches, vestido íntegramente de negro y con un chaleco en el que estaba serigrafiado el logotipo del restaurante, lo esperaba en la acera para entregarle las llaves del coche. Las recogió sin levantar la vista del móvil y rodeó el vehículo por su parte delantera. Abrió la puerta y entró.

Ernest arrancó el motor y salió del aparcamiento. Comenzó a seguirlo a unos metros de distancia. El coche avanzó a buen ritmo por la calle Velázquez y giró en Ortega y Gasset. Ernest lo observaba a una distancia prudencial, la suficiente como para pasar desapercibido.

Antes de adentrarse en la plaza del Marqués de Salamanca, el semáforo los obligó a detenerse. Apenas había tráfico a esas horas de la noche. Ernest pensó que había llegado el momento, así que se colocó en paralelo, a la derecha del otro coche. Bajó la ventanilla e hizo un movimiento con el brazo para llamar la atención del hombre.

—Disculpa, me he perdido —gritó Ernest para que lo escuchara desde el vehículo situado a su lado—. ¿Voy bien para Núñez de Balboa?

—No, te la has pasado. Da la vuelta en la plaza —respondió el hombre, y señaló la gran rotonda que tenía al frente—. Creo que es la segunda calle que te vas a encontrar.

Ernest se quedó callado. No sabía cómo alargar artificialmente aquella conversación. Su plan estaba siendo un tanto improvisado, pero sentía que no podía desaprovechar aquella oportunidad. En su cabeza solo había una palabra, ocho malditas letras que se habían fijado a su cerebro y le habían suprimido cualquier atisbo de sensatez: «v-e-n-g-a-n-z-a». Las imágenes que lo habían atormentado durante las últimas semanas volvieron a su cabeza como los destellos de una lámpara estroboscópica. Imaginó a Sofía sometida en las manos de aquel hombre. Sumisa, entregada, desnuda, excitada, inmovilizada en un mar de cuerdas. No podía soportarlo.

—Perdona, creo que te conozco. Eres Ernest Newman, ¿verdad? —preguntó el hombre.

—Sí. Y tú eres el hijo de puta de Carlos Mir.

Carlos no pudo ocultar su sorpresa. No entendía semejante reacción. Mientras tanto, Ernest se agachó para abrir la guantera con su mano derecha. Retiró algunos papeles y el cable con el que cargaba su móvil. Finalmente cogió un revólver que tenía escondido bajo la carpeta donde guardaba la documentación del coche. Notó el tacto duro y frío de la culata. Retiró el seguro y ya no dudó más. Los fantasmas que lo perseguían se habían convertido en un coro infernal que le gritaban «¡Mátalo!».

Disparó a través de los huecos de las ventanillas. Un cono de llama iluminó el cañón. La detonación retumbó en los edificios colindantes. Carlos recibió el impacto y todo el habitáculo se llenó de salpicaduras de sangre. Su cabeza, ligeramente ladeada, cayó desplomada sobre el volante.

El semáforo se puso en verde. Ernest observó durante un instante lo que acababa de provocar. La venganza lo hizo sentir vivo, exultante, poderoso. Su corazón empezó a latir enloquecido. Giró la cabeza y miró el revólver. Olía a humo y pólvora. Lo tiró debajo de su asiento y aceleró para abandonar el lugar.

Mientras se alejaba, contempló a través del retrovisor cómo el Porsche de Carlos Mir se quedaba inmóvil, abandonado en medio de la calle.

Ernest sonrió. Había merecido la pena.

Agradecimientos

Gracias a mi editor, Alberto Marcos, por todas sus explicaciones y por el minucioso trabajo con mi borrador.

Gracias a todo el equipo de Plaza & Janés que han convertido mis ideas en la maravilla que tienes en las manos.

Gracias a Gonzalo Albert, por confiar en mí y por abrirme la puerta de su casa —nuestra casa— Penguin Random House.

Gracias a Jesús de la Plaza, que me dio el impulso que necesitaba para convertir un puñado de páginas en algo que ya parecía un libro. Es increíble que sepa tanto de tantas cosas. Tengo mucha suerte de tenerle al lado.

Gracias a Carolina Alcalá, siempre. Sin más.

Gracias a los lectores cero Ed Gorende, Henar Vega y Diana Hermida, que me dieron enfoques originales y nuevas perspectivas para terminar de redondear la historia.

Gracias a todos los amigos que decidieron leer mi libro cuando era un recién nacido. Todos me ayudasteis a hacerlo crecer: Ricardo Carmona, Luis Miguel Gil, Raúl García, Paco de Casa, Andrés Martínez Ricci, Esther Gómez, Yolanda del Moral, Óscar Vela y Jaizki Arteagabeitia.

Gracias a todos los que leen mis contenidos: mis libros de no ficción, los artículos de mi blog, redes sociales y, por supuesto, a los que leyeron la primera versión autopublicada de esta novela.

El agradecimiento más importante lo reservo para ti, querido lector, por elegirme. G-R-A-C-I-A-S, en mayúsculas y con guiones. Espero que hayas disfrutado tanto leyendo como yo escribiendo. Nos vemos en la próxima historia.

Índice

Este libro
se terminó de imprimir
en el mes
de febrero de 2023